VERDUGO

RENATO ZUPO

VERDUGO
TODA PESSOA É CAPAZ DE MATAR

São Paulo, 2023

Verdugo – toda pessoa é capaz de matar
Copyright © 2023 by Renato Zupo
Copyright © 2023 by Novo Século Ltda.

EDITOR: Luiz Vasconcelos
COORDENAÇÃO EDITORIAL: Silvia Segóvia
REVISÃO: Andrea Bassoto
DIAGRAMAÇÃO: Claudio Tito Braghini Junior
CAPA: Ian Laurindo

Texto de acordo com as normas do Novo Acordo Ortográfico da Língua Portuguesa (1990), em vigor desde 1º de janeiro de 2009.

Dados Internacionais de Catalogação na Publicação (CIP)
Angélica Ilacqua CRB-8/7057

Zupo, Renato
 Verdugo: toda pessoa é capaz de matar / Renato Zupo -- Barueri, SP : Novo Século Editora, 2023.
 272 p.

ISBN 978-65-5561-575-3

1. Ficção brasileira 2. Mistério I. Título

23-2587   CDD B869.3

Índice para catálogo sistemático:
1. Ficção brasileira

Alameda Araguaia, 2190 – Bloco A – 11º andar – Conjunto 1111
CEP 06455-000 – Alphaville Industrial, Barueri – SP – Brasil
Tel.: (11) 3699-7107 | E-mail: atendimento@gruponovoseculo.com.br
www.gruponovoseculo.com.br

Pai.
Eu já tinha plantado a árvore.
Também já havia concebido os filhos.
Faltava este livro, que é para você.

"A lágrima mais amarga derramada sobre túmulos é para palavras que não foram ditas e planos não realizados." (H. B. Stowe).

PREFÁCIO

Não é muito comum prefácio ser escrito pelo próprio autor, mas não há especialista em verdugo com tanta experiência e conhecimento de causa. Era necessário que eu primeiro falasse e apresentasse a obra ao leitor.

Para isso, preciso primeiro falar de mim. Estamos intrinsecamente conectados, autor e obra, afinal. Sou juiz de Direito de carreira e professor universitário. Além disso, sou escritor por toda a vida. Crônicas e obras jurídicas, uma coluna de jornal e um programa de *web*, o que hoje se chamaria *podcast* no currículo, além de um canal, o "Simplifica Direito", dedicado a... simplificar o Direito! Esse era o meu breve currículo literário até dez anos atrás.

Eram os idos de 2010 e faltava um romance. Sempre fui voraz leitor de obras de ficção e nunca escolhi rigorosamente uma temática. O que viesse era traçado e muito bem digerido, a vida toda fui assim. Sempre considerei que a boa literatura de ficção não tem rótulos e deve conter um pouquinho de tudo: drama, humor, romance, mistério, entre outras temáticas. Escrever um romance era, então, um desafio que me inspirava. Criar um universo paralelo, inteiramente ficcional, com personagens paridos do meu intelecto em um mundo de faz de conta que fizesse sentido e fosse divertido – seria o máximo.

Demorei quase dois anos para finalizar *Verdugo*, que depois recebeu o subtítulo *Toda pessoa é capaz de matar*, exigência do meu editor da época, Zeca Martins, de saudosa memória e que comprou o risco de lançar um autor estreante na literatura comercial por meio da editora que também era dele, a Livronovo. Descobri, criando um poderoso mundo repleto de mistérios, detetives, criminosos e muito, muito sangue, que nenhuma obra é 100% ficcional: meus personagens tinham um pouquinho de um monte de gente que conheci em minha carreira como juiz (policiais amigos, réus e vítimas, entre outras pessoas) e os fatos da trama eram um mosaico de experiências vividas por este já veterano criminalista que lhe fala. Além disso, os personagens criavam vida e, a partir de um certo ponto da trama, agiam ou reagiam sozinhos, danadinhos que eram – como é delicioso escrever prosa de ficção!

O livro vendeu quase dez mil exemplares. Tudo bem, não se tornou um fenomenal *best-seller*, mas o número é impressionante para um romancista estreante desconhecido até então no mundo da literatura. Depois disso deslanchei, troquei de editora e de editor e vim para a Novo Século, na qual fiz publicar o restante da minha obra, graças a Deus bastante profícua até aqui. Mas nada até hoje superou meu romance de estreia – é preciso admitir isso.

E o *Verdugo* fez dez anos em pleno apogeu da pandemia. Eu precisava comemorar isso e lançar de novo o livro, dessa vez pela atual editora, que vem publicando o restante da minha obra. Foi necessário esperar o mundo voltar ao normal para que você, novo leitor, tivesse em mãos esta nova edição, bastante fiel à original, mas revisada pela minha produtora editorial implacável e bendita, Silvia Segóvia.

Às vezes, eu me pergunto os motivos do sucesso inesperado, embora singelo, deste meu primeiro romance. Acredito piamente em histórias que brincam com a realidade e colocam em sérios apuros personagens até então normalíssimos, com um cotidiano tranquilo de repente assombrado por desgraças improváveis. E esse é o enredo de *Verdugo*. Mas, acima de tudo e ao longo de mais de vinte anos como juiz criminal, sempre me intrigou descobrir por que o homem mata e, nessa dúvida cruel, descobri que todos somos capazes de matar – a dura verdade que transpõe a ficção e nocauteia o leitor.

Com você, agora sim, *Verdugo*. Boa diversão!

Araxá, maio de 2023.

PARTE 1
MIXÓRDIA

1. UMA HISTÓRIA DE AMOR E ÓDIO

Quando as coisas parecem que estão entrando pelo cano, a verdade é que elas, de fato, estão entrando pelo cano. Assim é também com o casamento. Quando Nelson e Íris se conheceram ainda na faculdade de Economia, ela namorava o melhor amigo dele, e eles todos saíam juntos para beber, empanturrarem-se e dançar. Nelson era o sujeito mais mulherengo do campus e a cada festa de calouros, cada estudantada, saía com duas ou três garotas diferentes, a maioria delas conhecidas de Íris. Isso passou a irritá-la, e do ódio ao amor a coisa anda vertiginosamente rápido.

Certa vez, quem bebeu demais foi ela. Longe do namorado e perto de Nelson. A noite terminou na república em que Nelson morava com os dois primos que também faziam curso superior, todos vindos do interior. Foi uma noite de sexo desenfreado. No fundo, amigo, é isso que importa em um relacionamento a dois. Poucos meses depois estavam formados e foram morar juntos. Nelson cortou os cabelos e tornou-se consultor financeiro, enquanto Íris foi aprovada em concurso e virou subgerente de banco. Com a renda aumentada, mudaram-se para um apartamento maior e, finalmente, oficializaram sua união cinco anos exatos após haverem se conhecido.

Na época, Nelson chegou a sentir um estranho medo. Um daqueles medos que vem com toda mudança brusca que ocorre na vida da gente.

– Será que não dá azar, casar justamente agora? – indagou para Íris, na cama, e durante a lua de mel que passaram em um hotel de praia.

– Por que "justamente agora"? – Íris fumava na cama, um hábito que o parceiro sempre deplorou.

– Ora, sempre nos demos bem, a vida tem sido boa. Não vejo motivo para arriscarmos uma mudança. Afinal, de fato estamos casados desde os tempos da faculdade.

– Ora – ela respondeu, encerrando o assunto. – Porque esse é o caminho natural da vida. Casar, ter cunhados, sogros e sogras, e filhos.

Os filhos não vieram. Mesmo insistentemente tentados, com técnicas da medicina ocidental e oriental, reza brava e simpatia. Passado o tempo, já moravam em um apartamento maior, Íris fora promovida a gerente e Nelson fizera mestrado no exterior, exigência de sua empresa. Descobriram com um especialista que Íris tinha um problema genético e que sua gravidez seria quase impossível e, se ocorresse, de extremo risco para ela e para o bebê. A vida, então, estava tão boa, que após algumas lágrimas os dois se refizeram e se concentraram em se esbaldar, viajar e viver socialmente de maneira intensa. Eram de famílias desmanteladas: Nelson só tinha a mãe viva e casada com um padrasto de quem ele não gostava, e vivia longe deles. Íris tinha uma irmã missionária na Etiópia que não voltava ao Brasil fazia quase uma década, e já tinha perdido os pais. Portanto, um era o único foco de atenção do outro e eles começaram a se divertir pra valer.

Eram os mais vistos em casas noturnas, em festas, e também recepcionavam muito bem os amigos mais íntimos. O tempo fizera coisas estranhas aos dois: Nelson, que fora cabeludo, estava ficando careca. Íris, que tomava porres bissextos na adolescência, aos trinta e vários anos estava à beira do alcoolismo, segundo diziam. Nelson virou "careta" e geralmente era quem guiava o carro ao término de uma noite de esbórnia. Algumas vezes, Íris protagonizava escândalos muito comentados no círculo de relacionamento do casal, como em certa vez que descobriu uma jovem *marchand* flertando com o marido durante um coquetel em que já chegaram com ela de pilequinho. Não que Nelson continuasse mulherengo, ele nunca precisou disso no relacionamento até então esfuziante dos dois. Ao contrário, com o tempo adquiriu uma dependência afetiva da esposa que alguns românticos e poetas teimam em chamar de "amor".

Mas Íris, nessa noite, levou o flerte da outra como uma ofensa pessoal. Apanhou alguns cubos de gelo de sua dose de bebida, esticou o decote da moça para frente como quem flexiona um suspensório, e jogou-lhe o gelo vestido adentro, encharcando-lhe o busto no meio de berros de susto e ódio. O escândalo que se seguiu, obviamente, estragou o coquetel e foi comentado por muitos, por muito tempo. A desgraça de uns é a piada dos outros, afinal de contas. Entrou garçom pra separar, marido pra segurar, amiga pra dar porrada. O vocabulário chulo das duas mulheres englobava alguns palavrões que até então muita gente ali somente presenciara ouvindo dos outros em discussões de trânsito ou assistindo a filmes pornográficos.

Na volta da arruaça, Nelson furava todos os sinais vermelhos com fúria contida e som alto. Era sua maneira de não bronquear com a esposa bêbada. Não se deve discutir com bêbado, ele repetia para si mesmo. Espere-a amanhã cedo, de ressaca. Então vá a forra. Mas não aguentou:

– Por que diabos você insiste em estragar tudo? As coisas não podem permanecer boas por algum tempo com você? O que te deu, pombas?

Ela o olhou com olhos vermelhos de quem chorara de raiva até bem pouco tempo. Suas mãos tremiam. Fumava um cigarro atrás do outro. Foi a segunda vez na vida que respondeu ao marido daquela maneira:

— Esse é o caminho natural da vida. Pessoas sem rumo precisam desse tempero para apimentar a existência, baby. — Ela não era mais sua ex-colega de faculdade. Sequer sua esposa. Agora, falava como uma mundana, como uma prostituta de quinta categoria.

* * *

Alguns poucos anos depois, Nelson descobriu que ela o traía. Certas verdades não precisam ser demonstradas, e é até bom que não o sejam. Elas se descortinam, repentinamente, diante de nossos olhos, e então é como se sempre estivessem ali, nós é que nunca nos apercebêramos delas em nosso insano e incessante corre-corre diário.

Os encontros e as festas com as amigas passaram a ser mais frequentes, muitas vezes em dias e horários em que Nelson, cada vez mais solicitado na firma, por mais que tentasse, não conseguia conciliar para acompanhar a esposa. É como se propositalmente os eventos ocorressem, sempre, em datas impossíveis para o pobre marido corno. O interesse sexual dela também arrefecia, em casa, e passaram a ser frequentes os cansaços e as indisposições que erigiam uma barreira de gelo entre os dois corpos estendidos na cama. A cópula parecera transformar-se em obrigação para Íris. E os humores? Ah, ela era toda sorrisos para as pessoas, enquanto diante dele minguavam as alegrias e as carícias. Ele começou a se sentir incômodo na vida da mulher, essa é que era a triste verdade, e não conseguia encontrar um desesperado caminho de volta. A ruptura parecia inexorável e isso incomodava Nelson. Incomodava não é o termo exato. Aquilo o arrasava. Simplesmente não conseguia compreender a vida sem a mulher.

Até que a ficha caiu. O quebra-cabeças intrincado que era o comportamento da mulher finalmente se descortinou por completo diante dele. Em uma tarde besta de verão voltou mais cedo do trabalho. Encontrou recado com a empregada, a quem os dois secretamente chamavam "mucama", de que fora ao cabeleireiro tão logo saíra do banco. E era "mucama" porque era uma loira vinda do sul, algo incrível no mundo racista, negro e periférico, das empregadas domésticas. Então virou "mucama" só entre eles, que riam-se igual bobos sem que ninguém entendesse o porquê. Era aquilo que os americanos chamam *personal joke*, aquela piadinha só para íntimos e que só os íntimos e iniciados entendem.

Foi tomar banho gelado porque o calor estava infernal. Anos depois recordou-se que parou na frente do espelho enorme da suíte e começou a se admirar. "Admirar" era modo de dizer. Passou a contemplar o que via, e o que via de seu corpo não lhe agradava. A meia-idade estava chegando para ele. A barriguinha estava ali, para ficar, e o cabelo não estava. Começou a observar marcas de expressão em um rosto que até então sempre fora jovial e aquinhoado com olhares de admiração pelas mulheres que passavam por seu cotidiano, talvez pelos olhos azuis, talvez pelo sorriso cativante e incrivelmente infantil que sempre tivera e que fora o chamariz para atrair Íris, mais de uma década atrás. Mas agora lá estava ele defronte ao espelho, e a verdade é que sentiu medo, um medo gigantesco de estar deixando passar o bonde da história, o cavalo arriado na porta. Achou, pela primeira vez na vida, que a juventude estava passando. "Para onde foi aquela bandida?" – surpreendeu-se com a pergunta que, então, fazia-se.

Enquanto a água gelada lhe caía pelo corpo dentro da jacuzzi, somou dois e dois e pareceu concluir que, talvez, a indiferença e o descaso demonstrados por Íris se prendessem ao seu estômago balouçante ou à sua careca já então indiscreta. Talvez fosse isso, nada demais. Conversaria com a mulher, fazer ginástica, dedicar um tempo a si próprio, frequentar academia, quem sabe uma lipoaspiração? Hoje, homens a estavam fazendo; um colega seu fizera e recomendara. Se bem que era solteiro, e para os solteiros a estética é sempre uma preocupação a mais...

Ao se enxugar, acreditava piamente ter encontrado um caminho por entre as brumas de seu casamento trôpego. É claro que só aquilo não resolveria. Deveria criar atrativos para a mulher, programas novos, coisas novas, dias alegres e só deles, sem muita gente atrapalhando. E, mais adiante, se não podiam ter filhos, quem sabe uma adoção? Anotou mentalmente para conversar a dois, mais tarde, depois de amenidades e intimidades que pretendia desfrutar com ela ainda naquele entardecer.

Foi só na hora de pegar o pijama que teve a ideia que depois considerou "maldita". O dia ainda estava fresco e claro, tarde-noite de verão, horário de verão, espírito de verão. E pareceria ridículo a ela chegar linda do cabeleireiro e encontrá-lo de pijama na sala de TV. Sem dúvida, aquilo ia de encontro ao seu novo ideal de reacender a chama perdida dos primeiros anos de casado. Pijama, não. Que tal um programinha diferente? Aquele barzinho novo servia um salmão divino e tinha um chope como devem ser todos os chopes, gelado, bem tirado, um dedo de espuma. Não ligou para ela, vestiu uma roupa jovial e falsamente despojada e resolveu apanhá-la de surpresa no salão de beleza, a umas cinco quadras dali. Olhou o relógio, ainda dava tempo. A mucama falou que a patroa saíra uns quinze minutos antes de sua chegada, e ela nunca demorava menos do que um par de horas embelezando-se no cabeleireiro.

É claro que ela não estava lá, muito menos seu carro. E tampouco estivera naquela tarde, conforme soube ao discretamente perguntá-lo ao manobrista, não sem antes molhar-lhe a mão com uma nota de dez. Aliás, ainda naquela noite e após a apocalíptica descoberta que já então se avizinhava, deduziria ser um cretino por se deixar levar por aquela mentira, pois dois dias antes a buscara no salão, porque o carro dela estava na oficina. Mulher nenhuma vai ao cabeleireiro de dois em dois dias sem motivo especialíssimo, festa, réveillon, baile, essas coisas. Mas, até então, de nada sabia.

Nessas horas o corno ainda sai cavoucando ideias para desculpas honestas. Recusa-se a acreditar no pior. E lá ia o Nelson dirigindo a esmo pelas imediações, ligando para o celular dela, que estava desligado, pensando em sequestro-relâmpago, em crise de amnésia, em batida de carro, quando olhou para um cruzamento em uma rua de apartamentos que terminava em um beco, e viu saindo de uma garagem o carro de Íris. Era igualzinho, um Honda prata, mas não podia ser ela. O que fazia saindo de um prédio de apartamentos pequeno daqueles, seis horas da tarde, quando deveria estar no cabeleireiro? Mas olhou e viu a placa, e reparou que era idêntica. Poderiam ter roubado o carro, mas mesmo por detrás dos vidros escurecidos viu que era a esposa, com óculos escuros e cabelos presos, cabelos que não costumavam andar presos em casa ou em sua companhia. Percebeu mais, que ela não o vira; saíra da garagem apressada e sem olhar para trás, ganhara a rua.

Pensou em buzinar e emparelhar com o carro da mulher, mas na hora aquilo lhe pareceu ridículo, ia parecer que a seguia, nada bom para alguém que pretendia recuperar o velho ardor do casamento anódino. A ideia verdadeiramente estranha veio a seguir: simplesmente segui-la, aguardar que chegasse até o apartamento de ambos, desfazer a confusão, ouvir a justificativa certamente plausível de Íris, dar boas risadas e, enfim, ir para o chopinho com salmão. Foi o que fez, e durante o trajeto começou a imaginar o que lhe diria a esposa sobre sua súbita mudança de planos, e o que diabos fazia naquele prédio a poucas quadras do seu cabeleireiro. Ia dirigindo e matutando, até se concentrar no tal prédio. Quem era mesmo que morava ali? Perscrutou meticulosamente todos os amigos do casal, novos e antigos, aproveitando-se de um ligeiro engarrafamento em um cruzamento mal sinalizado, que fizera o carro de Íris distanciar-se do dele uns vinte metros. Preocupou-se em não chegar mais perto, o que, afinal de contas, não era necessário porque ela estava indo para o mesmo destino dele, o lar de ambos.

Foi desvencilhando-se do tráfego pesado e lembrando-se dos conhecidos, dos bairros em que moravam, das ruas, para ver se coincidia em algum ponto aquele estranho programa diurno da esposa. Foi quando se lembrou, não de um amigo, mas de seu chefe, Juarez Augusto, aquele cinquentão que mantinha a esposa e umas duas amantes, cantava as secretárias e estagiárias, vangloriava-se das conquistas amorosas durante os cafezinhos e congressos, tratava a todos com altivez, mas sem espaços ou intimidades. Enfim, um narciso. E um narciso que tinha um fraco pelo Egito antigo, era um hobby para ele colecionar réplicas de pirâmides e já visitara as originais e o Cairo pelo menos um par de vezes. Foi isso que o fez trocar ideias com Íris em uma festa da firma, pois ela era fascinada por pirâmides e as achava enigmáticas, poderosas, mágicas. Conversaram ambos por uma meia-hora, em meio aos *drinks*, a Nelson e à esposa de Juarez, uma senhora que mal dava boa noite e simplesmente esboçava um sorrisinho político profissional enquanto admirava a erudição do marido posudo. Nelson também se recordou que chegou a sentir um pouco de ciúmes da atenção que o chefe bem-apessoado despertara na esposa, mas não deixou transparecer seus sentimentos na hora. Na volta para casa, limitou-se a perguntar a Íris o que achara do "egiptólogo". Ela olhou de soslaio e respondeu desinteressada que o sujeito era meio pedante, mas tinha um papo agradável, ao menos para ajudar a levar uma festa tão besta como aquela.

A pulga saíra detrás da orelha de Nelson para nunca mais voltar, diante da resposta fria. Era ao menos o que pensava. E por que associara a imagem do chefe àquele prédio de apartamentos nitidamente classe média baixa, em uma ruazinha pouco movimentada da zona sul? A resposta caiu em seu colo de paraquedas. Ali não era a casa de Juarez. Lembrou-se de uma pausa em uma reunião de negócios, alguns meses antes, em que seu chefe parecia amistoso e bem-humorado. Conversava com ele e com o "Bola", apelido de Estevão, seu colega especialista em aplicações financeiras e bolsa de valores, que pesava uns cento e trinta quilos e usava suspensórios. Bola preparava-se para comprar um apartamento e mencionou aquele prédio, perto de uma simpática praça de bairro e bem defronte a uma banca de jornal. O papo até ali estava ameno, haviam se esquecido das finanças e Juarez falava dos imensos gastos que sua casa em um condomínio fechado estava causando-lhe, e de seu remorso de ter mudado-se de seu antigo apartamento que, com taxa de condomínio e gorjeta para porteiros, tinha uma manutenção quatro vezes menor do que suas atuais despesas com a mansão.

Foi quando Bola entrou na conversa e falou que estava olhando um apartamento para comprar, e a primeira coisa que observou foi o preço da taxa de condomínio. Disse que era em conta e mencionou o prédio, e o prédio era aquele... O que foi mesmo que Juarez disse então?

Nelson interrompeu rapidamente sua linha de pensamentos com o susto das buzinas disparadas ao redor dele, e então percebeu que o sinal estava aberto, e pelas buzinas já devia estar aberto há algum tempo. Deu um sorriso amarelo, como que a pedir desculpas, e reiniciou seu trajeto não sem antes dar uma olhada para ver se o carro de Íris estava à vista, e obviamente não estava mais. Melhor assim, pensou. Não teria que se preocupar em disfarçar que não a seguia no meio dos carros. Mas não a seguia, realmente. Estavam apenas seguindo o mesmo caminho, não é mesmo?

Seguiu por mais umas duas quadras. De repente, o calor dentro do carro ficou insuportável, apesar do ar condicionado ligado em alta potência. Talvez tivesse alguma coisa a ver com o inusitado daquela situação, talvez porque começava a puxar pela memória, e o que vinha detrás do fio da meada não lhe agradava em nada. Parou em um estacionamento pago, nervoso em ter que encontrar vaga para estacionar o carro, e resolveu tomar o chope sozinho em um bar qualquer. Saiu para a calçada e olhou, aturdido, o tráfego de carros fluindo para lugar nenhum, locomovendo-se lentamente entre freadas e sinais entre as luzes da cidade que começavam a se acender naquele pôr do sol tardio de horário de verão.

E, então, lembrou-se do resto da conversa, e a ideia do chope perdeu por completo a graça. Perdeu a vontade de beber, de comer, ou mesmo de se encontrar com a esposa e tocar no assunto e, de repente, descobrir que não os piores prognósticos, mas aquela previsão impossível que sempre permaneceu intocada no fundo de seus pensamentos e nunca, jamais, fora cogitada em seus piores pesadelos, finalmente poderia ser verdade. E tudo caminhava para que fosse.

Recordou-se que Juarez perguntou por umas duas vezes para o Bola o endereço do imóvel, com alguma inquietação cômica. Depois que se certificou do prédio visado por Bola, deu uma risota e sacudiu o nariz no dedo do subordinado, como que fingindo com mímicas chamar a atenção dele: "Lá não é boa ideia. Seu chefe tem uma *garçoniére* lá. Sabe o que é isso? Um abatedouro. É lá que vou comer carne". E riu sutilmente. Depois, acrescentou que seria uma coisa sem pé nem cabeça o Bola chegar cansado do trabalho e encontrá-lo, seu chefe, saindo com uma amante do elevador. "Ia ser engraçado, não ia?" – arrematou, terminando o cafezinho e olhando o relógio, como a dar fim àquela reunião informal.

É claro que Bola não levou adiante seu intento de comprar apartamento ali. A brincadeira de Juarez fora daquelas pilhérias com um enorme fundo de verdade, que atingira em cheio seu objetivo, que era dissuadir Bola de ser vizinho do chefe em uma situação tão incômoda. Depois, Bola lhe disse que não daria certo, não somente pela intimidade inadequada que aquela situação criaria entre ambos, mas também porque um condomínio que aceitasse servir de motel matutino para adúlteros não deveria mesmo ser um local de família e sério, não é mesmo?

Então aquele prédio era a *garçoniére* de seu chefe. O seu, (como é mesmo que ele traduziu para o Bola?), o seu "abatedouro". E ainda explicou o porquê do abatedouro, explicação que na hora fez Nelson dar uma risota, mas que agora estava lhe embrulhando o estômago por um motivo recôndito que dizia respeito ao seu lar, à sua esposa, à sua vida. Aquele era o lugar que Juarez utilizava para "comer carne"... Carne de mulher, claro, mas não para comer com garfo e faca. Tampouco para exercitar eventual característica antropófaga. Mas um lugar para "comer" transando, para sexuar, fazer amor, deitar-se com vagabundas. E se uma dessas vagabundas fosse sua esposa?

Sentiu vontade de vomitar. Passados vários meses depois disso – e olhe que foram meses inusitados os que se seguiram àquela meia-descoberta – aquilo de que mais se lembrava eram os engulhos que aquela livre associação de ideias lhe gerou, a ponto de encontrar uma mureta defronte a uma sorveteria para encostar-se para não cair, respirando fundo com os olhos marejados de lágrimas.

Dizem que temos um anjinho e um demônio em nossa consciência, o pequeno capeta dando ideias ruins e nos influenciando negativamente, sempre nos atormentando para que enveredemos pelo mau, com sugestões erradas. O anjinho, por sua vez, tenta em sentido oposto mostrar-nos o bom caminho, dar as boas explicações e nos fazer pensar positivamente. Como no desenho animado. Era isso que o anjinho do Nelson precisava fazer agora, e fez: mostrou a ele que aquele local era um prédio de apartamentos, com vários apartamentos por andar, que lá também havia famílias, pessoas sérias, e que provavelmente Íris fora visitar alguém de última hora, quem sabe um cliente, e que seria muito difícil que se candidatasse a ser "carne" de Juarez, para ser sacrificada em seu "abatedouro" (voltou a sentir vontade de vomitar), quando sequer simpatizara com ele no único encontro que tiveram.

Outra ideia que teve e que lhe deu uma maior firmeza de ânimos, foi descobrir que a esposa não precisava de traições e de encontros vespertinos na surdina. Aquilo não era a cara dela. Íris era economicamente independente, e se não quisesse mais estar casada, se acaso se apaixonasse por outro homem, simplesmente pediria pra sair e iria embora, sem meias-palavras. Não iria se sujeitar àqueles encontros a lá Bela da Tarde, espreitando um relacionamento sem futuro com um homem que vira por uma única vez e que, sinceramente, não seria capaz de fazê-la esquecer-se do bem-estar proporcionado pelo marido, e blá blá blá.. O anjinho não se cansava, mas Nelson ainda não estava convencido. Resolveu, para descobrir qual dos dois estava certo, o anjo ou o capeta de sua consciência, fazer duas coisas, e considerou brilhantes as tarefas que resolveu desempenhar imediatamente, pondo fim àquela cisma.

Em primeiro lugar, iria dirigir-se ao prédio, à *garçoniére* de Juarez. Daria alguma desculpa idiota para o porteiro, que não devia ser nenhum gênio de RH ou de entrevistas de emprego, e diria que era um funcionário de Juarez que precisava entregar a ele um documento. Perguntaria se o chefe estava. Sim, porque se Íris estivesse ali realizando algo comprometedor, estaria realizando com Juarez, porque era impossível, o cúmulo da coincidência, que sua esposa estivesse ali prevaricando ou realizando alguma outra conduta muito errada com outra pessoa que não Juarez. Se Juarez não estivesse, estaria resolvido o problema. Se estivesse, passaria para a segunda etapa de seu plano: iria até sua casa perguntar para a esposa como havia sido seu dia. Se ela lhe dissesse da visita ao predinho, com alguma desculpa inocente, estaria solucionado o problema. Acreditaria na esposa. Não porque era melhor acreditar, mas porque, aí sim, seria inverossímil avivar qualquer suspeita contra Íris, como impor-lhe a acusação de um adultério improvável, ela, uma mulher independente, aguerrida, sem papas na língua.

Teorizou e foi à prática. Tirou o carro do estacionamento e encarou todo o engarrafamento daquele final de expediente de grande cidade, aquela hora do rush que sempre lhe fora insuportável, e voltou à *garçoniére*. Não precisou sair do carro e ir perguntar ao porteiro acerca do Juarez, contudo. Isso porque o viu saindo do prédio, também em seu carro de vidro escuro discreto. Dessa vez não foi possível ver o chefe ao volante, porque já escurecia e os vidros do carro dele eram escuros mesmo, daqueles que geram multas em blitz de trânsito porque são escuros demais. Mas percebeu que era Juarez porque viu um adesivo colado na janela do banco de trás, o adesivo de sua empresa.

Então, era Juarez, e era Íris. Metade do enigma estava descoberto. Agora era descobrir a outra metade.

Voltou para casa apreensivo. Precisaria de alguma boa desculpa, porque àquela hora certamente sua esposa já chegara e Mucama ainda não fora embora, e certamente teria dito à patroa que seu marido fora ao seu encontro no salão de beleza. Como Íris lá não estivera, e ela própria sabia que não estivera, era ele que teria que encontrar uma desculpa esfarrapada para não declinar à mulher que a seguira. Ora vejam só! Ele mentia por causa do suposto erro de Íris. Se ela traía, mentiria diante da mentira dele. Se não, diria a verdade diante de sua mentira. Que confusão, hein, Nelson? Muito para uma tarde estúpida.

Chegou em casa. Mucama já havia ido embora depois de deixar à mesa o lanche da tarde. Encontrou a esposa tomando banho, que poderia ser um inocente banho pós--trabalho, ou poderia ser para lavar-se do pecado, tirar o cheiro de homem impregnado em seu corpo devido ao adultério. Esperou que o chuveiro se desligasse para entrar no banheiro da suíte. Estava apreensivo em ver a esposa, mas também em como iria ser visto por ela. Nunca soube mentir muito bem, nunca traíra Íris como a maioria de seus amigos casados fazia com as esposas, e portanto não era bom em mentiras.

Acreditava, piamente, que se mentisse para a mulher a farsa exalaria obviamente de cada poro de seu corpo, ficaria estampada no meio de seu rosto, para que todos vissem.

Encontrou-a enxugando-se. Tinha um corpo belo para uma mulher sedentária de quase quarenta anos, mas Íris tinha uma boa genética, o que Nelson sabia pelas fotos dos pais dela, sua finada sogra aquilo que se chamava antigamente de "coroona enxuta", e o sogro certamente poderia ser escolhido como um galã de meia-idade em uma novela das sete, aquele estilo descasado-grisalho-mas-ainda-atraente. Morreram em um acidente de trânsito e, quando a conheceu, já era órfã há um par de anos. Sempre acreditou que aquilo é que fizera dura a esposa, tão dura que jamais lhe vira transparecer dor e dela jamais ouvira uma declaração de amor.

O fato de não ter tido filhos, com certeza, contribuiu para que Íris mantivesse o corpo magro, os seios em riste e a bunda empinada, como se tivesse dez anos menos. Era isso que os homens viam nela, era como Nelson a via e, decerto, fora isso o que Juarez enxergara em sua esposa. Ou será que não?

Foi ela a romper o silêncio.

— Mucama me disse que foi atrás de mim, no cabeleireiro. Alguma data especial que eu esqueci? — O tom era casual. Melhor: glacial, cuidadosamente gelado, como se teatralizado por ela. Nelson também gelou. Era hora de mentir.

— Saí com essa finalidade. Ia te pegar para uma surpresa, um chope e um tira-gosto. Mas no meio do caminho a empresa ligou, tive que voltar para examinar um documento. Fechamos uma venda importante, e isso foi bom, mas frustrou nossa saída.

Explicações demais. Sabia que tinha errado na dose, quase prontamente. Analisou lentamente a expressão da mulher e percebeu no fundo de seus olhos que ela acusara o golpe e percebera sua dissimulação. Então teria que mentir caso o traísse. Não daria para sustentar a tese de que estivera no salão de beleza. Seria arriscar demais. Se descobriu que Nelson desconfiava e mentiu, teria que mentir também. Ou não, caso acreditasse piamente na credulidade do marido, ou caso não estivesse, mesmo, fazendo nada de errado.

— E você? A que horas saiu do salão de beleza?

Sua resposta veio maquinalmente. Ao contrário do marido, Íris mentia muito bem, furiosamente bem, daquela maneira que só algumas mulheres sabem fazer e que sustentam e mantêm a mentira, mesmo desmascaradas, até o dia do juízo final.

— Tem uns vinte minutos que saí de lá. Fiz uma horinha de propósito para esperar o trânsito melhorar.

No horário estipulado pela esposa ele estava defronte à sorveteria tendo náuseas. Afinal, não é todo dia que se surpreende a companheira de toda uma vida prevaricando.

Justamente naquele horário, em que ela não estava no cabeleireiro. Aliás, não fora ao salão naquela tarde, e quem sabe em quantas outras tardes também não. Ficou lívido e virou o rosto, novamente enojado pelo que pressentia, mas também muito assustado e com uma enorme tristeza, que tentava desesperadamente dissimular. Naquela hora precisava muito fingir que nada sabia, porque precisava pensar. Depois descobriria o que dizer, ou o que fazer.

***

Numa vida a dois, normal, já é muito difícil esconder problemas e segredos da companheira. Imagina quando essa relação degringola, apodrece. Fica impossível deixar de transparecer uma desilusão e uma dor que, pouco a pouco, e se não se tomar muito cuidado, viram ódio e desespero.

Os dias seguintes àquela descoberta terrível foram especialmente cruéis para Nelson, porque ele, como todo marido traído, logo começou a preocupar-se em procurar motivos para aquilo que, na imensa maioria das vezes, não tem motivo algum, ou ao menos não tem motivo único. Ele queria descobrir por que Íris o traía. Era como descobrir por que o sol esquenta ou por que as estrelas brilham na noite escura. Ou, como dizia aquele ditado antigo e bastante interiorano: é como água morro abaixo e fogo morro acima. Não é possível descobrir porquê se trai e de quem é a culpa. Como num acidente de trânsito, simplesmente acontece e pronto. Só psicopatas desejam trair, mas a traição é algo tão natural e instintivo que se torna muito difícil de evitar, e mais difícil ainda de explicar, que era o que ele tentava fazer agora. Nelson, após alguns dias de muxoxo, passou a achar que Íris estava tão desenvolta enganando-o que aquilo nem era uma novidade para ela, nem era recente. Talvez Juarez não fosse o único nem o primeiro amante que tivera ao longo do casamento. E, quem sabe, seria tampouco o último, se é que ele suportaria permanecer casado por mais tempo, naquela tortura em que cada dia parecia um ano, e um ano ruim.

Como era impossível disfarçar em casa ou na firma sua melancolia, começou a dizer em casa que era problema no serviço, e a proteger-se com silêncios que o blindavam. Na empresa fez o oposto, mas em idêntico sentido: seu chefe direto, um boa-praça de nome Alberto Lages, avistou-o taciturno a um canto e indagou o que ocorria, e ouviu dele em resposta que eram questões familiares e sem ligação alguma com o trabalho. Evitou, durante o tempo que conseguiu, qualquer contato com Juarez, pois seria tentador, nos primeiros dias, dar-lhe um tiro na cara. Nelson não tinha arma, mas não seria nada difícil conseguir uma. Para evitar uma tragédia, isso quando ainda pensava em evitar uma tragédia, inventou uma doença que o tirou de circulação da empresa justamente no dia em que todo o *staff* da diretoria foi a uma reunião, incluindo Juarez, uma reunião que Nelson teria que comparecer e a qual, obviamente, faltou com uma desculpa médica. Evitou pegar o elevador por vários dias para não arriscar topar com o amante da esposa naquele cubículo claustrofóbico, durante suas subidas e descidas. No hall, aguardando a chegada do elevador, seria ainda pior, porque aquele pulha sonso certamente puxaria assunto ou soltaria alguma piadinha. Se fosse piada de corno, Nelson tinha a certeza absoluta, e que nunca antes tivera, de que iria perder a cabeça e cometer um desatino. Tudo isso porque, após a fase da culpa, que é a primeira fase do corno, vinha a segunda, a da raiva do Ricardão, como se o polo externo do triângulo amoroso fosse sempre o culpado da traição.

Em casa a dissimulação ficou ainda pior, porque não queria tomar a iniciativa de tocar no assunto, pois tinha vergonha de admitir para Íris que estava sendo traído. No fundo, no fundo, tinha receio de uma saída definitiva, caso ela descobrisse que ele sabia. Ela poderia continuar traindo, agora ainda mais acintosamente, ou poderia pedir o divórcio, e de maneira escandalosa, porque ela era escandalosa. O que no começo do relacionamento parecia-lhe um geniozinho forte bonitinho de se ver, com o passar dos anos mostrou-se uma falta de temperamento e uma tendência ao barraco que ele aprendera a abominar e a temer, e que piorava mil vezes quando ela bebia. Se ela fosse desmascarada durante uma bebedeira, então, ia ser coisa para polícia e bombeiros resolverem. E alguém acabaria no hospital.

Ele não queria é admitir que precisava tomar uma decisão, qualquer decisão, mas que fosse inexorável e definitiva. Preferia perder seu tempo saindo de casa e dando longas caminhadas para lugar nenhum, simplesmente para voltar tarde e já encontrar a mulher dormindo, ou tomando um *drink* na sala enquanto assistia a algum programa de TV pavoroso. Deus, como ela tinha mau gosto para programas de TV! Tal e qual para homens, pelo que ele estava descobrindo, porque se olhava no espelho cada vez mais e ia se comparando a Juarez, e achava que não perdia nada para aquele monte de estrume. Tudo bem que ele fosse uns cinco centímetros mais alto, mas Nelson era mais novo e tinha mais cabelo. Será que venceria o sujeito se saíssem na porrada? Talvez, mas tinha receio de que não. Juarez era mais ágil, mais corpulento, jogava tênis e certa vez comentara no cafezinho que andara praticando artes marciais... Pelo jeito, o filho da puta tinha o salário mais gordo, era o mais alto e o mais forte. Por isso lhe havia arrebatado a esposa! Íris tinha escolhido o macho alfa, e o macho alfa não era ele.

As idas da esposa ao salão de beleza durante as tardes não pararam durante aquele tempo inicial, que demorou algumas semanas, que depois viraram mês. Só que diminuíram um pouco, pelo pouco que ele conseguiu perceber. Como Nelson trabalhava nesses horários, passou a fazer serões e horas extras para não calhar de chegar em casa com ela ainda "no salão". É claro que ficava mais tempo no escritório tomando enorme cuidado para não topar com Juarez, e até para não saber se ele estava ou não estava na empresa, porque se não estivesse estaria com Íris e ele estaria sendo traído. Nessa condição, a ideia de ir até o abatedouro daquele crápula e flagrar os dois passaria a ser uma obsessão irresistível e perigosíssima. Não. Sua proteção, aquilo que ainda o defendia da vergonha absoluta, era que os dois miseráveis não sabiam que ele sabia. Aquilo lhe dava tempo. Tempo para tomar coragem e pensar no que fazer.

Não havia dúvida de que sua mulher estava intrigada. Ele nunca fora do gênero falante, mas agora nutria silêncios insuportáveis a ela, que reclamou uma ou duas vezes. Procurou-o na cama vezes sem conta, e ele inventou uma fibromialgia nas primeiras tentativas de sexo dela. Depois falou em dor de cabeça e ressaca, porque também passou a beber além da conta e sair do trabalho direto para o bar quase todos os dias da semana. Não chegava em casa bêbado, mas bem perto disso, e com um ar de desalento que tirava da mulher qualquer ímpeto sexual, qualquer vontade de discutir o problema dos dois. O clima entre eles, que já era frio, gelava. Íris não era nenhuma puritana, longe disso, mas estava acostumada a ser a bêbada problemática do casal. Aquela inversão de papéis a incomodava, e muito. Ela certamente estava começando a desconfiar de algo, porque de um dia para outro, passadas as primeiras semanas, passou a ficar mais em casa, acautelar-se mais, e Nelson até se surpreendeu ao perceber nuances estranhamente ternas em sua voz e seu gestual, alguma estranha ternura que ela não demonstrava por ele desde o início do casamento. Sempre fora uma mulher abrutalhada, um homem de saias. Se mudava radicalmente agora, é porque percebia que a situação (e ele) também estava mudando.

Se a paciência é uma qualidade feita para durar pouco, a de Íris era ainda mais efêmera. Cansada de elucubrar o que ocorria, ela voltou ao desmazelo e à arrogância de antes. Voltaram os saraus das tardes, as idas aos salões, e os silêncios tornaram-se recíprocos. E com isto surgiu nele a terceira fase do corno, do marido traído: a fase da raiva da esposa que o chifrava. Aquela situação nonsense tinha descambado para um absurdo tão doloroso, para um jogo de erros tão insuportável, que ele passou a odiá-la. Não que ainda pensasse em matá-la. Essa ideia só viria algum tempo depois.

2. O PRIMO

Lembram-se do primo interiorano do Nelson, aquele que vivia em uma república estudantil com o irmão? O nome dele é Ramón, e não aprumou na vida. Aliás, muito pelo contrário, envolveu-se com drogas e acabou preso por algum tempo. Segundo ele contava para os mais próximos, pegou o carro de um traficante amigo emprestado cheio de droga, e caiu em uma batida policial. Teria sido condenado vítima de um erro judicial, inocente a olhos vistos, mas ninguém acreditou nele. Já segundo Nelson soube por outro primo, a história era bem outra. Ramón fora contratado pelo traficante para trazer droga e acabou nas garras da polícia com três quilos de pasta base de cocaína. Agora, basta escolher com qual das duas versões ficar.

Fato é que a vida de Ramón só não piorou na década seguinte porque pior que cadeia, só mesmo a morte. Mas as chances de emprego minguaram, ele arrumou amizades ainda piores no cárcere e começou a viver em condições suspeitíssimas, de pequenos golpes e empresas de fachada que abriam e fechavam com uma rapidez inusitada. Virou figurinha carimbada em delegacias de polícia e andava com uma corriola muito estranha. Certa vez, Nelson encontrou-o em um jogo de futebol, estavam Ramón e mais dois, interessados em tudo menos no jogo. Conversavam da tribuna de honra, um luxo que (Nelson acreditava) seu primo não seria capaz de patrocinar. Um dos caras ficava pendurado em um telefone celular enquanto o outro conversava baixinho com Ramón, de uma estranha maneira ameaçadora que dava para ver que era estranha e ameaçadora a léguas de distância. Aproximou-se dele no intervalo do jogo e a recepção do parente que não via há tanto tempo foi fria, ensimesmada, como se Ramón tivesse pressa de sair de perto dele. Os dois caras que o acompanhavam postaram-se como leões de chácara ao redor dos primos e não cumprimentaram Nelson, tampouco foram apresentados por Ramón a ele. Tão logo trocaram rápidas palavras afastaram-se, e restou a Nelson preocupar-se com o estranho destino que Ramón escolhera para si, ou que foi escolhido para ele pela vida.

De Ramón só continuou a ouvir histórias em reuniões de família, que rareavam cada vez mais, com o passar do tempo. Ouviu que vendia carros roubados e fora preso mais uma vez. Que se amasiou com uma mulher maluca que depois cobriu de porrada. Rafael, seu irmão, e que também fora colega de república de Nelson na mocidade, passou a fingir que era filho único. Nelson comentou com Íris que aquilo equivalia à "morte social" do primo, e Íris deu uma sonora gargalhada de deboche, daquelas em que ficara especialista nos últimos tempos e que somente demonstravam como ela detestava Nelson, seus familiares, e tudo o mais que se referisse a ele.

Por falar nisso, a vida daquele estranho casal estava de mal a pior. A ideia inicial do marido corno é jogar as verdades que descobre na cara da esposa vagabunda, dar-lhe uns tapas e um susto no Ricardão, separar-se e casar-se com outra mulher bem mais moça. Nelson pensou nisso, justiça seja feita. Mas o misto de raiva e vergonha que nutria por estar sendo enganado era muito grande e não se aplacaria com isso. E Íris também não se encaixava naquele padrão de mulher que aceitava calada a mágoa e o revide do marido. Seu gênio forte e dominador fora um perigoso complicador ao longo do casamento e seria um sério obstáculo para todo e qualquer amotinamento ou vingança de Nelson. Para começo de conversa, Íris não apanharia calada. Ele conseguiria no mínimo uma bela confusão, ela era capaz de jogar toda a mobília na cabeça dele, quebrar a casa, armar-se de faca, chamar a polícia, e por aí vai. Um boletim de ocorrência, àquela altura, seria o pior para sua intenção de safar-se com mínimas lesões do casamento moribundo. Um advogado esperto, daqueles que ela conhecia aos borbotões, faria da lambança um prato cheio para arrancar-lhe o couro no divórcio que, então, avizinharia-se a passos lépidos. Sem dúvida, bancar o machão traído não era a melhor maneira de vingar-se.

E havia coisa pior para atrapalhar. Seu patrão era o Ricardão. Não seu superior direto, mas um dos membros de sua diretoria, com influência suficiente para mandar-lhe embora com duas ou três conversas ao pé de orelha com os demais colegas de chefia. E aí, como ficaria um quarentão chifrudo largado pela mulher e desempregado? Sem mercado de trabalho e com pensão para pagar. Esse não era o futuro ideal imaginado por Nelson. E como a raiva crescia mais do que a mágoa do amor perdido, a ideia de matá-la surgiu em sequência, foi tomando forma e acabou tornando-se uma alternativa viável quando Nelson começou a reparar que a fria distância de Íris estava transformando-se em desprezo e arrogância, mais ainda do que ela sempre tivera. Seus serões e encontros com as amigas e idas misteriosas ao salão de beleza começaram a se tornar frequentes até que, por fim, o sexo rareou até virar um fenômeno quase tão esporádico quanto o El Niño. Faltava Íris falar, ela própria de separação, e não faltava muito. As indiretas já ocorriam com bastante frequência.

E tão logo pensou em matá-la, pensou em seu primo Ramón. Precisava de alguém sujo o suficiente para levar a cabo a empreitada, e que fosse ao mesmo tempo de confiança para calar-se, se não por amizade, ao menos por medo e interesses pessoais. Será que seu primo era o cara ideal? Por dinheiro, talvez. Íris e ele tinham um seguro de vida milionário e recíproco. Eram dois adultos maduros e sem filhos, bem-sucedidos financeiramente. Os pais dela estavam mortos e Nelson só tinha a mãe, com quem se dava muito pouco porque ela se casara há tempos com um cara da idade de Nelson, a quem ele não suportava ver. E a mãe ficara do lado do novo amor outonal. Ah, essas mulheres...

Pois bem. Ramón era o cara, se tivesse interesse financeiro envolvido. Grana, mais o parentesco entre ambos e a cumplicidade que o faria calar-se com medo de também se incriminar seriam os componentes ideais para garantir-lhe as duas coisas de que precisava: cooperação e silêncio. Pesquisou na família e descobriu o novo telefone do primo, bem como seu provável endereço. Esperou o momento propício, uma das viagens de negócios de Íris, daquelas que ela não fazia para não ficar longe dele, no começo do casamento, as mesmas que ela agora não enjeitava de modo algum e que estavam ficando quase mensais. Não era preciso a Nelson indagar muito para descobrir que Juarez também estava se ausentando mais da empresa, em períodos "curiosamente" coincidentes com as viagens de sua esposa.

Com isso, sua raiva transtornava-o e transformava. Tornou-se arredio. Parou de brincar com os amigos na empresa, porque a empresa tornou-se o covil do inimigo. Seu rendimento profissional caía a olhos vistos, e chegaram a lhe chamar a atenção algumas vezes. Seu coordenador direto, Alberto Lajes, era também seu amigo, aquele conhecido chefe "boa-praça" que saía nos finais de semana com os subordinados, organizava churrascos com a esposa e convidava os colegas de trabalho, contava piadas no horário do cafezinho. A esposa dele e Íris não chegaram a se tornar amigas, porque Íris era ácida e mordaz com quem não lhe supria os desejos de mostrar-se superior, mas tinham tido um convívio ameno por alguns anos, e encontravam-se socialmente e trocavam conversas agradáveis sobre passeios e esquisitices dos maridos. Alberto já havia notado mudanças enfáticas em Nelson, e lhe chamou para algumas conversas quando sua conduta evasiva começou a dar muito na vista. Estava na cara que algum problema estava acontecendo com ele, e o chefe queria saber do que se tratava. É claro que Nelson não abriu o jogo. Era parte de seu plano não falar com quem quer que fosse de seus problemas conjugais. Estava ferido, tinha vergonha e, principalmente, era imperioso que ninguém sequer desconfiasse de sua separação iminente caso quisesse levar adiante seu plano assassino e maluco.

Mas ele não podia escapar das perguntas diretas de Alberto. Podia parecer ofensivo. Também acreditava que seu silêncio poderia redundar em especulações e a primeira seria uma possível crise conjugal. E Nelson sabia o suficiente do mundo para atinar que a boataria surgiria de qualquer jeito, com o seu silêncio. Precisava arrumar uma desculpa coerente, uma saída segura para responder ao chefe.

– Queremos ter um filho e não conseguimos. Fazemos tratamento e não dá certo. Não sei o que está acontecendo conosco. – Mentiu, fazendo cara de quem desabafa. Conviver com quem o traía tornara-o um excelente ator, digno do Oscar.

Colou. Alberto lhe deu um ou dois nomes de especialistas em fertilidade, até porque, na casa dele também tivera problemas, fora um pai bem maduro, mas vieram logo gêmeos e encheram a casa. Nelson veria que tudo ia se acertar e Íris ainda era relativamente jovem. Também disse que ele ficasse tranquilo no serviço, que seguraria as pontas, que aquilo era só uma fase e logo o velho Nelson de sempre voltaria ao mercado arrebentando de vender e trabalhar. A resposta lhe agradou sensivelmente, porque fora convincente e, ao mesmo tempo, arrumara uma desculpa para os problemas profissionais, um verdadeiro álibi que lhe permitiria permanecer alheio ao trabalho para se concentrar naquilo que se tornara sua fixação: matar a esposa.

Será que com Ramón também seria tão fácil? Não se atrevia a arriscar prognósticos. Melhor deixar rolar, marcar o encontro. Se desse errado avisaria depois que fora uma brincadeira ou um arroubo de marido traído. Conseguiu falar com ele em uma terça-feira chuvosa, meses depois de descobrir as estripulias da esposa. Íris estava em uma viagem "de negócios", e Juarez também. Marcou em terreno neutro o primeiro encontro. Ramón atendeu a ligação com voz embargada, de quem acabara de acordar, muito embora fossem umas quatro horas da tarde. Custou a reconhecer Nelson ao telefone, e quando finalmente percebeu de quem se tratava fez uma festa enorme, berrou "maluco", que era como se tratavam na adolescência, sentiu-se grato por ter sido lembrado pelo primo, que, afinal de contas, o que queria? A que se devia a surpresa?

– Primeiro quero te ver. – E era verdade. Sem uma conversa pessoal, nada se resolveria. – Depois, tenho um negócio bom pra ti. É a sua cara.

– Assim você me assusta, meu irmão. Por que a minha cara?

– Pessoalmente te digo. Onde podemos nos encontrar?

– Aqui em casa não dá. Me separei de novo e estou de mudança... Eternamente de mudança, cara.

– Vamos tomar uma cerveja em um local tranquilo. Dia de semana, acho que o Jóquei Clube serve. O *scotch bar* do Jóquei. Tá bom pra ti? Eu estou convidando.

– Se é convite seu, pra mim é uma intimação. E olha que eu sou bom com intimações. – Riu da pilhéria. Em seguida, prosseguiu, mais cismado. Finalmente pressentiu a estranheza do encontro, passada a euforia inicial com a lembrança de um parente que o abandonara há tempos: – E a sua patroa? Como está? Ela também irá?

Nelson parou para pensar alguns segundos, que lhe pareceram horas, antes de responder:

– Está viajando a negócios, mas falei que ia te ligar e ela te mandou um abraço. As seis da tarde está bom pra ti, "maluco"?

***

Saindo do prédio, deparou-se com a mulher, que parecia transtornada e voltava inesperadamente de viagem. Óculos escuros, daqueles parecendo máscaras de aviador, via-se claramente que havia chorado muito. Aliás, ainda chorava quando cruzou com Nelson no estacionamento do edifício.

– Tudo bem? – Sua voz soava falsa, mas ele havia descoberto que o ser humano acostuma-se com tudo, inclusive com uma vida de falsidades. Fazia quanto tempo? Três meses? No começo tinha parecido impossível manter a mulher distante enquanto se situava naquele novo universo repleto de dor. Agora, trafegava mais calmo naquele esgoto de dissimulação em que se transformara seu casamento.

– E pra você? – Não havia dúvida de que a voz dela parecia embargada. Estava sofrendo, sem dúvida. Mas não por causa dele, não porque o traía. Ele tinha a certeza de que não era isso.

– Estou indo me encontrar com um cliente. – E sorriu. Era um sorriso amarelo, mas muito menos amarelo do que há semanas. Se desse mais tempo aos dois, se desse mais tempo a ela, o amarelo do sorriso esmaeceria de vez. Mas não estava mais disposto a perder tempo e prosseguiu: – Quer alguma coisa da rua?

Foi um erro, ele logo percebeu. Íris lançou-lhe um olhar que era uma estranha mistura de ódio e desprezo, uma expressão da qual ele jamais se esqueceria, porque havia naquilo algo mais. Aqueles olhos pareciam transcender ao passado remoto de ambos, como se a perscrutar por que diabos ela perdera tanto tempo com ele, por qual misterioso desígnio divino ela passara os melhores anos de sua juventude atrelada àquele casamento roto e sem sabor.

Ela estacou. Por um mísero momento, Nelson achou que ela lhe fosse avançar a unhadas. De fato, Íris parecia querer fazer algo estúpido e agressivo. Mas não fez. Virou-lhe as costas e caminhou a passos duros até o elevador do estacionamento sem sequer olhar para trás. Enquanto as portas fechavam-se por trás dela, dava para perceber que continuava chorando, apesar dos óculos enormes de lentes escuras. E não estava chorando por ele, não depois daquilo. Ele não merecia, após uma década e meia de casamento, sequer as lágrimas da mulher que o traía. Ele não despertava nela remorso ou pena. Deveria ter sido para a esposa um zero à esquerda na vida, na cama, em tudo. Aquela vagabunda estava chorando pelo amante, ou pelo casamento monstruoso que ainda a atrelava, acorrentava-a, a ele. Devia estar sendo muito ruim também para aquela vagabunda. Nelson quase a entendia. Quase tinha pena dela, tanto quanto quase tinha pena de si mesmo, mas já tinha passado da fase da autopiedade e da culpa. Agora só conseguia sentir raiva. Tinha receio do gesto extremo da morte, mas ao mesmo tempo não conseguia entender um mundo em que um homem trabalhador como ele, carinhoso como ele, certinho como todo bom marido deve sempre ser, terminava traído e esculhambado. Aquilo não tinha preço. Teria que enxotar da sua vida o que lhe fazia mal, e de uma maneira definitiva.

* * *

O bar do Jóquei Club era em estilo vitoriano, daqueles locais que o mundo moderno não produzia mais. Combinava com a austeridade dos frequentadores, era o mais requintado *happy hour* da cidade, *whisky* legítimo, frutos do mar. Caríssimo não só para os bolsos de Ramón, mas também um hábito um pouco dispendioso para um profissional bem pago como Nelson. Não dava para ele fazer aquela gracinha todo dia. Nas vésperas de final de semana e a partir de quinta-feira, o local era lotado. Todo mundo que era *vip* aportava por lá.

Naquele dia, uma terça-feira chuvosa, estava vazio. Em uma mesa de fundo um casal, o cara bem mais velho, conversava. O velho garçom, Bill, servia sozinho o balcão e os raros consumidores. Acenou para Nelson assim que o viu e o conduziu até uma mesa da varanda que dava para a pista de corrida verdejante e, naquela ocasião, vazia, exceção a um ou dois tratadores e a alguns cavalos que conduziam para um trote de treinamento.

Bebericou o primeiro chope servido por Bill e aguardou pelo primo, que não aparecia. Pediu o segundo e começou a se sentir um idiota, não somente pelo malogro do reencontro, que se avizinhava óbvio, mas pela ideia maluca. Não seria muito melhor abrir o jogo e acabar logo com o casamento moribundo? De repente, o chope começara a parecer demasiado amargo, fruto, talvez, de suas inquietações. O casal que dividia com Nelson as atenções do velho garçom pediu a conta, e isso não estava nos planos. Seu encontro, se é que ocorreria, ficaria bem mais visível caso não houvessem mais frequentadores, além dele e do primo. Não que o ideal fosse o local lotado, claro que não. Sua cidade era uma falsa cidade grande. Dava aquela impressão superficial de metrópole, de selva de pedra em que ninguém conhecia ninguém, mas na hora H, quando o sujeito precisava de anonimato, sempre aparecia um conhecido. Já ouvira dezenas de histórias de colegas seus reconhecidos em motéis e boates por pessoas erradas, em horas e locais erradíssimos. Tudo bem que o local fosse mais *privé*, mas nem tanto, não é mesmo? Mesas às moscas chamam mais atenção do funcionário do estabelecimento do que lugar lotado. O ideal era lidar com frequentadores esparsos, em mesas bem divididas, para poder conversar com calma e sem sobressaltos.

Subitamente, seus dois problemas resolveram-se ao mesmo tempo. Chegaram uns três sujeitos com jeito de executivos estafados loucos por uma cerveja, aboletaram-se mais próximos do balcão e tomaram de vez a atenção do velho garçom. E também chegou Ramón. Apesar do alívio de saber que o seu tempo não fora de todo perdido, assustou-se com a aparência do primo. Há quanto tempo não o via desde o encontro fugaz e estranho no estádio de futebol? Cinco anos, talvez? Acreditou que um pouco mais. Já àquela época, Ramón parecera-lhe meio acabado, com cabelo de menos e inchado, olheiras impressionantes. Era baixinho e feio, e isso não ajudava muito. Como também não se cuidava, começara, então, a aparentar desmazelo, de um tipo que te faz pensar em abandono e solidão. Fora assim da última vez. Agora estava pior. Seu primo estava ainda mais careca. Perdera alguns quilos, mas suas olheiras e sua cara de tresnoitado demonstravam que os quilos a menos não se deviam a dieta ou a exercícios. Ele parecia alguém bem mais velho do que na verdade era e as roupas amarfanhadas denotavam ausência de condição financeira para arcar com as drásticas mudanças necessárias em seu guarda-roupa.

Ramón chegou triste, mas logo ficou feliz quando viu o primo. Gritou um sonoro "maluco", que pareceu falso, abraçou Nelson e sentaram-se. Havia, é verdade, muita conversa antiga para pôr em dia, muita reminiscência boa da adolescência, e isso tomar-lhes-ia algum tempo. Era preciso paciência, não dava para dar o bote logo de cara, e Nelson não pretendia fazê-lo.

– O que vai beber?

Ramón olhou o relógio. Assustou-se em saber que já eram sete horas da noite, pediu desculpas pelo atraso. "Eu te falei que estou de mudança, não falei?". E emendou:

– Já que já são mais de sete da noite, agora eu tomo um *whisky*. Você me acompanha ou vai só me pagar a bebida? – Riu, um riso triste. Parecia feliz e ao mesmo tempo envergonhado. Nelson teve a certeza de que Ramón tinha ciência da impressão que causava no primo e ex-colega de república. A pilhéria fácil escondia-lhe o nervosismo.

– Eu bebo com você. – E acenou para Bill, que veio à mesa e tomou nota do pedido. Em seguida, foi embora e os primos retornaram a conversa de velhos amigos. Nelson propositalmente tomou as rédeas da prosa e começou a conversar de sua vida, seus empreendimentos, deixando intencionais lacunas no que se referia à sua vida conjugal, à ausência de filhos e de futuro em seu matrimônio. Depois, sutilmente e como um prestidigitador, fez com que o papo esbarrasse na vida de seu interlocutor, que não se fez de rogado.

– Vocês da família sabem tudo de ruim que ocorreu comigo ao longo desses últimos malditos anos, não há muito segredo. – Sorvia o gelo do *whisky* enquanto falava. De seus silêncios dava para notar que saboreava aquele momento, quase como se estivesse voltando à vida e recuperando alguma dignidade perdida pela sarjeta em que se imiscuíra.

– Só não soube da sua boca. – Nelson queria que Ramón se abrisse, a cumplicidade tinha que começar ali. Sabia que nenhuma confissão dele seria plena, mas o simples fato de que alguma verdade saísse de seus lábios serviria para uni-los e solidarizá-los mais ainda. E toda a união do mundo seria necessária ao seu empreendimento macabro.

– Pois é, primo. Andei preso um bom tempo. Aquilo é um inferno em vida, não deseje isso para o seu pior inimigo, pode crer. – Seus olhos marejavam de lágrimas e passavam a fitar o infinito, como se lembrando de um passado deplorável e proscrito. – Fui enganado por gente da pior qualidade. Droga é a maior sujeira do mundo, sabia disso? Os poderosos sempre escapam, mas nós, que somos arraia miúda, sempre acabamos pagando pelos erros dos outros...

Nelson pensou imediatamente em um amigo seu, advogado criminalista, que lhe dissera certa feita que a maioria de seus clientes punham a culpa no vizinho, no chefe, no rico, no mundo, para fugir da admissão de sua própria culpa e de seus erros. Dizia ele que aquele era o teste final para saber se o sujeito era bandido ou não. Sujeito revoltado com o "sistema" e que falava que fora preso por erro judiciário era, em noventa por cento dos casos, bandido mesmo.

– Quando saí, as portas se fecharam. – Olhou acabrunhado para o primo-ouvinte, balançando o copo de *whisky* no espaço em frente à boca como se a brindar com um convidado invisível. – As portas já eram poucas, e as poucas que havia se fecharam.

– É foda.

– Fodíssima. E que experiência eu tinha? Com os pilantras que conhecia aqui fora e os vagabundos que conheci na cadeia – começou a falar alto, desagradavelmente alto para as intenções de Nelson, que começou a sussurrar em resposta para ver se Ramón desconfiava de que estava tornando-se paulatinamente um inconveniente dentro do bar.

– Pois é. Pilantras – Ramón prosseguia. Diminuiu um pouco o tom de voz, mas não de modo a impedir que o grupo de executivos da mesa vizinha passasse a observar de soslaio e com alguma curiosidade o encontro dos primos. – Acabei entrando em outras frias, é verdade que menos sujas, mas não deixaram de ser frias. Abri uma loja de produtos importados e me endividei todo confiando em um sujeito que me foi apresentado por um irmão de cela. É irmão de cela o termo que empregamos entre nós, ex-condenados, sabia? O tal cara se dizia importador, mas era contrabandista, e me deu calote. Depois, peguei emprestado com quem não devia, e agiota é terrível, violento. Lembra dos caras que estavam comigo no campo de futebol?

– Os dois mal encarados? Onde você arrumou aqueles sujeitos?

– Eles é que me arrumaram, primo! – A essa altura já viera um petisco, que Ramón lambiscava enquanto falava, não se incomodando em vez ou outra mostrar alguns dentes amarelados e podres. – Estavam me cobrando dívida de jogo. Também me meti nessa. Sabe como é, pretendi tentar a sorte grande para sair do azar profundo. E de novo não deu certo. Mexi com carro clonado, fiquei preso mais umas semanas, mas um advogado esperto me tirou. Com isso, acabei perdendo mulher e mais dinheiro. Isso foi o menos ruim de tudo, porque casamento é uma merda e dinheiro a gente ganha e perde. Nossos parentes, principalmente o Rafael, devem ter te falado disso, não é? Isso não é novidade para ninguém na família.

– Não é. Eu sabia. Só não sabia detalhes.

– Nem queira saber. Olha, não há capítulos agradáveis na história recente da minha vida, cara. Sinto muito se a conversa ficou triste. – Aí Nelson começou a ver que a conversa estava debandando para o dramalhão, que pequenas lágrimas começavam a surgir nos cantos dos olhos de Ramón. Aquilo era ruim para os seus negócios. Se o embebedasse e mudasse um pouco o rumo da conversa, poderia sondá-lo. Se a prosa continuasse naquele estilão "mundo cão" que seu primo imprimia às próprias lamúrias, acabariam os dois bêbados igual a gambás, abraçados e cambaleando pelo bar, enquanto Bill providenciava um táxi para socorrê-los.

Agiu rápido:

– Não se sinta o pior cara do mundo por conta das derrotas que sofreu, amigo velho. Todos nós temos momentos ruins. Não pense você que a minha vida é uma carreira de sucessos e felicidades. Muito pelo contrário.

– Os seus problemas são minhocas perto dos dinossauros que atravessam o meu caminho. – Ele foi meio poético. Ramón sempre fora meio poético. O que estragava ele é que não tinha garra alguma para empreender nada. Parecia esperar, desde a infância, que o mundo se acomodasse aos seus caprichos enquanto girava.

– Tenho orgulho do que fomos um para o outro. Estava com saudades. E quero ajudar.

Foram três verdades distintas, soltas em frases independentes e que pretendiam justamente obter de Ramón a confiança desejada. E nem por isso deixavam de ser verdades, aos olhos de Nelson. Sua adolescência estudantil fora repleta de momentos lindos e hilários, e tinha daquilo enormes saudades e ótimas lembranças. E também queria ajudar o primo, desde que ele o ajudasse.

Ramón sentiu-se grato com o que ouviu. Aí chorou. Os executivos da mesa ao lado olharam de novo, mas quando observaram que as lágrimas ocorriam após vários *whiskies*, pareceram considerar natural aquela emoção extrema. E voltaram a tratar de seus assuntos, sem ver que, em seguida, Ramón deu um abraço, ao redor da mesa, no velho primo e amigo. Agradeceu igual a um cordeirinho indo para o abate, e nesse momento Nelson passou a nutrir vergonha de si mesmo, de ter planejado aquele reencontro com interesses que eram só seus e que seriam, no mínimo, digamos, questionáveis. Afinal, matar a esposa estava longe de ser um objetivo convencional e unânime.

E por que resolvera fazê-lo? Ainda se perguntava. Sua vida tinha ficado tão vazia, e seu casamento era tanto o centro de seu mundo que, ruído o matrimônio, não avistava perspectivas fora dele. E qualquer um que quisesse destruir-lhe o lar tornava-se seu inimigo mortal, mesmo que esse alguém fosse sua esposa. Acreditava que era mais ou menos por aí que surgia seu ímpeto homicida. Mas era mais forte do que isso, hoje tinha a certeza. Sentia-se enganado e traído duplamente. Pela mulher que escolhera para sua companheira por toda vida e também pela amiga que sempre o ouvia em suas confidências e reclamações, que conhecia um a um de todos os seus demônios interiores. Como ficaria sem ela, em caso de separação? Íris não iria embora somente levando seus segredos, mas também uma parte irrecuperável dele próprio, uma parte roubada dele por ela. E isso ele não permitiria, preferia vê-la morta, ainda que fosse o responsável por essa morte.

– Também estou com um problema, e acredito que a solução do meu problema é também a solução do seu. Por isso abreviei esse nosso reencontro o máximo que pude. – Havia abaixado a vista propositalmente, como quem narra um mistério recôndito. Agora levantava os olhos e percebeu no primo aquilo que esperava mesmo ver. Diante do aceno de uma vantagem pessoal, Ramón imediatamente abandonara as lamúrias, secara os olhos e olhava atento. Se alguma dúvida ainda tivesse Nelson de que ele era o cara certo, essa dúvida agora se dissipava. Ramón era um oportunista, uma ave de rapina. Aquele olhar dizia tudo. Continuou: – Meu casamento está em ruínas, também. Mas não quero arruinar-me por causa dele. Se lembra da Íris?

– Claro que sim, mas não a conheço muito, não é mesmo, primo? Quando vocês se conheceram você já estava indo embora da república e ela nunca foi muito com a minha cara. Soube que prosperaram enormemente e estranhei em saber que não tiveram filhos depois desse tempo todo casados. O que aconteceu?

– Traição. Chifre. Fui corneado. Estou prestes a tomar dela um pé na bunda. Pode escolher a resposta.

Assustou-se com a sua voz firme. Ramón também. Levantou a fronte e, de início, pareceu estancar sem qualquer traço perceptível de espanto na cara suarenta. Então seus lábios tremeram em um muxoxo, como o de quem prende um riso. Um riso, não, uma gargalhada. Nelson safou-o da gafe, rindo primeiro. Então ambos se abraçaram e riram muito. Fora engraçada, sem qualquer sombra de dúvida, a forma como Nelson revelara todo o seu calvário em poucas palavras, de supetão, sem traços de constrangimento. Beberam mais umas por isso. Não demais. Nelson não queria vê-los embriagados, e Ramón, agora, começava a querer recuperar a sobriedade para entender tudo o que se passava e como, afinal de contas, a ruptura do casamento do primo poderia lhe trazer algum negócio em comum, algum benefício.

– Descobri tarde demais e fiquei quieto. É com o meu chefe, pra piorar tudo. – Assim que as risotas espaçaram-se, retornou a frieza na abordagem do problema. Afinal de contas, a par das reminiscências, risos e lágrimas, aquela era uma reunião de negócios, das centenas de que já participara Nelson. Não podia perder a fleuma.

– Seu chefe?

– Um deles, digamos. Não é meu superior direto, mas é um dos maiorais da minha empresa. Sempre me tratou como um Zé-Ninguém, uma fonte de piadas na hora do cafezinho. Isso enquanto transava com a minha mulher.

– Filho da puta – A entonação de Ramón não era ofensiva. Era quase uma constatação.

– E não quero me separar, Ramón. Tudo menos a separação. Me renderia problemas em casa e no trabalho. E vivi a vida inteira pros dois, pro casamento e pra carreira. Íris me sacaneou nos dois. É sem perdão o que ela fez.

– Sem perdão – repetiu Ramón. Começou a perscrutar o que Nelson realmente queria, e sentia-se como aquele espectador de um filme de mistério que se ajeita na cadeira do cinema no início da cena dramática que revela o segredo de toda a história.

Olharam-se. Perceberam o fio da meada que começava a se formar entre ambos. Descobriram reciprocamente o que faltava ser dito de um para outro, e aquilo que não precisaria ser dito. Jamais precisaria ser dito.

– Prefiro ser viúvo a me separar. – Nelson preparava-se para o bote. E Ramón deixava-se fisgar, quase prazerosamente. Agora estava em seu terreno. – E tenho uma apólice de seguros de vida, sabe? Nós temos. Uma bolada, e um é beneficiário do outro. É claro que a seguradora só cobre morte acidental ou por doença. Andei pensando nisso...

As reticências ao final da frase eram planejadas. Nelson passara semanas pensando e repensando aquela conversa. Sabia que poderia ouvir um "não" de Ramón e, então, a história toda estaria encerrada. Não poderia confiar em nenhum outro, porque então Ramón saberia seu segredo, e aquilo não era história para permanecer escondida com mais de duas pessoas, de preferência duas pessoas que lucrassem com a morte de Íris e que tivessem o interesse recíproco de acobertar a história, porque seriam cúmplices naquela sordidez. Sem dúvida, se Ramón fugisse daquilo que lhe propunha, teria que dar adeus ao seu plano.

Não esperava, contudo, a reação que se seguiu. Ramón olhou-o bem no fundo dos olhos, como se a tentar alcançar-lhe a alma e olhar, lá dentro, se Nelson seria realmente capaz daquilo a que se propunha. Se seria capaz de matar. Aquela mirada de olhos durou simples segundos que lhe pareceram uma eternidade. Em seguida, Ramón sorriu, ironicamente. E também desdenhou de suas intenções.

– Então pensou no seu antigo primo "barra-pesada" aqui, não é? – Agora seu olhar era rútilo, havia raiva ali, e mágoa também. – Do que precisa de mim, Nelson? Conselhos sobre o submundo? Ou quer saber como é a vida na cadeia? Porque é pra lá que vai, se levar adiante essa história idiota.

– Escute, estou me abrindo com você. Se não fosse com você, com quem seria? Não tenho intimidade com mais ninguém, não a esse ponto...

– Ponto? Qual "ponto"? – Sorveu rapidamente a dose de *whisky* que estava pela metade, já pedindo para ser virada goela adentro. – Para assuntos sujos, o cara certo sou eu! Se fosse para falar de bolsa de valores, investimentos, haras, casa de campo, carro novo, você teria um bando de puxa-sacos e grã-finos do nariz em pé para conversar. Mas como o assunto é barra-pesada, é sujeira, é criminoso, só tem um pra confiar... O querido primo marginal aqui!

– Está bem, me desculpe. – Não adiantava ali pedido de desculpas algum, sabia disso. E também sabia que aquela reação podia se modificar rapidamente. Ramón estava sendo até ali um camarada, um ombro amigo. Se o queria seu sócio, precisaria ir mais adiante. – É que a separação me arruinaria, bicho. Uma vida inteira de trabalho. Teria que pagar pensão alimentícia. Estou com muita raiva, e aí fico sabendo do valor da apólice de seguros... Ramón, você não sabe o valor da apólice, amigo! É grana pra parar de trabalhar por uns dez anos, no mínimo. Se aplicar bem o dinheiro e não tentar viver como magnata, então, dá para parar de trabalhar de vez. É uma aposentadoria de classe média, Ramón. Seria a saída digna, a saída justa, diante de uma traição tão nojenta assim.

Então falou o valor da apólice para Ramón. O primo ficou quieto. Pousou o copo de *whisky* na mesa, daquele jeito definitivo de quem não vai pedir mais um e se prepara para ir embora. Restava-lhe a frase final, para fechar com chave de ouro aquela estranha conversa, o *grand finale*. Uma história maluca daquela não poderia acabar sem a opinião do ouvinte estarrecido. E Ramón falou, enquanto se levantava:

– É muita grana mesmo. Mas o que você está querendo fazer dá trinta anos de cadeia. E é tanta sorte grande perder a mulher "segurada" numa fortuna quando ela está te traindo que, é claro, a história não vai passar despercebida, eles vão descobrir rapidinho. Esquece cara. E obrigado pelo *whisky*. – Levantou-se em definitivo, olhou para os lados para se assegurar que não era notado e foi embora, tentando disfarçar um inequívoco cambaleio próprio daqueles ébrios que estão tentando não aparentar a embriaguez.

Não havia mais nada a ser feito, exceto esperar. E Nelson esperou, por alguns dias. A reação de Ramón era certa e era ética, mas sabia que esse seu bom caráter tinha limites minúsculos e estava prestes a se romper. Fizera bem em dizer o valor do seguro, sabia que o primo nem por sonho teria até então ideia do que significava o valor alto da apólice, quando lhe dissera. Dizendo o tamanho da grana, sabia que tudo seria uma questão de tempo.

Passados alguns dias, o telefone tocou quando Nelson estava no banho. Mucama atendeu e parecia chateada com a grosseria de quem ligou quando bateu na porta do banheiro alertando-o de que era uma ligação urgente. Nelson não esperava ligação àquela hora da manhã, nem a empregada. Notara que ela apresentava-se mais solícita com ele de um tempo para cá, algo proporcional à barreira de gelo que Íris lhe criava dentro de casa. Mas Nelson não tinha olhos nem cuidados para Mucama, naquele momento, apesar de começar a considerá-la como mulher, e como mulher ela não era nada mal. Estava concentradíssimo naquilo que já definira anteriormente como "um problema a ser resolvido". Era só assim que, mentalmente, pensava no assunto.

Veio meio ensaboado e meio de roupão até o quarto da suíte, que estava vazio. Íris não o esperava como antes, e ele descobrira fazia dias que não importava mais. Ela era-lhe como um defunto em vida, que apenas ainda não fora enterrado. Atendeu o telefone, curioso, mas despreocupado:

– Alô?

– Alô, primo. – A voz era de Ramón. Alterado, tentando parecer que não estava alterado. – Nossa conversa continua de pé? Tem segundo tempo?

Nesse momento Nelson entendeu que, para o bem ou para o mal, seu plano daria certo.

3. A AMANTE TRAÍDA

— É fundamental que pareça natural. Não pode haver evidência alguma de que foi provocada.

— Por que não? Um assalto, talvez. É tão comum.

— Assalto com morte de gente graúda sempre dá imprensa, dá boato, a polícia fica em cima e acaba descobrindo tudo. E você? Acha que sua sorte grande de marido traído e que recebe uma bolada do seguro por conta da providencial morte da esposa vagabunda ia ficar quanto tempo despercebida? Acorda, Nelson!

Reparou que Ramón optava por não se referir, não falar de forma alguma, certas palavras, mesmo no ambiente inóspito em que se encontravam, a chácara de um amigo, nas imediações da cidade. Não pronunciava de jeito nenhum a palavra "matar". Homicídio e assassinato então, nem pensar. Pareceu a Nelson que o primo pretendia minimizar os riscos, tática essa muito conhecida no meio empresarial. E, chegando a essa conclusão, ficou muito satisfeito consigo mesmo de ter escolhido Ramón para executar seu plano. Ele era a pessoa perfeita para isso, com as doses exatas de prática, intimidade com os envolvidos e interesse financeiro na jogada. Começava a sentir-se confiante, embora um pouco assustado com o vertiginoso progresso de seus planos.

Continuavam sentados no caramanchão defronte à casa do sítio uns cinquenta metros. Mais adiante, a esposa do caseiro tratava as galinhas com milho em um cercado próximo da horta em que cresciam alfaces aparentemente livres de agrotóxicos e muitíssimo apetitosos, à distância.

— Tem que ser acidente, porque ela é saudável — Ramón continuou, bebericando o *whisky* que Nelson levara para seu convidado, que não fazia nada, absolutamente nada, sem tomar um trago.

— Acidente de quê? De carro?

— Isso mesmo. De carro ou acidente doméstico. Disparo acidental de arma, talvez... Você tem arma?

— Um trinta e oito enferrujado que nunca usei.

— Você podia estar lubrificando a arma e dispará-la acidentalmente... — Pareceu pensar na ideia, os olhos absortos em alguma coisa no vazio. — Não. Você podia errar a pontaria. Aí teria que finalizar o serviço e os peritos descobririam. Os peritos são foda pra descobrir isso, sabia? Trajetória de bala, ângulo, essa coisa toda.

– Onde aprendeu isso tudo? Na faculdade é que não foi, você matava muita aula.

Ramón riu e explicou, virando mais um gole de puro malte. As penitenciárias são verdadeiras escolas de Direito, até com bibliotecas. Qualquer presidiário sabe de cor os motivos de sua condenação, as características de seu crime, e as visitas de advogados são constantes. Alguns detentos elaboram de próprio punho recursos judiciais.

– E na minha cela eu tinha colegas do arco da velha – continuou. Parecia divertir-se com o assunto profissional. Afinal de contas, aquele era o seu mundo. – Tinha um homicida médico, um crânio que lia o dia inteiro. Também estava lá por motivo semelhante. Colega seu. Chifre e seguro! Ah!

– Mas foi descoberto. – Nelson não se deixou ofender. Não queria rusgas. Naquele momento dependia demais de Ramón.

– A amante revelou tudo depois de uma pressão da polícia. Isso é fundamental, Nelson, ainda bem que me lembrou. Ninguém, ninguém além de nós dois pode saber disso, entendeu?

– Ninguém sabe.

– Ninguém mesmo. Tem amante? Ela não pode saber. Esqueça melhores amigos. O melhor amigo do homem é o dinheiro. Por acaso amarrou um porre e falou com alguém o que não devia?

– Só com você.

Agora Ramón gargalhou. Riu tanto que contagiou Nelson. Parecia à distância que se divertiam muito. Fora tranquilo conseguir aquela chácara emprestada com o amigo Marcelo Dani, que era seu médico há muito tempo e não aparecia na chácara fazia meses. Comentou que estava escrevendo um livro sobre estratégias empresariais e precisava de rápidas fugas durante o dia, e também entrevistar pessoas, e Marcelo ficou muito feliz em ajudar. Até brincou que gostaria de um agradecimento especial no frontispício da primeira edição.

– Vai ser um acidente de trânsito ou doméstico, então. Tenho o cara certo para isso. Te falei que conheci gente especialíssima na prisão, não falei? Pois bem. Tinha um traficante cumprindo uns quatrocentos anos de prisão lá. Está lá até hoje. Com muita gente trabalhando para ele do lado de fora da cadeia, inclusive alguns matadores. Também trabalhei para ele.

– Ramón, não quero me meter com gente do crime organizado. Aí, sim, a história vaza. O cara é pego amanhã ou depois com mil quilos de cocaína e começa a abrir o bico sobre tudo o que fez de errado. Aí abre o jogo sobre o nosso negócio...

– Não é o traficante, mas um dos seus... "funcionários", digamos assim. O cara é uma espécie de *freelancer*. É contratado por "serviço", e o meu colega de cadeia elogiou muito ele. Falou que encomendou uns três caras pro seu matador de aluguel e ficou muito feliz com o serviço. Obra sem deixar vestígios, bicho.

– E daí? – Era a hora de Nelson agir com algum sarcasmo, porque a trama começava a ficar rocambolesca demais, mesmo para suas intenções, já por si só fantásticas. – Você não acabou de me dizer que o sigilo é a alma do negócio? Nem com amante eu posso falar. Aliás, nem amante eu tenho. Desde que isso tudo começou estou me valendo de putas para segurar o dia a dia. Íris não se deita comigo há meses e eu, pra te ser sincero, não conseguiria transar com ela depois de saber que me trai. É até um alívio que ela também me recuse. Não sou obrigado a representar.

De repente, ao invés de dois homicidas, pareciam dois velhos amigos trocando confidências e cedendo os ombros um ao outro, para o choro recíproco das mágoas da vida. Ramón pareceu entender a dor do primo, o vendaval de emoções contraditórias que se tornaram os últimos tempos de sua vida, a confusão mental. Em um momento, Nelson sentia a dor da perda com o casamento frustrado. No momento seguinte era raiva pela traição. Raiva não, ódio. Em seguida, o olhar dele não refletia mais a vontade de fazer mal a Íris, mas a perplexidade diante daquilo que ainda estava por vir. E aí parecia perdido, não somente com a vida após o casamento findo, mas também com o fato de que pretendia matar a esposa, e, no fundo, Nelson não sabia se estava preparado para isso.

Abraçaram-se. Nelson deu um gole no *whisky* de Ramón. Riram timidamente.

– Está difícil, não está, parceiro? – Ramón rompeu o silêncio.

Nelson olhou intensamente o horizonte diante de si. Por cima da casa do rancho. Além da caseira que dava de comer às criações. Adiante da montanha e da serra que encapelavam a vista. É muito difícil matar alguém, principalmente quando é alguém que se ama. Mas os últimos dias estavam sendo particularmente difíceis com Íris dentro de casa. E ela rescendia a desprezo e ironia nos poucos momentos do dia em que estavam juntos. Ao menos fisicamente, mas juntos. O contato sexual cessara de vez, e agora ele ouvia piadinhas. As piadinhas eram o pior de tudo.

– Ela se tornou meu pior pesadelo nos últimos tempos... – Deixou as reticências de propósito, porque não sabia se tudo aquilo que sofria nas mãos da esposa justificava tomar uma vida humana. E ao pensar nisso lembrou-se das aulas de catecismo, na escola, mais de trinta anos atrás. O pensamento viajou e, de repente, voltou de novo para a tarde ensolarada e os planos de assassinato.

– Quero que você saiba de uma coisa. – Ramón havia acendido um cigarro, que brandia entre o indicador e o polegar, como se fosse um professor traçando um giz no vazio que fantasiava ser uma lousa. – E é muito importante que saiba disso.

– O quê? – As lágrimas de Nelson começavam a ser derramadas e eram autênticas. Agora ele também se servia do *whisky* com sofreguidão.

– Nada de definitivo ocorreu ainda. Mesmo as nossas conversas e as suas revelações. Sepulto elas todas e as levo para o túmulo. Até aqui, tudo é reversível. Basta desistir, afinal ela é a sua esposa e deve ter muito sentimento bom, ainda, entre vocês. Às vezes dá pra consertar e, se não der, o divórcio não é o fim do mundo.

– Ramón, ela me trai com um dos meus chefes. – Agora choramingava, e via no primo um orientador e um guia, não mais um simples comparsa sem caráter para o serviço sujo.

– Muda de emprego.

– Ela me humilha e me ofende. E vai me deixar na miséria. Eu conheço a Íris. Vou perder carreira, casa, casamento, amigos... Eu vou começar do zero, sem eira nem beira, depois dos quarenta. Por causa de uma puta.

Ramón olhou para Nelson. Olhou muito para ele. Por trás dos óculos escuros, seus olhos também estavam mareados pela dor do primo. De repente, o dinheiro do seguro estava em segundo plano. Eram dois derrotados trocando experiências desastrosas e recostando-se um no ombro do outro. Só que Ramón era mais experiente. Vira a morte de perto e ficara preso alguns anos, o que era a morte em vida. Ele é quem deveria guiar a conversa. E era nele que Nelson confiava para sair daquela encruzilhada.

– Não basta que ela esteja te arrasando ou que ela vá te arruinar – explicou, didático. – Para realizar esse serviço você tem que odiar. Senão o fantasma dela vai te perseguir pro resto da vida e você não vai mais ter sossego neste raio de mundo. Pode crer no que digo, cara. – E deu mais um gole, outra tragada no cigarro, e ficou esperando Nelson definir-se.

***

De derrotas e casamentos frustrados Ramón entendia muito bem. Sua vida adulta resumia-se a drogas, álcool, sexo, crimes e cadeia, não necessariamente nessa ordem. Abandonou a faculdade antes da metade do curso para se meter com um rabo de saias, uma messalina que lhe torrava todo o dinheiro da mesada que seus pais ainda lhe mandavam, ele que, à época, já contava vinte e poucos anos de idade, não trabalhava e era um estudante sofrível. Para piorar, tinha um irmão certinho, bom aluno e bom moço, com namorada firme, que estudava Medicina. Quando saiu da faculdade e amancebou-se com uma mulher desaprovada pelos pais, foi renegado em definitivo e a fonte de dinheiro secou. Nunca mais voltaria a ter um bom relacionamento, ou mesmo qualquer relacionamento, com seus pais e seu irmão. Os velhos morreriam pouco tempo depois, um depois do outro, como em uma bonita história de amor. Eram pais temporões e só esperaram o irmão bonzinho de Ramón formar-se, aprumar na vida e lhes dar um netinho para adoecerem, fenecerem e morrerem, primeiro o pai e depois a mãe, com poucos meses de distância entre um e outro.

Ramón estava definitivamente sem família, porque os tios e primos já sabiam que era uma ovelha negra. É claro que a companheira parcialmente responsável por seu exílio abandonou-o naquele meio tempo, porque Ramón não parava em emprego nenhum, tinha planos comerciais mirabolantes e que nunca davam certo. Como não tinha nenhum dinheiro e muitos problemas, sua união durou somente até a companheira encontrar outro trouxa.

Ou seja, Ramón entendia bem os problemas de Nelson. Tivera o mesmo percalço, só que não havia parado ali. Bebia compulsivamente, descobriu a cocaína, e durante os anos que se seguiram conheceu a pior escória de gente que o submundo da droga produz. Foi quando lhe surgiram as "grandes" oportunidades. O problema é que eram oportunidades ilegais. Seu fornecedor quase diário de pó espremia-o para receber uma dívida, e um colega de copo apresentou-o a um estranho casal da alta sociedade. Precisavam de alguém para ir e voltar do Paraguai com carros de procedência duvidosa. Pagavam bem. Ramón topou. O cara era meio afeminado, mas a mulher era uma daquelas "coroas" deliciosas que povoam a imaginação de todo adolescente. Ramón jamais conseguiria comê-la, mas durante muito tempo sonhou com ela em sua cama, a tal ponto que não conseguia mais saber se entrara naquilo pelo dinheiro ou pela patroa gostosa.

Com a grana dos carros, pagou o traficante. E comprou mais droga. Dormia com putas em boates e bordéis. Alugava pequenas quitinetes e mudava-se constantemente, à moda dos malandros. Não tinha endereço e conseguiu com outro conhecido do submundo uma dupla e até tripla identidade. Usava documentos falsos e tinha se tornado, com o tempo, o principal atravessador do casal de vigaristas. Só que seus chefes acabaram presos, "caíram", como se diz no meio da bandidagem. Por aquele tempo, Ramón já não levava e buscava só carros. Dentro dos carros havia muamba e drogas. Ele também caiu. Claro. Nunca tivera sorte. Se chovessem vaginas, um canivete aberto cairia em sua cabeça. Ramón amargurou dois anos de cana e nunca mais viu seu casal de patrões. Soube depois que a gostosa se livrara de problemas com a lei dando para os delegados responsáveis pelo caso. O marido dela foi enrabado na cadeia. Resistiu e o mataram, atravessando-lhe um chuço goela adentro. Nunca se descobriu qual dos catorze presidiários que dividiam com ele uma cela minúscula tinha sido o autor da proeza. Já Ramón, também preso, conheceu por lá aquele que viria a ser seu futuro patrão: Tito, o traficante global, o comandante dos morros mineiros, que a polícia caçara impiedosamente por anos a fio. Tito o protegeu tão logo o viu. Há algo que é necessário aprender desde logo sobre Ramón: ele é, no fundo, um bom bandido. É impossível ter raiva dele, ou ao menos é impossível ter muita raiva dele. Tem um ar de cachorro sem dono que agrada aos poderosos que querem fazer caridade, desperta um sentimento fraternal nos corações mais duros, porque sabe ser subserviente e engraçado nas horas certas. Só sua vida é que nunca teve muita graça.

 E Tito gostou dele. Tinha quarenta anos de cana para cumprir e sua solução era comandar o tráfico de dentro dos muros do presídio. Descobriu que a pena de Ramón era relativamente pequena e o introduziu em sua organização. Precisava dele lá fora. Forneceu-lhe contatos e nomes. Nada importante, nada que tornasse Ramón um arquivo vivo, mas o suficiente para que ele fosse útil à organização. Ramón, que sempre fora um valete, um soldado, saiu da cadeia gerente do tráfico, responsável novamente por transportes criminosos. Dessa vez era tráfico internacional. Aquilo enrolou Ramón mais seriamente, porque nosso amigo simplesmente não sabia fazer nada certo. Tentou bancar o durão, afinal de contas era homem de confiança de Tito, mas acabou pouco tempo depois detido em uma megaoperação policial. Reincidente, teria sua pena diminuída se entregasse Tito. Não entregou e passou mais quatro anos preso.

 Quando saiu da cadeia estava "queimado" na organização. Não podia mais sair a campo, pois os tiras o conheciam, todas suas identidades haviam sido descobertas. Era seguido. No entanto, havia angariado a confiança do Chefão. Foi o bastante para conseguir um dinheiro. Com ele, vivia de pequenos golpes, um estelionato aqui, uma esperteza acolá. Pegou dinheiro emprestado com agiotas, e apanhou muito deles por não pagar a conta. Quem conhecesse bem Ramón saberia que a simples ideia dele pagando uma dívida, qualquer dívida, soaria ridícula. Mas os agiotas não sabiam e emprestaram. Com a surra, Ramón foi hospitalizado alguns dias. Tito soube, e nunca mais se soube dos agiotas, que partiram desta para melhor sem nunca receberem o valor devido.

 Não havia dúvida de que Ramón era um protegido do tráfico, mas desde então teve que aprender a se virar sozinho. Tito considerou os favores do gerente pagos quando o protegeu de seus credores. Nunca mais se falaram, porque o patrão permaneceu preso, e Ramón voltou aos seus pequenos golpes. Foi nessa fase de sua vida que Nelson o reencontrou.

***

Não houve definição entre os primos sobre a morte de Íris, naquele dia e nem no outro. Aliás, nem nas semanas que se seguiram. Os dois simplesmente deixaram a conversa morrer e cada um foi para o seu canto. Nelson retomou sua vidinha besta, agora convivendo com a esposa que chegava de madrugada, de segunda a sábado. Perdoava os domingos, devia ser por algum compromisso do amante, porque em casa é que não era. E chegava bêbada, virava para o lado da cama e roncava. Seu cheiro de sexo recém-feito e de sabonete barato de motel, aliados aos roncos próprios de quem dorme embriagado, acabaram por fazer Nelson mudar-se para o quarto de hóspedes.

Mas o pior era quando se encontravam acordados, sóbrios, durante o dia. Íris tirara férias na empresa e ele nem sabia, porque ela pouco parava em casa. Parecia ter entrado em algum acordo obscuro com Mucama, e só ficava em casa quando Nelson não estava. Mesmo assim, encontravam-se amiúde, principalmente nos finais de semana.

Um sábado de manhã acordaram ambos de ressaca. Nelson foi para uma boate de má fama assistir a uns shows de *striptease*, mas acabou exagerando na bebida. Voltou de táxi para casa e, quando chegou, Íris ainda não havia chegado. No dia seguinte olhou para a cara da mulher no café da manhã, e ela lhe sorria cinicamente.

— Chegou rescendendo a casa inteira a cheiro de puta. — Seu humor cáustico e de entrelinhas parecia espargir dos meandros de seus lábios e no entremeio das palavras poucas e duras que ainda se permitia direcionar ao marido.

— Eu não estava com você — Limitou-se a responder ele, sério. E raro. Estava fazendo uma força enorme para não brigar, discutir, ofender. Na pior das hipóteses, prejudicava-lhe o disfarce. Ninguém podia saber que estava mesmo às turras com a esposa, caso fosse mesmo levar adiante seu plano maluco.

O copo na mão de Íris tremeu. Em outros tempos (quando havia amor?) teria derramado seu conteúdo, que naquela manhã era algum suco de fruta nordestina, na cara de Nelson. Mas agora somente sorriu mais ainda, um sorriso felino, de quem se compraz com a derrota alheia, de quem sente prazer em ver o outro enredar-se em uma armadilha de desprezo que tinha por fito único infernizá-lo.

— Você vai ter tempo para sentir minha falta. Aí veremos — respondeu ela, limpou os lábios com o guardanapo, como se enxugasse veneno que lhe escorresse pelos cantos da boca, e levantou-se. Saiu de casa naquele dia e só voltou no domingo de madrugada, bêbada e cheirando a sexo barato.

Mucama também notara, obviamente, a diferença. Estava mais maternal com Nelson, porque dentro de casa sua situação daria pena no coração mais gélido. Preparava-lhe comida e *drinks* sem se preocupar com a patroa que, aliás, começou a ignorá-la, como se Mucama fizesse parte da mobília. A manobra serviria para intimidar a empregada doméstica se ela fosse uma empregada-padrão, negra, feia, de meia-idade e humilde. Mucama, não. Era uma mulher de trinta anos, mãe de um filho ainda na primeira infância. Loura, com um metro e setenta de altura, fora mãe solteira e prostituta para manter o filho, mas descobriu que ganhando um pouco menos em uma residência de família teria mais tempo para ser mãe. Era seca como convinha a uma gaúcha radicada fora de seu estado natal. Tinha vergonha do sotaque, muito embora Nelson já lhe tivesse dito algumas vezes que o considerava "bonitinho". Portanto, falava pouco, inobstante os dois anos em que já estava com o casal. Tampouco se importou com o apelido que lhe deram, "Mucama", quando certa vez Íris lhe disse por que o criaram. Achou graça, mas não riu. E agora sentia pena e ternura por Nelson, e começou a desprezar Íris pela indiferença.

Os vizinhos e amigos pararam de vê-los juntos, e as risadas e festas do casal minguaram até sumir, o que era péssimo para o disfarce de Nelson, que ainda não se decidira. Seu ódio ainda não era intenso o suficiente para tornar a morte de sua mulher a única saída possível para sua vida. Isso só aconteceu um pouco adiante, quando tentou espairecer em uma confraternização da sua empresa em um clube da cidade. Só foi lá porque Íris obviamente não iria e porque Juarez também não, porque estava afastado por motivos de saúde. Segundo soube, fizera uma cirurgia ortopédica no joelho, roto por causa dos jogos de tênis nos finais de semana. Ou talvez por "montar" todos os dias em Íris, pensou Nelson, furibundo, mas tentando distrair-se com a paisagem que ia mudando à medida que conduzia seu carro pela estrada que saía da cidade em direção ao local da festa.

Todos os conhecidos da empresa estavam lá, e Nelson procurou descontrair-se enquanto as horas passavam. Tomava cerveja ao pé da churrasqueira com Bola e Davi, um dos advogados da empresa. Riam bastante e comentavam sobre as pernas e a bunda da nova secretária da diretoria, Mércia, que estava um avião naquela tarde. De vez em quando, Alberto Lajes aparecia para ver como estavam, trocava uma piadinha com Nelson, de forma simpática passava alguns minutos com eles na mesa, interessando-se pelo papo. Depois voltava para a mesa da diretoria, maior, em que quatro ou cinco dos chefes de Nelson divertiam-se com as esposas.

Juarez não tinha mesmo aparecido. Pelo menos até então. Passado pouquíssimo tempo, surgiu com uma bota de gesso e uma bengala, boné e óculos de sol, secundado por uma morena linda que o amparava e que apresentou a todos como sua "namorada Ângela". Parecia uma celebridade hollywoodiana que vivera escondida nos Alpes suíços todos os anos e que aparecia de repente na festa do Oscar, com tapete vermelho e tudo. Parou um pouquinho na mesa de Nelson, que engoliu profundamente seu asco ao apertar-lhe a mão e perguntar como estava.

– Conhecendo gente nova, depois da separação. – E piscou para Nelson.

– E põe nova nisso... – rebateu Nelson, sem nem parar para pensar, diante do trocadilho que fazia ao mesmo tempo sem querer, ao mesmo tempo inevitável. Riu de nervoso. Não tinha tanta intimidade assim com Juarez, e a namorada estava ao lado, uns vinte anos mais nova, ao menos.

O resto da mesa calou-se. Bola avermelhou como um pimentão e Davi passou a assistir a cena entre ambos como quem presencia uma luta de boxe. Juarez estatelou os olhos e apertou firme a mão da namorada, que não sabia onde punha a cara, se dentro do vestido jardineira, se no decote em V provocativo, ou simplesmente saía correndo para fora do sítio e da festa.

De repente, deu uma gargalhada escandalosa, fazendo quem estava perto parar de conversar e olhar para o que ocorria.

– E põe nova nisso! – E ria, olhando a namorada, que começou a também rir somente para acompanhar seu par, nitidamente constrangida. Deu dois tapinhas no ombro de Nelson. – Essa é boa, campeão!

Riu mais um pouco, até Nelson aderir e também encarar o fato como brincadeira. Era a saída digna de ambos. Enquanto fingiam reciprocamente, pareceu a ambos que um conhecia o segredo do outro, nenhum dos dois abrindo a guarda. Mas foi por um instante. Depois a guarda voltou a ser armada, até que Juarez pediu licença e foi para a mesa dos diretores, acompanhado da jovem, já então mais refeita da cena.

– Você tá maluco, cara – censurou-lhe Bola, entre dentes, para que o patrão não ouvisse. – Sabe como o cara é vaidoso, é metido.

– Eu estava brincando. Não viu que ele gostou? – E pediu a Davi para chamar o garçom e pedir bebida mais forte, pois a tarde estava muito divertida.

Mas Nelson não iria se divertir por muito tempo. Começava a embriagar-se e, por fim, Alberto Lajes, que era uma espécie de mentor e guru de Nelson, sentou-se ao seu lado com ares mais definitivos enquanto riam e voltavam a conversar amenidades. A atenção do chefe geral não tolheu de Nelson os sentidos ao ponto de deixar de considerar a presença de Juarez e sua nova presa na festa, o que perscrutava discretamente, de rabo de olho, como se dizia na sua infância. Juarez estava alegre em apresentar a namorada a todos. Sentou-se em uma cadeira, esticou a pata quebrada em outra e começou a beber *whisky* enquanto conversava com os outros diretores, e a namorada era apanhada pelo braço pela esposa de alguém, indo ambas ao banheiro discutindo amenidades.

Juarez parecia orgulhoso, como convinha a um idiota. Então, se ele separado arrumava namorada, as coisas entre ele e Íris não deveriam mesmo estar boas, o que explicava o mau humor descomunal dela nas vezes em que encontrava o marido. Mas, de algum modo, a situação entre ambos parecia forçada, havia alguma coisa errada em algum lugar, e ele ainda não havia se apercebido o que seria. Era como se o surgimento da nova namorada de Juarez fosse um fato novo, novíssimo, naquele triângulo amoroso asqueroso que, de uma hora para outra, havia se transformado em um quadrado.

Foi quando Íris surgiu, surpreendentemente. A segunda surpresa da tarde. Chegou serena e vaporosa, chamando a atenção de todos. Quem chegasse mais perto e lhe sentisse o hálito perceberia que já tomara algumas doses, mas estava longe da bebedeira, seu estágio mais perigoso. Pelo menos, não estava bêbada ainda. Estacionou seu carro e saiu cumprimentando as pessoas, do jardim de entrada da chácara até a região das mesas e churrasqueira, quando sorriu para o marido e sentou-se ao lado dele.

Conforme Nelson já intuía, seu casamento trôpego não era novidade no ambiente de trabalho. O simples fato de compor um casal festeiro que parara de festejar já era um indício veemente de que algo havia de errado e podre no seu reino matrimonial, ao menos para os colegas mais ligados aos dois. Nelson tampouco conseguia disfarçar sua tristeza nos momentos de crise, e sabia que provavelmente Íris não teria motivos e nem temperamento para esconder de quem quer que fosse seus problemas comuns ao marido. Aliás, provavelmente já deveria ter descortinado as entranhas de seu casamento para algumas amigas escolhidas a dedo, porque mulher não consegue ficar sem trocar confidências. Somando-se a isso o fato de que algumas das amigas de Íris eram esposas de colegas de Nelson, ou vizinhos comuns do casal, havia espaço mais do que suficiente para Nelson chegar à conclusão lastimável de que seus chifres já deveriam estar um bocado populares nos corredores da empresa. No fim das contas, Ramón tinha razão. Se a esposa vagabunda morre em circunstâncias criminosas, seu relacionamento conjugal estaria exposto na mesa de um delegado de polícia em poucas horas.

Justamente porque a crise entre ambos já era comentada, o surgimento de Íris gerou algum estupor, principalmente em Juarez, que engasgou com o *whisky* tão logo viu a amante (ou ex-amante) chegar para fazer companhia ao marido corno. Mas disfarçou bem sua alteração de ânimo e, a partir do susto, passou a fingir por completo desconhecer sua presença ali. Ao contrário, passou a demorar-se mais nas mesuras à nova namorada, e a conversar mais intimamente com as demais pessoas de sua mesa, dando menos atenção ao que se desenrolava à sua volta.

E o que se desenrolava era Íris, que cumprimentou o marido com uma efusividade canastrona, passou a conversar afetuosamente com Bola, em uma calma que prenunciava tempestade aos olhos acostumados de Nelson. E, ah, como esquecer, Íris passou a beber como uma esponja. E enquanto bebia, aqueles seus olhos, que de início passeavam pelos convidados de uma maneira estudadamente aleatória, mas periódica, passaram a se demorar mais em uma determinada mesa, justamente aquela ocupada por Juarez e sua nova dondoca.

E Íris falava alto. Descobriu uma das famosas "amigas comuns" que todo casal tem, uma gerente de setor chamada Dinorah, cinquentona e solteira, que se sentou à mesa deles e entre Bola e Nelson. Íris conversava com Dinorah, ignorando os homens da mesa, mas falando alto, à moda dos boêmios, sem permitir que Nelson, Davi ou Bola conversassem entre si ou em comum o que quer que fosse. Para Davi não havia problema, porque era lendário que falava pouco. Riam-se dele, dizendo que era o único advogado calado que conheciam. Mas Bola passou a se ressentir daquilo e a pensar seriamente em mudar de mesa, mais ainda quando olhava para Nelson e o via preocupado e cada vez mais tenso. Sua tensão era tanta que Nelson voltara à sobriedade em um átimo com o surgimento da esposa. Resolveu parar de beber, por prudência. Depois aproveitou que a mulher (ex?) entretinha-se com a recém-chegada Dinorah para dar uma circulada pelo salão e sentir o clima, ver se Íris havia causado escândalo suficiente para gerar aquela espécie de comentários que dominava o evento, ou se simplesmente fora esquecida depois de algum tempo. E, então, percebeu duas coisas: sim, a chegada improvisada e semibêbada da mulher fora sentida. E, sim, estavam esquecendo-se rapidamente dela.

Encontrou-se com Alberto Lajes, que agora conversava com uma diretora de RH recém-contratada, Sônia, feia como ela só. Permaneceu ao lado dos dois, que conversavam tentando se enturmar, porque a alternativa seria ocupar a mesa de Juarez, e por motivos óbvios não queria de jeito nenhum olhar mais para a mesa dele. Aliás, estava evitando tanto olhar para lá que parecia ter torcicolo, de tanto que endurecia o pescoço para evitar encarar seu ex-futuro-atual rival e a namorada dele, recém-saída da puberdade.

Serviu-se de uma água tônica que o garçom trazia na bandeja. Não dava para consumir álcool ali. O truque, imaginou ansioso, seria fingir camaradagem por algum tempo, talvez uma hora, recuperar a tranquilidade e a sobriedade, confabular e confidenciar teatralmente com amigos o inusitado da situação (minha mulher não sabe beber, poxa, é muito chato, vou ter que levá-la para casa, mas a amo, e blá blá blá). Com alguma sorte, ou melhor, com muita sorte, a questão somente seria comentada na segunda-feira, na hora do cafezinho, Nelson ouviria uma ou duas piadinhas e tudo seria esquecido. Se não piorasse.

Mas piorou. E muito. Enquanto ouvia Alberto, que convencia Sônia a fazer *shiatsu* e perguntava a Nelson se já experimentara, surgiu Davi. Estava lúgubre, branco e descarnado. Sorriu para Alberto, pedindo licença, e chamou Nelson a um canto do salão. Queria aparentar discrição, mas não conseguia. Davi não era somente o único advogado calado da face da Terra. Era também o único advogado tímido e pudico que Nelson conhecia. Parecia saído de um filme de *nerds* americano. Era o *nerd* em pessoa, e parecia fadado ao insucesso na carreira por conta de sua sisudez de bom moço.

— Escute, é melhor vir comigo. — Sua voz era baixa, mas alarmou Nelson. Alguma coisa de pânico saía-lhe junto às palavras. — É sua mulher.

— O que ela tem? — Já sabia a resposta. Ou pelo menos intuía. Em um instante percebeu que aquela sua esperança de sair à francesa com a esposa de foguinho a tiracolo, sem aparentar ruptura e escândalo, tinha ido por água abaixo. Ruíra. Era melhor preparar-se. Lembrou-se de um colega de escola, estilo "sertanejo", filho de fazendeiro e cheio de gírias rurais. Todos se riam dele em sala de aula por conta de seus jargões. O mais conhecido dele, que lançava diante de todo novo desafio: "Fica firme nos arreios!". Era hora, sem dúvida, de ficar firme nos arreios...

— Ela foi para o banheiro. E parece que lá se desentendeu com a namorada do Juarez. Sabe a namorada do Juarez?

Depois, lembrando-se do que se seguiu, ele não conseguia obter da triste lembrança uma memória linear. Vinham-lhe *flashes*. Não fosse assunto tão vexatório, sairia ligando e perguntando para os colegas o que ocorrera, qual a impressão que cada um tivera daquilo tudo, depois de finda a bagunça. Mas não era uma simples gafe cometida por alguém bêbado que acorda no dia seguinte com imensa ressaca, amnésia alcoólica e com uma sensação de que fizera merda na noite anterior. Não. Aquilo era muito pior. Era o princípio de sua ruína pessoal.

Saiu correndo em direção ao banheiro. Alguma coisa berrou em sua cabeça de que não haveria tempo para dissimular ou fingir afetação. Atravessou lances de mesas ocupadas por convidados que reconheceria somente se parasse para encará-los, mas atravessou-lhes o caminho como uma flecha. Depois, aqueles que assistiram sentados sua arrancada rumo ao precipício social diriam apenas ter notado "alguém" sair correndo. Até ali. Porque o que se seguiu foi inesquecível para quem presenciou a cena. Quando Nelson chegou ao corredor dos banheiros, logo após o balcão da cozinha em que se serviam os *drink*s nas bandejas dos garçons, deparou-se com Íris e a namorada de Juarez atracadas, rolando pelo chão, puxando-se os cabelos e berrando. Ao lado, Bola estava atônito, olhava para os lados, pensava em intervir, mas não sabia como.

– Sua mulher tá louca, cara. Já saiu do banheiro esganando a moça! – berrava. A chance daquilo ser conhecido por meia dúzia se esvaía. Percebeu por cima dos ombros de Bola garçons acorrendo ao local e, mais atrás, duas mulheres. Dinorah era uma delas, a cinquentona encalhada. Encalhada e linguaruda. Logo todos estariam presenciando a cena, interferindo, falando. Era preciso agir com rapidez.

Segurou Íris. Já sabia que a esposa brava era difícil de se enfrentar, ficava maluca de ódio e via tudo vermelho à sua frente. Bêbada também era páreo duro, parecia um cão raivoso mordendo e espumando pela boca. Brava e bêbada, então, era hospital na certa. Para alguém. Não conseguiria contê-la bancando o cavalheiro nem tinha tempo para isso.

– Vaca! Cadela! – gritava sua destemperada mulher.

– Louca! Tira essa louca daqui! – O grito da outra era um grito-choro. Sangrava no rosto. Fora arranhada. Seu cabelo estava desgrenhado, mas Íris ainda o agarrava. As duas estavam atracadas e caídas ao chão, engalfinhadas em braços e pernas, e percebeu que sua mulher mordia os braços da vítima, que somente lhe segurava as mãos para evitar mais porrada.

Imediatamente, segurou a mulher por trás dos braços, deu-lhe uma chave pelas omoplatas e a puxou com força, sem ser bruto. Não queria, de jeito nenhum, que a ira dela se voltasse para ele. Se isso acontecesse, somente arrefeceria com um bom murro na cara dado sem dó, o que acabaria em uma inevitável delegacia de polícia. Iria virar réu, facilmente.

Íris não largava a presa e berrava para que ele a soltasse. Mas a força de Nelson afrouxou um pouco o abraço de urso que ela dava na rival. O suficiente para Nelson puxá-la mais um pouquinho, para gerar uma folga que permitiria à infeliz namorada de Juarez respirar um pouco. Percebeu que Bola o auxiliava nisso, ainda que desajeitadamente. Viu de rabo de olho Davi, ao lado da moça, tentando desvencilhá-la de sua agressora, até ali inutilmente. Quando soergueram um pouco Íris, ela aproveitou o espaço ganho para "armar" uma pernada, um pontapé, que graças a Deus não atingiu o rosto da moça. Porque, sem dúvida, era esse o objetivo da megera (Nelson começava, em pensamento, a definir assim a esposa). Por sorte, seu salto agulha atingiu somente o tórax da sua vítima. Iria doer, talvez uma semana. Nos primeiros momentos talvez, a moça tivesse alguma dificuldade respiratória, e Nelson esperava que não fossem necessários dentistas ou cirurgiões plásticos ali.

De repente, tinha mais gente puxando Íris. Apercebeu-se disso porque ela ficou leve de um instante para outro. Mas continuava berrando, demonstrando um vocabulário que o marido jamais sonhara que possuía. Ela causaria escândalo em um puteiro de quinta categoria. Cafetinas nordestinas se surpreenderiam com algumas construções verbais e epítetos lançados por Íris. Um filme infantil com aqueles palavrões seria proibido para menores de cinquenta anos.

Finalmente foi contida. O bolo de gente em volta dela só não era maior do que o que se formara para socorrer a namorada de Juarez, que estava de muletas logo atrás, preocupado com ela, mas olhando hidrófobo para Íris e, dela, para Nelson. Aquilo o alarmou. Sua grande arma contra Juarez sempre fora o fato de que ele não sabia que Nelson sabia. Era o inocente, o bobo, o corno, o último a saber, que não representava obstáculo algum. Aquela baixaria lançava um holofote sobre a infidelidade de Íris e tornava públicos os seus chifres. Seria impossível a alguém em sã consciência não desconfiar de algo, diante daquele claro ataque de ciúme feroz. Estava, portanto, indefeso. Foi assim que se sentiu. Mas não deu para se preocupar muito com aquilo. Não naquele momento. Carregavam Íris. Percebeu Bola, Dinorah, um garçom, todos a segurando. Alberto Lajes comboiava-os até os carros. Parecia preocupado, mas Nelson sentiu no patrão, que lhe nutria intensa simpatia, também preocupação com ele. E falava baixo. Era o único ali que falava baixo. Quando viu, Davi tomara-lhe as chaves do carro de Íris, que lhe aparecera às mãos não sabe como. Abriu e ligou o carro de sua mulher, que foi colocada lá dentro com Dinorah acalmando-a. Agora ela chorava copiosamente. Um garçom trouxe-lhe a bolsa da esposa, que Bola jogou dentro do carro, pela janela. Alberto lançava para a cena um olhar de desolação e ternura, própria de filósofos e padres, gente que Nelson aprendera a ser incapaz de odiar. Nelson não tinha esse dom. Odiava intensamente a pessoa que, primeiro, estragara-lhe a vida pessoal e a família. Agora, punha fogo em sua vida profissional, em sua reputação entre os colegas.

Mas o limite de ódio ainda não havia chegado. Seu ápice surgiria em um instante, quando lhe cutucaram e Nelson atendeu impulsivamente, olhando para trás. Era Juarez. Vermelho. A muleta não lhe fazia diferença alguma. Era apenas um adereço que segurava em uma das mãos, como uma espada. Sua voz estava embargada não pela raiva, mas por um desprezo incomum. Dirigiu-se a Nelson como se estivesse falando com um monte de bosta em que acabara de pisar. De algum modo intuiu que a presença de Alberto Lajes ainda ao seu lado era a única coisa que impedia Juarez de avançar-lhe a socos. A presença moral do chefe de ambos, ali, ainda o deteria, mas por muito pouco. De algum modo, o que Juarez falou não o surpreendeu nem um pouco, vindo de quem vinha, depois do que se dera:

— Vê se ao menos consegue segurar sua mulher, seu merda — disse, e se foi, manquitolando com a perna engessada, sem olhar para trás. Não se preocupou com a vítima da imprecação. E, de algum modo, daquele momento em diante, Juarez tampouco preocuparia Nelson. Sua preocupação exclusiva passou a ser como dar cabo da vida da esposa.

4. NEGOCIANDO COM O DEMÔNIO

Ramón estacionou o carro em uma rua lateral daquele bairro de periferia estritamente familiar, que lhe indicaram na boca de fumo que havia visitado no dia anterior. Até ali tudo fora muito fácil. Procurara ex-colegas de cadeia, que lhe deram o nome de um gerente de seu ex-patrão, Tito. O sujeito recebeu Ramón muito bem, afinal de contas já ouvira falar bem dele. Após algumas piadinhas, verificou que os dois jogavam no mesmo time e deu ao visitante um nome e um endereço. E agora Ramón estava ali, procurando um pistoleiro.

A rua era calma, cheia de casinhas populares e pequenos sobrados semelhantes a cortiços, de dois andares. Como era de se esperar, havia jovens na rua, uns batendo bola, outros jogando conversa fora. Seguiu adiante até o número indicado. Era uma casa simples, mas grande e com um jardim no quintal, com grade alta e um carro popular novo na garagem. Para aquele bairro e aquela gente, era uma casa boa. Chamava atenção entre os vizinhos da rua, aparentemente alguns degraus abaixo do dono da casa, na pirâmide social.

Surpreendeu-se mais ainda quando foi atendido por uma mulher sorridente e de meia-idade, daquelas donas de casa com cara de donas de casa, e quando viu na sala um pré-adolescente jogando videogame e uma criança ainda menor brincando na copa. Um legítimo lar doméstico! Como aquilo lhe fazia bem, e como era estranho uma casa daquela com um morador como aquele que havia ido procurar. Decididamente, a vida de Ramón ensinara-lhe a nunca confiar em estereótipos e em rótulos. Tudo poderia ser novo ou poderia ser velho, aleatoriamente. Mas até ali aquilo estava sendo um contrassenso daquilo que passara décadas aprendendo no meio da bandidagem.

Pediu para falar com Carlos e foi conduzido até uma salinha com varanda contígua, onde deparou-se com o tal Carlos sentado a um canto lendo jornal com óculos de leitura, que tirou do rosto para se levantar e cumprimentar Ramón. Era um homem de idade indefinível. Se falassem que tinha cinquenta anos, acreditaria. Se lhe dissessem que era dez anos mais novo, também. Tinha os cabelos crespos russos típicos de um mestiço de negro com gente loura, e um bigode em tom mostarda bem tratado, encimado por um nariz adunco e olhos profundamente escuros. Olhos de jabuticaba frios e que de imediato impressionaram Ramón. Somente aquele olhar prenunciava alguma coisa peculiar no ofício daquele sujeito.

Enquanto a mulher de Carlos saía para providenciar um cafezinho, sentaram-se. A essa altura, Ramón já dissera ter ido a convite do conhecido comum, cujo nome fictício declinou e o gerente do tráfico dissera que era um código, até porque o próprio Ramón não sabia ao certo o nome verdadeiro do gerente nem do próprio pistoleiro. "Carlos" era seu codinome, certamente defraudado dentro de casa entre esposa e filhos, porque servira para acolhê-lo em sua chegada.

– E então, um amigo do Tito? – A voz de Carlos era aveludada, estilo locutor de rádio, daqueles que anunciam boleros nos programas da madrugada. Mas também poderia fazer comerciais de TV, com sua voz em *off* dizendo os benefícios de um sabão em pó, durante o intervalo da novela.

– Sim. Antigos colegas de hotel. – E riram suavemente. Com toda experiência que achava que tinha, Ramón considerara estranhíssimo tratar de um assunto tão delicado e sigiloso dentro de uma casa de família, um endereço conhecido e fixo de um assassino que geralmente é nômade. Um lugar que poderia ocultar uma centena de grampos e câmeras espiãs.

Ramón pensava nisso enquanto Carlos o olhava. O dono da casa parecia pressentir o efeito do inusitado da situação; aquela não deveria ser a primeira visita profissional em sua residência. E sorriu.

– Não se preocupe. Falamos à vontade aqui. – Parecia complacente como um pai. – A tecnologia tornou todos os lugares indiscretos, de maneira que prefiro a minha casa. E não tenho problemas com clientes, que sempre viram amigos.

– É aquela história de satisfação garantida ou seu dinheiro de volta? – Ramón tentara ser engraçado, mas viu em Carlos apenas um sorriso educado de quem não quer deixar o mal piadista em apuros.

– O cliente sai satisfeito e eu não devolvo dinheiro. – E acrescentou, frio, soltando aquela frase de impossíveis reticências no final, que só os grandes oradores conseguem declamar: – E nunca me dão calote.

Chegou o cafezinho trazido pela esposa, mulata clara bunduda, de cabelo pintado de louro. A dona de casa suburbana padrão, com um quadril de parideira que já tivera uns três filhos e que agora suava em bicas na academia para não ficar obesa. Serviu o café, sorriu e saiu. Então Ramón entendeu por que Carlos preferia sua casa. Era o lugar perfeito, era bem assessorado pela própria família, que lhe servia de camuflagem e secretariado. Aquele encontro, até ali, não poderia ser mais promissor.

Foi Carlos, por fim, quem quebrou o gelo e retornou a conversa ao seu objetivo inicial. A frase, por demais conhecida, saiu-lhe estranha na boca: – Em que lhe posso ser útil?

Ramón pigarreou. Preferia que ao invés do café tivesse diante de si alguma bebida mais forte. Mas o mundo não era perfeito. Então começou a história da melhor maneira que conhecia: do começo. Tito dissera-lhe na cadeia que confiasse absolutamente em Carlos. "É um bom homem – dissera-lhe. – Mesmo para um matador. Despacha as pessoas sem muito sofrimento, porque é um profissional". É claro que também o advertira sobre o lado pouco sociável do carrasco: "Mas não o deixe irritado. Isso é importante. Ele também sabe fazer sofrer". Mas Ramón não se lembrou da segunda parte da preleção, estava otimista e de bom humor, não se fez de rogado e contou tudo, como se estivesse diante de um amigo de vários anos. Disse das desventuras de Nelson, do inferno que a esposa viva causava-lhe, do dinheiro do seguro e da sua hesitação inicial. Por fim, afirmou que a situação estava insustentável e que, para a sobrevivência de Nelson, era necessário eliminar Íris.

– Necessário nunca é – afiançou o matador de aluguel. – Mas muitas vezes é a solução mais confortável. É disso que eu vivo, sabe? É o que me realiza: dar conforto para os clientes.

– Ele custou a se decidir. E parte disso eu acompanhei com ele.

– Ele se decidiu mesmo? – Enfim, Carlos fizera a mesma pergunta que meses antes Ramón indagara ao primo naquele caramanchão do sítio do amigo de Nelson. A certeza de que se quer entrar em um caminho sem volta era, afinal de contas, indispensável.

– Agora é um caminho sem volta. Ele está tão decidido que, se eu o deixar sozinho nessa, ele faz sozinho.

– E nisso faria muito mal. Amador fazendo serviço de profissional sempre sai um desastre. – Até então Carlos acompanhava-lhe a narrativa com os olhos perdidos na parede defronte a poltrona em que se sentara. De repente, passou a fitar Ramón bem nos olhos, como a dissecar-lhe a veracidade das informações que não paravam mais de sair daquela conversa.

– Foi o que lhe disse. E lembrei-me de Tito e do profissional de quem ele me falara enquanto éramos... "vizinhos". Ele me disse que você é confiável como um cão Fila e eficiente como um relógio suíço.

Carlos sorriu. Aquele elogio por parte do antigo cliente atingira-lhe o ego. Ramón também notou e registrou a vaidade do sujeito em seu arquivo de informações úteis, para ser usado posteriormente. Agora interessava estabelecer um vínculo com o assassino, e bajulação serviria um pouquinho.

– Sou o melhor com quem me paga bem. – E sem tirar o sorriso do rosto apontou o dedo na direção de Ramón. – Mas a lealdade é recíproca. Nesse ramo de atividades é essencial não ser traído, entendeu?

– Claro.

O matador chegou mais para adiante, escorregou para a ponta da poltrona, de forma a debruçar-se sobre a mesinha de centro que dividia o território da sala com Ramón, e que servia de aparador para a bandeja com o bule e as xícaras de café. Seus olhos arregalaram-se e sua voz aveludada subiu um timbre, de molde a não deixar dúvidas sobre a seriedade do que dizia:

– Se há traição, meu caro, todo homem vira fera. Todo o acordo é rompido, o contrato é rasgado. O traidor e a sua família, respondem pelos seus atos de traição. Entendeu? – Voltou a perguntar. Ramón engoliu em seco e murmurou um assentimento.

– É por isso que não tenho problemas com meus clientes. Deixo as coisas bem claras desde o começo. – E serviu-se de mais café. Primeiro despejou parte do conteúdo do bule em sua xícara, depois na xícara de Ramón, sem lhe perguntar se queria mais. Ramón observou que as mãos dele não tremiam e que faziam seu trabalho com uma precisão cirúrgica, com uma firmeza de esteta. Em seguida, ele próprio rompeu o silêncio: – Mas então, em que pensou?

Ramón aproximou-se dele e começou a falar mais baixo, quase sussurrando:

– Eles têm um seguro. Um é beneficiário do outro. É uma fortuna, e a metade é nossa. – Em seguida, acrescentou a sua parte do plano. – Disse a ele que tem que parecer acidente, senão chama a atenção de todo mundo: polícia, seguradora, imprensa. Não é todo dia que a providência divina troca uma esposa megera e vagabunda por alguns milhões.

– Muito bom! – Isso pareceu animar Carlos; não somente o valor, mas a ideia do acidente – É assim que gosto de trabalhar! Você até parece do ramo. Talvez por isso tenha conhecido Tito...

– Não, nada parecido com isso. Transações comerciais que não deram certo, contrabando... Também trabalhei de mula certo tempo. Coisinhas assim...

– Ah... Mas que tem talento, tem. Ao menos no planejamento. Agora, a execução exige uma certa frieza, uma certa precisão. Como é que o Tito disse?

– Precisão de relógio suíço...

– Isso. – E sorriu novamente, embevecido. E cofiou o bigode. – Eu não teria dito melhor. Pena não poder colocar uma frase dessa em um cartão de visitas. É uma injustiça a gente não poder fazer publicidade do trabalho da gente, não acha?

Ambos riram. Carlos foi até uma cômoda, levantando-se. Deu dois passos largos e abriu uma gaveta, voltando com dois charutos cubanos. Não perguntou se Ramón fumava, o que não surpreenderia quem o conhecesse. Carlos era capaz de detectar cheiros de perfumes, colônias e tabaco, principalmente. E Ramón era uma chaminé, fumava um cigarro depois do outro, e até ali estivera muito nervoso dentro da casa, porque não sabia se poderia ou não fumar. Aceitou o charuto, que acendeu à moda tradicional, com fósforo e em pequenas baforadas. Em seguida, Carlos deslocou-se até a varanda da sala, em que havia um daqueles carrinhos com rodinhas que serviam de bar móvel, repleto de bebidas que Ramón reparou que eram bem caras. Serviu duas doses de um licor bem rascante em dois pequenos cálices, que levou até onde os dois estavam. Novamente não perguntou se Ramón queria. Parecia seguro de si, e diante de um alcoólatra que salivava a boca sempre que se lembrava do último trago.

– Estamos falando de valores expressivos, eu presumo, porque sem isso não tiro o pijama. E metade à vista?

– Depende de quanto for – Ramón respondeu. – Ele quer receber um seguro de vida que, obviamente, não tem como ser adiantado. Mas dependendo do valor, o primo é um homem de posses. Não é rico, mas tem um bom dinheiro guardado.

– Ótimo. – O homem voltou a tranquilizar-se. – Porque precisarei investigar minha presa, seu dia a dia, seus hábitos, seus segredos. Tudo. – Seu olhar era triste, da tonalidade de olho de boneca esmaecido, de tubarão, aquele olho vítreo sem menina dos olhos, sem brilho.

– E isso demanda muito tempo?

– Ele quer fazer parecer acidente? Porque se for para dar um tiro e ir embora, ele não precisa de mim. Tampouco vai receber seguro. E vai em cana rapidinho. – Os dois riram. Estavam silenciosamente selando um pacto que só terminaria com uma defunta no caixão e as contas bancárias de ambos bem mais gordas.

***

A semana seguinte foi bem agitada para Nelson, que já fora alertado por Ramón de que "o homem" entrara em campo e estava fazendo um reconhecimento do terreno e do alvo a ser abatido. Tentara, em vão, levar uma vida normal, mas estava muito ansioso. No trabalho, e como esperava, os rumores sobre o papelão de sua mulher estavam minguando, mas passara a ser visto como uma espécie de "funcionário problema" por sua diretoria (Juarez à frente), e como um "pobre coitado" por seus colegas. Aquela chance de ser promovido a sócio minoritário da firma, e que era remota, tornara-se impossível. Aceitava os convites de Bola para um *drink* após o expediente, mas evitava resvalar a conversa de bar em assuntos relacionados ao seu casamento. Finalmente, Alberto ofereceu-lhe alguns dias de férias antecipadas, que Nelson aceitou embevecido.

Era melhor ficar à toa em casa, ou sumir, do que permanecer o tempo todo fingindo que o barulho não era com ele, como um bêbado contumaz com ressaca moral fugindo das testemunhas de sua vergonha.

Em casa, e por dois dias, não conversou com a mulher. Íris acordou, depois da festa, calada e com os olhos vermelhos, pelejando para não encontrar com Nelson nos ires e vires de um apartamento que, de uma hora para outra, ficara pequeno demais para eles. Parou de ir trabalhar e descobriu, por meio de uma ligação para o RH da empresa de Íris, que ela "tirara uns dias" por motivo de saúde. Agora deve estar dando para algum médico que atestou sua "estafa", pensou Nelson naquela oportunidade. Pensou, mas nada disse. Aliás, não conversavam nada mais profundo que um bom-dia, uma ou outra pergunta sobre algum assunto besta do cotidiano, se havia despesas do lar a serem quitadas, se ela já havia ido ao contador esse mês, se havia alguma coisa para comprar no supermercado. E mesmo assim era constrangedor, porque era como se fossem dois inimigos que se odiavam e, cansados de bater um no outro, simplesmente haviam pausado suas hostilidades até o dia seguinte. Algo assim como um armistício provisório, uma trégua.

Então, uma bela noite em que Íris permanecia de licença e Nelson já se encontrava desfrutando das férias presenteadas por Alberto, a conversa foi inevitável. "Aquela" conversa. Era um domingo, Mucama estava de folga, ele havia feito o café que ambos se revezaram na mesa da cozinha em desfrutar, para evitar um desjejum conjunto e vexatório. Na noite anterior, sábado, só ela saíra, mas voltou cedo sem demonstrar qualquer traço de embriaguez, enquanto Nelson fingia dormir e roncar no quarto de hóspedes.

Após o café, com ela aboletada no sofá lendo jornal e ele fingindo que zanzava pelos canais de TV com o controle remoto, a conversa tão esperada foi inevitável. E partiu dela, com um tom de voz estranhamente ameno e que demonstrava uma calmaria própria daqueles que cansaram de bater e já se convenceram de que são os mais fortes, como se a sacramentar uma paz entre vencedores e vencidos, sendo Íris, obviamente, a vencedora. E ela começou.

– Precisamos resolver o nosso problema. – E olhou para ele, aguardando do marido um indicador do que viria a seguir. Se ele a hostilizasse, o bate-boca ríspido seria inevitável. Se, ao contrário, ele se comportasse como um bom menino, poderiam dialogar como gente civilizada.

– Não tenho certeza se é o momento adequado. Não quero perder meu domingo brigando – falou Nelson, mas por via das dúvidas desligou a TV e sentou-se no sofá defronte, que era para nem por sonho parecer afrontá-la. Um "barraco" armado e com boletim de ocorrência era a última coisa que queria naquele momento. Estragaria seus planos.

– Fique tranquilo. Já sequei minha fúria. – E acendeu um cigarro.

– Não era sem tempo. – E olhou para ela, que retribuiu. Descobriu, então, que ela mentia mais uma vez. Havia fúria e raiva ali para dar com pau. Ela apenas estava cansada, era uma pausa para descanso, uma paradinha nos boxes antes do próximo conflito. Ela jamais o deixaria em paz. Era uma esposa diabólica e seria uma ex-mulher pior ainda. Ah, Deus, como ele fizera a escolha certa ao planejar matá-la!

– Vou repetir – disse, entre uma tragada e outra. – Não quero mais brigar com você. Você não merece. Um dia, muito tempo atrás, eu te amei. Foi por pouco tempo. Depois foi um fingimento que durou anos, até que também me cansei de fingir.

Será que ele via os olhos dela mareados de lágrimas? Não era possível! Não depois de tudo o que de mais lamentável e deplorável ela fizera com ele. E aquela voz embargada, será que significava algum resquício de emoção naquela máquina de ódio e guerra? Pensava que não. Mais teatro, com certeza. Permaneceu frio e indiferente, deu o melhor de si, porque não voltaria atrás.

– O fato, Nelson, é que somos animais. Precisamos sentir fome, sede, tesão, e precisamos saciar isso tudo. Erramos somente quando confundimos essas necessidades com algum sentimento mais bonito. Na verdade, é mero instinto de autopreservação. Queremos viver muito, e bem, e nos frusta muito quando algo nos atrapalha. Então, quando isso acontece, deve haver mudança. Compreende?

– Compreendo tudo. Mas e quando as mudanças ocorrem enquanto ainda estamos casados? – Foi inevitável. Ele falou e logo em seguida começou a se penitenciar e a rezar baixinho. Não conseguiria evitar a briga e tampouco deixaria de alfinetá-la com sua mágoa de corno. Aquela conversa não deveria estar ocorrendo. Era hora de parar com aquilo e dar o fora dali. Iria para o bar do Jóquei espairecer. É isso o que faria...

– Pode me acusar do que quiser. – Ela interrompeu suas elucubrações. Estava sólida, preservada. Hoje seria difícil romper aquela muralha de pedra em que ela se transformara para aquele momento. – Sei que te feri muito. Mas olhe pelo lado bom: conseguimos transformar o seu amor em ódio, o que facilita as coisas para nós agora, não é mesmo?

– Não há lado bom algum nisso.

– Há sim. Jamais nos gostaremos novamente, mas poderemos conviver com nossas mágoas se pararmos agora, decidirmos nossas vidas, sem mais sofrimentos. – Agora sim, ela estava sendo sincera. Preparava a estocada derradeira, o *grand finale*.

– Tem certeza que esse é o momento correto para esta conversa, digamos, definitiva? – indagou Nelson, fingindo serenidade. – Eu não estou certo se me cansei de você o suficiente para ter uma conversa definitiva e final agora.

É claro que estava farto de Íris, porque estava farto de sofrer ao lado de uma mulher que o desrespeitava. Se ela simplesmente o traísse, teria mágoa, mas não teria o ódio mortal que lhe cegava naquele instante. O problema sempre fora o desrespeito com sua vida, sua carreira, sua reputação. Aquilo selara seu destino. E uma separação agora somente destruiria seus planos. Um ex-marido era muito mais suspeito de homicídio do que um marido, ainda que corno e em crise. Precisava ganhar tempo.

– Eu tenho certeza, Nelson, que nós dois estamos exaustos e que isso tem que parar. Para o nosso bem. Temos que ser racionais agora.

– Ainda não pensei muito bem sobre nossa relação e não tenho certeza se quero discuti-la agora.

– Mas temos que fazê-lo. – Ela espevitou-se e seu tom de voz subiu mais um grau, não havia dúvidas de que a serenidade de início começava a dissipar-se. – Não pretendo permanecer casada com um homem que já não amo mais. Nelson, é muito difícil dizer isso para o marido da gente, mas a verdade... – Agora ela estava começando a se descontrolar de verdade, mas também estava emotiva.

– O que tem a verdade? Há várias verdades.

– A verdade é que te desprezo. Tenho vergonha e nojo de você. Eu sinto muito ter que te dizer isso, mas, sabe, estou sendo absolutamente sincera. – E olhou para ele, triste.

Mesmo para alguém com o coração tão duro, ela definitivamente passara de seu limite de capacidade de magoar pessoas e estava, mesmo, com pena dele. Isso aumentou seu ódio pela mulher, dando-lhe ganas de pegar o espeto de churrasco que estava na área de serviço e enfiar-lhe garganta adentro, empalando-a. Seria ótimo porque assim ela não conseguiria berrar. Jorraria sangue, que depois ele limparia com um removedor. E teria também que remover o corpo, o que seria mais fácil se o serrasse em partes que se acomodariam bem no freezer da cozinha até que conseguisse transportá-lo no porta-malas do carro. Era, aliás, uma excelente ideia. Mas mulheres desaparecidas despertam, muito, o empenho e as suspeitas da polícia. O que era necessário era parar com aquela conversa, aquela autoimolação de seu casamento, imediatamente.

A ideia veio-lhe em um espasmo, como uma única saída em um momento de desespero, quase como se estivesse pendurado em um abismo prestes a cair e avistasse um galho forte de árvore em que poderia se segurar. Algo assim, instintivo e imediato. Automático. Uma questão de sobrevivência.

– Estamos precisando de férias conjugais. Cada um viajar para um canto, passarmos quinze, vinte dias fora, e daí espairecer a cabeça. Só depois poderemos conversar sobre verdades, certezas e futuro, com a cabeça arejada, não acha?

* * *

Enquanto a cabeça de Nelson vivia pesada pelo clima hostil dentro de casa e Íris simplesmente chegara à conclusão de que seu marido era um corno manso incorrigível, Ramón continuava pendurado em seus próprios problemas. Fora despejado da derradeira quitinete em que se hospedara e, com um adiantamento do primo, por conta do serviço vindouro, pagou um mês adiantado num flat melhorzinho, próximo da zona sul da cidade.

Ali, depois de contatar Carlos, pôs-se a fazer o que sabia melhor: jogar em cavalos e baralho e sair com putas. Claro, embebedava-se e cheirava pó entre um e outro esquema. Estava longe da tranquilidade, no entanto. Como não era um assassino, fervilhava de receios pelo que estava por vir. Isso quando tinha sobriedade para tanto, o que era raro. Pensou em procurar o primo e convencê-lo a desistir de tudo, e em um belo dia ensolarado em que acordou por volta do meio-dia e com uma tremenda ressaca, de fato considerou essa a hipótese mais viável, o mais correto a ser feito. No entanto, o assassino já fora contratado, já tinha recebido algum e não era do tipo que deixaria pela metade o serviço. No mínimo, cobraria pelo restante, porque pelo que Ramón sabia, já havia entrado em campo, começado a trabalhar, já estudava sua presa. Ou concluiria o serviço e receberia tudo, ou não concluiria e receberia assim mesmo. Era dessa forma com os pistoleiros, ele, que viera do submundo – aliás, estava no submundo –, sabia disso. E o "resto" do dinheiro era uma bolada fenomenal que Nelson certamente não teria para pagar, não sem a grana do seguro dando um reforço. E sem a morte da esposa, nada de seguro...

Aquele, sem dúvida, era um sério dilema. Se pudesse voltar no tempo, ele simplesmente tentaria convencer Nelson a desistir do negócio já naquele primeiro encontro. Como precisava de dinheiro, daria uma facada no primo, de leve, só para despesas emergenciais. Depois tentaria retornar ao convívio dele e, quem sabe, chamá-lo para um negócio de ocasião, em seu ramo, exportações. Com isso tiraria vantagem do parente, sem ter que ajudá-lo a mandar para o inferno quem quer que fosse.

Só que agora era tarde. Inês era morta. Ou melhor, Íris era morta. O trocadilho era inevitável, e com esse pensamento Ramón dobrou-se de rir, apesar da ressaca, e até que sua cabeça já dolorida acusou-lhe as gargalhadas e começou, de fato, a doer muito. Latejava-lhe das têmporas até o cocuruto. Levantou-se da cama e arrastou-se até o banheiro, onde enfiou o dedo na goela até vomitar tudo o que bebera e comera na esbórnia da noite anterior, até que só saísse bile de suas golfadas e regurgitos. Isso deveria melhorá-lo. Ao menos melhoraria a ressaca. Nada que mais uma dose dali a uma meia-hora não terminasse de resolver. Só o que não tinha jeito era voltar atrás no extermínio da mulher de Nelson. Aquilo tudo não tinha mais volta.

5. PRESA E PREDADOR

Carlos seguia Íris com a técnica do sombreamento aprendida com um tira corrupto que lhe acobertava os extermínios há uma eternidade de tempo atrás. Depois o matou, porque o policial sabia demais. Perdera as contas, na verdade, de suas mortes. O normal era que fosse rápido e indolor. Era profissional, detestava fazer suas vítimas sofrerem, não recebia um extra ou gorjeta para ouvir-lhes os berros. Por força das circunstâncias, entretanto já fora obrigado a ser cruel e covarde com suas vítimas. Quando matou seu padrasto, por exemplo. O sujeito tinha um torno mecânico na garagem de sua casa, em Aracajú, Sergipe. Carlos tinha catorze anos e não suportava mais ver a mãe apanhando e sendo queimada com bitucas de cigarro pelo filho da puta, que chegava em casa bêbado todas as noites. Quando interferiu em defesa dela, apanhou do padrasto, maior e mais forte. Então o esperou chegar bêbado, deu-lhe uma porretada na fuça e o arrastou até o torno, no qual apertou sua cabeça até esbugalhar-lhe os olhos, matando-o em agonia.

É óbvio que teve que fugir de casa depois disso. Para nunca mais voltar. Rodou pelo mundo e perdeu raízes, perdeu até o sotaque, que o nordestino não perde nunca. Fez de tudo um pouco, mas não gostava de roubar. Com dezesseis anos virou segurança de bicheiro em um morro do Rio de Janeiro e passou a matar profissionalmente. Dois anos depois, voltou a exercitar sua crueldade, quando chegou em casa e encontrou sua amante na cama, com outro, um negro passista de escola de samba, que morreu a marteladas, umas vinte, ainda de pau duro. Deixou que a mulher corresse. Ela correu bem. Uns cinquenta metros por entre ruelas estreitas da favela em que moravam, enquanto Carlos mirava lentamente em sua nuca, que ia distanciando-se em zigue-zague. Acertou um único e certeiro tiro com sua magnífica pontaria. Aquela puta servira ao menos para comprovar-lhe a destreza. Mas também foi embora do Rio de Janeiro, porque o crioulo era afilhado de seu patrão, e sabia que o extermínio e o banho de sangue iriam continuar enquanto sua cabeça não rolasse. Foi dar com os costados nas Minas Gerais, onde acabou fazendo fama de matador silencioso, preciso, caro.

Agora seguia Íris. Era uma tarefa fácil, ela era bastante previsível. Salão de beleza, bares, academia, psicólogo. E também começava a manter um novo amante, um rapazola de vinte anos, que morava sozinho em um apartamento do centro da cidade.

Através do sombreamento, seguindo-a de perto sem que Íris o visse, pôde observar que os encontros iam ficando cada vez mais frequentes. Ela deixava o carro estacionado em uma garagem próxima, que passara a pagar por mês (Carlos conseguira a informação com o vigia noturno do prédio em frente). Deixava o carro ali, andava dois quarteirões e entrava no prédio velho em que morava o sujeito. Passavam tardes juntos.

Carlos também apurou que o rapaz não trabalhava, viera para estudar do interior, mas agora não fazia curso algum. Era mantido pelo pai, à distância. E pela amante, de perto. Várias vezes vira Íris levando compras para o garoto. Uma vez esbarrou de propósito nela, no corredor do prédio, só para sentir-lhe o cheiro e olhá-la bem nos olhos. Era assim que sentia o grau de dificuldade que sua futura presa gerar-lhe-ia. E viu que os olhos de Íris eram frios e perdidos, como os de um bichinho de pelúcia. Ela era apenas isso, uma mulher procurando um caminho, e que valia muito mais morta do que viva.

Depois de apurar seu cotidiano, passou a investigar o rapaz. Viu que o dia a dia do jovem Ricardão consistia em comer, beber, dormir e encontrar-se com a amante, e que também puxava um fuminho de vez em quando. Com meia dúzia de telefonemas, que deu utilizando-se de outra dúzia de nomes falsos que possuía, descobriu a procedência do rapaz, soube que seu pai era um fazendeiro falido, daqueles que viram agricultor e que devem mais ao banco do que têm de patrimônio para pagar. Tinha mais dois irmãos, que ajudavam o pai na lida rural, enquanto o filho mais jovem era mantido com a vida que pediu a Deus na capital. O nome do sujeito era Pedro, e ele não parecia nutrir grandes sentimentos ou maiores expectativas para com a amante quarentona que lhe provisionava o ócio, informação que Carlos guardou com cuidado por considerá-la vital para seus planos.

Depois, voltou a se encontrar com Ramón. Escolheram um restaurante afastado, daqueles que citadinos procuram nos finais de semana porque têm jeito de roça. Um belo lugar para mostrar poleiros de pássaros e vacas aos filhos. Mesas de madeira e passarinhos cantando, grandes bancos de fazenda por todo o canto, que eram ocupados por famílias ávidas por sair da selva de concreto aos sábados e domingos. Aquele era um dia de semana, contudo, e o local estava quase vazio de clientes.

— Como foi a pesquisa? — indagou Ramón, já bebericando o inseparável *whisky* doze anos que voltara a beber depois do adiantamento de Nelson.

— Excelente. — Carlos sorriu por debaixo do bigode. Parecia satisfeito, o que animou Ramón. — Acho que já tenho uma linha de ação. Avise pro cliente que tudo dará certo em uma semana, e que ele terá mais outra semana para te entregar o restante da grana.

– Rápido assim?

– Você está lidando com um profissional. Perda de tempo é perda de dinheiro, ok? O que não quer dizer que vou sapecar o serviço, fazê-lo de qualquer jeito e sacrificar a minha eficiência. Entendeu?

– Entendi. Não é pressa. É só uma questão de objetividade.

Carlos riu, agora de uma maneira mais rasgada, mais aberta, quase gargalhando.

– Isso! Rapaz, você é brilhante. Sua inteligência deveria ter te levado para postos mais altos e sortes melhores. – E brindou. Tomava cerveja. Ramón juraria que ele pediria leite se seu pudor machista permitisse. Já notara que Carlos bebia comedidamente, era daqueles sujeitos que bebiam somente para evitar justificar porque não bebiam. Conhecera ao longo da vida dezenas de pessoas assim.

– Já te disse que apostei em cavalos errados ao longo da vida. Mas aprendi muito com isso, amigo. Certamente, não há bobos por aqui.

– Ótimo. Ótimo porque agora vou te explicar o que faremos de agora em diante.

***

Ela havia se apaixonado por Juarez. Tinha cometido o único erro que uma mulher de espírito livre e praticante do sexo casual jamais deve cometer: apaixonar-se pelo amante. Na verdade, como não acreditava em amor, achava amor coisa de novela das seis, daquelas de época, não saberia dizer se efetivamente apaixonara-se por Juarez ou se simplesmente descobrira um cara que combinava perfeitamente com seu temperamento exigente e vaidoso.

Desde o começo, Íris vira em Juarez um desafio. O cara tinha olhado para sua bunda, como todos os machos faziam. Quando Nelson estava ao seu lado, a maioria disfarçava para evitar constrangimentos e para não irritá-lo. Um ou outro era mais acintoso, mas esses parecia-lhe que Nelson fingia que não via. Para seu marido, ela sempre fora tão fiel que não compensava bancar o parceiro enciumado. Ele era um bobo. Seu casamento, casamento mesmo, durou um par de anos. Depois ela passou a aturá-lo, a fingir orgasmos e a teatralizar afeto. Enjoou-se dele muito cedo. E muito cedo começou a traí-lo, também. No início era tudo muito esporádico e cercado de culpa. Encontrou-se em um shopping, casualmente, com um ex-namorado de ginásio. Conversaram, tomaram dois chopes, e quando viu estava com ele no motel. Foi muito bom, mas o cara só queria mesmo aquele intercurso sexual, e ela também. Depois veio a culpa, que Íris acreditava ser um sentimento que ela seria incapaz de sentir. Mas a culpa veio, muito forte, porque Nelson era bom marido, carinhoso, bom provedor, e todas aquelas baboseiras que mocinhas casadoiras de sua época almejavam em um companheiro. Voltou à fidelidade por todo um ano. Em um Natal foram para a praia, e enquanto ele se embebedava com um casal de gringos no *deck* da piscina, ela descobriu que seu quarto de hotel era contíguo ao de um solteirão que estava por lá à procura de sexo fácil, que ela obviamente forneceu-lhe de um átimo. Percebeu que aquilo era bom, e a culpa sumiu. Depois deu para seu advogado, para um irmão de sua amiga. Em viagens de negócios, que ela passara a achar melhor fazer sozinha, foi para a cama com colegas de filiais distantes. Nada de funcionários próximos, porque prejudicava seu trabalho. Quanto a Nelson, ela passou a vê-lo como um inevitável peso que teria que suportar por toda a vida. Enquanto fosse crédulo e lhe desse espaço para voar, não haveria problemas em mantê-lo ao seu lado. E a culpa, é claro, havia desaparecido. Ela conseguia até ser uma esposa melhor quando prevaricava. Suportava melhor o marido, era mais doce e mais afetuosa, como se em seu subconsciente procurasse compensar suas traições dando-lhe chamegos e cafunés.

Com Juarez tinha sido diferente. Ele demonstrou cobiçá-la desde o começo, mas como cobiçava todas as mulheres da festa em que estavam se conhecendo. Foi difícil capturá-lo em sua teia de mulher madura e disponível, teve que mandar recados, procurar saber onde ele praticava tênis, afetar casualidade ao encontrá-lo em locais em que ela sabia, de antemão, que ele estava. Finalmente, em uma tarde morna e besta, ele levou-a para um apartamento que, desde logo, Íris percebeu, era onde habitualmente direcionava encontros com amantes. Como seria só mais uma, a princípio não gostou disso. Vendo-o como um desafio, esmerou-se em encantá-lo, e achou que o tivesse conquistado, ao fim e ao cabo, de meses de encontros na surdina, de sexo proibido e bom. Foi quando ele parou de marcar encontros, de dar recados ou mesmo de atender-lhe os telefonemas. Íris acreditou que fosse por receio da esposa, então descobriu com uma amiga em comum que Juarez havia se separado e que, o que era pior, estava com uma namoradinha com pouco mais da metade da idade dela. Isso foi o fim da picada. Descobriu-se chorosa, pelo amante perdido e por descobrir que o tempo era inexorável e que, nela, estava produzindo suas marcas. Descobriu que já não era tão irresistível assim. Precisava ir à forra, e resolveu fazer uma arruaça de despedida para ele na festa de fim de ano da empresa. E que se foda se Nelson estaria lá, se ia se envergonhar e desconfiar de alguma coisa. Precisava que ele desconfiasse e sofresse. Se não fizesse o amante sofrer, o marido pagaria o pato. O marido sempre paga o pato. Ela viera ao mundo para marcar, se não pela beleza, pela dor. E também aprendia, ali, uma lição: homens são descartáveis, nunca mais se apegaria a eles, e procuraria agora gente jovem. Quem gosta de muxiba é açougueiro.

* * *

    Foi em uma segunda-feira que o fato se deu. Nelson já sabia de antemão. Tomou calmantes e rezou na parte da manhã. À tarde fez questão de participar de uma reunião em que sua presença era incrivelmente desnecessária, deu palpites, fez questão de demonstrar a todos que estava ali. Era importante para montar seu álibi. Já há tempos mudara seu discurso na empresa, passara a enaltecer a esposa e a dizer que infelizmente não estava dando certo, que talvez fosse necessário que se separassem, mas que se isso acontecesse permaneceriam grandes amigos como sempre foram. No entanto, advertia, estavam tentando recuperar o tempo perdido. É claro que não colava, os olhos de pena com os quais seus colegas e amigos retribuíam-lhe os comentários davam a entender que Nelson era o corno manso do ano, era igual um corno de piada. Porém, era isso mesmo que ele queria: parecer um bobo, ainda esperançoso em recuperar a esposa, e sem qualquer raiva dela, mesmo sabendo de sua vadiagem. Era justamente esse o efeito desejado. E alcançado.
    E enquanto Nelson desfrutava da reunião e de sua nova fama de pobre coitado, a poucos quarteirões da firma, Íris e Pedro, era esse o nome do novo amante dela, desfrutavam dos prazeres da carne no apartamento do rapaz. Íris levara-lhe a cesta básica de sempre, com mantimentos simples, apimentada por uma boa garrafa de vinho. Fazer aquele caipira apreciar bons vinhos estava sendo um tormento para Íris, disso ela o sabia desde o primeiro encontro, mas a performance do moço na cama compensava-lhe a ignorância.
    Carlos também estava lá e, evidentemente não deixara o casal de amantes aperceber-se da sua presença. Tampouco se permitira alterar pelos ruídos lúbricos dos dois, ou do nhéco-nhéco da cama de solteiro do jovem, estalando diante das estocadas ritmadas que os dois davam-se. Íris não era de se jogar fora, apesar dos quarentinha recém-feitos. Era mignon, cabelo curtinho, corpinho no lugar e malhado, lourinha. Mas Carlos era profissional, o negócio era entrar ali sem ser notado, fazer o que tinha que ser feito, e sair da mesma maneira, imperceptivelmente. Para isso se preparara com antecedência, o dispositivo do qual precisava estava no bolso de sua jaqueta, uma pistola na cintura para o caso de ser surpreendido por suas vítimas. Era uma pena que o jovem também morresse, mas seria uma morte rápida, e Carlos não nutria remorso algum em mandar para o inferno um rapaz vagabundo que desperdiçava dinheiro do pai comendo a mulher dos outros.
    Entrou com sua chave mixa pela porta de serviço, que era grudada na cozinha minúscula em que cabiam um fogão e uma geladeira pequena. Dela, separado por um

balcão, dava para ver, na penumbra, parte do quarto do casal: a TV, uma janela fechada com cortina e os pés da cama. De relance, percebeu que os dois contorciam-se naquela dança frenética do sexo, mas não conseguia divisar-lhe os rostos, ocultos pela parede que o balcão não desnudava daquele ângulo. Seria perigoso matá-los sem saber se era Íris quem ali se encontrava, aí sim, seria uma barbeiragem. Mas Carlos a vira subindo até ali, como fazia sempre, e roupas que usara até então, o terninho marrom-claro e os sapatos de salto alto, jaziam jogados no chão, formando aquela conhecida trilha erótica que vai da porta até a cama dos amantes apressados. Sem dúvida, era ela que estava ali, e que agora dava gritinhos de prazer.

Então, mãos à obra. Agachou-se na cozinha minúscula e escura, rente ao botijão. Anos de prática o treinaram a realizar tarefas várias sem se permitir qualquer ruído, como se fosse um fantasma. Controlava até a respiração, que era como a de um faquir naqueles momentos. Respirava só pelo nariz, em intervalos distantes e suavemente. E foi assim que retirou o artefato que guardava no bolso. Mesmo no escuro, divisou o botão que precisaria apertar, ao lado de um pequenino painel que se assemelhava ao visor de balanças antigas, com um ponteirinho que ia do mínimo para o máximo de uma escala de pauzinhos e números. Então, colou aquilo no botijão de gás, que estava com a borboleta aberta. Depois, lentamente, tateando no escuro e sempre no mais profundo silêncio, ligou uma das bocas do fogão. Parou e aguardou o cheiro conhecido de gás, que obviamente não seria sentido pelos dois amantes a cinco metros dali, interessados em se esfregarem e que, naquele instante, pareciam longe de se cansar. Ao menos não perceberiam o cheiro por alguns minutos, que era o tempo que Carlos tinha e precisava, porque naquele apartamento tão pequeno como uma casa de bonecas, e por mais que suas vítimas estivessem entorpecidas pelo desejo, a fedentina do gás logo seria sentida. Bastava que atingissem o ápice e se deixassem desfalecer naquele estranho ritual pós-coito, em que parecemos mortos para o mundo enquanto aguardamos, com olhos vidrados olhando para o teto, que nossos corações voltem ao batimento normal.

Se Carlos lhes permitisse todo esse tempo, eles sentiriam o cheiro do gás. Esse era o único risco que o assassino corria, e que tratou de diminuir chegando ao apartamento logo em seguida a Íris. Deu-lhes quinze minutos para as preliminares e subiu pela portaria de serviço, balançando chaves que não abriam porta alguma, mas que serviam para enganar o porteiro, que o confundiu com um morador do prédio, e também a dois ou três vizinhos, que emcontraram com Carlos no elevador. Mas isso tudo fora simples, porque o rosto dele era muito comum, suas expressões discretas eram meticulosamente treinadas para não encarar pessoas, olhar para baixo ou para o lado, responder "bom dia" sem nenhuma entonação que causasse alarme ou lembranças. E assim chegara rápido ao derradeiro covil de amor de Íris, onde estava prestes a finalizar o serviço que precisava ser feito e para o qual seria muito bem pago.

Com o gás ligado, aguardou trinta segundos até que o cheiro começasse a impregnar a cozinha. Então, apalpou o artefato que já colara com plástico detonante ao botijão de gás, subiu o pino do interruptor e olhou para o medidor, cujo ponteirinho começou a caminhar lentamente, como se pulsasse. Aquela espécie de cronômetro contaria três minutos, a contagem da morte para o casal de amantes, que agora parecia ter mudado de posição em sua campanha sensual. Conforme Carlos olhou de relance, pareciam de quatro, como dois cachorros engatados. De seu ângulo, o que conseguia ver era a confusão de ancas e pernas e o chacoalhar de quadris dos dois amantes roufenhos e resfolegantes de tanto gemer.

Então retirou-se, como sempre, sem precisar perscrutar a penumbra. Como sempre, sem qualquer ruído. Fechou a porta com um estalido mínimo. Ela rangeu por conta da falta de óleo nas dobradiças, mas o carnaval lúbrico que Íris e Pedro realizavam no cômodo ao lado tornava impossível ouvir sons tão sutis. Carlos saiu daquilo que em pouquíssimo tempo seria uma câmara mortuária, tomando cuidado para trancar a porta. "Os peritos são terríveis", pensou , "ainda mais em casos de seguro de vida alto. Se encontram uma porta destrancada, enfiam uma terceira pessoa na cena do crime. Aí dá zebra". Trancou a porta e saiu, ainda pensando nas investigações que se seguiriam, e que não dariam em nada, porque aquele dispositivo autodestruiria-se por ocasião da explosão. "É um erro achar que o fogo destrói tudo. Muito otário acabou na cadeia por causa desse raciocínio estúpido. Fogo não destrói unha, cabelo, plástico. Em alguns casos preservam-se até mesmo as impressões digitais. Explosão não. Explosão destrói tudo". Já tranquilo, desceu pelas escadas, aproveitando-se que aquele era o terceiro andar. Em dois minutos estava na portaria. Despediu-se do porteiro, não sem antes comentar que esfriara repentinamente para aquela época do ano. O tipo de comentário bobo, que seu interlocutor respondeu com um resmungo educado, sem tirar os olhos do jornal que lia. Carlos já estava na esquina do quarteirão da frente, após atravessar a rua, quando se deu a explosão, espatifando os vidros da janela do apartamento, lançando labaredas escuras céu afora, justamente aquele céu de princípio de noite cinzenta e nublada. Dentro do apartamento, dois corpos ardiam em chamas que lhes chegaram instantaneamente, matando-os em segundos com o calor da explosão.

ns
PARTE 2
O APARTAMENTO

6. INSPETOR SILVA

Descobrir onde morava um velho amigo de seu pai não era problema para Aristides Flamarion, investigador de seguros com mais de dez anos de prática, descobridor de fraudes do arco da velha e incorrigível abelhudo. E se o tal amigo fosse um cara exótico como o inspetor recentemente aposentado, obrigatoriamente aposentado, Paulo Roberto Silva, então o trabalho seria dos mais fáceis.

Não demorou muito para encontrá-lo em um prédio antigo do centro da cidade, daqueles com apartamentos cheios de quartos e sem garagem, com ampla área de serviço, que Silva utilizava para cultivar suas plantas e dar golpes em um saco de pancadas que pendurara no teto. Entre xaxins e porradas, era ali que Flamarion iria finalmente conseguir falar com ele.

Silva é um cinquentão parrudo, baixinho e atarracado, com um nariz mediterrâneo que piora ainda mais a impressão taciturna causada por suas sobrancelhas grossas. Não gostara nem um pouco de ser descoberto por Flamarion, pelo que se podia observar da expressão dissimuladamente fatigada com a qual recebeu a notícia, por meio do velho pai que atendera a porta, de que havia visita perguntando por ele. Resmungando algo sobre conversar com o síndico para que o porteiro não deixasse mais estranhos subirem aos apartamentos sem se identificarem, foi ver quem era.

Na sala acanhada repleta de móveis antigos e conjugada a uma copa em que cabia apenas o que nela havia, uma mesa para seis e uma cristaleira, deparou-se com um homem de trinta e poucos anos, claro e de um sorriso jovial cativante, que conversava com seu pai ancião de quase 80 anos muito bem vividos e repletos de muitas mulheres e pouco dinheiro.

Foi Silva pai quem os apresentou:

— Filho, este senhor diz que é parente de um grande amigo seu — o velho Hermógenes Silva era simpático com quem lhe desse alguma atenção, o que aprendera convivendo com o filho solteirão e de poucas palavras, que ralhava com ele como um padrasto faria com o enteado endiabrado.

— Quem...? — limitou-se a dizer, como se esperando que o visitante completasse a frase, porque pelos seus trajes de jovem — executivo-despojado — poderia ser qualquer coisa, desde cafetão até empresário de um grupo de rock.

Aristides levantou-se de um pulo, porém sem perder a naturalidade que sabia aparentar desde sempre. Era, aliás, o seu segredo diante de interlocutores renitentes em se abrirem. Tinha toda a paciência do mundo, resistência para caras feias, e era articulado. Ou seja, um contraste absurdo e total diante do homem que conhecia agora.

– Sou filho de seu antigo amigo de polícia, Rubens Flamarion. Lembra-se dele? – A pergunta não fez Silva retribuir a mão estendida de Aristides e que, no ar e no aguardo de alguma consideração, parecia pesar como chumbo. Paulo Roberto Silva entrecerrou os olhos parecendo divagar e buscar na memória alguma coisa que localizasse aquele nome em suas lembranças recentes e remotas. Finalmente retribuiu ao cumprimento do visitante, enlaçando-lhe a mão com a sua, calejada e dura como as de um operador de britadeira.

– Lembro-me dele – limitou-se a dizer. Sentou-se e permitiu que Aristides voltasse a sentar-se. O pai saiu pedindo licença e dizendo alguma coisa sobre fazer um café, porque àquela hora do dia nada mais forte seria conveniente.

Olharam-se ambos. Silva vestido à vontade, despojado em uma calça de ginástica com camiseta branca sem escritos, típica dos tiras antigos que as usavam debaixo da camisa do terno para que o coldre da arma não desse coceira. Flamarion com um blazer discreto, em roupas sociais, não tirava aquele sorriso irritante do rosto.

– Seu pai morreu já faz algum tempo. – Foi a única frase gutural que saiu da boca de Silva, que não se esforçava nunca para fazer as pessoas ficarem à vontade.

– Morreu há dois anos – respondeu Aristides, só agora desfazendo um pouco o sorriso, mais para externar pesar do que por pesar verdadeiro. Sentira quando o pai se fora, mas aprendera desde cedo que a vida era curta e que só as boas lembranças mereciam ser guardadas ao longo da existência.

– Fiquei sabendo – Silva limitou-se a responder enquanto procurava na mesinha de centro pelo maço de Marlboro e o isqueiro, ambos já estrategicamente colocados dentro de um cinzeiro ali existente.

– Ele morreu de enfisema – respondeu Flamarion, recuperando o sorriso, ao mesmo tempo em que Silva dava as primeiras baforadas de seu cigarro, para cima, daqueles que servem para inundar o ambiente de fumaça. – Fumava demais – arrematou, ironicamente, olhando nos olhos do dono da casa.

– Não pude ir ao enterro. Aliás, nunca vou a enterros. Mas mandei condolências escritas e contribuí com uma coroa de flores. – Olhou de volta para Aristides Flamarion, nos olhos, fazendo com que este último presumisse que aquela não seria uma conversa fácil. – Uma vaquinha de ex-colegas de seu pai, da Delegacia em que trabalhávamos.

— E foi levantando-se, com rudeza impressionante. Era sua forma de retribuir aquele ar debochado de seu visitante.

Mas não funcionou. Ao invés de se levantar e acatar aquele convite, quase uma ordem, de que fosse embora e o deixasse em paz, Flamarion permaneceu sentado, sério, apesar de acanhado, e, então, foi direto ao ponto.

— Preciso da sua ajuda. E meu pai sempre me disse que contasse contigo sempre que precisasse.

Silva sentou-se de novo, lentamente. Depositou o cigarro no cinzeiro e pareceu se transformar. Relaxou e, enfim, deu ao visitante a atenção merecida e pretendida. Mas sem exageros e fidalguias, pois aquele ainda era Paulo Roberto Silva, a grosseria em pessoa.

— Seu pai era um bom amigo, um colega leal e um excelente policial. Sinto muitíssimo pela morte dele, mas não imagino o que poderia fazer por ele, ou por você, dois anos depois. Aliás, qual o seu nome?

— Aristides Flamarion, a seu dispor. — E estendeu-lhe um cartão em que, abaixo do nome e em fonte menor, estava sua ocupação: regulador de sinistros. "O eufemismo que o mercado emprega para intitular detetives particulares contratados por companhias de seguros para xeretar acidentes e encontrar motivos para não pagar as apólices", pensou Silva. Mas não disse. Até ali, respeitava o rapaz por conta de seu finado pai.

Então começaram a conversar sobre a família de Flamarion. Não que fosse uma prosa amena. Isso era impossível sendo um dos interlocutores o inspetor Paulo Roberto Silva, o sujeito mais azedo da polícia judiciária, em todos os seus séculos de funcionamento. Mas, ao menos, Silva passou a ouvir melhor o rapaz, que já deveria ter uns 30 anos e era o mais velho da prole de quatro irmãos que o finado Rubens e esposa haviam feito para povoar o planeta.

— Rubens era mais velho que eu uns dez anos, mas era um touro de forte — disse Silva, ainda perplexo com a notícia. — Não sabia que andava doente. Para a família também foi uma surpresa.

— Entre o aviso da doença e a morte de meu pai foram seis meses de muito sofrimento. Mas ele deixou a todos bem.

Então veio o cafezinho, servido pelo velho Hermógenes ao filho e ao seu visitante. Veio com biscoitos, e os três sentaram-se enquanto Silva dizia ao pai quem era Aristides e de quem era filho.

— Não me lembro dele. Frequentava nossa casa? — perguntou o velho, já se levantando porque era hora de seu programa televisivo predileto de futebol. Adorava futebol.

– Não. E o senhor não o conhecia, pai. – Silva gostaria de acrescentar que ninguém frequentava sua casa, mas aquilo ia parecer muito amargurado e um comentário com um tom até mesmo melancólico e cheio de remorso, mas foi essa vida reclusa que ambos escolheram, pai e filho, quando a mãe de Silva morreu, vinte e cinco anos antes, e ele desmanchou um noivado para cuidar do pai. Essa foi a época da sua vida em que Silva mais esteve perto de um altar e daquilo que as pessoas convencionam chamar de vida normal.

Quando Hermógenes saiu, Flamarion não pôde deixar de considerá-lo um simpático velhinho, já um pouco encarquilhado, mas com a jovialidade típica dos anciões que procuram exalar bondade e fidalguia diante dos mais jovens.

– Simpático, seu pai.

– O seu pai é que era fantástico – respondeu secamente Silva. Se Aristides Flamarion o conhecesse um pouquinho melhor saberia que aquele tipo de elogio era raríssimo de sair de sua boca, ocorrera, talvez, uma dúzia de vezes ao longo de toda a sua existência. Isso porque, quando Silva elogiava, era porque o sujeito era bom mesmo.

– Ele era muito seu amigo, é por isso.

– Conversa fiada. Amizade não torna ninguém santo. Seu pai era um policial formidável, honesto e operacional. Estivemos envolvidos em investigações perigosíssimas e ele sequer mudava de cor, nem tremia a voz. Sabia que o que fazia era o certo e isso lhe bastava para chegar até o final do dia e ir para casa abraçar vocês, jantar, assistir ao jornal na TV. Ele falava muito bem da família. Ele os adorava.

– A família era tudo para ele. – Aristides reconhecia o valor daquelas palavras, finalmente, e passou a lembrar-se com ternura do pai. Seus olhos encheram-se de lágrimas por isso.

– Mas você não veio aqui somente para me contar histórias e saudades do meu velho amigo. – Então voltou a ser o velho e implacável inspetor Silva. Sua voz ficou de novo grave e baixa, suas sobrancelhas semicerradas, o nariz peninsular como se farejando algo. – Porque quando ele morreu você e sua família não avisaram. Então há outro motivo para esta visita. Você me disse que quer a minha ajuda.

– É verdade. – Se era para mudar o tom da conversa e voltar aos negócios, Flamarion também o fez sem pestanejar. Tempo, para aquele jovem promissor, era dinheiro. – E lembrei-me do senhor por conta do meu pai, que afirmava aos quatro cantos que o melhor investigador, o maior sabujo, o maior detetive com quem já trabalhou durante sua vida era o inspetor Paulo Roberto Silva.

– Bobagem. Um tira aposentado não tem mais valor e você sabe disso. Não imagino como possa ajudá-lo depois que saí da polícia.

– Saiu cedo demais, inspetor. Mas ficou livre daquela corrupção toda. Meu pai dizia que eram vocês dois os mais "marcados" na delegacia de homicídios porque eram extremamente honestos. Poucos delegados gostavam de vocês.

– A não ser, é claro, aqueles que também eram honestos. – Agora o inspetor Silva ria um pouco, porque quando lhe lembravam o passado, sempre havia algo de bom que o enternecia, mesmo a ele. – Olhe, filho, não sou nenhuma prima-dona. Não sou o único cara bom da polícia. Nem mesmo fui. Pra você ter uma ideia, seu pai era melhor do que eu. Também não sou o único policial honesto da instituição. Havia, e há, muitos mais. Então, em suma, por que veio a mim?

Era difícil para Flamarion explicar. Considerava-se um investigador já experiente, mas vez ou outra ainda se embasbacava com a malandragem das pessoas que fraudavam seguros. Uma ou duas vezes já fora vítima do falso óbito e encontrara os supostos defuntos vivos, desfrutando das regalias do mundo em praias distantes. Várias vezes tivera que atuar em falsas comunicações de acidentes automobilísticos, muitas delas até com boletim de ocorrência policial redigido e testemunhas jurando que haviam presenciado o sinistro – que, na verdade, não existia, era fraude, era lorota para enganar a seguradora e obter o dinheiro prometido na apólice.

Dessa vez, contudo, a história era mais misteriosa, instigante e maluca. Havia sido chamado pelos executivos da Seguradora Frota, uma das mais fortes do ramo de seguros de vida. Se há o conceito de "banco boutique", a Frota era uma "seguradora boutique". Só para grandes empresas e grandes fortunas. Valores altos de parte a parte. Somente existente em quatro ou cinco capitais brasileiras, com filial em Taiwan, dizia-se que para lavar dinheiro, seus escritórios tinham meia dúzia de gerentes e todo o resto era eletrônico – até a contratação. Na hora de fechar a apólice, um par de gerentes da empresa visitava a pessoa, examinava seu cotidiano, investigava seu histórico clínico, seus hábitos bons e ruins, seus esportes preferidos. Às vezes, valiam-se de reguladores de sinistros, os detetives particulares autônomos. E era aí que entrava Flamarion, dentre outros do ramo.

O grande diferencial da Seguradora Frota no mercado era a credibilidade. Pagavam mesmo – e rápido –, sem subterfúgios. Entretanto também eram muito vítimas de fraude. A Flamarion parecia que, quanto maior o valor da apólice, mais se agigantava o valor do risco para a seguradora. Como naquele caso, em que havia fumaça, mas não havia fogo. Mas a fumaça fedia longe.

Fora informado de tudo uma semana antes, quando o mais graduado dos executivos da Frota ligara para ele solicitando sua presença nos escritórios da empresa.

Como era uma cliente e tanto, Flamarion não ficou nem um pouco incomodado de abandonar seu escritório e cruzar quilômetros de trânsito até a seguradora. Lá chegando, foi logo recebido pelo Sr. Trentini, trinta e poucos anos e rosto e voz de atendente de *call center* que subiu na vida. Sequer lhe ofereceu café ou água, parecia muito ocupado por trás de seus óculos de lentes bifocais e sua empáfia. Já foi tratando do assunto: uma apólice de seguro de vida de milhões precisava ser paga e a seguradora hesitava dadas as características misteriosas da morte da segurada: uma explosão de botijão de gás, matando a ela e ao amante no pequeno apartamento que servia como alcova para o casal, beneficiando o marido traído com uma indenização astronômica, mesmo considerando a alta renda do casal.

Esse quadro mais o fato de que o marido e ela andavam mal das pernas, colocaram em campo seus sabujos de plantão, descobrindo que o divórcio do casal avizinhava-se, o que era público e notório, e que a segurada abusava da bebida e tinha vida desregrada. Eram ela e o amante fumantes, e a instalação do botijão de gás no interior do apartamento era bastante artesanal e rústica, propiciando aquele tipo de acidente.

Tudo banal, mas ao mesmo tempo estranho, como se as peças daquele quebra-cabeças tivessem sido forçadas a se encaixar. O departamento jurídico da empresa não conseguia encontrar entraves que impedissem o pagamento da apólice, mas Trentini os alertara, pois o valor era tão alto que merecia uma investigação mais detalhada. A seguradora simplesmente não engolia a sorte grande do viúvo e o acidente que liquidara o jovem casal de adúlteros. Por isso a Frota estava contratando Flamarion para aquele caso, que queria resolver rapidamente.

A primeira providência de Aristides Flamarion era a que tomava sempre: dar uma olhada no passado dos envolvidos, pesquisar sua folha corrida criminal, seu patrimônio, notícias de internet. Passou uns dois dias assim, e descobriu que Nelson era um alto executivo em queda livre na empresa e no casamento e que a morte da esposa, embora tivesse lhe gerado um choro compulsivo à beira do caixão, fora-lhe uma benção em todos os sentidos, principalmente no financeiro, e não somente levando-se em conta o valor do seguro. Ficava livre de dividir seu patrimônio ou pagar pensão alimentícia àquela que trotava célere para vir a ser sua ex-mulher. Também se safara de um processo de divórcio rumoroso, honorários de advogado, despesas com partilha etc.

Checou notícias antigas do casal, conversou com uns dois advogados que eram amigos de um outro que Íris havia consultado, e descobriu que ela era uma predadora com um monte de "contatos" suspeitos. Também descobriu que acumulava licenças no banco em que trabalhava, no qual evoluíra de uma jovem gerente bem quista por todos para uma funcionária problemática, de mal com a vida, faltosa e com mudanças espasmódicas e inexplicáveis de humor que a fizeram ir para um limbo profissional e social. Em suma, era uma mulher-problema que saía de maneira alvissareira e indolor (para o viúvo) da vida do marido. Flamarion concluiu que aquilo era, sem dúvida, o bastante para despertar as suspeitas da seguradora e, então, foi falar com seus amigos da Polícia Civil para saber sobre o inquérito e o caso de Íris Alencar e do amante, Pedro Alvarenga.

Conversou longamente com o delegado responsável pelo caso, o doutor Anderson Deodoro, em sua sala minúscula do triste prédio do Departamento de Investigações. O delegado era mais triste ainda, daqueles caras cansados, desanimados, lentos para conversar e para digerir informações. Como sempre (Flamarion tinha experiência em conversar com tiras em suas investigações), o Dr. Deodoro mostrava o contracheque de valores deprimentes e reclamava mais das condições da polícia do que comentava o caso sob investigação. Quando soube que Flamarion era filho do finado Rubens, conversou um pouquinho sobre o seu pai, para logo depois mencionar a última reunião do sindicato dos delegados e o que fora deliberado.

Flamarion insistiu no assunto, até o delegado parar de se lamuriar e mandar vir um estagiário com a pasta do inquérito. Examinou os autos, a perícia repleta de fotos dos dois cadáveres parecendo restos de carvão para churrasco, o apartamento empretecido de fuligem, para finalmente dizer que não havia nada a fazer diante do laudo dos peritos: era uma típica explosão de botijão de gás. "O casal fumava, trancaram-se hermeticamente no apartamento para trepar, deixaram o botijão de gás ligado, e bum!" – disse o delegado, no único laivo de humor durante aquela triste conversa, rindo-se sozinho em seguida, à moda dos imbecis.

Naquela tarde, Flamarion saiu cabisbaixo do Departamento de Investigações, mais do que normalmente saía depois de conversar com policiais em delegacias. Os departamentos de polícia eram locais naturalmente deprimentes, pensava ele, com tantas e tantas histórias trágicas que ecoavam entre os corredores das repartições, tão deploráveis que não era preciso mais nada a não ser visitá-los para ir com o coração esmagado para casa. Para ele, ainda havia o agravante de imaginar como seu velho pai havia suportado trabalhar num lugar semelhante àquele ao longo de quase toda sua vida adulta.

E o inspetor Silva? Como suportara?

– Eu não me importava muito com isso – garantiu o inspetor, respondendo-lhe a pergunta ao final da narrativa. – Tenho meus hobbies. Eles me seguravam.

— Meu pai falava que o senhor é faixa preta...

— Isso foi na juventude. Hoje eu leio muito. Caminho. E jogo xadrez. Também fazia isso naquele tempo.

— Pois é, inspetor. Essa é a história. Não me convence nem um pouco. A seguradora está enrolando o viúvo para pagar o valor da apólice até que eu lhes dê um parecer prévio. A polícia não ajudou muito, como eu contei.

— Talvez você não tenha apertado os botões certos – disse com a voz rouca, acendendo outro cigarro. E acrescentou, quase com ar bonachão, como um pai explicando algo simples a um filho: — Ou talvez realmente não exista nada para ser apurado. Já pensou nisso? De repente, o sujeito tirou a sorte grande mesmo. Sem cometer crime algum, ficou livre da esposa traidora. Essas coisas acontecem.

— O senhor não acredita nisso, acredita?

— Não acredito nem desacredito. Veja bem. Acho que seria interessante uma investigação prévia, até para você justificar seus honorários. Posso te ajudar, pelo seu pai, pelos velhos tempos. Mas é necessário que compreenda três coisas.

— Estou ouvindo.

Silva ajeitou-se na poltrona. Parecia vivamente interessado em agradar o jovem detetive agora. E, interiormente, sentia-se satisfeito e com o ego massageado por voltar à ativa, ainda que só um pouquinho, de testar a antiga forma, ou de ao menos saber que alguém da velha guarda ainda se lembrava de suas habilidades de investigador. Isso rompeu o restante da muralha de ceticismo e rudeza que pairava entre ambos. A história narrada por Flamarion, tão repleta de detalhes nostálgicos e caros a ele, havia feito o restante do serviço, implodindo-lhe as resistências mais cáusticas.

— Em primeiro lugar, coincidências acontecem. Tem muito tira experiente que não se acostuma com essa ideia. Não se conformam com os fatos e ficam teorizando. Conheci uma promotora que era assim. Via complô e mistério em tudo. Acho que era de tanto ler livro policial. Era muito difícil trabalhar com ela. Acabei comendo.

Riram. Serviram-se de café, a essa altura colocado por Silva pai em uma cafeteira, em cima da mesinha de centro.

— Em segundo lugar – Flamarion estava descobrindo que havia apostado no cavalo certo, ao decidir procurar ajuda do velho amigo de seu pai. Se não resolvessem o caso, ao menos seria instrutivo –, criminoso sempre erra. Se tiver malandragem, ela vai aparecer. Pode demorar bastante. Anos. Mas os caras sempre erram. Falam demais. Tomam um porre e abrem tudo. Brigam entre eles e um delata o outro. Eles sempre metem os pés pelas mãos, e é aí que acabam se encalacrando.

Acendeu mais um cigarro e percebeu que era o último do maço. Olhou para o relógio, e aí foi a vez de Flamarion perceber que era hora de ir embora, por mais que o anfitrião amargo de outrora estivesse demonstrando gostar da visita repentina.

– Em terceiro lugar, não quero que isso vire hábito, entendeu? – E disse, levantando-se, demonstrando que a conversa provisoriamente acabava ali. – Seu cliente pode até me remunerar, me cobrir de ouro, mas eu estou aposentado. E quero continuar assim, dê no que dê. Não vou me tornar seu consultor, ou detetive particular, ou coisa que o valha. Preservo minha sanidade mental, apesar de trinta anos de trabalho policial no meio da escória. Quero ter um resto de vida decente, filho.

– Combinado. Nos encontramos amanhã?

– Amanhã eu te ligo de tarde – Olhou para o cartão de Flamarion, depositado cuidadosamente por ele no aparador da sala. Enquanto o fazia, conduzia o visitante até a porta –, depois de conversar com alguns velhos amigos.

* * *

Naquela noite, Paulo Roberto Silva teve dificuldades para dormir. Depois de certificar-se de que seu pai havia, como de hábito, apagado na frente da TV durante o seu programa de auditório favorito, levou-o para a cama, dando-lhe a mão enquanto ele murmurava e o seguia como um sonâmbulo. Em seguida, ele próprio fez seu ritual cotidiano para se preparar para o sono. Foi ao banheiro, escovou os dentes e depois postou-se defronte ao espelho, despindo-se, colocando uma bermuda velha, pois detestava pijamas. Então deu alpiste ao passarinho que ficava em uma gaiola pendurada na parede da área de serviço do apartamento e conferiu suas mensagens de celular, redescobrindo que após algum tempo de aposentadoria e dada sua natural misoginia, haviam se esquecido dele até mesmo para ligarem para o seu número. Por fim, deitou-se, leu alguma coisa chata para ver se o sono aparecia, mas o sono não vinha, mesmo tendo pegado um Schopenhauer da fase mais pessimista para ler. "Vou tentar Tolstoi a partir de amanhã", pensou consigo, ainda sem sono.

Ficou olhando para o teto de seu quarto amplo de apartamento antigo, com o velho guarda-roupas que abrigava não somente peças de seu vestuário, mas também alguns livros que não lia mais, *souvenirs* e muitas, muitas lembranças. Na verdade, a conversa que tivera com Aristides Flamarion, o filho de seu velho amigo, atiçara-lhe mais do que previra. Não era, em hipótese alguma, o fato de voltar à ativa, ainda que improvisadamente, que o incomodava. Raciocinando friamente, jamais deixara de ser um policial ao longo daqueles anos de aposentadoria. Com o café da manhã recebia o jornal matutino, que ia logo abrindo na página policial para saber das últimas notícias sanguinolentas do submundo e se havia antigos colegas seus nas manchetes dos jornais, para o bem e para o mal.

Caminhava sempre, todos os dias, com ou sem o pai, e brincava consigo mesmo de analisar as pessoas que via durante o percurso, se eram ou não suspeitas; perscrutava-lhes os cacoetes, tentava descobrir a procedência de cada uma. Vez ou outra imergia em romances policiais ou filmes de suspense e mistério, e brincava de tentar descobrir os enigmas detetivescos antes dos protagonistas daquelas tramas de ficção, porque Silva era, antes de tudo, um policial à moda antiga, daqueles que valorizam os detalhes, dão importância às pistas, investigam os indícios como quem resolve charadas. Tivera um amigo jornalista, Santiago Felipe, que, em um caso seu dos mais famosos, apelidou-o de "Sherlock mineiro" nas páginas dos jornais. Fora o bastante para Silva ligar-lhe xingando bastante. Silva detestava publicidade.

Não, não era nada daquilo. É que sem querer mentira para o filho de seu amigo e não gostava de fazer isso. Agora, pelejando para dormir e já nas primeiras horas da madrugada, Silva era obrigado a admitir isso. O rapaz era bonzinho, mais do que se pode esperar dos jovens de hoje em dia, e nem era tão moço assim. Calculara-lhe uns 30 anos de idade, e tinha chegado a ele inocentemente e procurando ajuda, e Silva sem querer lhe pagara com uma mentira, ainda que não intencional. Simplesmente deixara a coisa fluir, o jovem foi preenchendo as lacunas como lhe convinha, e bastou a Silva não se intrometer nem corrigi-lo para que a mentira reinasse e se fizesse presente.

Então, para o jovem que saíra de lá feliz e com o senso do dever cumprido, sobrara a mentira – mentira não, a falsa verdade – de que o inspetor Paulo Roberto Silva, velho amigo de seu pai, aposentara-se da polícia porque estava cansado de tanta podridão e porque era um tira honesto no meio de outros nem tanto. Não era mesmo?

E era. Claro que era. Agora Silva digladiava-se com o lençol leve, sem o qual não conseguia dormir. Podia estar o calor que fosse que não abria mão de algo para cobrir-lhe o corpo. Tivera uma amásia plena ao longo de sua vida madura, a Beth, que conheceu em um escritório de contabilidade fechado durante um flagrante. A mulher era secretária naquele local e entrou em pânico, tendo sido preciso contê-la. O que sobrou para quem? Adivinhe. Justamente aquele entre os membros de sua equipe que menos gostava de barracos e de mulheres escandalosas, mas que teve que segurar pelos braços aquela bela morena trintona enquanto lhe oferecia um copo de água com açúcar. Dali para a cama passou pouco tempo, e quando viu estavam dividindo o mesmo apartamento, o dela, enquanto via menos sua casa e seu pai, já viúvo.

Ele conviveu com ela, dessa maneira, uns seis meses, Beth sem entender por que ele se cobria todas as noites, depois do amor, estivesse o calor que estivesse, tivessem suado para valer instantes antes, durante o sexo, ou não. Quando ele adormecia, ela tirava-lhe o lençol por instantes, tempo suficiente para Silva acordar inevitavelmente, porque não dormia sem estar coberto. Isso o irritava, mas não era tudo. O pior era acostumar-se, depois de certa idade madura, com as manias de outra pessoa. Tão naturalmente como haviam começado, terminaram. Ela fazendo um novo barraco enquanto ele arrumava uma valise com os parcos pertences que deixara ali e voltava para a casa do pai.

Agora ele não precisava de Beth para descobrir-se, o próprio bailado silencioso de seu corpo enrodilhado mexendo-se de um canto a outro da cama fazia o serviço de descobri-lo. Ele olhava para o relógio despertador de sua mesa de cabeceira, com o Pato Donald ao centro, presente de outra mulher que lhe dissera que, de certa forma, ele jamais deixara de ser criança, e que aquela cara carrancuda, aquele olhar de poucos amigos e aquele jeitão de quem não gostava de gente nem da humanidade eram apenas máscaras que ele utilizava para não se machucar, porque tinha um coração do tamanho do mundo.

E o relógio do Pato Donald dizia-lhe que já eram quase duas da manhã e ele ainda não conseguira dormir. O velho personagem de Walt Disney, com aquele bico familiar e que parecia lhe sorrir, parecia estar convidando-o a se entrincheirar ainda mais em seus pensamentos, tentando descobrir por que tivera vergonha de dizer a Flamarion o verdadeiro motivo pelo qual estava aposentado.

Vergonha uma ova! Não tinha vergonha de nada. O que aconteceu foi que o rapaz falava pra caramba, e foi falando, e Silva deixou-o falar, e ele sozinho, ele próprio, foi concluindo e construindo teorias que apenas não negou ao ouvi-lo dizê-las. Porque, na verdade verdadeira, o motivo de sua aposentadoria não fora somente aquele, fora bem outro, não é mesmo?

Paulo Roberto Silva havia matado um homem. Essa era a história. Por que tivera medo de dizer? Ou não tivera? Na verdade, nem uma coisa, nem outra. Simplesmente não era da conta do rapaz conhecer esse capítulo obscuro de sua história. Haviam acabado de se conhecer e não é possível esperar de um ser humano com um mínimo de bom senso e intelecto que andasse com uma placa vermelha em dizeres graúdos: "Eu matei alguém", como se fosse um profeta maluco, daqueles que andam pelas ruas com cartazes. Também não era crível que saísse por aí conhecendo as pessoas, apertando-lhes as mãos e dizendo: "Bom dia, me chamo Paulo Roberto Silva, e eu matei um homem". Não se poderia esperar isso dele, não é mesmo? E tampouco seria exigível que dissesse de supetão, a qualquer conhecido recém-chegado, todos os seus podres, seus medos, suas frustrações. Essas coisas exigiam tempo, até mesmo para serem digeridas por quem ouvia suas histórias. Se a coisa andasse acabaria contando para o jovem, se é que seu finado pai já não tinha contado; mas mesmo ele, que era seu amigo, não conhecia todos os nuances da história, pois Silva não gostava de contar esse caso. Mas o velho Rubens bem poderia ter acordado um belo dia e, na mesa do café da manhã, dito para a mulher e os filhos: "Olhem, meu colega Paulo Roberto Silva matou um cara". Que tal, hein?

E foi com essa mágoa represada, de quem não tinha dito tudo, de quem se absolvera pelas metades ao longo da vida e que nunca colocara em definitivo uma pedra sobre um buraco tão escuro e profundo, que Silva finalmente dormiu. Não poderia, contudo, ter o "sono dos justos", não é mesmo? Tal história não lhe serenava os ânimos, ao contrário, exauria-o, cansava-o, gerava-lhe um desgaste cruel e desnecessário. Envelhecia anos ao lembrar-se dela e revoltava-o o fato de que ficara marcado para o resto de sua vida por conta do ocorrido, e que toda vez que se omitia em exorcizar seus demônios, eles voltavam mais uma vez, de maneira inexorável, para atormentá-lo.

***

Não era somente Paulo Roberto Silva quem estava com dificuldades para dormir naquela noite. Da janela de seu quarto, enquanto olhava lá de cima para os carros que circulavam pela avenida que serpenteava o seu bairro, Nelson acendia um cigarro atrás do outro. Na cama, de bruços, mostrando a bela bunda que ele havia acabado de montar, estava Mucama, que Nelson rapidamente promovera de empregada a amante, tão logo Íris morreu.

Como a história chegara até ali? Passou pouco mais de um mês, mas poderiam ser anos. Décadas. As coisas transcorreram muito rápido. Estava no serviço quando lhe deram a notícia, e o mais incrível foi que não precisava fingir o choque. Ele foi natural, como se não estivesse mesmo esperando pelo fatídico resultado de suas tramoias. Era como se tudo fosse dar errado em cima da hora, que Ramón e o pistoleiro fossem enrolá-lo e sumir com seu dinheiro, deixando-o com as mãos abanando, mas, ao menos, limpas de sangue. O santo de Íris seria mais forte, ela venceria no final, ele ficaria com aquela cara de corno manso abandonado pela mulher, de homem relapso que não defendera sua honra, seria aniquilado na Justiça e perderia o patrimônio, ou seja, sofreria uma derrota indecorosa. Mas uma derrota sem mortes. Porém não foi isso o que ocorreu.

Chorou muito, dispensaram-no do trabalho por quinze dias, seu chefe enterneceu-se por aquele subordinado que era "gente boa pra caramba", conforme diria para os demais colegas no barzinho ao término do expediente, por sofrer tanto por conta de uma vagabunda bêbada que ainda por cima morrera nos braços do amante. No rápido velório, os poucos parentes dela que vieram do interior, chegaram e saíram com pena dele, sem mesmo lembrarem-se muito do rosto ou do convívio com a finada. Ele, para todos os efeitos, era o "pobre coitado", Íris era aquela que vivera intensamente e que procurara o próprio fim, amargo e repentino.

Ramón não aparecera nem ligara. Mas, claro, esse era o combinado. Depois de falar com o matador, pouco tempo antes do crime, Ramón lhe alertara em uma última conversa que, apesar de todos os cuidados, poderiam desconfiar dele dada a sorte grande que tivera. E, se ligassem a ambos, com os antecedentes dele, que já cumprira pena, a investigação começaria por seu passado. Teriam que dar um tempo. Conversaria com o "tal Carlos", como Ramón chamava-o. Nem o restante do dinheiro poderia ser pago imediatamente, porque a seguradora ou a polícia rastreariam o dinheiro. E que ele, Nelson, ficasse tranquilo, porque iria também tranquilizar Carlos, todos receberiam a tempo, só que sem riscos.

O primo alertara-o de que deveria ficar tranquilo, não ligar e aguardar contato. E era o que Nelson fazia, desde então, com enorme prejuízo para sua tranquilidade e sua paz de espírito. Parecia que o gosto da morte em sua boca não cessaria nunca, e começava a desconfiar que o vindouro contato de Ramón não resolveria o problema com sua consciência. Seria apenas mais um capítulo na vida de um cara que, ao planejar o assassinato da esposa, não desconfiava de que morreria espiritualmente com ela, que aquele caixão que viu baixando à cova também guardava boa parte do que Nelson um dia fora.

E havia Mucama. Como foi natural que se envolvessem! Ela já lhe servia as refeições e arrumava sua casa. Era ela quem transmitia seus recados, pagava as contas domésticas com o dinheiro que ele dava. Já administrava o lar informalmente, porque Íris de nada queria saber no fim. Passava em casa superficialmente, provocava-o um pouco, saía à noite, voltava de madrugada, dormindo em outro quarto. Era como uma filha adolescente que para de estudar e começa a emendar balada depois de balada. Só que filho adolescente você repreende, põe de castigo, cancela o cartão de crédito, corta a mesada. Com sua mulher fora impossível. Só separando ou matando.

Enquanto planejava a morte da esposa, parecia cada dia mais frágil, com o emocional mais abalado. Mucama passou a tomar conta dele, também, e não somente da casa. Com a morte de Íris, a coisa explodiu. Mucama era uma bela mulher, uma loura ainda muito olhada e muito paquerada nas ruas. Não foram poucos os amigos de Nelson que o visitaram e lançaram piadinhas sobre a beleza de sua empregada doméstica. Os comentários eram racistas e politicamente incorretos, mas o fato é que Mucama somente lhe passara até então despercebida, como fêmea, porque Nelson era incrivelmente apaixonado por Íris. Com a crise, começou a notá-la. Com a morte da esposa...

Na volta do velório, tempo chuvoso, deu carona para Mucama. Deixá-la-ia na casa dela, um bairro de periferia, distante, mas não ligava, o trânsito ruim o distraía. De última hora, ela dentro do carro, avisou que não voltaria mais para casa naquele dia. "Ligo para minha vizinha e peço para continuar com meu filho. Para dormir com ela esta noite. Você não pode ficar sozinho". Nelson permaneceu calado. Olhou de soslaio e viu em Mucama uma mistura perfeita de amante e mãe, o que ele estava precisando naquele exato momento, e ela parecia tão... disponível? Será?

Subiram o elevador calados. Tão logo entraram no apartamento e fecharam a porta da frente, Nelson girou a chave na fechadura duas vezes, como se quisesse confirmar que o apartamento estava definitivamente trancado, lacrado e recluso do mundo lá fora. A segunda coisa que fez foi agarrar Mucama ainda no hall do apartamento, jogá-la no chão sobre um tapete felpudo, que acabou tornando-se o primeiro leito de amor dele e da nova parceira, que o acolheu como se já fossem íntimos há muito tempo, com desenvoltura, carinho e sem conversas. Palavras ali eram desnecessárias.

No dia seguinte, ela levantou-se e pouco disse, além de fazer o café da manhã e começar a cuidar da casa. Saiu inesperadamente na hora do almoço para voltar com o filho no meio da tarde. Nelson lá, na frente da TV, zapeando de canal em canal sem saber o que fazer, com olheiras, mas ao mesmo tempo desejoso de voltar a ter Mucama como sua amante. De noite, o filho dormiu no quarto de empregada, depois de brincar bastante na copa e de entreter Nelson com todo o seu barulho de criança que de repente visita a casa luxuosa do patrão.

Depois que o menino dormiu, Mucama aboletou-se na cama de Nelson, como se fosse doravante sua nova morada, seu novo lugar. Essa quietude, esse carinho repentino, a Nelson que estava tão seco e tão faminto de amores, é que conseguiam reconfortá-lo um pouquinho no tempo *post mortem*. Quando estava com Mucama não pensava em Íris apodrecendo embaixo da terra, precocemente, por conta dos humores doentios dele.

Agora olhava o corpo nu e adormecido da amante. Há algo de inocente em alguém que dorme pelado, como se tivesse sido retirado do Éden, antes do pecado original, e jogado de repente em um mundo de pecado. É como um anjo sem asas, ou uma criança grande. Isso. Mucama parecia uma criança grande. Não sabia que dormia com o assassino de sua patroa, com o homem que optara pelo sossego e pela tranquilidade social e patrimonial do homicídio a ter que brigar no Fórum pela partilha de bens com uma esposa escandalosa e vadia. Sequer desconfiava que seu amante era um sujeito tão covarde que nem mesmo para matar a esposa servira. Para não sujar as mãos, como um almofadinha, contratara um valentão para fazê-lo. Quando o serviço era para homens, ele recolhia-se e valia-se do dinheiro para honrar as calças. Ah, como se envergonhava disso...

 E Ramón, que não aparecia?

7. FIO DA MEADA

Era uma manhã ensolarada, mas daquele sol de inverno que não esquenta e que entrava pelos janelões do escritório de Aristides Flamarion, em uma periferia classe média da cidade. Silva já parara para se perguntar quanto é que aquilo custava por mês ao rapaz e se valia a pena manter aquele *status* todo se, na maioria das vezes, era ele quem ia encontrar o cliente e não o contrário. Perdeu com esses pensamentos o mesmo tempo que passou analisando as pernas e as curvas de Lourdinha, a secretária de Flamarion, que se apresentou bastante alegre e insinuante a eles enquanto servia o cafezinho.

Diante da mesa em L com dois computadores e uma engenhoca que o inspetor Silva ainda não discernira, estavam ele e Arrudão, investigador de polícia que continuava na ativa e seu ex-colega de delegacia. Os dois contrastavam bastante à vista de Flamarion, a começar pelo tipo físico. Enquanto Silva era atarracado e baixinho, Arrudão justificava o nome com mais de um metro e noventa de altura, cara bexiguenta de poucos amigos, testa estreita típica de gente estúpida, cabelos cor de burro fugido – não era possível dizer sua cor, só que eram crespos e encaracolados e fediam longe a produtos farmacêuticos baratos.

Também na vestimenta os dois distanciavam-se bastante. Enquanto Silva trajava o indefectível blazer cor de cinza rato por cima de camisa social e calça de sarja, quase como se escrevesse "tira" na testa, em batom vermelho, Arrudão estava de calça jeans, tênis e camiseta. Aliás, em mais de dez anos que o conhecia, Silva jamais o vira com outro tipo de vestes que não aquelas. Parece que só trocava a camiseta, sempre de algodão. No máximo, colocava um casaco ou capa de chuva, quando chovia ou estava muito frio. Dizia que era para ter liberdade de movimentos e que não precisava de roupas largas ou pesadas porque sua arma carregava em um coldre de tornozelo.

Arrudão, ou José da Silva Arruda Filho, quarenta e poucos anos, pai de cinco filhos, era o que se poderia chamar de corrupto "do bem". Só pegava dinheiro dos mocinhos, sempre por uma boa causa. E tinha uma qualidade que Silva gostava muito: era calado e discreto, capaz de morrer com segredos, que não revelaria nem mesmo sob tortura. E, naquele dia, Silva e Flamarion estavam precisando demais dos préstimos de Arrudão.

— Deixa ver se entendi, chefe… — O "chefe" era Silva, que na ativa comandara-o por mais de dez anos. Dizia e anotava em um bloquinho – É para seguir o cara o tempo todo, logicamente, sem dar na cara. Também é pra pôr ele no grampo até segunda ordem e rastrear toda ligação suspeita. E se houver flagrante é pra agir?

— Não. Absolutamente não. Não há flagrante possível, Arrudão, porque não sabemos ainda o que o cara fez. Estou muitíssimo interessado em conversas dele sobre a morte da mulher e o recebimento do seguro, seja com quem for. E nos possíveis encontros dele com pessoas que não sejam... — Silva pareceu titubear, não porque não soubesse o que dizer, mas porque procurava uma expressão que Arrudão compreendesse — ... da rotina dele, entendeu?

— Mais ou menos.

— Bem –, Silva pigarreou, pegou outro cigarro, ajeitando-se melhor na cadeira — que não são pessoas que ele encontra normalmente, como colegas de serviço, empregado, zelador do prédio, esse pessoal. Ou seja, visita, gente nova, gente que não é do dia a dia dele.

— Sim, agora entendi. — E Arrudão pareceu satisfeito, arrematou alguma coisa no bloco de notas, que fechou e guardou no bolso da calça. — Seu amigo sabe que não vai ficar barato, não é, chefe? — E apontou para Flamarion, que se divertia com aquele assistente néscio que Silva improvisara, embora estivesse obrigando-se a manter o semblante sério.

— Você pode falar diretamente com ele, Arrudão. — E apontou discretamente para Flamarion, que aí, sim, abriu um sorriso.

Mas não era fácil para um policial, por mais dedicado que fosse a acertos e conluios, abrir-se com um estranho, e um estranho que não fosse de sua corporação. Arrudão parecia cismado, porque em sua profissão vivia-se com medo e, da forma como ele a exercia, paredes tinham ouvidos e grampos e havia alcaguetes por todos os lados.

— Quero dizer que vou ter que tirar licença. Tenho, na verdade, muitos dias para tirar. A delegacia me deve alguns plantões, pedaços de férias-prêmio, essas coisas. E também vou ter que chamar um ou dois do peito, pois não é um serviço que se possa fazer sozinho, entende?

No entanto foi Silva quem objetou:

— Sei que é impossível cuidar disso sozinho, mas você terá a nós. Quero envolver o mínimo possível de gente nessa história toda. Alternaremos na campana do sujeito pra que você não precise de mais ninguém. — E voltou-se para Flamarion. — Certo?

— Faço isso todos os dias, "chefe". — Flamarion foi irônico. Estava aguardando a oportunidade para dar a Silva o comando daquela inusitada investigação, e a oportunidade surgira.

— Mas — Arrudão interrompeu — enquanto nós três nos revezamos na vigília, quem grampeia?

— Isso é tarefa de profissional. Flamarion, você está acostumado com grampos clandestinos?

— Não. Há necessidade de que seja escuta clandestina?

Os dois policiais, o da ativa e o aposentado, riram. Silva nunca gargalhava, e seu sorriso foi discreto e educado, mas de canto de boca. Arrudão, que era menos cortês, olhava ironicamente para o inspetor enquanto deixava escapar uma risada incomodamente sonora.

— Podemos pedir uma escuta pro juiz, filho. — Silva tentava não ridicularizar tanta inocência. — Vai demorar algumas semanas, precisará de um advogado, e o pedido terá que ser protocolado no Fórum e passar pelas mãos de meia dúzia de servidores públicos. E vai ficar caro.

— Por isso preferimos as escutas clandestinas — arrematou Arrudão, como se Flamarion fosse um débil mental.

— Vocês têm alguém que possa fazer isso sem nos comprometer? — Limitou-se a indagar ao inspetor.

— Eu tenho "o cara". É um *nerd* especialista em computadores, professor adjunto de faculdade, e já me fez uns serviços.

— Tá, entendi. Dá pra confiar no cara?

— Se o cara é bom de serviço, nos serve. Se é de confiança, mais ainda. Mas se não é nem coisa, nem outra, partimos para outro. Nesse nós podemos confiar, não é, Arrudão?

— Tá meio aposentado, igualzinho ao senhor, chefe, mas por uma boa quantia ele calça a chuteira e tira o pijama. — E riu. Alguns de seus dentes estavam meio escuros, mistura de nicotina, necrose e anos sem dentista. Mas dessa vez não irritou Flamarion, que passou a entender que Arrudão, na verdade, era uma criança grande. O quase retardado, o elo perdido entre o homem de *neanderthal* e o *homo sapiens* estava ali, diante dele, e usava distintivo e um revólver.

— Está de acordo? — Agora a pergunta de Silva era para Flamarion.

— Está fechado. Se o que ele pedir não for estratosférico, a seguradora deve pagar. — E voltou-se para Arrudão, logo em seguida, perguntando: — E quanto aos seus honorários?

Ele não gostou e mostrou isso em um olhar que, de repente, acinzentou-se. Flamarion não tinha idade para ser seu filho, mas poderia bem ser um irmão caçula, bem caçulinha, e respeito aos mais velhos era uma coisa que Arrudão preservava, e muito. Também não gostou do fato de não saber o quanto o outro parceiro "misterioso" daquele moço estava cobrando, o que lhe tirava algum poder de barganha e qualquer base para uma negociação que considerasse justa. A um só tempo, viu que o velho "chefe" não era o dono da situação, que seria um mero coadjuvante em uma história a qual, até ali, não entendia a mínima; e, por fim, também viu, apesar de não ser o cara mais brilhante do mundo, que aquele jovem podia não ser policial, mas de bobo não tinha nada.

– O senhor me dá uma licença para conversar em particular com o chefe? – Foi a única coisa que respondeu a Flamarion.

Antes que algum constrangimento surgisse, Silva apressou-se em levantar e perguntou educadamente ao seu anfitrião se havia algum lugar em que pudesse conversar a sós com Arrudão. Flamarion, de imediato, cedeu a sala e foi para o vestíbulo, onde passou a desfrutar de alguns minutos na companhia de sua secretária, que passou a entender menos ainda do que se passava. Por sorte, sua antessala estava deserta de clientes ou estranhos, o que lhe possibilitou sentar-se em um dos sofás e abrir uma revista e um jornal, como se fosse também uma visita por lá. Foi o tempo de ler algumas manchetes, Lourdinha oferecer-lhe um copo d'água e atender uns dois telefonemas, e a porta do escritório abriu-se, revelando um Silva satisfeito e um Arrudão conformado.

Flamarion levantou-se, sorrindo. Arrudão apenas olhou nos olhos do jovem, para dizer-lhe que o preço era "quinhentos por dia, mais despesas". Falou baixinho, acrescentou que "qualquer coisa se reportaria ao chefe", e foi embora sem agradecer ou despedir-se.

Voltaram para dentro da sala. Flamarion quase deu o lugar a Silva em sua mesa. Seria um ato falho, mais justo, porque agora era ele quem precisava de orientação, mas o velho tira não mordeu a isca, sentou-se na cadeira dos visitantes e esperou seu novo amigo acomodar-se.

– Ajudou um pouco ele saber que você é filho do Rubens – disse, sorrindo tranquilamente. – Ele gostava muito do Rubens. Além disso, por ser filho de um policial, você deixou de ser um completo estranho para ele para se transformar em um quase estranho. Afinal, filho de peixe...

– É uma espécie de Lei do Silêncio entre vocês policiais, não é? Até meu pai era meio reticente acerca do que ocorria em seu trabalho, dos meandros de sua atividade profissional e, enfim, das investigações...

Silva interrompeu-o, voltando ao tom professoral que estava passando a adotar com o novo amigo. Tornara-se novamente didático e conciliador, quase paternal:

– É uma irmandade, Aristides. E cheia de segredos, estilo "maçonaria", entende? Trabalha-se diariamente confiando a vida ao parceiro. Se os seus segredos também não estiverem guardados, sua vida corre risco. Isso sem contar as tramoias, os acertos, que, infelizmente, um policial de vez em quando é obrigado a realizar.

– É aquela coisa de somente se confiar em quem está no mesmo barco?

– Sim, porque aí afunda o barco pra todo mundo, ou todo mundo chega à praia, no barco, feliz e satisfeito.

Riram. Por fim, Silva esclareceu que Arrudão ia ajudar, mas reportando-se a ele, e que não aceitaria dinheiro das mãos de nenhum outro que não fosse seu ex-chefe, com quem trataria com exclusividade.

– E quanto ao homem do grampo? – indagou Flamarion.

– Vai te sair pelo dobro do preço do Arrudão, no mínimo. Você vai conhecê-lo depois. Hoje eu quero estudar um pouco o "nosso" viúvo. – O inspetor consultou um caderno de notas que trazia no bolso. – Nelson de Alencar Rodrigues. Não é esse o nome dele?

– Sim. Como vai fazê-lo?

– Amanhã eu te conto.

***

Paulo Roberto Silva não era uma espécie de coroa saudosista, que vivia de passado, alheio às inovações tecnológicas que o haviam sucedido em sua carreira. Mantinha-se ligado, sobretudo, naquilo que fora sempre sua ferramenta de trabalho: informações, que se tornaram de muito mais fácil pesquisa com a informática. Demorou muito consultando os *bits* e *bytes* da grande rede de computadores, fez alguns cursos à distância e, principalmente, "fuçou" muito até se tornar um usuário experiente e capaz de rastrear criminosos pela internet. Criou, inclusive, não só de bandidos, mas de gente ligada a eles, e a escândalos de jornais, com as respectivas conexões entre os seus suspeitos, além de algumas árvores genealógicas interessantes de delinquentes com algum vínculo familiar.

E foi assim que começou a pesquisar a vida e a obra de seu novo investigado, Nelson. Voltou do escritório de Flamarion, serviu-se da refeição feita pelo pai, com quem trocou conversas amenas e divertidas. Pareciam dois irmãos quando estavam juntos e sozinhos, foram assim a maior parte da vida, porque Silva tinha um irmão mais moço que morava longe desde a juventude e a mãe deles morrera quando ele rompia a adolescência, de uma doença rara que deixara o pai um eterno viúvo e pai de família.

Ajudou a lavar os pratos após o almoço, e quando o pai foi para o quarto puxar uma soneca, Silva retirou-se para aquilo que chamava de "seu cafofo", uma mistura de quarto e escritório à moda inglesa, que imaginou e realizou tão logo se mudaram para aquele apartamento, muitos anos antes. Desapareceu com uma parede que dividia dois quartos e fez o segundo banheiro social virar uma suíte, construindo um aposento dentro do outro, de forma a criar ali um espaço amplo que lhe servia de quarto de solteiro, com cama grande e um criado-mudo, escrivaninha e um nicho que fizera de *closet*. Atrás de uma veneziana que instalara, vinha uma mesa e uma estante repleta de livros, computadores, um antigo equipamento de rádio amador e quinquilharias que ele guardava em revisteiras e em um baú defronte a uma poltrona, que usava para ler e resolver problemas de xadrez, obviamente com uma mesinha e um tabuleiro logo à frente.

Colocou-se à vontade de bermuda e chinelas, trocando a camisa porque detestava, mesmo em casa ou ao deitar-se, permanecer com o peito nu. Algum desconhecido lhe falara na infância que aquilo era fatal para enfermidades e a mensagem subliminar jamais lhe escapara do subconsciente. Então ligou seus computadores, um de mesa e um *laptop*, pegou suas anotações e alguns recortes de jornal que Flamarion deixara com ele, e começou a trabalhar.

Já sabia que Flamarion pesquisara a esposa de Nelson em notícias de jornais e sites de relacionamento. Não era isso o que queria, não lhe interessavam fofocas ou contatos pessoais, conjugais ou sexuais. O perfil de Íris era para ele bem claro, após ler os estudos de seu parceiro inusitado e improvisado. Era uma executiva que caíra do cavalo, no relacionamento e no serviço, que bebia demais, era agressiva e ninfomaníaca. O advogado que procurara poucos meses antes de morrer, um jovem recém-formado que era sócio júnior em um escritório grã-fino da zona sul, segregara a colegas causídicos durante uma *happy hour* que se transformara em um porre homérico, que até com o chefe do marido ela trepava, e que armara um escândalo em uma festa corporativa porque avistara o amante com outra mulher. "Amante com ciúmes, onde já se viu isso?", e rira escandalosamente, contando os segredos da nova cliente para os colegas interessados em dar risotas com a desgraça alheia, como é comum nos bares ao término de um dia longo e terrível. Obviamente, alguns desses colegas tinham contatos com Flamarion e sua seguradora, e até disso ele e Silva já sabiam.

Portanto Íris era uma fonte de problemas para o marido. Por qualquer ponto de vista que se investigasse, Nelson teria motivos de sobra para matá-la, e, claro, sua morte lhe fora providencial em diversos sentidos. Para Silva, a seguradora e Flamarion tinham todos os motivos do mundo para suspeitar daquele sinistro e investigá-lo, mas não a partir de Íris. Era necessário tomar o caminho inverso para descobrir se Nelson seria capaz daquilo, e como.

De início, procurou por propriedades em nome de Nelson, utilizando-se de um *software* de busca em cartórios que solucionava códigos de segurança e invadia bancos de dados. Não descobriu muito, além de um apartamento em nome dele e da finada mulher, bem mais barato do que o valor do seguro em jogo. Ato contínuo, descobriu a declaração de imposto de renda de Nelson, e também conseguiu cópias de seus últimos holerites, tudo por meio de outro programa meio bruxo, meio pirata, que trazia consigo e que fora presente de um perito. Descobriu que o jovem executivo ganhava bem, não sonegava impostos, mas que tivera dias melhores, com comissões mais polpudas e promoções, que haviam cessado de um ano para cá.

Acendeu um cigarro, foi até a cozinha e buscou um café, voltando em seguida para entrar em um determinado endereço de internet, que se abriu na tela de seu *laptop* e que indagava da turma de formatura de Nelson. Como já dispunha da data de nascimento dele e do local de seu nascimento, calculou a data aproximada em que ingressara na faculdade, e o curso, Economia, porque era essa a profissão do seu suspeito. Com alguma aritmética simples, presumiu a data em que se formara e lançou todos aqueles dados no site, procurando também pelas faculdades que existiam na região na época de sua presumível colação de grau.

Após alguns cliques e páginas, descobriu a faculdade em que Nelson formara-se e deu de cara com a turma de formatura, uma série de rapazes e moças alegres, de beca, jogando para cima aqueles chapéus chatos com nome estranho. Alguns estavam com acompanhantes e, entre eles, viu Nelson, bem mais cabeludo e magro do que o sujeito retratado na foto recente de que dispunha para iniciar suas investigações. Seu olhar era festivo e afável, e não se assemelhava de modo algum a alguém que, quase vinte anos depois, era suspeito de um homicídio cabeludo. Clicou na imagem de Nelson e abriu-se um *link* com seu nome, data de nascimento, naturalidade, e a dedicatória da formatura: Para minha eterna amada e meus pais. "A eterna amada estava morta agora", pensou Silva. Havia, sem dúvida, eternidades bastante efêmeras neste mundo.

Anotou rapidamente tudo isso em um caderninho de capa de couro que mantinha à disposição e sem o qual não sabia trabalhar nem investigar pistas. Partiu para o *site* da universidade, onde conseguiu localizar o nome de todos os colegas de turma de Nelson, suas notas, data de admissão e aprovação, reconhecimento de diploma, pós-graduação, enfim, todas aquelas fases chatas de uma vida acadêmica. Aproveitou para jogar os nomes dos colegas de Nelson em um coletor de informações criminais, que era mais um dos *softwares* artesanais que *hackers* usavam e que Silva tinha a sua disposição. Coisa de vanguarda bandida, mas que resolvia bastante. Quem sabe alguns dos colegas de Nelson tinham passagem pela polícia ou pela Justiça criminal? Não demorou muito para descobrir que, ao longo da vida e após formatura, dois colegas de Nelson haviam sido processados por crimes financeiros, outro fora vítima de roubo, e um quarto matara alguém em um acidente de trânsito quando estava embriagado, tudo por meio de páginas e páginas de pesquisa. E não demorou quinze minutos.

Já mais animado, Silva mudou de página e conseguiu entrar nos arquivos do registro civil da cidade, para descobrir que Nelson jamais tivera filhos, que ele próprio era filho único e que seu pai havia morrido novo, deixando a mãe sofrendo em uma rápida viuvez abortada por um novo casamento. Não havia registros do convívio entre Nelson, a mãe e o padrasto. Abriu uma nova tela, na qual foi fazendo ligações entre os parentes conhecidos de Nelson, segundo o assento civil de seu nascimento, começando pelos pais e avós, até chegar aos tios e tias. Viu os que morreram e os que estavam vivos, dentre eles duas tias, um tio e vários primos. Conseguiu isolar esses familiares em suas pesquisas. Acendeu um cigarro para animar e lançou os dados dos parentes vivos de Nelson em seu filtro de informações policiais, que passou à checagem daqueles nomes. Enquanto o sistema rastreava os dados fornecidos, Silva tomou mais um pouco de café, distraído, pensando no que faria em seguida, a quem iria perguntar sobre a vida e a obra, talvez criminosa, de seu personagem. Foi quando o que apareceu na tela de seu *laptop* desconcertou-lhe de fato.

Dos diversos parentes de Nelson, vários tinham passagens antigas pela polícia, brigas de bar, discussões de trânsito, desavenças conjugais. Um ou dois foram pegos fumando maconha, familiares de quinto ou sexto grau. Porém, em um caso a coisa parecia mais grave e a pesquisa atiçou sua curiosidade: havia um dos parentes identificados com duas condenações criminais e vários anos de condenação cumpridos. Parou de novo para ler aquelas informações e, então, começou a desenhar em uma cartolina pequena posta de lado na mesa o que seria a árvore genealógica de Nelson.

Preencheu-a com os nomes dos parentes dele que recém-descobrira, até chegar ao tal membro da família com problemas com a Justiça, o ex-condenado. Ao fazê-lo, assinalou o nome do sujeito ao pé da folha: Ramón Rodrigues de Morais. Finalmente, tinha aparecido alguma coisa e era preciso investigar. O cara estava imiscuído em tráfico de drogas, contrabando, lavagem de dinheiro, segundo suas notas policias passadas e arquivadas. Agora, precisava descobrir quem era aquele sujeito.

Permaneceu olhando para a tela do *laptop* por algum tempo. Depois, jogou o nome do tal Ramón nos sistemas de dados da polícia e da Justiça mineiras, até conseguir listar quase uma dezena de inquéritos e processos envolvendo o tal sujeito. Anotou os números de todos. Em seguida, pegou o nome do seu novo "suspeito" e pesquisou-o nos arquivos dos grandes jornais, todos eles abertos e públicos. Depois de alguns cliques, descortinaram-se para Silva várias manchetes de jornais e fotos.

Na primeira notícia, a polícia desbaratara uma quadrilha que trazia carros paraguaios, na verdade carros furtados brasileiros reemplacados no Paraguai. Davam-lhe nova roupagem, pintavam de outra cor, imprimiam outro número de chassis e alteravam o original para revender. Ainda segundo a reportagem, os carros foram pegos dentro de um caminhão-baú e de uma "chata", uma espécie de embarcação, na região de Foz do Iguaçu e às margens do rio Paraná, por onde era atravessada a mercadoria. E a polícia federal desbaratara tudo de uma só vez, prendendo vários em flagrante, entre eles o "gerente" do bando, justamente o tal Ramón Rodrigues de Morais.

Ampliou imagens. Ramón era um sujeito meio gordinho, careca e com ar fúnebre, olheiras de quem passava madrugadas insones, e um sorriso triste, que dara ao repórter enquanto saía da delegacia, liberto por força de uma manobra advocatícia e sem dar declarações à imprensa. Mas depois foi pego. A próxima manchete dava conta da condenação dele e dos comparsas, um ou dois anos depois, e de sua captura.

Descobriu que Ramón pegara uns doze anos de cadeia, cumprira quatro e não delatara seus chefes, obedecendo religiosamente a lei do silêncio que imperava entre marginais membros de quadrilhas criminosas repletas de presidiários. Silva fez cálculos e descobriu que, segundo as regras do Código de Processo Penal, por aquele delito Ramón passara obrigatoriamente pelo menos dois anos em cana.

Abriu outro site, de outro jornal. Encontrou uma notícia mais recente, cinco anos depois da primeira cadeia de Ramón. Dessa vez, eram carros que atravessavam a fronteira sul do país e acabavam em Minas Gerais, repletos de droga em seu estofado e na lataria. Eram vários os que haviam sido apreendidos pela polícia militar e que ocupavam quase meia página do caderno de polícia de um jornal de tiragem nacional. Na foto embaixo, um homem e duas mulheres presos, algemados, escondendo o rosto para que suas fisionomias não fossem retratadas para a posteridade pelos fotógrafos. Um deles era Ramón, segundo a legenda da foto, porque pela fotografia não dava para saber. E aquilo era tráfico internacional, com certeza gerara vários anos de condenação para Ramón, e a notícia datava de uns sete, oito anos.

Foi para o outro computador, de tela maior, e acessou os sistemas da polícia. Procurou, com sua antiga senha (que conseguira que não fosse desativada por ocasião de sua aposentadoria), o prontuário de Ramón. Encontrou-o. Sua foto, agora para os arquivos criminais, era de rosto limpo e olhos fixos na câmera que lhe retratava. Não poderia, mesmo, esconder o rosto dos olhos da lei. A mesma careca bico de viúva, olhar triste, rechonchudo. Estivera preso numa das maiores penitenciárias do estado, preso de bom comportamento carcerário, trabalhara na biblioteca de lá, e com isso diminuíra o tempo de sua condenação.

Saíra da cadeia fazia uns dois anos, em tempo de se encontrar com o primo, saber-lhe os segredos, as neuras, os problemas, e oferecer-se para ajudar. Quem sabe? Teria ele algo com a morte de Íris? Tudo conspirava para uma resposta afirmativa, mas o inspetor Silva tinha suficiente instinto policial para nunca confiar somente em seus instintos. Eram precisos fatos, e estes ele procuraria incessantemente. De uma hora para outra, Nelson escapuliu do centro de suas atenções. A bola da vez, para o inspetor aposentado de polícia Paulo Roberto Silva, era Ramón.

* * *

Acordar de ressaca nunca é agradável. Quando ela vem seguida de uma absoluta amnésia alcoólica, é pior ainda. E o despertar torna-se ainda mais amargo quando, além da ressaca e da amnésia, acorda-se com aquela sensação indescritível e odiosa de que fizera merda na noite anterior, merda da grossa, e que havia alguma coisa de muito errado pendente.

Foi assim que Ramón acordou naquela manhã. Olhou em volta e viu que estava na suíte de algum motel. Enquanto olhava, fazia força para manter os olhos abertos, apesar da dor de cabeça que sentia e que fazia parecer que um trator de esteira estava funcionando dentro do seu cérebro. Os olhos, aliás, custavam a abrir e a manterem-se abertos. Tentou levantar-se, mas a barriga pendeu para um lado, as costas não acompanharam, as costelas estalaram e sentiu dores horríveis na panturrilha. Essas dores é que o alertaram de que fora um atleta de alcova na noite anterior, como se a lembrar os tempos de juventude, um atleta do sexo como há muito tempo não era. E agora seu corpo ressentia-se disso.

Mesmo com bastante dor, e ainda deitado, olhou em volta. Estava em um quarto de motel. Não o melhor da cidade, tampouco qualquer pulgueiro. Era daqueles com promoção no meio da semana, com uma banheira de hidromassagem mixuruca e filmes pornô na TV de LCD que ficava no teto do quarto, do lado do espelho que refletia o colchão redondo que encobria a cama de alvenaria. Ramón via a isso tudo recordando-se que a noite começara no Mario's, um bar que só frequentava quando tinha dinheiro no bolso. Era lá que ia para ver dois ou três de seus conhecidos que não sabiam de seus tropeços e fracassos e que ainda acreditavam quando se vangloriava. Ou, ao menos, fingiam acreditar.

 Recordava-se vagamente de conversar com um português que estava no país a negócios e que, para variar, bancava o otário pagando-lhe doses de whisky enquanto o ouvia contar em prosa e verso suas proezas profissionais quando administrava uma empresa importadora. "Só saí do ramo porque todo mundo começou a importar, entende?" – falara para o português. Rui? Seria esse o nome? "Agora todo mundo importa. Qualquer banquinha de camelô do centro da cidade é sua concorrente. Neste país não há respeito pelos direitos autorais. E os chineses, então? Eles acabaram com o mercado…" – E prosseguia, encantando o português com sua lábia.

 Tentou novamente se levantar. Conseguiu, apesar de bastante dolorido. Aí que o problema agravou-se. O quarto do motel começou a rodar, freneticamente, vertiginosamente, como se estivesse em uma montanha-russa desgovernada. Enquanto rodava, seu estômago começou a embrulhar. Ao lembrar-se dos litros de *whisky* bebidos na noite anterior, então, é que sentia engulhos, parecia-lhe que fel assomava por sua boca, a saliva secava. Suava frio.

 Foi o tempo de correr até o banheiro. Nessas horas não é preciso mapa, ou bússola, ou GPS, para se descobrir onde o banheiro fica, mormente num quarto e sala conjugados e minúsculos de um motel meia-boca. Atravessou trôpego o quarto, com o vômito surgindo entredentes. Tropeçou em algo enquanto bamboleava até a privada (seria um sapato?). Agarrou a privada tão logo irrompeu no toalete. É estranho, mas quando se precisa, o vaso sanitário é o foco de tudo.

 Quando entrou no banheiro não viu espelho nem armário, chuveiro ou banheira. Viu só o vaso, que agarrou como quem abraça um amigo. Abaixou a cabeça dentro do vaso, como um domador de leões que enfia a cabeça boca adentro da fera. E vomitou. "Vomitar" não seria bem o verbo. Ele gorgolejou e fez jorrar os restos da noite anterior como se fosse um chafariz. Parecia que sua alma, ou o que sobrara dela, saía junto. E gemia enquanto vomitava. Lamentava-se enquanto vomitava, não pelo que fizera, mas pelo que não se lembrava que fizera. Porém sabia que era de se lamentar. Tanto que, após vomitar, permaneceu algum tempo, uns bons minutos, sentado, agachado, ainda abraçado ao vaso, rosto escorado no braço, uma fugidia lágrima de exaustão escorrendo-lhe de um dos lados da face.

 Não soube o que o acordou daquele torpor. Alguma coisa em seu subconsciente. Algo que precisava resolver, ou verificar, ou consertar. Teria alguma coisa com o acontecido na noite passada? Até o Mario's ele se lembrava. E do português. Rui. Agora tinha certeza de que se chamava Rui. Lembrava-se do cartão dele "Rui Pedras". Perguntou se era joalheiro! Ha ha ha ha ha ha! Muito engraçado! Rui Pedras – Joalheira de Luxo! Só o portuga não achara graça. Uns dois ao lado, no balcão, ouviram e riram.

A situação ficaria preta. O português avermelhou-se todo quando entrou aquela mulata retumbante no bar. Aí o gringo parou, Ramón parou, o *barman* parou, seus vizinhos de balcão pararam. Até o tempo parou. Ela era deslumbrante, e estava em um vestido vermelho daqueles vestidos para serem despidos. A partir daí a memória de Ramón misturava os canais. Lembrava-se de ter se desentendido seriamente com o português, com um problema na hora de pagar a conta, de conversar com a mulata, sentar-se com ela, até aparecer alguém na mesa que ocupavam...

Recuperar a memória do resto teria de ficar para mais tarde. Precisava verificar os espólios, os restos da batalha da noite passada. Precisava levantar-se, ver que horas eram e em quais condições encontrava-se. A rigor, poderia ser meio-dia ou meia-noite, poderia nem estar na mesma cidade, que sequer saberia, porque o quarto estava um lusco-fusco só, causado por uma cortina espessa e um vidro escuro que tapavam qualquer luminosidade externa, e por uma meia-luz azul e negra que vazava por todas as lâmpadas do ambiente, impedindo-o de enxergar por completo os detalhes do quarto. Mas devia ter uma luz, uma luz normal, em algum canto, não deve? E foi achá-la, como de hábito, como sempre em um lugar como aquele, ao lado da porta de entrada do quarto.

Era uma luz especial para a camareira acender para limpar o local. A única luz real, que não engana ao invés de esclarecer; a única luz que não disfarça estrias, rugas e gordurinhas localizadas. Acendeu-a. O resultado não poderia ser conceituado como "devastador", mas equivalia a uma ducha de água fria que encerrava o processo de despertar de Ramón. Até então, estava como um zumbi, semiacordado. Daquele momento em diante, estava acordado, precisava acordar, porque algo estava errado.

A cama redonda estava com os lençóis amarfanhados. Restos de sexo, quiçá de boa qualidade, e graças a Deus não havia sangue. Viu uma garrafa de *whisky* quase vazia no criado-mudo, a televisão de tela plana desacoplada do plugue, várias bitucas de cigarro em um cinzeiro enorme e uma trilha de pegadas entre o banheiro e a cama, provocadas por pés molhados no carpete. Mas até aí, a coisa toda era consequência de uma esbórnia normal, uma noitada avassaladora de motel, uma mistura de porre com trepada – e agora lembrava que fora a mulata estonteante que o acompanhara até ali, e que também provocara mais ainda o português do bar.

Mas nada disso importava. O que lhe chamara melancolicamente a atenção foram as suas roupas jogadas ao chão em todo o quarto. Sapatos e meias ao pé da cama, camisa e blazer no corredor de entrada, a calça do outro lado... Só as suas roupas, a da dama não se encontravam ali porque ela havia ido embora. Deixá-lo sozinho não seria uma desgraça maior em sua vida nem mexeria com seus brios e seu ego. Ramón já apanhara o suficiente da vida para desacreditar em amores instantâneos ou tentar converter tesões automáticos em paixões duradouras. Como era mesmo a frase? "Tem mulher para casar e mulher para cruzar. Não confunda as duas". Era de seu velho tio a lição. Fodeu-se todas as vezes em que não a seguiu. Mas não era a ausência da mulher ou de suas roupas o detalhe importante. Eram as roupas dele, Ramón, que chamavam a atenção, porque não estavam somente jogadas no chão. Haviam sido reviradas quase que do avesso e revistadas e, é óbvio, sua carteira com dinheiro e cartões de crédito não estava ali.

Em poucos segundos, após ir ao vaso e vomitar um pouco, percebeu que fora alvo do golpe mais antigo do mundo, um "boa noite, cinderela" clássico. É claro que também não acharia seu celular, levado pela puta, junto aos seus demais pertences. Estava dentro de um quarto de hotel, em sua cidade (finalmente teve coragem de verificar pela janela), para onde fora de táxi, sem um centavo para pagar a conta, sem cartão de crédito e sem crédito. Amigo, isso sim era bancarrota. O resto era conversa fiada. É claro que conversaria com o gerente do local, embora não tivesse nem um relógio para entregar. Mas daria certo, após bastante aborrecimento sairia dali, não sem algum constrangimento.

No final da história, teria que renovar documentos e recompor o orgulho ferido. Ele sempre conseguia juntar os caquinhos. Mas teria que ligar para Nelson. Precisava de mais um "adiantamento", substancioso dessa vez, e Carlos certamente também estava esperando ansiosamente sua parte do pagamento. E não convinha deixar um cara como Carlos impaciente. Dessa vez não investiria em putas e porres. Procuraria um negócio confiável. Nada de querer ficar rico. Bastava-lhe uma ocupação sólida para dar-lhe um ganho tranquilo que desse para levar a vida. Uns cem mil resolveriam. E Nelson lhe devia muito mais do que isso.

8. SOBRE DISFARCES E MENTIRAS

Silva e Flamarion pareciam dois meros clientes do lado de lá da enorme mesa do advogado Honório Dantas, "criminalista", como dizia a fachada do escritório que ocupava duas salas de um andar intermediário de um prédio antigo do centro velho da cidade. Quem lhes fizera as honras até agora fora o jornalista Santiago Filipe, velho amigo do inspetor Silva, que os apresentara ao antigo advogado de Ramón Rodrigues.

É claro que Silva já trabalhara uma ou duas vezes em casos e causas do advogado, mas não o suficiente para amealhar qualquer intimidade com Honório. E para quebrarem-se sigilos e abrirem-se segredos, era necessária intimidade, algo que Silva aprendera ao longo de sua vida. O homem certo era Santiago Filipe, conhecido de ambos, o jornalista policial mais antigo e famoso da cidade. Só ele valia vários artigos e crônicas nos jornais: advogado formado que jamais exercera a profissão, magérrimo, dois metros de altura, completamente calvo, mas que se esmerava em manter um cavanhaque. Parecia um dândi nos plantões das delegacias imundas, para onde se dirigia à cata de furos de reportagem diretamente das fontes, em sua maioria policiais amigos, e dentre eles Silva.

A amizade deles tinha mais de vinte anos e fora a Santiago quem recorrera de súbito, tão logo alertado sobre os processos em nome de Ramón, em sua maioria defendidos pelo advogado que agora se encontrava à sua frente e que, se não era famoso, era conhecido; se não era ótimo, era bom. E franco o suficiente para enxotá-los de lá se não gostasse da conversa. Fora o que lhes advertira Santiago, instantes antes de chegarem ao escritório.

— Antes de iniciarmos essa conversa devo alertá-los para o fato de que talvez não lhes possa ser útil. — O tom de voz monocórdio de Honório demonstrava que teriam problemas, pensou Silva. Aquele sujeito era velhaco demais para trair clientes apenas em troca de um sorriso e um tapinha nas costas.

— Dr. Honório, já nos conhecemos e bem sei que de nada adiantaria procurá-lo para propor algo que não fosse ético e correto — adiantou o inspetor Silva, também duro. — Aliás, eu também jamais faria uma proposta dessas a quem quer que fosse.

O advogado sorriu. Flamarion assistia impávido. Nada dissera após os cumprimentos de praxe. Como a apresentação foi rápida e sem minúcias, foi para ele que o advogado apontou seu dedo longo: "Quem é ele?".

– Um investigador de seguros, amigo meu, Aristides Flamarion – respondeu Silva, seco, enquanto Flamarion estendia um cartão de visitas que Honório apanhou rapidamente, sem olhar, e depositou na sua mesa, bem à sua frente, como quem fosse reservar posterior período de seu tempo livre para checar aquela informação.

– Pois bem. Fixados esses limites – e olhou para o relógio lembrando a todos que seu tempo valia ouro –, sou todo ouvidos, cavalheiros.

Foi Santiago Filipe quem arrematou em seguida, impedindo que Silva prosseguisse sozinho e, quem sabe, trilhasse o caminho errado. O velho jornalista sabia que seu amigo tira era bom para inquirir suspeitos. Solicitar favores não era muito a praia dele.

– Silva e Flamarion estão investigando um sinistro. Têm motivos para suspeitar que a morte não foi acidental e acreditam que um ex-cliente seu pode ter informações preciosas a respeito. – Seu tom de voz era objetivo como seus artigos, e sem qualquer timbre de emoção. Santiago aprendera aquilo durante as centenas de horas que passara entrevistando os mais cruéis criminosos que já passaram pela crônica policial daquelas bandas.

– Bem. Se eu souber do envolvimento de qualquer ex-cliente meu com crimes, está claro que não sou obrigado a reportá-lo, muito menos a agentes privados. – E olhou para Silva, de soslaio. – Fiquei sabendo que o senhor se aposentou, não é verdade?

Isso enrubesceu o velho policial. Não era a primeira vez que se sentia diminuído perante terceiros pelo fato de ter "entregue a patente" de policial ao se aposentar. É como se tivesse encolhido de tamanho ao perder a insígnia. Sabia que a falta de poder dera-lhe uma sensação de amputação que iria acompanhá-lo por toda a vida e tentava a todo o tempo não esmorecer diante disso. A educar-se para suportar comentários dessa natureza. Mas a verdade é que nunca o conseguira completamente. Então resolveu ignorar o comentário, tomou de Santiago o fio da conversa e foi adiante:

– Me aposentei, mas estou aqui ajudando um amigo. E esse amigo precisa do senhor. – Antes que Honório o interrompesse novamente, prosseguiu: – Queremos saber de Ramón Rodrigues, que já esteve preso e foi patrocinado pelo senhor em uma série de processos. É vital que saibamos de fonte segura quem é esse senhor.

Honório olhou para Silva, beligerantemente. Seus olhos faiscaram com a insolência daquela abrupta objetividade e pareceu por um instante que iria levantar-se e expulsar seus visitantes da sala, e o inspetor Silva seria o primeiro a ser enxotado. Ficou nítido que Honório, após esse momento, controlou-se, engoliu seco, contou carneirinhos, antes de continuar.

– Me parece que já lhe disse que informações como essa são sigilosas e que não devo divulgá-las, menos ainda quando aparentemente incriminam meus clientes.

Silva levantou-se. Flamarion e Santiago levantaram-se com ele, meio com medo do que o velho policial estava por falar e como iria terminar aquela reunião.

– Muito bem... – Pigarreou, voltando com sua pose profissional, sabendo onde estava pisando. – Pois a mim parece que seu antigo cliente aprontou de novo, está envolvido em um homicídio, e que vai precisar novamente dos seus serviços. Se estiver interessado, podemos lhe adiantar a história em troca de uma breve narrativa do currículo do cara. Se não, esta conversa não tem a menor razão de ser nem tem motivo para prosseguir. Peço-lhe desculpas, em meu nome e do Santiago, pelo seu precioso tempo.

Com um "passar bem" truncado, saiu, seguido por Flamarion e por um atônito Santiago Filipe, que no cafezinho da esquina da redação de seu jornal, pouco tempo mais tarde, passou um pito em Silva:

– Como é que você me queima assim com uma fonte, inspetor? – falou indignado. Não alto. Um janota como aquele parecia incapaz de gritar por qualquer motivo, o que quer que fosse.

– Não queimei nada. Ele vai nos procurar. Vai tentar falar com o tal Ramón primeiro, mas vai nos procurar. E Arrudão vai estar na cola dele. – Silva parecia satisfeito, enquanto Flamarion ali, ao lado, dava uma série de telefonemas no seu celular.

– E se o cara simplesmente sumir ao ser alertado pelo advogado? Você perde seu suspeito e eu perco minha história.

– Se ele fugir? – Silva olhou bem nos olhos de Santiago – Então não está envolvido em homicídio algum, porque, nesse caso que estudamos, as coisas se deram por dinheiro, por um seguro que ainda não foi pago. – E apontou para Flamarion. – Enquanto não for pago, vai ficar todo mundo por perto, varejando ao redor da carcaça igual urubu.

O jornalista riu, uma risada pouco apropriada para um nobre perdido no tempo como ele. Mas Silva o fazia sentir-se assim, um policial também à moda antiga e com um senso de humor às avessas e que o surpreendia a todo o tempo com suas tiradas. Silva era sarcástico com as desgraças diárias e mais de uma vez Santiago já utilizara seus jargões e suas histórias em artigos que publicava, obviamente sem citar fontes. E com a autorização tácita de seu amigo inspetor.

– Ele vai procurar, sim, o cliente dele. E quando descobrir que do lado de cá é que está o dinheiro, vai nos procurar – arrematou Silva.

– Acredita tanto assim na desonestidade alheia?

– Na desonestidade dele, sim. Esqueceu que já trabalhamos próximos? Cansei de vê-lo subornando colegas meus para angariar clientes e obter informações sigilosas.

Flamarion interrompeu-os. Finalmente cessara seus telefonemas. Aquele celular dele que tocava o tempo todo estavam começando a irritar o inspetor que, no entanto, nada dizia fiando-se que seu parceiro de investigação, afinal de contas, era um bom rapaz, filho de um amigo seu.

– Além do que não temos, que são as informações do advogado, o que você tem? – indagou, incisivo, de Santiago.

– *Touché*! – E o dândi riu de soslaio. – Ele fala! Me desculpe, qual é a sua graça?

Riram todos. Flamarion ensaiou explicações do tipo "me calo quando o chefe está falando", referindo-se a Silva, e enquanto o fazia Santiago retirou do bolso do paletó um *palmtop* minúsculo e uma caneta prateada. Era seu bloco de notas. Ficou clicando um pouquinho e começou a falar:

– O que obtive dos processos foi com um escrivão amigo. Também tirei algumas cópias. – Olhou para ambos, orgulhoso como uma criança. – Estamos falando de um cara com pelo menos dez anos ininterruptos de serviços prestados à bandidagem.

Enquanto pediam mais um café, Santiago prosseguiu, sempre se valendo dos dados que constavam em seu *palmtop* e que perscrutava de quando em vez durante sua dissertação. Silva também anotava, mas em seu caderninho de capa de couro rudimentar que sacara prontamente do bolso da camisa.

– Dos processos vocês já sabem. Primeiro foi pego atravessando carros roubados e contrabando. Gerenciava uma quadrilha paraguaia especializada nisso. Até então, Dantas não o defendia. Ficou preso por alguns anos e na cela conheceu Tito, ou José Antonio das Neves, o maior traficante das Minas Gerais.

– Lembro-me dele das manchetes de jornais – asseverou Flamarion. – Já foi solto?

– Não. Pegou mais de quarenta anos. Foi lá dentro que ele aliciou o homem que investigam. Quando Ramón Rodrigues saiu, passou a trabalhar para Tito, que comanda o tráfico há mais de oito anos de dentro do presídio em que se encontra e onde, dizem, tem todo o tipo de regalias.

– E depois da soltura de Ramón? – Agora era o inspetor quem perguntava.

– Informou um endereço em que não o encontraram. Também disse que trabalhava em um posto de gasolina, tudo notícia fria. A Justiça verificou e era tudo informação mentirosa. Só não foi trancafiado de novo por quebrar seu regime condicional porque a pena acabou cumprida. – Santiago Felipe fez uma pausa estratégica, antes de continuar: – No entanto, ele estava distribuindo para Tito. E por isso foi preso novamente. Dessa vez era droga. Cocaína.

— Então Honório Dantas entrou na jogada? — Silva indagou. Era costume que os chefões do tráfico cuidassem da liberdade de seus gerentes.

— Sim. Ramón respondeu mais uma série de processos, cumpriu mais uns três anos de "tranca", sempre defendido por Dantas, que também era, e talvez ainda seja, advogado de Tito.

— Bem —, Silva levantou-se. Era o fim daquele caminho. E parecia que os três sabiam disso — agora é esperar que o Honório volte atrás e nos procure. Enquanto isso, te mantemos informado.

O jornalista sorriu, sem levantar-se: — E não se esqueça. Se der notícia, o furo é meu. Você nunca foi ingrato e nunca traiu suas promessas...

— Ainda bem que você sabe. — Silva saiu, deixando o dinheiro dos cafés, seguido por um Flamarion aturdido e mais perdido do que antes.

* * *

As aparências enganam. Quem via o jeito descolado e moderno de Aristides Flamarion jamais desconfiaria tratar-se aquele trintão de um homem casadíssimo e pai de três filhas, três lindas mocinhas que fizera em escadinha com a esposa Cínthia, que era professora. Moravam em um apartamento de quatro quartos em uma área, digamos, "seminobre" da cidade. Aquele bairro que um dia, se Deus quiser, vai pegar, mas que até então não pegou, dá pra entender? De qualquer forma, moravam bem e faziam milagres com o tempo, porque o casal trabalhava sem horários fixos e dispunham de um arsenal de faxineira diarista e *baby sitters* para ajudar a cuidar da prole e da casa. Vez ou outra, Aristides era obrigado a largar o que estivesse fazendo, interromper seu expediente profissional e regressar rápido até a casa e acudir alguma emergência: uma das filhas que cortara o dedo, a babá que faltou, a caçula febril etc.

Naquele dia acontecera novo imprevisto, que de tão frequente Flamarion passara a desconsiderar como "imprevisto". Desta feita, a empregada demitira-se, Cínthia tinha que aplicar provas e sobrou para o papai Aristides voltar para casa às cinco da tarde e ficar com a turminha. Estava ele acocorado em um pufe, brincando de casinha com a filha do meio, enquanto a mais velha iniciava seus cliques na internet e a mais nova assistia desenho animado, quando o telefone tocou. Era Santiago Felipe, avisando que Honório mudara de ideia e queria falar sobre seu cliente sumido. Queria que Flamarion agendasse o mais rápido possível. Tal qual Silva previra, só que mais célere, pensou, mas respondeu que o inspetor é quem entraria em contato. Agradeceu muitíssimo, enquanto Santiago aproveitava a deixa para, pela enésima vez, lembrar-lhe do furo de reportagem prometido.

Enquanto levava a filha caçula, Emília, pra fazer xixi, pegou o celular e ligou para o inspetor Silva. "Já ia ligar para você", atendeu o tira, "Arrudão me avisou que nossos dois alvos estão se encontrando neste exato momento em um bar do Jóquei Clube. Vamos?".

Flamarion olhou para as três filhas. Eram a coisa mais maravilhosa do mundo, mas era inegável que não combinavam muito com a sua carreira. Não havia alternativa para ele a não ser declinar do convite e deixar o novo amigo seguir sozinho até o encontro.

– Inspetor, estou em uma emergência familiar, algo constrangedor. – Silêncio do outro lado. – Não poderei acompanhá-lo. Mas seu jornalista ligou. Dantas quer falar, e falar logo.

– Marque com ele amanhã, em seu escritório. Oito da manhã. Nos encontraremos lá. Vou até o Jóquei e amanhã te passo o que descobrir. – E desligou.

Fora seca a resposta do velho detetive. Flamarion teria percebido nele uma ponta de decepção? Ora bolas, paciência, não tinha culpa de ter uma vida que dera certo e ter uma família maravilhosa que, vez ou outra, gerava algum contratempo. Ou Silva pensava que todo mundo era rabugento, recluso e celibatário igual a ele?

Silva não pensara em nada disso. Apenas estava com pressa. Vestiu uma japona em homenagem ao inverno que surgia, seco e frio, e apanhou seu Volks de dois carburadores, que ficava permanentemente estacionado nos fundos do prédio, na garagem de uma ex-amante dona da casa lotérica da esquina e que lhe emprestava sem prazo fixo o estacionamento de sua loja. De lá até o Jóquei era um estirão e o trânsito não estava para peixe. Arrudão tinha a vantagem de estar seguindo os dois indivíduos, não chegaria atrasado nunca. Já ele teria que acelerar.

Abriu o portão do estacionamento com as chaves que também tinha emprestado. Olhou de soslaio para a loja e viu sua ex, Dina, em um canto do balcão e junto ao caixa. Dirigiu-lhe um aceno, que ela respondeu de soslaio, com as sobrancelhas em riste e aquele olhar oblíquo de mulher madura que certa vez lhe enternecera. Mas fora passageiro, como tudo em sua vida. Perdera também aquela mulher por medo de modificar sua rotina, essa é que era a verdade.

A noite começava a cair quando finalmente conseguiu se desvencilhar do trânsito pesado do centro da cidade e ganhar a rodovia que o levaria até o Jóquei Clube. Aproveitou para pisar fundo, olhar as horas no relógio e ligar o rádio do carro na Hora do Brasil, que adorava e que o fazia pensar. As coisas estavam fazendo muito sentido até ali. Nelson tinha motivos de sobra para matar a mulher, que era uma alcoólatra adúltera. Além dos motivos, ele tinha um parente bandido para ajudá-lo na empreitada.

E, agora, ambos estavam encontrando-se. Estava fácil demais para ser verdade. Faltava mais um personagem nessa trama, disso Silva tinha certeza.

Quando chegou ao bar do Jóquei, de antolhos viu seus dois alvos sentados em uma mesa de canto. Não os encarou, conforme velho cacoete e regra da profissão. Nunca encare os suspeitos, por mais curioso que esteja! Isso te denuncia – era o que Paulo Roberto Silva aprendera ao longo de toda uma carreira de "cana". Preferiu seguir reto e ir até o balcão, que contornou, atingindo a mesa do fundo, onde estavam Arrudão e uma mulher. Sentou-se, cumprimentou o casal e riram.

– Quem é ela?

– Sofia. Uma amiga. Trouxe para não estragar o disfarce. – Arrudão sorriu. Tomava um chope. Bebia muito, ficava de fogo, e aquela mistura de álcool e serviço deixava Silva incomodado. – Não se preocupe, chefe. Ela é surda-muda. Não vai entender bulhufas.

O ridículo da situação só não foi maior do que a surpresa, mas a tal Sofia tratou de emitir alguns sons guturais, típicos de deficientes auditivos, e ensaiou uns gestos, que reprimiu, certamente presumindo que não seria entendida. Silva, segurando o riso, respondeu-lhe também com gestos que retirou dos rudimentos que conhecia da linguagem de sinais, agradando a moça, que era uma morena simpática, quase 40 anos bem disfarçados. Se estivesse melhor vestida daria trabalho na noite, mas parecia servir-se da mesma costureira de Arrudão, saída de uma festa junina.

– De onde ela surgiu? – perguntou.

Arrudão ia responder, mas o garçom chegou, fazendo com que interrompesse as explicações enquanto o chefe pedia um conhaque. Quando se viram novamente livres, respondeu:

– Amiga de minha esposa. Fica com nossos filhos de vez em quando e é nossa vizinha. Não é o disfarce perfeito? – Arrudão parecia orgulhoso e feliz. Nada lhe deixava mais realizado do que agradar ou surpreender positivamente o chefe. Ele devia muito a Silva e tinha-lhe muita admiração. Já haviam enfrentado juntos problemas suficientes para encerrar a carreira de ambos, e se não fosse o chefe bacana que tinha, apesar daquele seu jeito tosco e grosseiro, Arrudão acreditava piamente que já teria abandonado a carreira.

– Você não existe. – Silva riu, bebericou o conhaque sem sequer olhar para os lados. Aliás, estava exatamente de costas para seus suspeitos. – E o outro casal?

Arrudão falou mais baixo. Sofia divertia-se com seu Martini enquanto olhava o cardápio. Parecia alheia ao mundo. "Deve ser muito estranha a ausência de um sentido", pensou Silva. Mas, por outro lado, dá um mundo particular, só seu, que ninguém incomoda. Era uma espécie de autismo, e como todo autismo, tinha algo de confortável que, de certa forma, impedia o sentimento de pena ou comiseração pelo deficiente. Afinal de contas, eles não aparentavam sofrer.

– O negócio é o seguinte. Estava de campana quando vi esse cara aparecer, o gordinho. Lembrei-me do que o chefe falou. O sujeito não era usual na casa e, para lhe ser honesto, inspetor, o cara me diz alguma coisa. Não sei se é instinto policial, mas o cara não me é estranho, tem pinta de vagabundo, entendeu?

– Daqui a pouco direi se concordo contigo.

– Pois bem. Ficou algum tempo na casa do tal Nelson, que, aliás, sai muito pouco de lá, sabia? E parece que está comendo a empregada que, pra ser sincero, é um avião, uma louraça. A vizinhança do prédio, os porteiros, tá todo mundo comentando isso...

Seria aquele o motivo do crime? Silva não conseguia acreditar que ainda hoje, no mundo moderno repleto de saídas jurídicas e desculpas sociais, alguém ainda se sujasse matando o semelhante porque queria trocar de esposa... De qualquer modo, tinha doido para tudo, não tinha?

– E aí o seguinte: saíram os dois poucos minutos depois, juntos, como se não quisessem conversar em casa, até porque a amante do cara ficou lá. Pararam um instante na porta do prédio, onde eu estava fingindo ser motorista de praça. Estava lá passando uma flanela no vidro do táxi que emprestei do depósito da polícia, quando os ouvi combinando o local do encontro. Aí liguei pro senhor.

– Como exatamente eles falaram?

– Coisa simples. Poucas palavras. O viúvo perguntou "No Jóquei?", e o gordinho respondeu "No Jóquei". Eu deduzi que deveria ser no bar do Jóquei porque nenhum dos dois tem pinta de cavaleiro, não é mesmo? – E riu, discretamente, dando uma golada profunda em seu caneco de chope.

Silva riu apenas para manter o disfarce, fingiu que olhava o cardápio e avisou alto que iria ao banheiro. Voltou pelo balcão que antes tinha contornado e, somente aí, quando sua visão teria obrigatoriamente que passar pela linha da mesa visada de seus suspeitos é que os olhou. Quanto à Nelson, nenhuma surpresa. Vira fotos recentes dele. Parecia estranhamente abatido e, agora, naquela mesa, assustado. Seu interlocutor é quem chamava atenção. Ramón parecia ter uns dez anos a mais do que realmente tinha, sua calva era acentuada, seus raros cabelos salpicados de branco, um excesso de peso que parecia doentio. Era como se tivesse apanhado um fogo no carnaval e estivesse em plena quarta-feira de cinzas, curtindo a ressaca; como se estivesse do avesso. Lembrava aqueles alcoólatras contumazes que, mesmo quando não bebiam, aparentavam estar bêbados, ou ao menos caminhando céleres para a bebedeira. Silva perscrutara tudo isso nos segundos míseros que gastou para pousar os olhos nos dois.

Também reparou na mão de Nelson tamborilando a mesa, nervosa. E em Ramón manuseando o maço de cigarros, também nervoso, sem acender nenhum cigarro. Somente o telefone celular de Nelson estava diante dele, que não bebia nada. Ramón já estava no segundo *whisky*, sua camisa social amarrotada, típica de homem sem mulher. Sapatos de homem endividado, lacerados nas laterais. Tudo isso em poucos segundos. Olhos treinados, olhos de policial experiente, de lince. Silva orgulhava-se disso.

Prosseguiu até o banheiro, onde forçou os ouvidos para tentar ouvir o que os dois diziam na mesa, mas falavam muito baixo, exageradamente baixo. E Nelson, que não pedira bebidas, parecia querer brevidade e objetividade naquele encontro. Quando Silva saiu do banheiro, viu Nelson levantando a mão e pedindo a conta ao garçom. Sua conjectura do prazo breve da conversa se realizara. Voltou a sentar-se diante de Arrudão e da surda, que agora Arrudão fingia flertar (fingia?), dando-lhe alguns cheiros na nuca, enquanto a moça era só sorrisos e bebericava seu Martini.

– Está vendo o outro sujeito? – indagou a Arrudão. – Daqui para frente você vai segui-lo. Se der, arrume mais alguém para campanar o nosso primeiro alvo. Mas aquele que você chama de "gordinho" não pode sumir, entendeu?

– Positivo, chefe.

– Quero, sobretudo, saber onde ele mora.

– O senhor manda, chefe. – E sorriu. Parecia muito feliz em seguir ordens de seu querido inspetor.

– E Arrudão...

– Pois não, chefe.

Silva empertigou-se, antes de deixar umas notas de dinheiro, para a conta, em cima da mesa:

– Cuidado com o seu "disfarce". – Olhou para Sofia. – Ela pode não falar, mas sua esposa vai entender muito bem.

***

Quando o telefone tocou, Nelson assistia ao telejornal enquanto Mucama brincava com o filho. Aquela casa adquirira uma normalidade que nunca tivera, e ele vendo aquilo tudo e descobrindo, de repente, que não merecia aquela harmonia toda e que era um estranho em seu próprio lar. Queria ver a cara de Mucama quando descobrisse que dormia com um assassino e que lhe confiava sua criança adorada a todo o tempo.

Ou será que Mucama já não desconfiava de alguma coisa? Vezes havia em que percebia nela uma certa inquietação, e que a surpreendia fitando-lhe com um olhar vazio quando a casa silenciava, os telefones paravam de tocar, a campainha dava um sossego e as tarefas domésticas esvaíam-se.

Não. Não era possível. Supor, ainda que remotamente, Mucama poderia supor. Ela acreditaria naquilo como uma verdade possível e remota, não como uma verdade acontecida. Mas nunca poderia conviver com ele caso tivesse a certeza de que Nelson era um homicida. Aquilo o reconfortava. Não suportaria ter que representar dentro da própria casa. Até aqui, o ar de desolação de Nelson combinava com o de um viúvo recente, surpreendido por um desatino da sorte. Se aquela lenga-lenga continuasse, ele teria dificuldades óbvias em dissimular o visível impasse de sua vida, naquela encruzilhada em que o crime o colocara.

Foi quando o telefone tocou. Mucama ia atender, mas Nelson não permitiu. De um pulo atingiu a mesa de centro em que estava o aparelho, que atendeu estranhamente já sabendo que era Ramón.

— E aí, primo? — Por que será que aquela amistosidade soava-lhe, agora, burlesca?

— Tudo bem. — Agora Nelson tinha certeza do seu sentimento para com Ramón após a morte da esposa: ódio. Se não fosse ele, não teria acabado com a vida da mulher que tanto amava, e agora colocava seu destino e sua liberdade nas mãos daquele calhorda. Teria que confiar na conveniência de seu silêncio para o resto da vida. Não seria aquela, já, uma pena?

— Estou precisando falar contigo, Nelson.

— Agora, de noite?

— Conhece hora melhor para tomar um *drink*? — e riu. Mas novamente sua farsa não externava alegria ou sinceridade. Nelson discerniu na risota um cansaço inexprimível, uma representação charlatã. Alguma coisa começava a berrar dentro dele de que se metera em maus, em péssimos lençóis.

— Onde você está?

— Bem perto. Na portaria de seu prédio. — O silêncio do outro lado da ligação demonstrou definitivamente a Ramón que a proximidade não agradara em nada ao seu primo. Parecia-lhe que, doravante, teria que conviver com um comparsa que veria nele uma sombra desagradável, que o repeliria como a um leproso. "E daí?", pensou. — Dele eu quero dinheiro. Se me der dinheiro e distância, melhor ainda. Babaca.

Nelson pensou por um tempo, nada respondeu. Não queria espichar a conversa ao telefone, muito menos perto de Mucama, que largara o filho e começava a passar as suas roupas ali ao lado, na mesa da copa.

— Espere aí que estou descendo. — E desligou sem esperar resposta. Ramón não tinha alternativa, tinha? Era melhor que aguardasse lá embaixo, o que demonstraria a ele quem é que estava no comando, quem era o dono do dinheiro e quem, afinal de contas, estava à disposição de quem.

Falou que iria conversar com um primo distante, o que não era mentira, e tranquilizou Mucama. Vestiu uma roupa fácil de tirar e desceu o elevador impaciente. Lá embaixo, perto dos carros estacionados, estava o primo Ramón. Parecia inquieto e alguns anos mais velho. "Que bom que você também está sofrendo, meu caro", pensou Nelson, para os seus botões. E quase disse. Mas o que realmente falou foi "Para onde?", tentando tirar o primo de perto do seu prédio o mais rápido possível.

— No lugar de sempre. O bar do Jóquei — falou rápido, ameno, claro. E em quinze minutos estavam no bar, onde tiveram a primeira conversa maluca sobre matar Íris. Olhou em volta e não divisou rosto conhecido algum. Nelson parecia com pressa, e essa pressa irritava Ramón.

Mas foi Nelson quem falou primeiro. Não quis pedir bebida alguma. Tampouco preocupava-se em demonstrar o quanto aquele encontro tão rápido incomodava-o. Às favas com o que Ramón pensasse:

— Me recordo que foi você quem disse para deixarmos a poeira baixar, que agora não seria conveniente que falássemos, nem ao telefone, nem pessoalmente. E agora, menos de mês depois... — Os olhos de ambos brilharam. Será que Nelson ousaria mencionar o fato?

—... depois de nossa... última conversa, você me procura. Algum problema?

Ramón olhou em volta. Nelson acompanhou-o com os olhos. Além do *barman* que passava um pano nos copos, um casal de coroas tomava um vinho em uma mesa próxima. Do outro lado do balcão, um outro casal namorava, um sujeito desengonçado profundamente interessado em uma morena que parecia caladona.

— Além da inquietação de nosso parceiro? Não, primo, problema nenhum. Na verdade, a notícia é boa. Boa demais.

— O nosso "parceiro" está inquieto? — Nelson tinha certeza de que as aspas que colocara mentalmente tinham sido perfeitamente percebidas por Ramón, que deu outro sorriso. Aquela risota meia-boca começava a irritá-lo de verdade, e o fato de o primo estar um trapo, como se tivesse saído de uma chacoalhada de dentro de uma máquina de lavar, não lhe tirava nem um pouquinho a raiva do cara que o fizera sujar as mãos com o sangue da esposa.

— Ora, primo, quem é que não quer receber? Ele, na verdade, quer notícias.

— Ainda não procurei a seguradora. Mas vou procurar. Você não me recomendou pressa em hora nenhuma.

— O cara está perguntando pelo dinheiro, primo. Só isso. — E procurou, de fato, tranquilizar Nelson. Mas só um pouquinho. Se o tranquilizasse demais sobraria pouco espaço para extorquir a grana que queria.

— Bom, já que você, que é quem me orienta nesses assuntos... — procurou de novo as palavras. Queria ofendê-lo, mas não podia. Como é que você briga com um sujeito que detém um segredo vital para a sua vida? — ... nesses assuntos obscuros, me libera, vou procurar a seguradora amanhã mesmo. Era essa a notícia boa?

— Não. A boa nova é que surgiu um negócio de ocasião para mim, sabe? — E bebericou o *whisky*, que só ele bebia. Ao contrário de Nelson, Ramón sentia-se à vontade com segredos, crimes e bares. Quem já estava no fundo do poço não tinha mais para onde afundar. — Vou voltar ao negócio de importação, só que dessa vez com os pés no lugar, sem fazer besteiras. Está tudo engrenado, só falta o aporte de capital.

— Bom para você. — E acrescentou: — E eu com isso?

Ramón olho para Nelson pelo fundo do copo de *whisky*, vendo-o deformado pela concavidade do vidro. Assustou-se com o que viu, por um breve momento. Um rosto de fera acuada, de quem esperava pelo pior. Ou melhor, de quem sabia que o pior viria e que não se demonstrava nada surpreso com aquilo tudo. Sentiu que iria decepcionar o primo para valer, mas não se importou um minuto sequer. Amizades não pagavam contas, não é mesmo?

— Ora, primo, de uma certa maneira nós somos sócios. — Frisou bem essa palavra. — Estamos no mesmo barco e eu também preciso da minha parte, sabe?

De repente, tudo começou a fazer sentido para Nelson. Estivera nos últimos anos de sua vida nas mãos da cobra da sua esposa vagabunda. Matara-a para ver-se livre daquela tortura. Mas, agora, uma nova fase de sua merda de vida iniciava-se: estava agora nas mãos de dois marginais, seu primo, aquele aborto da natureza à sua frente, e um assassino profissional que sequer conhecia.

— Eu já não lhe dei algum? — perguntou enquanto olhava para os lados. Nenhuma mudança no bar. Parecia o lugar mais calmo da cidade, mais perfeito para confabulações e confidências. A única coisa que mudara é que o casal do fundo agora estava na companhia de outro sujeito, de costas para eles. Um sujeito atarracado, com japona de couro e com um início de careca no topo da cabeça.

— Gorjeta nós vamos dar para o garçom, Nelson. — O sorriso fácil de Ramón congelou-se até sumir completamente. — Eu quero a minha parte. Afinal, eu lhe dei uma nova vida, não dei?

Nelson não precisava de um espelho para saber que estava vermelho, como ficava quando, adolescente, era provocado. Devia estar parecendo um pimentão.

– E de quanto estamos falando?

Ramón falou baixinho, ciciando à moda das cobras:

– Uns duzentos mil está bom.

Nelson olhou para o garçom para pedir um *drink*. Meu Deus, aquele filho da puta estava tirando-o do sério. Como precisava de uma bebida! Mas quando procurou alguém para servi-lo, a única pessoa que viu foi o tal baixinho, indo para o banheiro. Deu-lhe um olhar de soslaio, inexpressivo, e prosseguiu. Sem problemas, Nelson, você está vendo coisas. Ninguém está preocupado com você, só você mesmo. Sacou?

– Duzentos mil? Ou você quer dizer duzentos mil para começar? Essa história não está me cheirando bem, Ramón. Fizemos alguma coisa juntos e é justo que dividamos lucros e prejuízos. Quanto a isso, tudo bem. Mas estou começando a achar que você está tentando me tirar dinheiro...

Ramón bateu com o copo no tampo da mesa, de forma que Nelson parasse de falar, com medo de um escândalo que, certamente, começaria ali, se não se amenizasse o tom da prosa.

– Com quem pensa que está falando, cara? – Essa rispidez em Ramón era uma novidade. E, no entanto, parecia vestir-se como uma luva nele. Era quase como se aquela fosse sua verdadeira penugem, sua verdadeira identidade. – Te ajudei, não ajudei? Agora, só quero o meu.

– Mas isso é bem mais do que eu esperava te pagar, ou mesmo ao outro sujeito.

– É isso que eu preciso. Quanto ao Carlos, eu enrolo ele, fique tranquilo. Até para isso você precisa de mim, primo, então, não é bom me desprezar, não é mesmo? – E acrescentou, de uma maneira que Nelson jamais se esqueceria e que lhe congelou a espinha: – Você vai precisar de mim para sempre, parceiro.

São situações assim que diferenciam bem os homens de ação daqueles outros, intelectuais, que teorizam e deixam a banda passar, pensando nos riscos inusitados de sua reação ao invés de efetivamente reagirem. Fosse um homem de ação, Nelson simplesmente pegaria Ramón pelo colarinho, porque era mais forte do que ele, arrastá--lo-ia para longe da mesa e dar-lhe-ia alguns sopapos porta afora do bar, e já na calçada deixaria a pegada de seus sapatos no fundilho da calça amarfanhada do primo. Isso mesmo, dar-lhe-ia um chute no traseiro, mandando-o embora. Ou talvez bateria nele até ele sangrar. Gostaria de vê-lo sangrar até morrer.

Mas Nelson não era um homem de ação. Era do segundo tipo, daqueles que deixam a vida passar da beira do barranco. Tanto assim o era que precisara de dois comparsas para fazer o trabalho sujo, não é verdade? E Nelson, porque sabia que não iria reagir à altura, ficou muito feliz em encerrar aquela conversa de maneira fria, pagar a conta da bebida de Ramón e voltar para o carro, e de lá para a segurança de seu apartamento. Antes, a título de despedida e também para tranquilizar o primo, prometeu: "Vou procurar a seguradora amanhã mesmo". Era isso ou matá-lo, e Nelson estava cansado da morte. Não suportaria mais um cadáver em sua vida.

9. RINHA

— Na verdade, quem me pediu para atender Ramón foi Tito. Ambos trabalhávamos para ele, o que só então eu descobri. — O advogado Honório Dantas parecia menos cheio de empáfia naquela manhã, no escritório de Flamarion. Tomavam cafezinho com o inspetor Silva, que era quem dirigia a conversa.

— Naquela época, Ramón já trabalhava para ele? — inquiriu o experiente detetive. Anotava o que Dantas dizia em seu caderninho, porém sem parar de encará-lo enquanto o fazia.

— Sim e não. Ramón era o encarregado de transportar a mercadoria fronteira adentro. A droga era de Tito, mas ele não o conhecia. — O advogado olhou Silva bem nos olhos, francamente. — Tito é que sabia dele, e nunca gostou de deixar seus colaboradores sozinhos. Ajudava todo mundo que trabalhava para ele.

"Também aos advogados", pensou Silva. Mas não era hora de ofender ninguém. Tiveram bastante sorte de que a primeira conversa entre eles tivesse gerado aqueles frutos, talvez porque a seguradora de Flamarion tenha acenado com o pagamento de "honorários" por aquela "consultoria", ou talvez porque Silva estivesse certo em sua impressão derradeira, ao final da primeira conversa: ele iria procurar Ramón, não encontraria a fonte pagadora e então bandearia para o lado de cá. Sem dúvida, fora o ocorrido.

— Ele era apenas o encarregado disso, do transporte? — indagou o inspetor.

— Sim. Já tinha trabalhado com muamba e com carros clonados. Então migrou para as drogas. — Honório terminou de tomar o cafezinho, que colocou na mesa ao lado de sua cadeira. Seu paletó bem cortado denunciava que era regiamente pago por defender criminosos ricos, em sua maioria poderosos traficantes e banqueiros do jogo do bicho.

— E então ele foi preso?

— Depois de um ou dois serviços. Era somente uma mula, de confiança, refinado, inteligente, mas uma mula. — E parecia querer encerrar a conversa e embolsar seus honorários. Começou a se empinar na cadeira como quem pretende levantar-se. Arrematou: — É esse o perfil dele que vocês queriam? Afinal de contas, o que está acontecendo?

Silva sorriu. Devagar, também se levantou, secundado por Flamarion, a fim de animar o convidado a também se retirar.

— Esperávamos que ele fosse um pouco mais resoluto e duro — finalmente, disse o inspetor quando todos se levantaram. — Procuramos por alguém que provavelmente cometeu um homicídio. É só isso o que posso lhe dizer. Também temos nosso segredos profissionais, doutor.

O comentário mordaz ele deixara para o final, mas o advogado não o percebeu, tão surpreso ficara com a informação parcial de um crime de sangue.

— Ramón? Não, ele não era um assassino. Tito tinha gente para fazer esse tipo de serviço. Se é isso o que procuram, acho que se enganaram.

Flamarion salvou a situação, ele, que ficara quieto até ali. Fisicamente, interpôs-se entre Silva e Honório Dantas, já encaminhando o visitante até a porta.

— Enganados ou corretos, vamos informá-lo, doutor. — E sorriu teatralmente. — Afinal, o contratamos para essa consultoria não foi? E temos que confiar em nosso advogado. Por falar nisso, o escritório da seguradora aguarda seus dados bancários para o depósito dos honorários... — E o conduziu até a porta, onde a secretária já aguardava para terminar o serviço.

Na volta, os dois homens entreolharam-se. Andavam mesmo precisando trocar ideias.

— Arrudão, a essas horas, dividiu as atenções e seguiu os dois. Se for Ramón, ele vai cair. — Silva parecia satisfeito. Flamarion reparou que nesses poucos dias em que trabalhavam juntos o inspetor remoçara uns cinco, quem sabe, uns dez anos, embora fumasse mais e abusasse do cafezinho. Praticamente adivinhando os pensamentos do novo amigo, Silva sacou um maço de cigarros, acendendo um sofregamente, ansioso. — Essa história de que não foi ele não me convence. Ainda que exista outra pessoa, o cérebro por trás foi o dele.

— Por que tanta certeza?

— Você não o viu ontem. Parecia um desatinado. Inclusive, intimidava o Nelson, que estava morrendo de medo dele, estava aturdido. É como se ele estivesse no meio de um delírio pós-crime. Essas coisas marcam, está me entendendo?

— Mas você acredita que ele poderia ter forjado o estouro de um botijão de gás e matado duas pessoas? Alguém sem nenhum histórico de violência?

— Não sei. Ele não tem nenhum histórico de violência conhecido. Mas esse meio é sujo. Ninguém consegue sobreviver no tráfico sem ao menos fazer cara de mau, sem ameaçar, sem quebrar uns dentes de vez em quando. Ramón habitou esse meio, não se esqueça.

— Mas pode ter mais alguém...

– Isso pode. O Honório falou que o patrão tinha assassinos só pra isso. Eram da mesma organização de Ramón. Vai ver, se conheciam e Ramón acionou quem quer que seja para ser o autor material do crime. Se tiver essa terceira pessoa, eles se encontrarão.

Nesse momento tocou o telefone. Flamarion pediu desculpas, atendeu, conversou baixinho em um canto da sala, inaudível para Silva. Depois, voltou com novidade:

– Nelson acabou de procurar meu patrão. Quer o dinheiro do seguro e está estranhando a demora.

– Não falei? – Silva ficava feliz em ver seus prognósticos realizando-se. – Foi a conversa com o primo ontem. Ele está sendo pressionado. O que o seu chefe respondeu?

– Aquilo que nós o instruímos. Enrolou com terminologia jurídica, mas não enganou muito. Falou que o processo é lento, envolve análise de riscos preexistentes, e que pela apólice tem até trinta dias para pagar, prorrogáveis por mais trinta.

– Os primeiros trinta estão se esvaindo...

– Eu sei. E a desculpa não enganou o cara, que saiu de lá fulo, ameaçando colocar advogado na história, processar, danos morais, o escambau...

– O de sempre. Mas ele ainda vai esperar um pouquinho, e esse atraso deve forçá-lo a procurar o comparsa novamente.

– Podemos plantar escutas...

– Talvez sim. – E levantou-se, apagando o cigarro. – Por falar em escutas, o Professor Pardal já está com os relatórios das primeiras conversas telefônicas que apurou.

– Professor Pardal?

– É, o cara da escuta. Não lhe falei sobre ele de propósito. Não é bom sair espalhando coisas ilícitas. Te protege não saber delas, entendeu? – Novamente o inspetor didático e que conversava com Flamarion como um tio dá recomendações a um sobrinho para não brincar com fogo.

Enquanto pegavam o carro, Silva ia discorrendo sobre o Professor Pardal, um antigo conhecido que certa vez precisara dos préstimos do velho inspetor. Era um professor de faculdade de informática que fazia de tudo, dentro e fora da lei. Além de especialista em computadores, montava áudios e vídeos, fazia efeitos especiais, *photoshop*, criava documentos públicos e reproduzia carimbos e firmas à perfeição. Flamarion poderia bem imaginar, acrescentou Silva, o valor de um homem desse no mundo do crime, no qual ele acabou caindo. E caiu justamente em uma investigação conduzida pelo próprio inspetor Silva.

– Ele estava fraudando resultados de concursos. O conheci e o levei para o juiz – disse, enquanto Flamarion dirigia seu carro novo, driblando o tráfego. Só então ocorreu a ele que dirigia a esmo e não sabia onde residia o tal Professor Pardal, ou para onde iriam.

Mas Silva continuou. Simpatizou com o cara, que complementava a renda mixuruca de professor com piratarias e reproduções, ajudou gente errada e acabou na merda. Apresentou-o ao juiz, fez acordo, delatou a quadrilha que o contratava. Ficara livre da condenação e ganhara uma dívida eterna com o inspetor, que a cobrava vez ou outra.

– Ele trabalhava muito pra mim até a aposentadoria – acrescentou, acendendo outro cigarro sem se importar de estar dentro do carro de Flamarion. – Depois, continuou fazendo perícias. Mas sempre recorro a ele em casos envolvendo tecnologia, áudio e vídeo, grampos, falsificações, essa tranqueira toda. Dobre ali.

Saíam da cidade. Pegaram uma rodovia, depois uma estradinha vicinal com ambos ouvindo o noticiário do rádio, calados. Quando entraram em uma estrada de terra, sempre sob o comando do inspetor, Flamarion estranhou.

– Não se espante. Ele hoje está recluso. – E apontou uma porteira trancada, onde pararam o carro. Havia uma campainha do lado. Silva desceu do veículo, apertou o botão, conversou por um videocomunicador pequeno ao lado da porteira, que em seguida abriu-se eletronicamente. "É claro. A casa do Professor Pardal não poderia ter porteira fechada na taramela", pensou Flamarion.

Muito antes, pelo contrário, o ambiente era bastante rústico. Passaram por uma pequena alameda em que marrecos ciscavam perto de um pequeno chafariz, no meio de um gramado modesto. Estacionaram debaixo de um telheiro que, parecia, prestava-se mesmo para ser garagem, e desceram uma pequena rampa em direção a uma casa de madeira pré-fabricada sem nenhuma aparente novidade, de poucos cômodos. A exceção era que o telhado, também de madeira, estava quarado de antenas de todos os tipos. Aos fundos, dava para vislumbrar um riacho que corria atrás de uma moita de bambus, aparentemente delimitando o final do terreno.

Foram recebidos pelo Professor Pardal em pessoa. Não parecia que morava mais alguém ali. A sala estava com uma parafernália em cima da mesa, pedaços de computador e microfones, em uma bagunça que não parecia importar ao anfitrião, que passou ao largo por Silva e estendeu a mão a Flamarion:

– Prazer, eu sou o Professor Pardal. – E riu. Era cabeludo, e apesar do cabelo crespo que já denunciava sua acentuada origem mulata, tinha a barba também crespa. Não convidou os dois a sentarem-se e, ao perceber que olhavam para a bagunça em cima da mesa, sorriu com descaso. – Não é aí que estou trabalhando, não se preocupem. Vamos ao meu estúdio.

Atravessaram a sala, um corredor, e entraram em um cubículo de paredes acolchoadas, onde havia mesa de som e uma parafernália eletrônica, desta feita organizada.

Sentaram-se em pequenas cadeiras giratórias, como se estivessem participando de uma entrevista dentro de uma estação de rádio, bem juntinhos, e o Professor Pardal começou a apertar botões e a falar.

– Não vou perder meu tempo me apresentando. O inspetor deve ter feito isso por mim. – E sorriu. – Quanto a você, se for amigo dele mesmo, vamos ter tempo de nos conhecer. Sei que estão ocupados. Acabei de selecionar as falas que realmente interessam. – E girou mais botões de olho em um monitor em que apareciam gráficos à frente de horários e dias, um pequeno calendário com duração de chamadas. Clicava aqui e acolá, parecendo selecionar trechos.

– Pegou muita coisa interessante? – perguntou Silva.

– Pouco. Conversas dele com a amante, uma tal de "Mucama", com parentes distantes da esposa. Está muito choroso. – E continuava cutucando botões e o mouse. – E esta aqui, ontem. É dele com um cara que até então não havia ligado. Foi o cara que ligou para ele. – E apertou o botão de *play*.

Os dois já sabiam que iriam ouvir a lacônica conversa entre Ramón e Nelson, mas como não conheciam a voz dos dois, foi com algum suspense que aguardaram o trecho gravado. O que se seguiu foi Nelson, surpreso por receber a ligação de Ramón, fazendo força para encerrar logo a conversa e encontrar-se com ele, como se tivesse alguém perto impedindo mais detalhes da conversa. Ou como se tivesse medo de estar grampeado. Ramón parecia ansioso, com novidades, doido para conversar, e anunciava que estava na porta do prédio. Desligaram em seguida. Mais uma peça do quebra-cabeças estava no lugar.

– Achei estranho, pelas ambiguidades da conversa. Os dois pareciam com medo. – E sorriu, como se esperasse aplausos. – Acertei?

– Na mosca, professor. – Agradou-lhe Silva. – E hoje, ou ontem à noite, mais alguma?

– Agora foi o senhor quem acertou. – E voltou a mexer em sua aparelhagem. – Não lhe surpreendo mesmo, né? – E apertou o *play* de novo.

As mesmas duas vozes. Nelson já começou a falar respondendo, como se Ramón estivesse desde a noite anterior esperando por aquela resposta. Nelson disse que fora tentar saber do capital e que iria atrasar, mas que iria resolver e adiantar tudo com um advogado. Ramón parecia insatisfeito, algo ameaçador, falou de um negócio de ocasião que não podia esperar e que o "amigo deles poderia ficar nervoso", mas garantiu que iria interceder junto a ele. Prometeram falar-se em breve, sem riscos, como acrescentara Ramón, e despediram-se laconicamente.

– E aí? Mosca de novo? – O Professor Pardal estava feliz e sorria como uma criança que tirara 10 na prova de matemática.

Silva sorriu de volta e disse que sim, pedindo-lhe que continuasse na escuta. Enquanto Flamarion passava ao Professor Pardal um envelope com o dinheiro do início do pagamento do grampo, Silva servia-se de um refresco de graviola que estava em uma jarra estrategicamente colocada em um móvel do corredor da casa, lotada de gelo.

– É graviola aqui do sítio, inspetor – assegurou o Professor, mais feliz que os dois gostassem do refresco do que pela grana que recebia de Flamarion, e que não era pouca.

Já de saída, feitas as despedidas, Flamarion ligou o carro indagando se o tal Professor não era muito maluco, ou um maconheiro esquisitão, um hippie fora de época ou coisa que o valha. Silva nem prestou atenção ao comentário. Parecia que não era com ele, estava em outro planeta de seus pensamentos.

– O que houve, inspetor?

– Não reparou? Ramón está chantageando o viúvo.

***

Uma rinha de briga de galos localizada numa cidadezinha próxima da capital fora o lugar escolhido por Carlos para se encontrar com Ramón. Como sempre, era o assassino quem escolhia dia, hora, local. Ramón descobrira que Carlos, inclusive, havia mudado de casa, e não o localizara no antigo bairro. Ao ligar para o número do celular dele que tinha, uma mulher atendeu e passou para ele. Carlos sempre fora muito profissional, dera um endereço sem mais detalhes, um horário, e desligou. Ao chegar no local combinado é que Ramón, que não nascera ontem e também era assíduo no meio da malandragem, vira do que se tratava.

A casa ficava em uma rua de terra, em um desses bairros de sítios e chácaras. Muros altos e um negão na porta, comendo uma marmita (era meio-dia) em um banquinho debaixo de um toldo colocado na garagem fechada da casa. Como Ramón já sabia que naquele bairro havia uma rinha de galos, somou dois e dois e apresentou-se ao porteiro/segurança.

– Estão me esperando aí dentro.

O segurança sequer levantou-se. Perguntou-lhe o nome, conferiu em uma listinha que estava dobrada e amarfanhada em um papel de caderno no bolso de sua camisa e mandou que entrasse. Carlos, obviamente, não tinha aquele nome e talvez não fosse conhecido como "Carlos" naquele local. Se perguntasse por ele, talvez desse com os burros n'água. O melhor, sem dúvida, fora apresentar-se.

Todas as rinhas são iguais. Ramón não conhecia aquela em que estava entrando, mas frequentara inúmeras outras. Um minianfiteatro, com três lances de arquibancadas de cimento, camarotes com mesas e cadeiras do lado de fora, um bar ao fundo. Lá dentro da rinha, a cada canto, uma gaiola grande para o galo que ia brigar e um banco com um balde d'água, onde ficava o tratador ou o dono do galo. Das arquibancadas, a plateia sanguinária assistia, enquanto o apontador das apostas passava entre o público anotando os palpites e recolhendo o dinheiro.

Foi encontrar Carlos na arquibancada, ao lado de um menino de uns 10, 12 anos. Não o vira antes, na casa de Carlos, mas a semelhança entre ambos era enorme. Certamente, era seu filho, e pela idade de Carlos talvez seu primogênito, se bem que era muito difícil dizer quantos anos tinha aquele assassino. Estava de óculos escuros, mantinha o bigode e vestia-se de maneira estranhamente formal para aquele ambiente, calça e camisa sociais, e enquanto bebericava um *drink*, o menino tinha às mãos uma lata de refrigerante.

Foi até onde ele estava. Nenhum dos dois fez festa. Não eram amigos. Tinham apenas negócios em comum, e eram escusos. Mal se apertaram as mãos e Ramón sentou-se ao lado de Carlos e do menino. Começava uma briga, entre um galo vermelho e outro preto, e ambos esporeavam-se ensandecidos. Nos cantos, os tratadores afastavam-se aos berros, como se aquelas aves fossem seres humanos que entendessem algo do que lhes gritavam seus adestradores. Não demorou muito, coisa de um minuto, o galo vermelho começou a levar a melhor, dando pulos altos e esporeando o galo preto na altura do seu pescoço. Só que o preto era duro de cair, esperneava, acusava os golpes, mas continuava acertando o adversário, só que com menos contundência. A plateia torcia, ovacionando ora um, ora outro, daqueles galináceos gladiadores, conforme fosse a tendência das apostas. Carlos nada falava, mas não desgrudava a atenção da rinha, torcendo o bigode.

O galo preto começou a apanhar mais e mais, começou a não conseguir mais esporear o rival. Fosse uma luta de boxe, entre humanos, o árbitro apareceria para encerrá-la, tamanha a disparidade de forças. Mas aqueles animais não desfrutavam desse privilégio. O galo preto teria que morrer, cair desfalecido e mortalmente ferido, o que não demorou mais do que alguns segundos. Os tratadores entraram novamente em cena, o dono do galo vermelho, orgulhoso, agarrou-o com uma luva de obra, daquelas grossas, e levou-o para um canto, onde lavou seus ferimentos com bucha e a água do balde. O outro tratador, do galo vencido, banhou seus despojos agonizantes ali mesmo, no centro da rinha. Só então Carlos interrompeu seu silêncio.

– Ainda bem que ganhei. Estava ficando sem dinheiro. Mas você veio aqui para resolver isso, não veio?

Ramón riu, mas não precisava de espelho para descobrir que seu sorriso estava amarelo. Não queria em absoluto brincar com aquele homem perigosíssimo, mas precisava ganhar tempo sem gerar inquietação. E precisaria de todo o dinheiro de Nelson. E de tempo para sumir do mapa. O único jeito era acalmar Carlos e manter-lhe a confiança. Ramón achava-se bom nisso, na arte de enrolar os outros. Antes de ser preso era um verdadeiro advogado sem diploma. Tomara que não tivesse perdido o antigo talento.

– É isso mesmo. Agora eu sou o homem do dinheiro. – E sorriu de novo, também para o menino que era tão cópia do pai que tinha o mesmo olhar mortiço e de paisagem daquelas pessoas que não se apavoram com nada, nunca, ou porque não tem medo ou porque já tinham gastado todo o medo do mundo ao longo da vida. Nada mais os abalava. Ramón mudou o rumo da prosa: – O que está bebendo?

– *Vodka*.

– Uma pra mim também. – E acenou para o garçom, enquanto Carlos, como que lembrado do *drink* em suas mãos, bebericou mais um pouco. Ramón reparou que aquele homem não ficaria bêbado facilmente, nunca. Era daqueles bons bebedores dos velhos tempos, que passavam horas com o mesmo copo. Não paravam de beber e nem terminavam de beber, hora nenhuma. Era um bebedor profissional com gestos cuidadosamente estudados.

Enquanto o garçom providenciava a bebida, Ramón quebrou novamente o silêncio:

– Não sabia que gostava de uma rinha.

– Gosto de ver pessoas e animais desafiados, brigando. Acalma-me. – E olhou para Ramón. – Você não?

– Ah, sim. Mas pelo jogo, pelo ganho. Já apostei muito em rinha, ganhei e perdi. Obrigado por me apresentar esta. Deixou meu nome na portaria, até.

– É discreto. Ninguém conseguiria te seguir até aqui dentro – frisou bem o final da frase, como se soubesse que alguém poderia segui-lo, sim, até aquelas imediações. Parecia adivinhar que Arrudão, a essas alturas perdido em meio às ruelas do bairro, procurando o carro de Ramón, de quem perdera a pista, jamais conseguiria entrar naquela casa e encontrá-los ali, por conta do segurança na porta.

Enquanto conversavam, chegou a *vodka* de Ramón, que lhe deu um longo gole antes de voltar à carga e ser mais objetivo. Sabia que não conseguiria florear muito mais.

– Quanto à grana, estive com nosso patrão ontem e anteontem. Está tudo ajeitado, a seguradora pediu alguns dias para levantar papelada e fazer o pagamento.

Alguma coisa no tom de voz de Ramón, no entanto, não combinava com suas palavras tranquilizadoras. Algo soava teatral, arquetípico... Soara como fraude. Passaria despercebido em uma conversa normal de botequim ou salão de barbeiro, durante uma festa, ou simplesmente caso o interlocutor fosse menos atento. Porém Ramón estava conversando com Carlos, e Carlos era uma cobra para descobrir entrelinhas. Não fosse assim, já teria virado comida de urubu há muito tempo.

E Carlos percebera essa estranha lacuna, o tom equivocado, a estranha e calculada tranquilidade de Ramón, o suficiente para descobrir que ele não estava sendo autêntico. Sua resposta? Simplesmente olhou para ele, agora inteiramente atento, bem no fundo de seus olhos. E viu nele um homem com pressa, acelerado, à beira de um ataque de estresse, como se estivesse fugindo de credores ou prestes a fugir do país; como alguém que dá um calote na praça e muda-se, apressado, ajeitando as coisas com um ar de fadiga e, ao mesmo tempo, urgência. Era assim que Ramón lhe parecia.

– Algo errado? – A pergunta de Carlos era retórica. Na verdade, queria buscar mais informações. A essência do calote que aparentemente iria tomar já estava bem delineada naqueles míseros segundos em que Ramón revelara-se, integralmente e por descuido, ao assassino.

– Nada! – E desta vez sua voz saiu tão estridente que imediatamente se condenou por isso, já sabendo que teria que se tranquilizar primeiro se quisesse aquietar o outro. E repetiu, mais calmo: – Nada. É só que a grana do seguro é enorme e os burocratas querem indagar aqui e acolá se tem alguma brecha, alguma doença preexistente, algum buraco no contrato pra não pagar. Sabe como esses caras são desonestos.

– Desonestos... – E Carlos terminou o *drink*, colocando o copo ao lado do local em que estava sentado, na arquibancada. O menino agora prestava atenção na outra briga que iria ocorrer, entre dois galos índios. O restante do público também. As apostas já começavam a ocorrer, o apontador anotando e recolhendo o dinheiro, célere. Ninguém se apercebia da conversa dos dois.

– É. Seguradora corre atrás do cliente para fazer o seguro, mas na hora de pagar... – E abriu as mãos para o alto, todo teatral. – Mas Nelson disse que eram favas contadas e em alguns dias, uma semana no máximo, todo mundo receberia.

– Por que você está com tanta pressa?

A pergunta calou fundo. Não estava preparado para ela. É verdade que não fora cobrado por Carlos, mas todo mundo que trabalha quer receber e, afinal de contas, já havia quase um mês que o "serviço" havia sido realizado. Era mais do que natural indagar sobre o cumprimento do restante do acordo.

– Como assim? Você não está com pressa?

– Acho natural alguma demora. Li nos jornais. O caso gerou um barulho maior do que o esperado. Essas coisas demoram mesmo, não estou preocupado.

Ramón sorriu. Finalmente, enfim. Ia conseguir o que queria. Um voto a mais de confiança do matador para levar adiante seu plano: sumir do mapa e deixar aqueles dois sem o dinheiro do seguro. Mas Carlos não havia terminado de falar:

– O que não quero é tomar o cano. – E aprumou o corpo. Parecia uma onça preparando-se para o bote. Até sua voz mudou, ficou mais grave do que aquele tom monocórdio e impessoal que sempre utilizara nas conversas que haviam tido. – Não é nem pelo dinheiro, é pelo desaforo. Só tomei calote uma vez, era um serviço simples, barato. Era um viciado, um avião. Simplesmente misturei veneno na droga dele. A polícia chegou e viu um cadáver "picado", droga derramada, naquele ambiente imundo de boca de fumo. Os tiras nem fingiram fazer perícia.

Enquanto falava, fechava os olhos. Parecia rever de novo a cena que descrevia. E parecia gostar daquilo, gostar muito daquilo que fazia. E contar-lhe dava um estranho prazer que não conseguia esconder. Ramón estava assustadíssimo com aquele sujeito, porque ele simplesmente não se abalava e, ao contrário, aparentava orgulho pela obra finda, como se fosse um pintor descrevendo o processo de criação de uma famosa tela. Era um esteta, divagou Ramón, um artista da morte aquele sujeito, que continuou falando:

– Serviço simples. Pouca grana. Eu estava começando, cobrei barato. – Fez um silêncio proposital, queria saber se Ramón realmente o ouvia, se prestava atenção. Artista precisa de público e de aplauso. – Mesmo assim o cliente não pagou. Era um cafetão cheio de dívidas e rolos e achou que me punha medo. Mandou dizer que não pagaria e avisaria quando pudesse. – E Carlos sorriu da ingenuidade do seu contratante. Era um sorriso gelado. Se um tubarão ou uma cobra pudessem sorrir, o sorriso seria mais ou menos aquele.

A nova briga ia de vento em popa, sem grandes favoritos. Os dois galos batiam e apanhavam e já estavam bem ensanguentados. Os espectadores da arquibancada mais perto do centro da rinha eram até respingados de sangue, nos golpes mais violentos. Mas nada que preocupasse Ramón e Carlos, que estavam na arquibancada de cima, a última, sendo novamente servidos de *vodka* e gelo ao mesmo tempo em que Carlos prosseguia a narrativa.

– Quando me devem de sacanagem, não adianta pagar. Se pego raiva, não quero o dinheiro. Para manter a moral é preciso correr atrás do prejuízo de outro jeito, senão você se transforma em um bundão. – E sorriu. Aquele sorriso novamente. – E ninguém contrata um bundão na minha profissão, entende?

– Perfeitamente. – Ramón não mexia um músculo do rosto, não respirava direito. Finalmente entendera, após mais de quarenta anos de vida, o significado da expressão "Sou todo ouvidos".

– Atropelei-o. Mas não fingi que era acidente, como num trabalho bem realizado e limpo. – Sua voz voltava a demonstrar orgulho pelo dever cumprido. – Passei com o carro por cima dele diversas vezes, até ele empaçocar no asfalto. Depois arranquei suas duas orelhas e mandei para a mãe. Era preciso deixar o recado.

Sorveu mais um gole do *drink*, olhando para Ramón. Não precisou desviar o olhar dele para levar o copo à boca. Era um gesto calmo e treinado, de um homem meticuloso. Faltava encerrar a conversa, e aqueles dois homens sabiam disso. Aquela conversa seria definitiva e valeria para o bem e para o mal, na vida dos dois, dali em diante.

Ramón foi o primeiro a falar, demonstrando aquela sua falsa tranquilidade que já não enganara Carlos da primeira vez. Agora menos ainda.

– Ora, mas você não está preocupado, não é mesmo? – E sorriu, de modo ameno, abrindo os braços como quem acabou de ouvir uma piada. – Nelson não iria brincar conosco. Ele é quem mais tem a perder, ele é quem corre mais riscos. Como eu te disse, é só uma questão de tempo.

– Dele eu não tenho medo. Aliás, não tenho medo de ninguém. – E apontou o dedo para Ramón. – Só não quero me decepcionar. Você não vai me decepcionar, vai?

Ramón, obviamente, respondeu que não.

***

Enquanto o inspetor Silva era informado por Arrudão que perdera a pista de Ramón no entremeio das inúmeras ruelas de terra pelas quais passava, e o inspetor passava-lhe um comedido pito, Nelson embriagava-se na varanda de seu apartamento, olhando de maneira lúgubre para o horizonte das incertezas que o esperavam.

Voltara muito bravo do encontro com o representante da seguradora. Se a morte fora acidental, o que faltava para o pagamento da apólice? O tal sujeitinho, um janota que aparentava ser *gay*, não lhe respondia coisa com coisa. Falava de uma vistoria de local, de informações da polícia técnica… Mas o inquérito fora concluído! Nem assim o idiota convenceu-se de que não adiantava enrolá-lo com evasivas. Disse que havia um laudo complementar e um período contratual de captação de recursos de mais trinta dias, e blá blá blá…

Nelson saíra de lá muito puto e foi direto procurar um advogado, um que precisara quando Íris bateu o carro e uma outra seguradora não quisera pagar porque ela estava supostamente embriagada ao volante. Sérgio Toledo, era esse o nome dele. Não o havia procurado desde então porque desconfiava que Íris também havia deitado com ele durante a derrocada de seu casamento.

Sérgio era um trintão boa pinta e nadador, e após o serviço advocatício consumado, o dinheiro do reparo dos carros pago conforme conseguira o jovem advogado, encontrou-se com ele em um shopping, tendo Sérgio de imediato perguntado por sua esposa com aquela cara de lobo que espreita ovelha, inconfundível, inegável e inesquecível. Sem dúvida, para Nelson aquele olhar dissera tudo e o enojara a ponto de riscar Sérgio em definitivo de suas agendas profissional e pessoal.

Mas, agora, não havia sentido algum em sentir ciúmes de uma morta, e de uma morta que lhe arrancava os poucos fios de cabelo que ainda lhe sobravam com todos aqueles contratempos causados *post mortem*. Parecia castigo divino. Encontrou-se com Sérgio, que lhe apresentou as mais falsas condolências que já recebera em toda a sua vida, não porque Sérgio tivesse comido sua finada esposa, mas porque ele simplesmente não sentia nada por ela. Ela devia ter sido, para ele, uma vagina pensante e falante, tão somente. Melhor para ele, porque Íris, como Nelson só então descobria, tinha tido o condão de acarretar confusão e problemas para todos aqueles que se aproximavam demais dela.

E a conversa dos dois foi rápida. Sérgio não fugiu do problema, mas avisou que qualquer prazo extra razoável solicitado pela seguradora era bem mais curto do que o tempo gasto em uma demanda judicial, por mais bem proposta, certeira e fadada ao sucesso que fosse. Era melhor esperar, disse, despedindo-se de Nelson com um sorriso artificial que não iludiria a mais ingênua adolescente aluna de colégio de freiras, mas que, certamente, arrastara a vagabunda da sua mulher para os lençóis daquele advogado cheio de empáfia.

E o pior não era isso. O pior era Ramón! Somente após seu desvario consumado é que se apercebeu que confiara sua vida, sua liberdade e seu casamento para aquela cobra, que fora compreensiva e solidária no princípio, para depois fazer tudo aquilo que as serpentes sabem fazer muito bem feito: traí-lo. Ele estava chantageando-o, queria mais dinheiro, e iria valer-se de seu assassino particular "misterioso" para pressioná-lo enquanto o dinheiro não aparecesse.

A seguradora pedira mais trinta dias, mas Nelson duvidada que suportaria esperar mais aquele tempo todo. Ou cederia à pressão e procuraria levantar dinheiro com o seu patrimônio, ou pagaria pra ver, mandando os dois bandidos às favas. Afinal de contas, o que podiam fazer contra ele? Era só se cuidar, e achava que Ramón estava blefando quando lhe dirigia suas insinuações ameaçadoras. Não acreditava que Ramón fosse denunciá-lo ou matá-lo, porque com isso liquidaria também suas chances de obter qualquer dinheiro, e ele andava desesperado por grana, de uma maneira assustadora e que transcendia quaisquer palavras. Seu olhar de ganância, sua boca, que respingava saliva e perdigotos, sua mão que coçava, tudo denunciava que precisava de muito, muito dinheiro. Nelson era a galinha dos ovos de ouro dele, então ele não poderia matá-lo. "Te peguei, otário!", pensou, enquanto descia goela abaixo mais uma talagada de *scotch*.

Na varanda, Nelson olhava para os lados e avermelhava-se enquanto fumava cigarros, um atrás do outro, ele, que não era fumante. Não percebera até então, mas resmungava sozinho e lágrimas escorriam lentamente pelos cantos de seus olhos. Não que se sentisse triste, mas estava desvairado, desesperado, e até começava a invejar Íris que, morta, não poderia passar por aquele dilema inusitado e definitivo de sua vida. Ele só não percebia que Mucama, do lado de dentro do apartamento, deitada no sofá da sala e fingindo ler uma revista de moda, na verdade observava, assustada, à toda aquela deplorável cena, para ela aparentemente inexplicável, da degeneração mental e apoplética do amante.

Havia outra maneira de entender aquilo tudo, claro. E se não houvesse assassino nenhum? Quem sabe fora Ramón mesmo o executor do plano, que, afinal das contas, nada tivera de requintado e profissional? No fim, não deveria ser nada difícil explodir um botijão de gás de uma quitinete, onde dois fumantes trepavam de portas trancadas. E o fato de não deixar pistas ou fingir que o fato fora acidental, também não deveria ser difícil para alguém com algum conhecimento das leis da física e já sabedor da incompetência da polícia judiciária para periciar o local. E digamos que fosse Ramón o executor, estava blefando com ele ao dizer que o tal "assassino" inexistente estava nervoso e que podia fazer algo ruim, e que era melhor pagá-lo... Balela! Pagaria pra ver, sem dúvida, porque nada tinha a temer, não poderia ser morto ou denunciado sem que a casa caísse também para Ramón. Ou tinha?

Foi só então que Nelson percebeu Mucama, silenciosamente deitada no sofá ao lado, olhando assustada para ele. Certamente, naquelas semanas que se seguiram à morte de Íris, ela tornara-se seu único ente querido, ela e seu filho. Não sabia como seria a vida sem ela dali para frente, e estavam mesmo apegados. Não que estivesse apaixonado. Depois de todo o intenso sofrimento que padecera nas mãos da "finada", não se sentia capaz de amar nem a si próprio. Seu coração fora consumido pelas mesmas chamas que foram a mortalha incandescente de Íris. Mas o fato é que dependia de Mucama, como uma criança órfã dependia de sua ama. Ela estava sendo para ele o único vínculo com a realidade e sua permanência naquela casa funcionava como um modo de disfarce do mundo real. Teria ficado louco, teria cometido suicídio, ou teria ligado para a polícia para se delatar, se não fosse Mucama ali, com sua pequena criança, a fazer-lhe afagos, a deitar-se com ele e cuidar-lhe.

Será que Ramón sabia daquilo? Até então não desconfiava de nada, de ninguém. Não percebia se estava com o telefone grampeado ou se estava sendo seguido ou de algum modo investigado. Se era observado, saberiam que suas relações com sua ex-empregada tinham se tornado mais íntimas, muito mais íntimas, após sua viuvez. E, para um bandido, conhecimento era uma arma letal. Ficar perto de Mucama, afeiçoar-se a ela, tornava-o, de alguma forma, mais frágil, porque com isso adquiria um calcanhar de Aquiles que poderia ser explorado pelo maldito sujeito sem escrúpulos que o chantageava. Ele não pode fazer nada comigo, mas pode fazer com Mucama... Só então a ideia, assustadora, surgia-lhe. E se chegasse a isso a maldade daquele sujeito? E se houvesse mesmo um assassino inescrupuloso e calculista por trás das ações do primo? Ele não suportaria mais um cadáver naquela história toda, muito menos de uma pessoa que se tornara, de maneira abrupta e surpreendente, alguém tão importante em sua vida.

Dirigiu-se a Mucama sem dizer-lhe nada, trôpego pela bebedeira. Beijou-a de maneira lasciva como não fazia há dias, desde que Ramón o incomodara pelo telefone, desde que fora ter com ele naquele bar do Jóquei e descobrira que estava sendo explorado pelo primo canalha. Beijava-a intensamente enquanto lhe tirava a roupa, novamente sem dizer nada, como se fosse a última vez que o fazia. Não valia a pena arriscar por enquanto, era o que algo em sua cabeça, talvez o último resquício de sua sanidade, segredava-lhe baixinho. Não era, sem dúvida, a hora de pagar para ver. Tinha que arrumar um jeito de pagar aquele safado logo, pelo menos alguma coisa que lhe permitisse safar-se temporariamente de perder aquela mulher que lhe abria as pernas e o coração, desnuda, ali mesmo, no sofá da sala. Sua pequena e artificial vida doméstica, recém-angariada, representava agora seu único porto seguro em um oceano de incertezas e riscos. Não seria justo perder também aquilo, ele, que perdera para si mesmo a mulher de sua vida.

10. UM HOMEM DE FAMÍLIA

Era sem dúvida inusitado ver o carrancudo inspetor Silva no meio de crianças, sendo obrigado a rir e a brincar com elas. Flamarion segurava-se para não rir do jeitão constrangido do inspetor, cumprimentando suas filhas, a mais velha com 8 anos, a caçula de 2, mas a mais serelepe era a do meio, Patrícia, que foi logo perguntando ao inspetor:

— É você que prende os bandidos igual o vovô fazia?

Aquilo enterneceu Silva, que se lembrou do velho Rubens e se pôs a imaginar que, sem dúvida, ele devia adorar as netas. Sentou-se no sofá da sala, sorriu e perguntou o que as meninas gostavam de fazer. Suavizou a voz e esboçou um sorriso. Seu humor era o de um vulcaniano e seus sorrisos eram tão frequentes quanto os de seu "conterrâneo", o Dr. Spock, da antiga série de TV. Flamarion aprendera rapidamente isso, mas suas filhas não pareciam se importar. Fascinaram-se rapidamente pelo visitante ilustre que vinha almoçar em sua casa naquele domingo.

Cínthia chegou da rua, onde fora buscar os últimos ingredientes da lasanha, que já estava montada e prestes a ir ao forno. Cumprimentou Silva calorosamente, brincando ser dele a culpa pelo sumiço do marido nos últimos dias. Deixou-os à vontade e foi para a cozinha. Flamarion ofereceu um *drink* para Silva e ficou bebericando o seu, enquanto Emília ensaiava passos de balé para o visitante, Patrícia começava a contar sua história preferida e Laura, a mais velha, ia buscar sua boneca preferida para mostrar ao velho policial.

A lasanha estava deliciosa e Silva aparentemente satisfeito de se encontrar de repente no seio de uma família tranquila e amorosa. Mesmo assim sentia-se deslocado e não perdera seu ar de elefante em uma loja de cristais. Depois da sobremesa, Cínthia deu uma desculpa e levou as crianças para o quarto, para fazer a lição de casa ou algo parecido. Deixou-os na varanda do apartamento, fumando e olhando o belo sol de inverno que brilhava sem causticar.

— Estou até agora bravo com o Arrudão porque perdeu a pista do tal sujeito. — Foi Silva a quebrar o gelo, e desde aquele deslize toda oportunidade em que falava com o antigo subordinado ao telefone estava um pouco mais ríspido, a ponto de se policiar para não acabar perdendo seu auxílio. Arrudão era muito humilde e paciente com o inspetor, mas não era sangue de barata.

— Mas nenhuma campana é cem por cento certeira. — Flamarion lembrava-se de suas experiências nos cursos que fizera, de regulador de sinistros, o que mesclava com as experiências que o pai contava na mesa do café da manhã.

— É verdade, admito. Sombreamento é cheio de falhas. Se você segue muito de perto, o suspeito descobre e perdemos o elemento surpresa. Se fica muito longe, vez ou outra perde a pista. Mas ali, onde Arrudão se desgarrou do alvo, nem trânsito havia!

— É. Um bairro de sítios, você falou. Descobriu onde ele podia ter ido?

— O Google descobriu. — Silva desanuviou um pouco ao explicar seus métodos. — Ali em volta há chácaras e, segundo meus informantes, uma boca de fumo e uma rinha de brigas de galo. Você pode escolher. Virou adivinhação.

— Pelo menos nós sabemos onde está hospedado.

— Em um *flat* no centro da cidade. Está devendo uma semana de diárias. Chegou com muito dinheiro, pagou quinze dias adiantado, dispensaram fiador. Agora acumula problemas com a gerência. Chega bêbado, briga com os camareiros, quer receber putas escandalosas de madrugada. Querem despejá-lo. — Arrudão lhe informava, tentando compensar o tropeço.

— E o outro? Nelson?

— Uma só palavra para definir seu comportamento: ensimesmado. Não sai de casa. A amante e o filho é que vêm e vão. Ela ainda não se mudou oficialmente para a casa dele, acho que é por conta do luto e dos vizinhos. Mas está quase.

Não fora exagero da mulher afirmar que Flamarion estava com o tempo todo tomado por aquele caso. Talvez não fosse exatamente isso, porque o que fascinava o investigador de seguros era a sua recente aquisição, o inspetor Silva. Perdera noites em claro revendo os recortes de jornal que seu pai guardava, a maioria deles tratando de antigas notícias policiais em que o nome dele aparecia, além de reportagens sobre tiras conhecidos dele. Um ou outro tratava superficialmente de Silva, que era avesso a badalações e holofotes. As reportagens diziam que fulano ou beltrano fora preso e indiciado pelo delegado sicrano, e que "compunha" a equipe de investigadores responsáveis pela apuração do caso, entre outros, Silva. Em sua maioria eram homicídios de repercussão, um ou dois sequestros, um roubo a banco. Não satisfazia a curiosidade de Flamarion, que tinha diante de si um coroa misógino, que jogava xadrez, lutava boxe, nunca se casara e vivia com o pai.

Indo adiante com sua curiosidade, Flamarion conversara com um ou dois dos antigos amigos de seu pai, já aposentados. Fizera o possível para os encontros serem casuais. Ligou ao telefone e perguntou como iam. Disse ter dúvidas sobre um seguro de vida em grupo, perguntou como estava a família e, a propósito, "sabem quem eu conheci? O inspetor Silva!". As respostas variaram conforme o interlocutor. Um deles, o investigador de polícia aposentado Paulo Bento, desconversou e desligou quase abruptamente quando ouviu falar o nome do antigo colega. Flamarion depois descobriria que Bento mudara de departamento e de cidade por conta de Silva, que o havia surpreendido recebendo dinheiro de um bicheiro para fazer vistas grossas no sumiço de um inquérito.

Outra das pessoas que procurou, Nathanael (o sobrenome ele não se lembrava), ainda estava na ativa, trabalhava com roubos de veículos e anos antes tinha sido o "mascote" da equipe de Silva e Rubens Flamarion, geralmente o encarregado de dirigir a viatura policial. E adorou falar do ex-chefe, de quem disse ter cara feia, mas coração grande. E nada mais. Silva não se abria sobre sua vida pessoal com os colegas e absolutamente não tinha vida social. Mulheres? De vez em quando soltava um ou outro comentário sobre um antigo caso, uma trepada ocasional, sem dar detalhes. Como, aliás, fazem todos os homens maduros. O inspetor era, sem dúvida, um caso indevassável, digno de Freud e Sherlock, juntos, tentando decifrá-lo.

Com a investigação em curso, a extraordinária tenacidade daquele sujeito sobrepunha-se às inúmeras indagações que ainda existiam pelo caminho. Era sobre aquilo que falavam, em entrelinhas, quando as banalidades próprias de um almoço de domingo terminaram.

– Você não deve se esquecer – salientou o inspetor – que nós não temos nenhuma certeza e nenhuma prova até aqui.

– Justamente por isso está sendo difícil convencer a seguradora a não pagar a apólice de seguros, por enquanto.

– Segure-os mais um pouco – Silva acrescentou, baforando seu Marlboro. Tirou o indefectível caderninho de notas com capa de couro do bolso da camisa e começou a consultar aqui e ali o que já tinha anotado. – Vejamos. A perícia foi uma merda, apressada e sem esclarecimentos além daqueles estritamente necessários para encerrar o caso. Ou seja, algo típico da nossa polícia em pandarecos. – E silenciou, triste.

Aquele homem dera a juventude por uma corporação que somente o envergonhara. Em certos momentos, ele aparentava ainda mais tristeza e decepção a Flamarion do que seu finado pai. O velho Rubens animava-se de sair às ruas para investigar crimes e caçar bandidos. O inspetor Silva, ao contrário, parecia quase enojado diante de um delito, como se decepcionado com a raça humana. Mas não era só isso, Flamarion sabia. Silva olhava em volta e não via melhora em nada, na polícia, na sociedade, no ser humano. Era um pessimista na pior acepção do termo, e por isso dera graças a Deus ao se aposentar e vestir de vez o pijama.

De vez? Não era isso que estava parecendo naquele momento. Na verdade, o inspetor parecia ter rejuvenescido na última semana. "Está animado porque está desenferrujando", conjecturou silenciosamente Flamarion. Lá no fundo, o velho pessimista à la Schopenhauer predominava.

Antes que Silva continuasse, a pequena Laura surgiu para mostrar um desenho, primeiro ao pai, depois ao visitante, que tentava a todo custo decorar os nomes das meninas nascidas "em escadinha", como se dizia no interior, com tão pouca diferença de idade entre elas e tão semelhantes, as três com os cabelos da mãe e o sorriso do pai, que pareciam trigêmeas. Era difícil diferenciá-las assim, à primeira vista.

Tão logo a menina terminou de mostrar o desenho e falar sobre ele, um castelo e uma princesa com uma varinha mágica em forma de estrela, garatujados com canetinha hidrocor em uma cartolina, foi embora chamada pela mãe, que certamente desconfiara que os dois homens queriam (precisavam) ficar a sós. Com o silêncio devolvido à varanda, Flamarion religou as turbinas:

– Inspetor, impossível repetir a perícia?

Silva olhou para o horizonte, novamente acalentando a velha decepção com a corporação:

– Impossível realizá-la à perfeição agora. Impossível completar a perícia. Consultei meus alfarrábios. O acelerador de calor que deve ter sido usado no botijão foi um de plasma, que "come" o dispositivo detonante como se fosse ácido. Como o resto do material é naturalmente inflamável – gás, madeira, plástico –, é impossível, com uma perícia superficial e já encerrada, detectar com precisão se o incêndio foi criminoso ou não.

– Ou seja – Flamarion esboçou uma reação à teoria conspiratória de Silva, até ali unânime –, a rigor, pode ter sido um incêndio acidental, não é mesmo?

– Pela prova, foi acidental, filho. – O tom paternal era novidade, um misto de impaciência de Silva com a rebeldia do colega, e talvez uma ligeira condescendência diante da diferença etária entre ambos. – Não temos, pela prova, como afirmar que o incêndio foi criminoso. Mas tenho certeza, agora, que a coisa toda foi provocada. – E olhou fixamente para Flamarion. Então fechou o caderninho e guardou-o no bolso. Aquele olhar, sem dúvida, traduzia uma discernível e indiscutível certeza, capaz de contagiar a quem o encarasse. E não foi preciso a Flamarion indagar de Silva os motivos de sua certeza, porque o inspetor voltou logo a falar:

– Pouco depois da morte dela, o viúvo se amanceba com a empregada, que não é de se jogar fora. A finada é uma piranha e o corno, a firma, o prédio inteiro e o mundo sabem disso. Uma piranha com um seguro de vida altíssimo.

— Ou seja, temos o motivo.

— Mas é pouco. Sorte grande é rara, mas acontece. Até aí, você estava sozinho no caso. Depois, comigo na "fita", o que apuramos?

— A suposta participação do primo?

— A efetiva participação do primo, Flamarion! — Seus olhos iluminaram-se, ele apagou o cigarro e ficou um pouco de pé, recostado na grade do parapeito da varanda. — O cara é um bandido, andou preso, não mantinha qualquer contato com Nelson, e depois da morte começa a rondá-lo. E não é só isso.

— Não?

— De jeito algum. Começa a rondá-lo, incomodando-o, pedindo dinheiro. Por quê? Ora, está claro que o chantageia, certamente porque sabe que a morte da mulher do primo foi provocada, ou porque descobriu que Nelson matou, ou porque o ajudou a matar...

— Acredita em qual das duas hipóteses?

Silva acendeu mais um cigarro. Como Cínthia deixara a cafeteira em cima da mesa, serviu-se de mais café e sentou-se. A coisa toda demorou menos de um minuto, mas como Flamarion esperava uma resposta, para ele pareceu uma enormidade de tempo, o suficiente para impacientá-lo. Sentado, Silva respondeu:

— A questão não é essa. Em uma investigação você não escolhe qual linha de raciocínio seguir, qual hipótese abraçar. — Bebeu o café lentamente, explorando cada segundo de inquietação do jovem investigador de seguros, que o encarava como um aluno respondão aguarda o mestre sábio explicar o motivo da nota baixa na prova. — Em uma investigação, filho, você opta por qual hipótese descartar. E fica com a que sobra.

— E qual sobrou? Acha que Ramón participou do homicídio da mulher de Nelson ou não?

— Sem dúvida participou. Nelson não teria culhão, capacidade, coragem de fazer sozinho. Precisou de um marginal e se lembrou do primo presidiário e traficante, que envergonha a família. Na hora do aperto, lembrou-se dele.

Era incrível. A coisa toda começava a se encaixar, a "bater", a funcionar. Flamarion sentia que faltavam poucas peças para o quebra-cabeças completar-se, o que o deixou pela primeira vez tão animado quanto o inspetor Silva, ao menos naquele dia.

— Então temos dois caras na cena do crime — Silva prosseguiu —, Nelson e Ramón. Seriam os executores? Ou havia um terceiro cara na história, que poderia ser o autor material do homicídio? O cara que foi contratado para matar?

— Não acho que seja do perfil de nenhum dos dois pôr as mãos na massa.

— Isso! Lembra o que disse o advogado, o tal Honório? Ramón não era o assassino do bando. Tinha gente para matar por ele e pelo seu chefe. E ninguém aprende a matar friamente da noite pro dia.

— Não. — Flamarion aquiesceu, e nesse momento os dois detetives praticamente completavam, reciprocamente, um o raciocínio do outro. — E ninguém estreia no mercado de homicídios com uma execução tão técnica e profissional como essa.

— Isso! — Silva, entusiasmado novamente, derrubou a xícara de café. — Agora entramos no seu terreno, o da análise dos indícios materiais da cena do crime. Temos um crime tecnicamente perfeito, como aposto que você nunca viu em seus anos de regulação de sinistros, investigando acidentes para seguradoras.

— Apostou certo. Por isso te pedi socorro. E repito: não vejo Ramón ou Nelson comprando o tal acelerador de plasma, montando-o no apartamento e indo embora palitando os dentes.

— Então há um terceiro participante na nossa trama. — E Silva concluiu: — É isso? Podemos concluir que são no mínimo três os nossos suspeitos? — indagou de Flamarion, que agora não queria arriscar mais palpite algum.

Recapitulando mentalmente todos os passos que deram até ali, Flamarion tinha a firme impressão de que Nelson não quisera somente a morte da esposa, mas também se apoderar do dinheiro do seguro. Juntou a fome com a vontade de comer, como no dito popular. Já Ramón, sua participação não só tinha se encaixado como uma luva, conforme o raciocínio do inspetor Silva, como fora indispensável para a morte de Ìris e seu amante. Agora, o inspetor queria arrumar um terceiro autor para o assassinato. Dali a pouco aquela história teria mais vilões do que vítimas!

— Vamos pensar juntos. — O velho policial insistia, parecia querer não somente que Flamarion o ajudasse, mas também exibir seu raciocínio até ali. Silva não o enganava, era um sujeito vaidoso. E continuou: — Nelson quer matar, mas não sabe como. Chama o primo, que sabe matar porque é bandido e já andou com bandidos, mas não tem coragem nem habilidade. Como conhece os pistoleiros do tráfico, arrumou o executor do crime. Lógico, não?

— Depois de explicado parece fácil, mas não passa de um palpite até agora, inspetor. Não me convenço disso. Pelo menos não por enquanto.

— Pois então vou convencê-lo. — Silva debruçou-se sobre a mesa da varanda, fixando o olhar em Flamarion, como quando interrogava suspeitos no subsolo do Departamento de Polícia, vinte, trinta anos antes. — Eu não lhe disse que achava que Nelson estava sendo chantageado por Ramón?

– Disse.

– E por que disse isso?

– Você e Arrudão seguiram os dois, grampearam o telefone do viúvo, viram o desconforto dele recebendo a ligação do primo. Depois, quando se encontraram, viu Nelson pouco à vontade e Ramón como uma ave de rapina, ansioso, desesperado, querendo algo... Não é mais ou menos por aí?

– Brilhante! – E o elogio de Silva parecia sincero. – Eu mesmo não teria me expressado melhor. É um tira, meu jovem. Falta somente o distintivo!

Flamarion enrubesceu um pouco com o elogio do velho amigo de seu finado pai. Mesmo conhecendo pouco o inspetor, já dava para saber que elogios ali eram raros e que, certamente, além de merecê-los, parecia-lhe que o velho policial estava se afeiçoando a ele. Então eram amigos, finalmente. Essa foi a melhor notícia do dia, porque a recíproca era verdadeira. O investigador de seguros prosseguiu:

– Depois, o Professor Pardal nos revela uma nova conversa entre os dois. Parece que Ramón o ameaça, quer dinheiro rápido, e agora é Nelson quem se desespera, não querendo que algo de ruim lhe aconteça, presumivelmente...

– Presumivelmente. E o que de ruim poderia lhe acontecer? – Silva soltava uma pergunta plena de maiêutica socrática. Queria que a própria indagação servisse de mote para a descoberta da verdade pelo discípulo. Mas Flamarion jamais havia lido Sócrates.

– Aí não sei. Ramón não o estaria ameaçando de morte, segundo a sua teoria, porque não seria capaz de matar.

– Não em condições profissionais. Bêbado em um botequim, todo mundo mata um desafeto. Agora, planejar um assassinato, com detalhes e de tal forma a sair ileso, amigo, isso exige técnica, coragem e tempo. Parece-me que nosso amigo Ramón não tem nada disso.

– Correto, inspetor. Então ele não o ameaçou de morte? Sobra o quê? Ele teria ameaçado delatá-lo?

– E também se delatar? Acha que nosso suspeito quer voltar para a cadeia após passar a última década quase toda preso? Duvido muito. – E riu. Flamarion acompanhou-o. Também duvidava. Então, qual risco representaria Ramón para Nelson, se descartada a ameaça de morte e a delação? – Foi a pergunta que fez ao inspetor, que parecia já esperá-la, porque arrematou com um sorrisinho de canto de boca, sua marca registrada quando chegava ao ponto de um raciocínio ou descoberta:

– Ele está ameaçando o viúvo de jogar o assassino contra ele. É isso que está fazendo. Talvez Nelson nem conheça o executor do crime, mas sabe que deve ser um cara mau. Mau e impaciente. E o sujeito quer receber o dinheiro logo. Ramón trata de assustar mais ainda o primo porque quer o dinheiro, talvez mais do que o combinado. Se Nelson não pagar, Ramón atiça nele o matador, que ele não conhece, mas que é um sujeito sanguinário... E então? Dá ou não dá para desnortear o cara? – O inspetor chegava ao final de suas conjecturas, e parecia satisfeito.

Flamarion balançou a cabeça, como se pondo as ideias recém-descobertas no lugar... O pior de tudo é que fazia sentido. Todo o sentido do mundo.

***

Carlos, cujo nome verdadeiro não era Carlos, já havia raspado o bigode e cortado o cabelo bem curto. Mandara o barbeiro passar a máquina bem rente. Depois, pintou-o de outra cor, mais puxada para o grisalho. Era preferível do que aquela cor de burro fugido, aquele louro castanho sem brilho que adotara da última vez. Também mandou mulher e filhos visitar os parentes em uma praia obscura do Espírito Santo, afinal de contas, teria que agir novamente, era guerra, e após a matança de sempre teria que fugir, como sempre fazia. Família, identidades, casa, isso tudo atrapalhava e fazia com que Carlos perdesse em agilidade.

Estava, naquele exato momento, comendo uma empadinha e tomando uma garapa numa barraquinha de praça na esquina do prédio de seus empregadores, "aqueles dois patetas", como passou a considerá-los. Será que eles haviam se dado conta de que estavam sendo seguidos? – indagava-se, sem perder de vista, com seus olhos treinados, o estranho casal que se revezava em montar campana nas proximidades do apartamento. Ora era um sujeito grandalhão, uns cinco centímetros maior do que Carlos, mas mais magro, ora uma perua que dirigia mal pra caramba e quando estacionava o carro – que era o mesmo utilizado pelo sujeito alto – sempre esbarrava no meio fio, no poste ou em outros carros. Parecia até que não ouvia o barulho dos baques ou as buzinadas indignadas de outros motoristas, irritados com aquela barbeiragem toda. Quanto ao sujeito grandão, era, obviamente, um tira. Era tão evidente que poderia andar com a insígnia pendurada na testa, que para Carlos dava na mesma.

Por qual motivo estava apreensivo? Era óbvio para o assassino que Ramón borrava-se todo de medo dele e que não ousaria dar-lhe o calote, mas o dinheiro não era de Ramón, que era só o intermediário. O dinheiro era de Nelson, seu verdadeiro patrão, que Carlos não conhecia. Nelson era, para ele, uma incógnita. O mais provável era que fosse cagão igual ao outro, mas seguro morria de velho, principalmente na sua profissão. E não era de todo impossível que aquele viúvo corno, de posse da íntegra da tal grana do seguro, tivesse culhões para pegar a amante (que Carlos também já vira entrando e saindo do prédio), montar num avião e fugir para o Caribe ou Portugal, sabe-se lá.

Mas não era só o receio do calote que incomodava Carlos. Na verdade, os dois eram amadores e compensara muito seguir os passos de Ramón e descobrir o endereço e os hábitos de Nelson, porque agora sabia que teria de agir, e agir rápido e de qualquer modo. Os dois estavam apavorados, talvez a polícia tivesse mesmo desconfiado de algo, não porque o serviço fora mal feito, pois seu trabalho era sempre fora de dúvida em termos de qualidade e conseguira um explosivo que se dissolvia com o fogo, sem deixar rastro algum para os peritos mal pagos da polícia. Mas o diabo era aquela sorte grande que o tal sujeito recebera com a morte caída do céu da esposa. Ficara, de uma só tacada, livre da mulher vagabunda, do divórcio, do vexame, da partilha e da pensão alimentícia, e com a empregada boazuda e a bolada do seguro. Isso faria, com certeza, a polícia desconfiar.

Mais do que provável, aquele tira parado na esquina mostrava que a polícia estava mesmo atrás deles, talvez estivessem com os telefones grampeados e talvez tivessem seguido Ramón até seu encontro com ele na rinha de galos, quem sabe? Afinal, Carlos não era um desconhecido completo da polícia. Em algumas de suas identidades já fora interpelado pelos homens da lei. Saíra-se bem, não ficara preso, mas seria sempre um eterno suspeito para os tiras. Era por isso, claro, que o dinheiro do seguro estava tardando, tinha agora a certeza de que Ramón, de certa maneira, não mentira. Se a polícia desconfiava, a seguradora também. Uma deveria até mesmo se comunicar com a outra.

Um cara que conhecia ficara rico com fraudes a seguradoras e lhe dissera que essas empresas têm investigadores particulares para farejar as maracutaias que eram feitas para ganhar dinheiro às custas do seguro. Seria o caso, certamente. Não que Ramón fosse incapaz de fugir com a grana, ou mesmo Nelson, mas fariam isso por medo, não simplesmente para darem-lhe o calote. Se a polícia apertasse o cerco, um daqueles dois babacas fugiria com a grana, ou os dois, para não serem presos.

E poderia acontecer pior, pensou Carlos, terminando a garapa, limpando a boca suja da empadinha e pagando o dono da barraquinha. Se a polícia apertasse mesmo aqueles dois bundões, eles eram capazes de abrir o jogo e entregá-lo. Essa era uma ameaça real, que ele tinha que considerar, muito mais do que as outras, e que o fazia ter a certeza de que teria que "queimar" aqueles dois arquivos. O assassino sabia que ao menos Ramón não aguentaria o aperto. Certamente, ele não iria querer passar mais uns dez, quinze anos na cadeia. Ia abrir a história toda e entregá-lo em troca de diminuição de pena, de poder aguardar o processo em liberdade, enfim, aquela ladainha toda de advogado. Sem dúvida, eles não podiam viver. E Carlos teria que agir rápido, com ou sem o dinheiro.

O dinheiro ali não era o mais importante. Calculara mal a pretensa facilidade do serviço. Matar era-lhe fácil, e aquele assassinato não tinha sido uma exceção. Mas a repercussão do caso, as desconfianças decorrentes das mortes e a fraqueza e o amadorismo dos dois caras que o haviam contratado, isso não estava nos planos e complicava tudo. O assassino teria que resolver aquilo. Se conseguisse levantar seu dinheiro, algum dinheiro, ótimo. Se não, paciência. Mas os dois patetas precisavam morrer para deixá-lo em paz.

* * *

Ao mesmo tempo em que Arrudão ligava para o inspetor Silva no meio da noite para avisá-lo de que sua nova parceira e colega de investigações, a "mudinha", dera o alarme de que Ramón desocupara o *flat* em que estava hospedado, esse mesmo Ramón apertava inadvertidamente a campainha da porta de entrada do apartamento de Nelson. Foi surpresa lá, surpresa cá.

Silva custou a acordar após atender o telefone, e tão logo digeriu a informação pôs-se a pensar como é que a moça (será que se chamava Sofia?), que agora andava com Arrudão para cima e para baixo, teria conseguido dar um "alarme" do que quer que fosse. "Será que seria buzinando ou soltando foguetes?", pensou o velho policial aposentado, enquanto se levantava da cama. Quanto a Nelson, já tinha sido avisado pelo porteiro do prédio que seu primo incômodo e agora odiado subia o elevador carregando uma mala bem fornida e, ao atendê-lo na soleira da porta e ver-lhe a fisionomia irônica, sabia que teria pela frente momentos difíceis de explicar e mais ainda de engolir.

Como Silva saberia logo em seguida, a gerência do *apart-hotel* em que se hospedava Ramón cansara de suas semanas de calotes e mandara-o desocupar o apartamento. Algumas horas e uma garrafa de *whisky* depois, Ramón descera o elevador já com sua tralha pronta e resumida a uma bagagem única – uma mala grande, mas uma só – e rumara de táxi para a casa de seu cúmplice, Nelson. Lá, Nelson ouvia dele exatamente a mesma história, entremeada por piadinhas e acusações sub-reptícias dirigidas a ele:

– Pois é, primo, não deu para pagar o aluguel, não é? Afinal de contas, não me pagaram... – E perguntou onde estava o bar da casa, já acendendo um cigarro na bituca do outro. Mucama veio até a sala e o cumprimentou. Ramón olhou-a primeiro com surpresa, depois com volúpia incômoda, para em seguida falar de sua beleza com um falso galanteio, e tão logo a viu sair da sala, dirigiu-se a Nelson com diversas piadinhas, todas infames e detestáveis aos ouvidos desse último, que começava a se considerar alérgico a tudo que viesse daquele imbecil:

– E aí, Nelsão! Faturando a moça, meu! Tu não é mole, hein, cara! Rei morto, rei posto! Ou melhor, Rainha! Quá-quá-quá... – E destrambelhou a rir, uma gargalhada estranha, de deboche, que não contagiou e apenas demonstrou insolência.

Naquela noite de sua chegada, Nelson viu pelo canto de olho Mucama preparar o quarto de hóspedes para Ramón, a quem ouvia em seu tom monocórdio falar baboseiras e explicar, já bêbado, seus planos de como iria reiniciar sua vida após receber "o que lhe era de direito, não é mesmo, primo?". Ele perambulou alguns minutos pela casa até achar a bebida e depois se aboletou na poltrona da sala com um copo na mão, sabendo que era desagradável e que teria que ser suportado, mesmo assim, por seu anfitrião. Talvez aquela fosse uma estratégia dele para constrangê-lo ao pagamento rápido. Quem sabe?

Duas quadras dali, Silva encontrava-se em frente a uma *delikatessen* que funcionava vinte e quatro horas, com Arrudão e sua, agora, parceira de trabalho, a surda-muda, que lhe sorriu bestamente. Aquela mulher tinha um brilho que o inspetor não conseguia explicar e que vinha de seus silêncios. Para ele, o mais incrível era como uma mulher como aquela havia grudado igual carrapato em Arrudão, charmoso como um cabide quebrado e carismático como um ventilador velho. Eram, sem dúvida, um casal inusitado.

– Você com essa moça, Arrudão? Pensou no serviço e no casamento, meu filho? – resmungou Silva, logo lembrando-se de que não tinha motivos para cochichar com o colega, já que a moça ao seu lado não ouvia mesmo. O inspetor estava impaciente, pois detestava acordar no meio da noite. Não se acostumava nunca com isso, desde a época de polícia. Adorava dormir e quando o interrompiam geralmente passava o resto do dia resmungando e dando coices verbais em quem estivesse próximo.

Seus cabelos desgrenhados e sua voz anasalada demonstravam que estava para poucos amigos e acordara há pouco, o que era perceptível por suas vestes. Colocara um capote grande por cima do pijama. A sorte era que suas calças eram compridas e se assemelhavam a um training de moletom. Se não fosse assim, sua triste figura seria ainda mais escandalosa àquela hora da madrugada.

– Chefe, eu não estou mais em casa. Saí de lá. – Arrudão parecia um menino traquinas explicando para o pai a última travessura. – Eu e Sofia estamos juntos. Pro que der e vier, inclusive para as investigações. Eu a deixei no carro de campana e ela me deu um "toque" no celular tão logo ele saiu.

– Conversou com o porteiro?

– Discretamente, chefe. – A mudinha olhava a ambos de soslaio. Em um outro planeta seria uma bela mulher. Neste, faltava-lhe algo para ser bonita, mas ao lado da cara bexiguenta e do jeitão desengonçado de Arrudão parecia uma *lady*. E os contemplava curiosa, como se tentando ler os lábios de ambos. Sorria de canto de boca.

– O que o porteiro disse?

– Que o sujeito foi despejado. Já saiu bêbado, dizendo que iria para a casa do "patrão", ou algo assim. E veio pra cá, pra casa do primo.

Era isso. Agora, o endereço a ser vigiado era um só, pelo menos. Trabalho reduzido à metade. E agora o cerco fechava-se, na análise do inspetor Silva. Se Nelson o acolhia era porque lhe devia algo, porque já dera para perceber, pelas conversas grampeadas e pela observação de ambos no bar do Jóquei, que não se gostavam nem um pouco. E Nelson era – como é mesmo que Ramón dissera? – o "chefe". Então, para Silva pelo menos, estava claro o vínculo de ambos.

E a história deles estremecer-se-ia mais ainda nos próximos dias. Enquanto Arrudão e a "mudinha" Sofia revezavam-se em vigiar o apartamento, Nelson conversou em particular com Mucama, que nutrira um asco à primeira vista por Ramón, isso sem contar as inúmeras piadinhas que ele a todo o tempo lançava sobre o relacionamento de ambos.

O ápice de sua vontade de esbofetear-lhe dera-se na manhã seguinte à sua chegada, quando o percebeu acordar de ressaca e ir de cueca até o banheiro. Vendo-se um ao outro, percebeu em Ramón um olhar lúbrico, que tentava devassar-lhe o decote do roupão. E Ramón, talvez ainda de pileque (ele parecia bêbado o tempo todo), lançara mais uma de suas piadinhas asquerosas: "É isso aí. O Nelsão tá certo, a fila anda…". E entrou no banheiro, deixando aparentemente de propósito a porta aberta enquanto urinava e dava arrotos e gorgolejos asquerosos. Será que Mucama também ouvira peidos?

Em menos de doze horas seu primo já havia se tornado um visitante não somente indesejado, mas odiado. Aquele apartamento havia virado uma antessala do inferno com Ramón ali, e o ambiente nunca fora antes tão hostil. Lá pela hora do almoço do dia seguinte à chegada de Ramón, enquanto ele acompanhava os resultados do turfe e dos jogos da rodada pelo jornal e clicava a esmo no *notebook* de Nelson, que encontrou após fuxicar bastante em seus guardados e dentro de sua pasta, o dono da casa conversava com Mucama para que voltasse para o antigo lar "por uns dias" e até a poeira baixar, porque seu primo estava passando tempos difíceis que o tornavam aquela pessoa difícil de tragar e conviver. Ao cabo de alguns dias, prometeu Nelson, ele iria embora e ele a traria de volta para ele e para o ninho de amor que começavam a construir. Mucama aceitou na hora, fazendo rapidamente uma mala com alguns pertences seus que já estavam na casa, deixando outros, e chamou um táxi.

Ficaram os dois naquele apartamento, que viraria um ringue de batalha nas próximas horas. Nelson lamentou profundamente não o fato de conhecer Ramón, ou de ter-lhe solicitado socorro, ou de aceitar seus préstimos para matar a esposa. Nelson começava a odiar o momento em que Ramón fora concebido. Começava a detestar o maldito espermatozoide que certa vez fizera a incomensurável cagada de fecundar o óvulo de sua tia Nininha, que nunca fora boa da cabeça, aliás. E começou também a maldizer toda a árvore genealógica de sua família e que nada fizera para evitar que sua dinastia desembocasse naquele aborto da natureza, naquele cidadão purulento que era seu primo.

A partir dessa convivência forçada, Nelson percebeu que Ramón era não somente um alcoólatra, como um usuário e, quiçá, dependente químico de tudo quanto era tipo de drogas, lícitas e ilícitas. Nelson nunca fora de beber muito, mas após a viuvez passou a tomar pileques cada vez mais cotidianos, e quando o fazia somente abandonava a garrafa porque Mucama chegava nele, fazia-lhe cara feia ou simplesmente seduzia-o, tirando-o do torpor etílico para a cama. Ele, sem dúvida, estava bebendo pesado, mas o primo…

Ramón praticamente só bebia, o dia inteiro. É isso, sem dúvida, que separa o bebedor pesado do alcoólatra. Ramón não ficava bêbado, ele era um bêbado. E vomitava todas as manhãs, fazendo barulhos asquerosos no banheiro social que, em poucas horas, tornara-se o banheiro dele. Até porque ia lá frequentemente, dava umas fungadas e voltava com as pupilas dilatadas, a voz engrolada, pastosa e com as ideias agitadas e sem nexo. Certamente, fazia aquelas pequenas pausas para cheirar cocaína ou algum outro estimulante proibido. Falava poucas frases com nexo, e quando falava era para reclamar do dinheiro que não aparecia e como o "amigo deles" estava chateado.

Passaram os primeiros dias dentro de casa, Nelson sem coragem de sair e deixar Ramón ali, sozinho, porque tinha um severo receio de que ele fosse pilhar a casa para já ir tirando o "seu" por fora, enquanto o grosso da grana não chegava. Ramón, inclusive, já havia insinuado isso, elogiando os móveis, os adornos e os eletrodomésticos do apartamento, perguntando quanto custava indiscretamente e mencionando um "É… Dá pro começo, não é, parceiro?", quando ouvia a resposta evasiva e genérica do dono da casa.

Só que no terceiro dia, Nelson começou a pensar em morrer ou em matar Ramón. Aliás, passou a sentir inveja de Íris, que já havia partido, por não ter que aguentar aquele chantagista bêbado, drogado e arrogante dentro de sua casa. Então precisava sair para arejar, senão ficaria louco. Esperou que o primo desmaiasse embriagado no sofá da sala, babando sobre um travesseiro de penas de ganso, com o solado sujo do sapato borrando de lama o tapete persa que ficava debaixo da mesa de centro, para sair e dar uma volta a pé. Quem sabe dali adviriam ideias?

Aproveitando o sono drogado de Ramón, deixou-o no apartamento, apanhou o elevador pé ante pé e em minutos estava na calçada, respirando ar puro e considerando inacreditável toda essa história, como se fosse um teatro de horrores com enredo ruim, que ele estava sendo obrigado a assistir há dias, sem sair da primeira fileira nem para ir ao banheiro ou comprar pipocas. Só que o ator principal daquela tragédia era ele, que estava ficando maluco e precisava resolver aquilo imediatamente. Foi, então, que a ideia, a princípio maluca, que chegava e partia expulsa por seu dono, fincou de vez raízes em seu coração. Precisava dar cabo do primo. Também dele. Ah, meu Deus, quantas mortes mais aquela sua vida miserável iria assistir e, o que é pior, protagonizar? Sem dúvida, estava maluco de pensar nisso, mas não havia alternativa. Ou havia?

Claro que havia saída. Como não pensara nisso antes? De um rompante, dirigiu-se até um terminal eletrônico de banco, atravessando uma rua, andando algumas quadras. Se era dinheiro que Ramón queria, dinheiro ele teria. Não o suficiente para a quitação de sua dívida, para a exploração sórdida que lhe impingia, mas um "cala boca", para que pudesse passar alguns dias em um hotel e desse a Nelson tempo suficiente para respirar e pensar em uma solução sem ter que aturar aquele idiota criminoso no mesmo ambiente que ele. Estranho que a solução estivesse ali, o tempo todo, no seu nariz, e Nelson não tivesse pensado nisso antes. Evidentemente, não era fácil ser racional morando com um inimigo que lhe irritava as vinte e quatro horas do dia, mas esse vacilo lhe fizera perder uns bons fios de cabelo que ainda lhe restavam na cabeça. Era imperdoável.

Chegou ao terminal e teve que aguardar que uma senhora idosa terminasse de sacar dinheiro. Chegada sua vez, verificou que tinha bom saldo de dinheiro no banco e que poderia sacar um pequeno pedaço, respeitados os limites da máquina, satisfazendo temporariamente Ramón. Pelo menos ele faria as malas e daria o fora, deixando-o em paz por alguns dias.

Vez ou outra perguntava-se qual era, na verdade, o seu problema. Ainda era jovem, quarenta e poucos anos, com um bom dinheiro e um bom emprego. Sua empresa fora bastante camarada em dar-lhe uma licença sem prazo de retorno até que pusesse a cabeça no lugar e se recuperasse daquela sua tragédia pessoal. Mucama era uma mulher linda e já viera com uma criança que Nelson, no íntimo, sempre pensara em ter. A ideia de ser pai somente não havia sido levada a sério porque Íris poderia se parecer com tudo, menos com uma mãe dedicada. Era a antítese de uma mãe, na verdade. Estava mais para uma cafetina que tira a virgindade de um adolescente *nerd*, daquelas putas experientes de filmes pornográficos, do que para mãe. Se fosse atriz, e o papel da mãe lhe sobrasse, sua atuação seria um fracasso retumbante.

Pois bem. Se Nelson ainda era jovem, tinha dinheiro, apartamento bom, carreira tranquila, mulher e "filho", o que precisava para viver bem? Virar a página. A resposta foi imediata, enquanto tirava e contava o dinheiro, não o suficiente para comprar um carro, não o suficiente para viajar para a Europa, mas grana bastante para cinco, seis dias de hotel, com bebida boa e prostitutas de qualidade – a ideia mais próxima de "paraíso" que Ramón conhecia. E para virar a página o que era necessário? Precisava, de algum modo e em todos os sentidos, superar a perda da esposa, parar de pensar nela e no que fizera com ela; tirar aquele escroque de sua vida e o tal misterioso assassino que haviam contratado; acertar-se com a seguradora e assegurar-se de que a polícia não estaria jamais no seu pé e, aí sim, poderia dizer que estava feliz, realizado, seguro.

Havia luz no fim do túnel, afinal. Com essa certeza, a ideia e a arejada na cabeça, chegou à conclusão de que fizera um enorme bem a si mesmo. Guardou o dinheiro no bolso da frente da calça e voltou para o apartamento, quase feliz e saltitante. Ao menos estava, digamos, mais "alvissareiro", se é que lhe era permitido ressuscitar uma palavra assim tão antiga. Mas o fato é que estava tão otimista que não percebeu muito da pessoa do porteiro, quando entrou no *hall* do seu prédio, que lhe disse que uns homens aguardavam-no lá em cima. Só no elevador, instantes antes de chegar ao seu andar, a ficha caiu. E Nelson gelou. Quem o estaria esperando, meu Deus? E, aí sim, o pânico retornou para não mais deixá-lo em paz. É que junto com a ideia da surpresa veio-lhe à mente a figura do primo recebendo a visita misteriosa, de cueca, no sofá. Só havia uma maneira de ver no que dera semelhante desastre: encará-lo. Aberta a porta automática do elevador, atravessou o saguão do seu pavimento e abriu a porta de rompante.

Sentado em um sofá, obviamente bebericando seu *whisky*, estava Ramón, com os olhos turvos de bebida, mas um pouco mais vivaz do que o deixara. Certamente, aquela horinha de sono salvara a pátria e lhe fizera algum bem, porque seu primo estava sóbrio o suficiente para segurar as aparências e parecer um parente inofensivo ou um anfitrião provisório e educado para os dois homens que o aguardavam, e que estavam no outro sofá, em frente a Ramón. Seu primo vestira rápido uma bermuda e uma camiseta para receber as visitas inesperadas. Nelson ainda não os conhecia, mas aqueles eram o inspetor Paulo Roberto Silva e o investigador de seguros Aristides Flamarion.

11. ENTOCANDO RATOS

As apresentações foram feitas rapidamente. Ramón encarregara-se de dizer, logo de chofre, que aqueles dois sujeitos eram "investigadores", e Aristides Flamarion então se adiantou para dizer seu nome e o do inspetor Silva. O cargo deste último acendeu em Nelson uma luz vermelha de alerta, mas não o suficiente para que perdesse a calma. Ele sabia que se fosse suspeito de alguma coisa teria sido intimado e já estaria depondo para um delegado carrancudo em um cubículo minúsculo e mal mobiliado de uma repartição policial. Não, ainda não era o caso de se desesperar, concluiu rapidamente, ele, que já assistira filmes policiais demais para acreditar que, por algum motivo, estivesse sendo investigado pelo assassinato da esposa.

Tão logo Nelson sentou-se, Ramón pulou do sofá como se fosse de mola e serviu-se de mais um *drink*, de maneira enxerida servindo também ao primo e perguntando se os dois visitantes queriam beber alguma coisa mais "forte". Silva olhava intensamente para ambos, mas sua fisionomia não deixava transparecer nada. Flamarion, sorridente, respondeu que não desejavam nada, não queriam incomodar e que a visita seria rápida. Isso relaxou Nelson, que até aceitou de bom grado o *whisky* servido por seu incômodo hóspede.

– Vieram da seguradora – falou o anfitrião. Não era uma pergunta, era uma constatação, respondida com um meneio positivo por Flamarion, o que animou Nelson a continuar: – Então acredito que temos novidades sobre o pagamento da apólice de minha finada esposa.

– Sem dúvida que temos – apressou-se a responder o visitante mais jovem, o agente de seguros, cujo nome estranho obviamente Nelson não decorara ainda. – E vim justamente colocá-lo a par da situação até o momento.

Ramón já retornara para o sofá e acomodara-se ao lado de Nelson, aparentemente sem se importar com o fato de que aquela conversa não era sobre ele, com ele ou pra ele. Aparentemente.

– Podemos falar aqui? – E Flamarion olhou primeiro para Nelson e, depois, de soslaio para seu primo, que se não estava embriagado, aparentava estar novamente caminhando a passos céleres para isso.

Nelson respondeu que poderiam falar na presença de seu primo, que ele era de confiança. Responder o quê, naquelas circunstâncias? Que Ramón deveria sair da sala?

O primo estava incontrolável demais para arriscar-se a desfeiteá-lo na presença de visitas tão delicadas. Enquanto pensava e agia, Flamarion voltou a falar, com o inspetor Silva ainda inexpugnável em seus olhares:

— Como o senhor sabe, o valor da apólice é de vulto, o que faz com que a seguradora tome algumas providências para evitar fraudes que, infelizmente, estão ficando corriqueiras no mercado.

— Isso tudo sua empresa já me disse a semana passada. — Nelson começou a impacientar-se. — Continuo aguardando novidades.

— Também lhe disseram que a apólice não cobre morte provocada por terceiros, somente morte acidental ou natural?

— Também disseram. — Nelson deu uma golada em seu *drink*, cada vez mais impaciente. Queria receber sua grana, tocar Ramón de sua casa e de sua vida em definitivo... Queria virar a página o mais rápido possível!

— Pois bem. No caso do sinistro que vitimou sua finada esposa, ainda pairam dúvidas sobre a causa da morte. Quer dizer, não sobre a causa da morte em si...

— Ela morreu em uma explosão provocada por um botijão de gás. Todo mundo sabe disso! — Nelson quase gritava. Mas uma luz de alerta acendeu-se em sua mente: precisava manter a calma para não despertar suspeitas. Um viúvo frio e distante, agora, era muito mais crível que um sujeito apavorado e doido para ganhar dinheiro fácil.

— Sim e não – disse Flamarion ao mesmo tempo em que olhava de esguelha para Silva, que cruzara as pernas e agora fixava sua atenção em Ramón. Este, aliás, rompeu seu silêncio sepulcral:

— É, todo mundo sabe como foi. Um acidente. Saiu no jornal. — E Ramón sorriu para o agente de sinistros. Sua voz pastosa e aquele esgar fácil demonstraram que já estava ficando de pileque e que, em alguns minutos, acabaria inconveniente, desagradável, destoando com o tom sério da conversa, ao menos até ali.

— O que nos leva a indagar em que consistiu o acidente. — A sentença final de Flamarion foi decisiva para entorpecer o ânimo inicial que até então aviventava Nelson durante aquela reunião. Ele novamente impacientou-se. Agora estavam desconfiando do quê? E só suspeitas valiam para impedi-lo de receber sua pequena fortuna? E as provas da causa do sinistro?

— Volto a não entendê-lo, meu senhor... — Isso. Nelson precisava voltar a brilhar e comandar as negociações. Sua postura passiva denotaria algum temor obscuro. Era preciso agir com coragem e evitar a demonstração de qualquer fraqueza. Afinal de contas, esse pessoal de seguradora é meio bandido para não pagar, são todos uns tubarões... Ainda que ele fosse um assassino de esposa, não era bandido profissional, enrolador, ladrão, como esses escroques que te vendem um seguro e depois não pagam. Era um absurdo, mas tinha que lidar com isso e resolver logo de vez a questão. Acrescentou: – Ou vocês têm alguma coisa concreta para me responder, ou é melhor deixar a papelada correr solta e pagar logo a apólice. Meus advogados já devem ter falado das consequências dessa demora.

Flamarion debruçou-se nos próprios joelhos e procurou ser didático, extremamente didático. Não era um policial, como o inspetor Silva. Não estava acostumado a assustar pessoas nem achava isso necessário:

– Sr. Nelson, a lei nos proíbe de pagar a sua apólice para o caso de morte provocada. Leia o Código Civil e leia a apólice.

– Não quero ler nada! – Deu um berro, não um daqueles de assustar a vizinhança, mas um grito relativamente alto para a intimidade de um apartamento fechado. Flamarion assustou-se. Ramón deu um sorriso e mais um gole, um gole generoso no seu *scotch*. Silva apenas sorriu. E Nelson continuou: – Eu tenho a resposta que precisava, a resposta de meus advogados. Já não basta o que sofri com a morte da minha esposa? Agora querem me torturar insinuando coisas?

– Que coisas? – Era Silva. Finalmente rompera o silêncio, e o fizera no exato momento estudado, suspeitava Flamarion. Ao contrário dele, que queria falar, o velho tira queria ouvir.

– E quem é o senhor e o que tem com isso? – Nelson diminuíra o tom, mas permanecia agressivo.

– Acabamos de ser apresentados. Inspetor Paulo Roberto Silva, a seu dispor. – Não perdera a calma, apesar do chilique de Nelson. E como este continuava com um olhar perplexo, acrescentou: – Sou policial. – Não acrescentou "aposentado" de propósito. Aumentaria a confusão mental de sua presa.

– Quero saber o que diabos a polícia tem a ver com isso! – E olhou para Flamarion, um olhar que significava quase um pedido de providências ou de socorro.

– Até aqui, nada. – Foi Silva quem respondeu. – O senhor nos disse que estamos insinuando coisas, e aí eu é que não entendo. O que não ficou claro até aqui? Não entendeu que a seguradora e a polícia investigam a causa do acidente?

Ramón pediu licença e foi ao banheiro. Certamente urinar. Passava tanto tempo bebendo e sem ir ao banheiro que Nelson começava a suspeitar que o primo não tinha bexiga, ou tinha retenção urinária, ou mijava nas calças mesmo. Mas de vez em quando era inevitável: Ramón tinha que ir ao banheiro. E, enquanto saía, pareceu por um instante hesitar, não querendo perder o desenrolar da cena. Se fosse possível, teria apertado a tecla de *pause* da discussão, para voltar do banheiro em seguida e apertar *play*. Mas não era possível.

– E não parece claro para vocês que o botijão explodiu e matou minha mulher...
– Nelson deixou as reticências. Iria acrescentar que o outro cara também morrera no acidente. Mas não precisou. Silva estava atento às reticências.

– Não matou somente a sua esposa. Matou também o rapaz que estava com ela. – Nelson encarou-o, mas baixou os olhos em seguida. O inspetor não estava nem aí para seus olhares. – Sabemos que o botijão estourou. Só não sabemos o motivo do estouro. A perícia não foi conclusiva.

– Então não tem como questionar a morte dela ou o pagamento do seguro...

Agora Flamarion achou necessário interferir:

– O fato de a polícia não descobrir o motivo do estouro do botijão simplesmente significa que ela não tem condição de afirmar a existência de uma origem criminosa... – A palavra causou um visível mal-estar em Nelson, e em Ramón, que voltava correndo do banheiro para não perder o resto do show. – ... ou não acidental, para o sinistro. Não significa que o fato ainda não possa ser apurado ou que o sinistro tenha ocorrido por causas não voluntárias, necessariamente.

– Continuo sem entender nada... – disse Nelson, agora sinceramente aturdido.

– Nem eu! – Ramón afirmou, com a voz já embargada pelo álcool, soando *non sense*, ridículo, numa conversa tão séria. Mas Silva nem deu atenção a ele e retomou a conversa:

– Não sei por qual motivo se preocupa, Sr. Nelson. – E meneou a mão em volta da cena, como se a englobar tudo, o belo apartamento, a boa decoração, o *whisky*, o primo, tudo. – Tem uma vida tranquila, não precisa desesperadamente do dinheiro, precisa?

Nelson olhou para ele. Nada respondeu. Fora pego, irremediavelmente. Silva estava inflexível e impiedoso. Sem dúvida, pensou Flamarion, aquele era o velho inspetor dos plantões das madrugadas frias da delegacia central, aquele que punguistas e malandros evitavam encontrar nos corredores, aquele policial especialmente escalado para fazer os criminosos mais frios confessarem. E continuou ouvindo Silva retomar o interrogatório:

– Casa boa, está na companhia do primo. Ele é seu primo, não? – Nelson buscou na memória, não se recordava de ter apresentado Ramón como seu primo. – Estão até comemorando... E, parece-me, já há uma nova dona do vosso coração, se me permite a intimidade...

Nelson, estupefato, pensou em levantar-se e pôr os dois para fora. Não esperava ser afrontado em sua própria casa. Para isso já lhe bastava Ramón atormentando-o há um par de dias. No entanto alguma coisa no olhar do velho policial o fez conter-se, inclusive calar-se. Aqueles olhos pareciam não se surpreender com nada, e certamente não iriam parar de perscrutá-lo caso, de um rompante, resolvesse falar grosso com as visitas. Ao contrário, foi Silva quem continuou:

– Sua esposa morreu faz pouco tempo. Em circunstâncias... – Pareceu procurar as palavras mais adequadas. Ou menos agressivas: –... ainda em discussão, digamos assim.

– Mas quem está discutindo? – Era Ramón, naquela braveza de rompante própria de quem passara a vida no meio de malandros. Falou e apontou para Silva, a ponto de inquietar Flamarion, que agradeceu em silêncio o fato de saber que o colega estava armado com um pesado trinta e oito debaixo do sovaco esquerdo.

Mas Silva nem se importou. Seu problema não era Ramón. Ramón, como o inspetor já havia detectado na primeira vez que o vira no bar, era arraia miúda, um bosta. Falaria, cantaria, em uma cela escura, sob a promessa de uma redução de pena. O negócio era pegar Nelson, que estava ferido, era inteligente e atrevido. Por isso não parava de encurralá-lo, pouco se lixando para o comparsa destemperado. E continuou, em voz baixa:

– Portanto o que temos aqui. Raciocinemos juntos. Está bem?

Nelson surpreendeu-se ao ter que engolir o "Sim, senhor", que quase pronunciou e que fez morrer inquietamente, já na ponta da língua.

– Prossigamos, então. E vou aceitar uma dose de seu *whisky*. – Desta vez dirigiu-se a Ramón, que ainda mantinha uma estranha carranca de segurança de boate, que se desmanchou diante do convite aceito pelo policial. Muito a contragosto, medindo gestos e mantendo um pouco da dignidade de pseudo-homem malvado, começou a servir Silva, que continuou: – O que temos aqui, até agora?

Silêncio na sala. O único barulho era o da bebida caindo dentro do copo sobre o gelo, servida pela mão trêmula de bebedeira de Ramón. Flamarion permanecia calado, no melhor estilo "siga o mestre". Nelson parecia um vestibulando assistindo à aula inaugural e mais importante de um cursinho preparatório.

– Temos uma morte não explicada – Silva continuou. O *whisky* já estava servido, mas o deixara descansando na mesinha de centro. – E temos um seguro polpudo e um marido beneficiário dele. Ou melhor, um viúvo. Só que o viúvo aparenta alguma euforia e certa felicidade em receber o seguro, sem nenhum sinal de luto no ambiente. – E meneou o gesto para apontar a sala do apartamento, como se estivesse mostrando todo um quadro, toda uma cena de teatro, ou os últimos dias da vida de seu personagem principal, Nelson. E o inspetor arrematou: – Estranho, não?

– Isso não tem nada de estranho. – Nelson precisava defender-se, e tentava fazê-lo a todo custo. – Gostaria de saber, cavalheiro, se sou culpado ou suspeito de alguma coisa, e como sabe tantas coisas de mim. Afinal de contas, estão investigando a morte da minha mulher ou a minha vida?

Silva deu um gole rápido na bebida. Quando voltou com o copo para a mesa, seu sorriso seco desaparecera, dando lugar a um esgar:

– As duas vidas se confundem, não é mesmo? E sabe o que vamos fazer? – De novo o ar professoral calou a todos. Mas ar professoral de professor mau, preparando uma armadilha para seus alunos traquinas.

– Pagar o seguro? – Era Ramón. Nelson, dessa vez, sentiu vontade de esganá-lo verdadeiramente, mais que das outras vezes. Por Deus, não sabia como conseguia se conter e não fazê-lo...

– Senhores, vamos continuar investigando – disse Silva e levantou-se. Flamarion pulou do sofá na esteira do amigo, como se temendo ficar sozinho com aqueles dois pulhas. – E, claro, vamos manter contato e avisá-los do resultado de tudo.

E foram embora, sozinhos, até a porta, que fecharam lentamente, deixando atrás de si um silêncio incômodo.

***

O primeiro a romper o silêncio na sala foi Nelson, não com palavras, mas com um murro que desferiu ainda sentado ao lado de Ramón e que lhe acertou em cheio no meio do focinho. Com o impacto, seus pés bateram na mesa, jogando no chão copos e garrafas, inclusive o que ele segurava e que se espatifou em mil cacos. Caiu atrás da poltrona e com as pernas para cima, com o rosto sangrando no piso frio da sala.

– Seu idiota! Seu merda! – Nelson não reconhecia aquela voz. Aquele não era ele. Nunca estivera tão puto na vida. Ao mesmo tempo em que batia e xingava o primo, também batia na finada mulher, no inspetor Silva, na sua própria desgraçada vida. E partiu para cima de Ramón, que choramingava igual criança passando a mão no rosto machucado e sangrando, ainda caído, agora em posição fetal. Segurou-o pelo colarinho da camisa e levantou-o com uma força que desconhecia. Começou a sacudi-lo. Ramón balbuciava para que parasse. Nelson jogou-o no chão novamente.

– É isso que você chama de resolver meus problemas? – E dessa vez chutou Ramón, que se encolheu todo e foi rastejando pela sala até o corredor para sair do raio de ação de Nelson. – Esse é o serviço limpo e profissional que você me prometeu, a peso de ouro? – E deu outro chute. Dessa vez, Ramón estava mais longe, o golpe só atingiu suas pernas, mas gerou uma dor tão intensa que o fez parar de rastejar e até de respirar por alguns segundos.

Nelson continuou indo para cima dele. Estava mesmo muito bravo. Em circunstâncias normais, Ramón já não seria páreo para o primo. Gordo, anos e anos de decadência, preso ou na esbórnia, sem praticar exercícios, faziam-no uma presa fácil em qualquer briga. Na cadeia, era sempre protegido por colegas de organização criminosa, senão teria virado mulherzinha de outros presos. Agora, ali, bêbado como um gambá, era um *sparring*, um saco de pancada de Nelson, que era mais espadaúdo e estava furioso, embora não fosse de briga e mantivesse, ainda ali, naquela situação dantesca, um ar de intelectual de porta de cafeteria de zona sul, um jeitão de maridinho que tira duas por semana, que não causariam medo em um adversário mais competitivo.

Mas Ramón estava em pânico. Quando percebeu, Nelson estava em cima dele, com o joelho sobre seu peito, gritando e jogando primeiro perdigotos, depois baba, na sua cara. Chamava-o dos piores palavrões imagináveis, em altos brados. E socava. Ramón tinha a completa sensação de que já se machucara seriamente, sentia um ardor no rosto, uma dormência na região da mandíbula, e sentia que sua bacia e as ancas iriam permanecer, no mínimo, doloridas por dias. Se é que não ficaria entrevado por algum tempo, e aí lhe preocupava onde ficaria, porque duvidava muito que seu anfitrião permanecesse acolhendo-o depois dessa surra. E sua solução, provisória e precária, era começar a cobrir o rosto com os braços e cotovelos enquanto a porrada descia. Tinha que esperar Nelson cansar de bater, o que não deveria (nem poderia) demorar muito.

— Filho de uma puta! Sua mãe era uma vadia! — Nelson batia agora a esmo. Via sangue no rosto de Ramón e em suas mãos. Ramón cobria o rosto com os braços, e ele tentava esmurrá-lo pelos lados, dando ganchos de esquerda e direita. — Vagabundo! Viu o que fez comigo? Seu bosta!

Lá, bem no fundo da consciência de Nelson, algum alarme foi ligado. Apesar da ira, ainda havia nele um resquício de discernimento a avisá-lo de que era hora de parar de bater naquele crápula. Uma espécie de voz, primeiro bem baixinho, sussurrante, depois mais alto, por fim berrando mais do que ele, mandava-o parar. Vizinhos poderiam ouvir, se é que já não estariam ouvindo, e se continuasse teria mais um cadáver ali para esconder, mais um problemão com o qual se preocupar, algo difícil de explicar para o síndico e para a polícia. E, principalmente, Ramón não valia a pena tanto problema. Nunca valera.

Parou de dar socos e sentou-se em um lance de degraus que levava do corredor à cozinha. Aos seus pés, Ramón resfolegava. Seu nariz estava bem machucado e sangrava. Seus supercílios também, mas Nelson já ouvira dizer que essa merda sangra até com um esbarrão mais forte, não quer dizer que machucara muito, que o deixara cego, nada. Ele estava todo encolhido e gemia na língua dos espancados, aquele misto de choramingo, lamentação e vergonha. Finalmente ficou sóbrio, talvez o primeiro momento de sobriedade de dias e, quem sabe, semanas. À custa de muita porrada, mas ficara.

Nelson também olhou para as mãos. Pareciam machucadas. Havia sangue nelas, não somente de Ramón, mas dele. Aquelas mãos não estavam acostumadas a socar pessoas, pelo que se recordava sua última briga fora em um bar perto da faculdade, quando se estranhou com um bêbado que mexera com Íris. Para variar, em toda confusão estava a esposa, direta ou indiretamente.

Levantou-se e deixou Ramón ainda aturdido e gemendo. Foi ao banheiro e lavou o rosto. Deu uma longa enxaguada nos cabelos empapados de suor e nas mãos. Molhou a nuca, daquele jeito que motoristas sonolentos fazem em paradas de beira de estrada para espantar o sono e prosseguir viajando. Depois, foi à cozinha e pegou gelo e uma bolsa térmica. Armazenou um pouco de gelo na bolsa, outro tanto em um saquinho plástico, passou na mão e no rosto, e foi acudir Ramón. Precisava dele acordado e bem, agora que dava as cartas. Depois de todo aquele calvário, após o planejamento e a execução do assassinato de Íris, após as semanas de luto disfarçado, cobrança e muita preocupação, sem contar as chantagens de Ramón, sentia, finalmente, que era ele o dono do pedaço, o crupiê que dava as cartas, o macho alfa.

Entregou-lhe, então, a bolsa de gelo. De início, Ramón olhou para ela, incrédulo, acreditando tratar-se de mais algum instrumento de bordoadas. Depois inclinou a cabeça um pouquinho, retirando-a o suficiente do chão para sentir que tudo tremia e doía, que tinha dificuldades para respirar e para abrir os olhos. Finalmente, após alguns segundos que pareceram minutos, apanhou a bolsa e passou no rosto. Grunhiu um pouco e tentou ficar de pé. Alguma coisa, no entanto, estava seriamente machucada do seu umbigo para baixo, algo a ver com vértebras e ossos, de tal forma que não tinha empuxo abdominal suficiente para levantar-se da posição semifetal em que se encontrava. Teve que aceitar a mão que Nelson estendeu-lhe e que serviu como alavanca, como bengala, para levantar-se a muito custo, gemendo muito, porque tudo doía.

Já de pé, olharam-se. Nelson não parecia compadecido de sua dor, tampouco demonstrava remorso. Por outro lado, não estava satisfeito em ver Ramón sofrer, o que já era um começo. Olhava-o como quem afere o inevitável, e acha o inevitável um tropeço que tem que ser dado. Ao invés de falarem-se, Ramón dirigiu-se trôpego até o banheiro. Não fechou a porta, de modo que Nelson ouviu-o vomitando forte, entre gorgolejos e novos gemidos. Depois, o barulho do chuveiro. É claro, além de empapado de suor, bebida e sangue, sua roupa devia ter amarrotado e rasgado. Voltou à sala após alguns minutos, com o rosto inchado e o nariz aparentemente quebrado. E, sobretudo, agora Ramón estava totalmente sóbrio.

– Você ficou maluco? – Foi só o que conseguiu dizer.

– Não. Só queria que soubesse que estamos juntos nesse barco em que nos colocou. – E diante do início da estupefação do outro, acrescentou: – E vai ter que me ajudar a nos tirar dessa, se é que ainda tem jeito.

Sentaram-se no degrau do lance de escadas que dava acesso aos dormitórios, os dois juntos, encolhidos, como se tivessem voltado à infância e fossem de novo dois meninos mostrando as figurinhas novas do álbum recém-comprado. Agora, contudo, o tema da conversa era outro, bem mais sério. Falavam sobre suas vidas.

– Por que esse pânico todo? – Ramón disse. – Os caras não têm nada, prova alguma! Vieram assuntar, farejar, jogar verde. E você ficou nesse apavoramento todo. Eles não podem nos incriminar a menos que você confesse. E você não vai confessar, vai?

A pergunta era apenas retórica. Nelson nem a considerou. Estava claro que não estavam indo direto para a cadeia depois da visita insólita e incômoda. Mas, de alguma forma, aqueles dois sujeitos representavam um divisor de águas, seu encontro fora simbólico. Até então, salvavam-se as aparências. Todos fingiam que a morte de Íris era normal, que não havia traços de crime e que ele, o viúvo, não era suspeito. Agora, caíra o pano. As falsidades haviam cessado. Estava claro para todos os envolvidos que havia uma investigação em andamento, que se indagava a morte de sua esposa, e que ele, e talvez também Ramón, eram os principais suspeitos, até ali, de um possível – por que não dizer provável? – homicídio. Ao invés de novas reclamações, procurou ser rápido com Ramón. Sua sociedade com ele já havia sido ruim o bastante até ali. Era absurdamente idiota permanecer com meias-palavras.

– Então, o que faremos? Ao invés de me chantagear, finalmente percebeu que tem alguma coisa a perder, seu idiota? Ou melhor, muito a perder?

– Mas eu não estava te chantageando...

Por um triz não tomou outra porrada. Não porque não a merecesse, mas porque, sob a ótica de Nelson, não valia mais a pena. Ramón fora o grande causador daquilo tudo e seria extremamente necessário para sair daquela enrascada.

– Não importa. Se a polícia nada sabe de consistente e apenas está xeretando, quero descobrir como fazer para que parem de aporrinhar. E também quero descobrir uma maneira de receber logo o dinheiro, pagar você e o seu comparsa, e também ficar livre de vocês.

– Dele, só fica livre pagando.

– Que seja. O dinheiro, para mim, é o menor dos problemas. Quero terminar logo esse capítulo horroroso da história da minha vida. E você vai me ajudar, espontaneamente ou na marra.

– Não precisa se agitar. – Ramón novamente procurava impor um tom de calma e paz à conversa. Que diferença daquele idiota de dias anteriores que procurava espremê-lo para arrancar dinheiro. Foi nisso que Nelson pensou. – Estamos juntos nessa. Não foi você quem disse?

– Pois bem. Então o que nós vamos fazer?

Ramón parou por alguns instantes, levantou-se gemendo e foi procurar mais *whisky*. Quando viu a garrafa quase vazia, desistiu de se servir. Até ele, então, chegara a um limite em que era necessário arregaçar as mangas e procurar uma saída.

– Falta o meu comparsa, como você disse – finalmente falou, olhando para Nelson como se descobrisse a chave de um enigma. – Vamos ter que falar com ele, nós dois. Ele vai nos ajudar a encontrar uma solução. Ou nos matar. Ou as duas coisas. Mas precisamos falar com ele.

Mesmo antes de terminar de falar, Ramón soube pela expressão no rosto do primo que Nelson concordava integralmente com isso. Se estavam juntos na merda, teriam de se encontrar para sair dela. Teriam que encontrar Carlos.

***

Silva dirigia, com Flamarion no banco do passageiro. O inspetor estava satisfeito em ter desenganado seus "pacientes". Dissera isso ao amigo. Agora, sim, o jogo era franco e seus suspeitos, pressionados, somente tendiam a fazer mais besteiras e a levá-los de encontro a outras pistas e evidências que pudessem ajudar a destrinchar todo aquele mistério envolvendo a morte de Íris e do jovem amante.

– Só para ratificar – indagou Flamarion – podemos concluir com absoluta certeza que aquelas mortes foram, de fato, criminosas?

– Sim, podemos. – O inspetor dirigia, fumava um cigarro e ouvia o noticiário do rádio AM, tudo ao mesmo tempo. – O que nos falta é provar isso, tanto para salvar a grana da sua seguradora quanto para colocar os responsáveis pelo duplo homicídio na cadeia.

Não conversaram mais até chegarem ao seu destino, o escritório de Flamarion. Arrudão já estava lá. Deixara a mudinha vigiando os dois patetas. Palitava os dentes e tomava cafezinho na antessala do regulador de sinistros, enquanto olhava de esguelha para as pernas da bela secretária que lhe fazia as honras da casa até a chegada de seus dois empregadores, o que não tardou a ocorrer. Tão logo Silva e Flamarion ficaram a sós com ele, sentaram-se ao redor de uma pequena mesa de reuniões com algumas anotações e muitas ideias na cabeça.

– A sua.... – Silva não encontrou de imediato a palavra – ... a sua moça permanece de olho no alvo?

Arrudão sorriu tranquilo antes de responder:

– Ficará lá até que eu diga, ou até que me autorize a colocar um terceiro homem na campana para nos ajudar. Vai ficar mais dispendioso, é claro.

Silva não respondeu. Pensava em seguir os passos dos dois, que não deveriam permanecer muito tempo naquele apartamento depois do susto que lhes dera. Eles teriam que ser muito tolos para não desconfiarem que eram seguidos e rastreados, e o inspetor havia descoberto naquela tarde o que antes só intuía: aquela estranha dupla nada tinha de boba. Eram homens desesperados, jejunos para as coisas do crime (pelo menos no caso de Nelson), mas não eram burros.

– No que está pensando? – Flamarion interrompeu os pensamentos do velho policial. Silva flanava em um monte de ideias e planos, enquanto os dois aguardavam-no manifestar-se.

Ele não respondeu de imediato. Pegou seu computador portátil, que deixara em um canto da sala do amigo, trouxe para a mesa e ligou. Enquanto a interface carregava, também pegou seu caderninho de notas, que estava mais rapidamente à mão. Muitas vezes confiava mais nele do que nas maravilhas da tecnologia. Olhou para Flamarion como se precisasse da certeza de que era ouvido e compreendido, que tinha a atenção incondicional de seus colaboradores. E tinha.

– Toda investigação é um jogo de gato e rato – disse. – Retiradas as máscaras, jogados fora os eufemismos, a apuração da autoria de um delito se resume a isso. Um jogo de gato e rato, um quebra-cabeças com um marcador de tempo inexorável tique-taqueando em sua cabeça.

Arrudão entendia pouco, mas achava bonito o jeito de seu chefe falar. Relaxou e parou de olhar para o celular, que até então fitava de rabo de olho, aguardando alguma comunicação de Sofia. Já Aristides Flamarion era todo ouvidos. Deliciava-o, como filho de policial, ouvir aquelas preciosas lições.

Silva continuou:

– E, para que a ratoeira funcione e o gato, que somos nós, pegue o rato criminoso, é imprescindível prever o que nossa presa vai fazer em seguida. Ao mesmo tempo, e ao contrário, temos que ser imprevisíveis para nosso antagonista. Se o rato sabe onde o gato o embosca, vai passar por outro caminho, entenderam?

Arrudão queria pedir uma pizza, e estava pensando em quatro queijos ou marguerita, mas respondeu que havia entendido. Já Flamarion, de fato, porque entendera, indagou:

— Então qual será nosso próximo movimento?

— Não acho que eles vão sair facilmente do apartamento e nos levar a novas pistas, ou ao encontro de um terceiro criminoso, que ainda não conhecemos. A esta altura eles já sabem que estão sendo monitorados. Acho que vão tentar se encontrar fora dali com alguém que os ajude, presumivelmente um comparsa. Precisaremos redobrar a vigilância dos dois, Arrudão, porque eles vão tentar nos enganar.

— Então vou chamar algum colega para fazer rodízio conosco.

— Escolha alguém de confiança. E não fale com ele mais do que o necessário sobre o serviço. Renda sua colega o mais rápido possível. Os tais caras podem ficar violentos se descobrirem quem os vigia. Está entendendo?

— Sim, chefe. Mas não se preocupe com Sofia. Ela é uma sombra invisível quando quer.

— Ela é uma sombra invisível, mas amadora. E esse trabalho está cada vez mais profissional. Renda-a e mande-a para casa tão logo seja possível. E me apareça com outro policial para ajudá-lo, tão logo consiga um. Entendeu?

— Tudo bem, inspetor. – Arrudão não tinha como negar o inegável. – O senhor foi claro.

— Ok. – Silva olhou para Flamarion. – Nós, eu e você, vamos voltar à polícia. Tem um ou dois delegados que ainda dá prazer ver trabalhando. Não estão no nosso caso, mas podem nos ajudar. Vamos falar com eles, porque precisaremos da polícia se as coisas começarem a feder.

— E como pensa que elas poderiam começar a feder? – Flamarion perguntou o que Arrudão também queria saber.

— Nós entocamos os ratos. Acuamos os dois. Agora, eles vão reagir.

12. PÉ NA ESTRADA

O plano de Ramón era muito bom. Precisavam sair o mais rapidamente possível daquele apartamento, que estava começando a parecer uma ratoeira inexpugnável. E precisavam encontrar Carlos. Ele estava com eles nessa. Se não os ajudasse, ao menos saberia que o restante da grana não saía por culpa dos tiras e não deles.

— Mas como faremos isso se está claro que nos vigiam? — Foi o que Nelson perguntou, tão logo o primo começou a elaborar a estratégia de fuga.

— Não se esqueça de que eu ganhava a vida atravessando carros pela fronteira. Botei muita viatura nova da polícia no chinelo. Sou o que essa gente de filme americano chama de "piloto de fuga". — E sorriu. A sombra opaca do adolescente alegre e sonhador que ele fora um dia perpassou por sua face, mas sumiu em seguida. Foi apenas um breve instante de sonho, acordado pela vida abjeta que sucedera a puberdade de Ramón.

Teriam que pegar toda a grana possível de Nelson, porque quem foge precisa de dinheiro. Venderiam o carro na loja de um amigo de Ramón, e isso precisava acontecer depressa. Se o dono da loja de carros não tivesse a grana de pronto depositaria depois, e poderia muito bem aceitar uma troca por outro veículo. O essencial, salientou Ramón, era sair de lá com um bom carro que a polícia não conhecesse e com bastante dinheiro. Ficariam um bom tempo fora.

— Mas... — Nelson hesitou, constrangido. Não queria mostrar seus sentimentos para o homem que acabara de esmurrar. — E Mucama?

— Sua amante? — A crueza de Ramón parecia proposital, utilizada para ferir o outro. — Tem certeza de que quer dar notícias a ela?

Nelson matutou. Estava claro que queria estar com ela, ainda que brevemente, antes da fuga, mas não queria dizer isso ao primo. Precisava de um argumento lógico para fazê-lo e esse veio imediatamente, como um jorro, e pareceu-lhe tão óbvio tão logo surgiu, que se tornou de pronto um motivo perfeito.

— Preciso estar com ela até para tranquilizá-la, senão ela se apavora com o sumiço e ela própria chama a polícia. Não se esqueça de que, para ela, nós somos os mocinhos.

Riram ambos. Um riso nervoso. Arrumaram as malas e Nelson deu uma boa olhada no apartamento em que fora feliz com duas mulheres, a primeira que lhe arruinara a vida, a segunda por algumas semanas e que fora um alento que ele estava próximo de abandonar. A ideia maluca de ter matado Íris nunca lhe parecera antes tão maldita, e a vontade de também matar Ramón surgiu novamente, mas logo a afugentou. Precisava dele vivo, atuante, para resolver aquela embrulhada. Sabia que aquela fuga não seria para sempre. Precisava articular-se, resolver sua vida, receber o dinheiro, tirar de cima dele a sombra da suspeita da polícia, quem sabe contratar um excelente advogado criminalista. Isso tudo custava tempo e dinheiro, muito dinheiro. Não queria a polícia fungando em seu cangote nesse meio-tempo. Foi por isso que aceitou a ideia da fuga engendrada pelo primo. Não era, afinal de contas, uma fuga. Era muito mais um recuo estratégico, como em uma partida de xadrez. E tomara que funcionasse.

Botaram as malas no bagageiro do carro, após passarem de elevador rapidamente pela recepção do prédio, presumivelmente sem despertar a atenção do sonolento porteiro. Nelson cedeu a direção prazerosamente a Ramón, certo de que naquele momento estava muito nervoso para dirigir, até porque não iriam sair dali simplesmente dirigindo, mas em fuga, fugindo daqueles que certamente os vigiavam.

Ramón arrancou o carro tão logo saíram do estacionamento do prédio. Quase entrou na frente de um micro-ônibus de autoescola, e ouviu uma buzina e um palavrão, mas não se importou. Para despistar seus perseguidores precisavam ser repentinos. Driblou um ou dois carros pela rua do prédio e virou o carro à esquerda tão logo pôde. O trânsito estava engarrafado mais adiante e, para evitá-lo novamente, Ramón começou a fazer sucessivas conversões à esquerda e à direita, e quando Nelson deu por si eles haviam conseguido chegar do outro lado do engarrafamento sem ter que lidar com o tráfego pesado. Certamente, se alguém ainda os seguiam, era muito bom.

Só que não era. A mudinha Sofia tinha 35 anos e era a caçula de uma família de cinco irmãos, a única mulher. Nascera com um problema auditivo grave que apenas piorara com o tempo. Já na puberdade era absolutamente surda e, por isso, nunca fora boa com namorados ou relacionamentos. Enquanto aprendia a linguagem de sinais, engraçara-se com outro deficiente, que acabou se tornando seu primeiro homem, quem a deflorou. Não seguiu adiante com ele, pois um casal de surdos sempre lhe parecera algo ridículo. Tocou sua vidinha cuidando da casa e da mãe idosa, enquanto os outros irmãos, com audição perfeita, aprumavam na vida. Foi trabalhar depois dos 30, de arquivista, em uma empresa de despachantes, onde Arrudão a conheceu. Já havia dois anos que andavam juntos e ela era feliz com ele, que até aprendera rudimentos da linguagem de sinais para melhor se comunicar com sua nova parceira. Mas Arrudão era caladão de qualquer jeito, verbalmente ou por meio de sinais. Gostava de fazer-lhe carinhos e mimá-la, e alguns dias antes apareceu dizendo que tinha arrumado um serviço "extra" com a polícia e, sempre sinalizando, perguntou-lhe se também queria fazer parte daquilo e garantir uma grana por fora.

Os dois não moravam juntos, era fato. Sofia sabia que Arrudão tinha uma esposa, mas quase não se importava com isso. Durante o período em que ele estava com ela, ele era dela, e isso bastava-lhe. Mas as primaveras iam chegando, e com elas a meia-idade, e a ideia de amealhar dinheiro para uma velhice tranquila começara a ganhar espaço em seu tempo ocioso, principalmente porque não teria qualquer segurança por parte de Arrudão. Sabia perfeitamente que aquele homem, que aprendera a conhecer durante os anos em que estavam juntos, jamais abandonaria sua esposa, a mãe de seus filhos. O dinheiro era bom para abrir uma poupança, então aceitou na hora.

E até ali o novo emprego fora uma brincadeira de criança, só que rentável. Ficava dentro do carro vigiando a movimentação das pessoas que Arrudão lhe mostrara por foto, tomava notas e mandava mensagens de texto por celular para o amante. Ao menos, fora fácil até ali. Naquele entardecer, enquanto estava perdida em pensamentos dentro do carro e se descobria estranhamente melancólica, não sabia por qual macambúzio motivo, viu o carro de Nelson sair em desabalada carreira, "fechando" um micro-ônibus, com alguém no volante que não era o proprietário do carro. O seu susto também fora grande. Perdera-se instantes antes em pensar no pai recentemente morto, por algum motivo que não fazia a menor ideia. Suas lembranças mórbidas foram soterradas abruptamente pelo carro arrancando, tão de solavanco que não foi possível a Sofia sequer colocar o cinto de segurança ou apanhar o celular para ligar para Arrudão. Como estava, e superado o susto, de estalo também saiu com o carro, mas algo a fez frear em seguida.

Alguém havia entrado em seu carro, do lado do motorista. Era um homem. Assim que o viu, amaldiçoou silenciosamente o fato de não haver trancado as portas como, aliás, Arrudão recomendara-lhe. O homem parecia solícito, sorridente, mas algo no seu sorriso era estranho. Era um sorriso mau, um sorriso de dentista prestes a lhe arrancar um dente, um sorriso de carrasco apertando o botão da câmara de gás, um sorriso de recepcionista de hotel te mostrando a conta. Frio, ruim, estranho. Seu corte de cabelo também era diferente, simplesmente cortado rente, sem penteado algum. Ah, ela estava quase se esquecendo: ele também possuía uma arma de fogo, um revólver, que naquele momento apontava para ela enquanto sorria.

– Olá – apenas disse. Se ela pudesse ouvir, consideraria aquela uma voz impessoal, de atendente de telemarketing. Uma voz que inspirava confiança. Sem dúvida, ele sabia o que estava fazendo. – Não se assuste, não tenho nada contra você. Vamos apenas dirigir adiante, está bem?

O pânico tomou conta de Sofia. Ela era surda-muda! Como conseguiria explicar isso para um assaltante? E aquilo era um assalto, não era? Tomara que fosse, e o tal sujeito não quisesse matá-la ou estuprá-la (não necessariamente nessa ordem). Mas, em suma, como faria para explicar-lhe? Apressou-se em fazer sinais desencontrados e a única resposta do homem armado foi um franzir de cenho. Então lembrou-se de um adesivo da sua associação de deficientes auditivos pregado no vidro do carro e, já no limite do desespero, apontou para o adesivo. E sorriu.

Carlos sorriu também.

– Então você não fala... – E por um momento pareceu doce. E prosseguiu: – Também não deve ouvir, não é? – E acenou para os seus ouvidos, numa mímica rude que Sofia entendeu porque sempre lhe respondiam assim, acostumara-se a isso ao longo de décadas de deficiência. E Sofia aquiesceu que também não podia ouvir.

– Bem – disse Carlos, sem perder o tom ameno, o cano da arma permanentemente apontado para a barriga dela –, basta seguir o que mando. Está entendendo? – Sofia meneou que sim. – Siga em frente que vamos nos entender.

Sofia olhou-o bem nos olhos para entender o que iria acontecer. Ia ser sequestrada! Começou a entrar em pânico, mas estava nas mãos de um profissional. Carlos simplesmente sorriu novamente, impondo-lhe calma, e disse escandindo bem as sílabas, de modo a permiti-la uma leitura labial, coisa que todos os surdos sabem um pouquinho:

– Não faça nenhuma gracinha. Apenas siga minhas ordens que tudo vai correr bem. Entendeu?

***

O inspetor Silva conhecia muito bem o delegado-geral Denis Cupertino. Eles haviam sido detetives juntos e participado da mesma equipe, um pouco antes de Rubens Flamarion ir trabalhar na mesma DP. Já então, Cupertino havia passado no concurso para delegado de Polícia e, como era de praxe em todo começo de carreira, foi logo designado para uma cidadezinha do norte do estado, fora "para o mato", como se dizia no jargão policial. Agora, comandava o setor de perícias e trabalhava atrás de um *bureau*. Foi o que conseguiram fazer para apagar seu brilho profissional. Era um policial extremamente competente e honesto, que havia dedurado uns dois delegados corruptos havia dez anos. Como não conseguiram vencê-lo dentro da corporação, sumiram com ele atrás de uma mesa e com trabalho burocrático.

E Cupertino recebeu Silva e Flamarion com uma breve farra amigável, sorrindo muito, falando alto (como era seu estilo) e mandando o estagiário buscar cafezinho e avisar que não estava para mais ninguém na próxima meia hora. Era um cinquentão corpulento e grande, careca, daqueles pais de família que ainda aguentavam dar porrada no futuro genro. Era um tira com cara de tira.

– E aí, como está a aposentadoria? – perguntou, tão logo cessadas as amabilidades iniciais. Não perdia a objetividade, nem mesmo diante de prazerosas e inesperadas visitas. Ao menos, foi isso o que pareceu a Flamarion. – Ou não está totalmente de férias? – E apontou para Flamarion, a quem já fora apresentado como "o filho do Rubens".

Silva, não sem algum constrangimento, afirmou que estava curtindo o repouso dos justos, mas entre uma soneca e outra havia tirado um tempo para ajudar o filho de um velho amigo, justamente Aristides Flamarion, ali presente, que interrompeu em seguida a digressão do amigo:

– Estamos com um sinistro complicado, Dr. Cupertino, e como meu pai falava muito do inspetor Silva, lembrei-me dele e solicitei sua ajuda. – Flamarion deu um daqueles sorrisos de bom moço, mas não enterneceu Cupertino, que não precisava disso e estava muito mais interessado no que o velho colega de polícia tinha a lhe dizer.

– E eu – acrescentou Silva – estou estendendo a você o pedido de ajuda. – E olhou sério para o delegado Cupertino, como se a fazer cessar de vez as amenidades. – A encrenca é séria dessa vez, doutor.

– Sou todo ouvidos – falou o velho delegado, reclinando na cadeira giratória, que gemia com seu peso. Ele devia pesar uns cento e vinte quilos, no mínimo, calculou por alto Flamarion. A princípio inspirava medo, mas seu sorriso de barítono italiano suavizava tudo.

Silva iniciou a breve narrativa. Sabia ser sucinto e objetivo, profissionalmente objetivo. Começou daquilo que Cupertino já sabia: sua aposentadoria, para, em seguida, informar como Flamarion a interrompera com a história do estranho casal que vivia às turras, e do modo como a mulher morrera nos braços do amante em um estranho acidente acobertado por um seguro milionário. Disse-lhe que a seguradora relutara em pagar a apólice e mandara Flamarion investigar, e este solicitara a ajuda dele, Silva.

O inspetor omitiu cuidadosamente as escutas clandestinas providenciadas pelo Professor Pardal, mas afirmou que suas investigações e campanas chegaram a Nelson e seu estranho primo Ramón, indivíduo com vastos antecedentes criminais. Também deu especial atenção ao encontro de ambos, que surpreendera no restaurante. Por fim, narrou ter ido visitar os dois suspeitos e disse que achava que a polícia podia, finalmente, dar um pouco mais de ouvidos às suspeitas da seguradora e, no mínimo, revisar o que já havia apurado daquela explosão fatal.

Cupertino ouviu tudo atentamente. Perguntou de novo o nome da vítima, que escreveu em um papel, pegou o telefone e pediu ao estagiário que tirasse cópia integral do inquérito o mais rápido possível, arrematando: "E mande chamar o Eudes".

Voltou, então, a atenção aos seus dois visitantes:
— A perícia não foi reveladora, Silva?
— Incêndio ou explosão por causa indeterminada.

Flamarion percebeu que os dois esforçavam-se para não criticar os outros colegas, que já haviam tomado conta do inquérito, até por conta da presença dele, um "estranho", ali. Mas mesmo assim dava para captar pelas reticências e pelas entrelinhas que ambos os policiais, Cupertino e Silva, consideravam aquilo tudo um absurdo.

— Conversou com o delegado responsável?
— Flamarion conversou. Anderson Deodoro. Conhece?
— Novo. Da pior safra. — E se permitiu um comentário maldoso, mesmo na presença do investigador de seguros. — Eles estão ficando piores, inspetor, sabia disso? Piores! Aposto que ele começou a reclamar do salário durante a conversa, não foi? — E dessa vez a indagação foi feita a Flamarion.
— Sim.
— Pois é. Era isca pra te pedir dinheiro. Se aceitasse a propina, ele arrumava um jeito do laudo dar tudo que sua seguradora precisasse, até que a mulher assassinada era filha do Papa. — E riu. Um riso amargo, acompanhado por Silva. Flamarion permaneceu silencioso e constrangido.

A porta abriu-se. Entrou um mulato magro, pequenino e com óculos de aros redondos, elegante e discreto. Estava com uma pasta de documentos embaixo do braço, que todos logo ficaram sabendo tratar-se das partes essenciais do inquérito que investigava a morte de Íris Alencar.

— Senhores, este é Eudes Bonfim, do Instituto de Criminalística. É um perito e dos bons.

Feitas as apresentações, sentaram-se todos ao redor das cópias do inquérito. Eudes fez uma ou duas perguntas ao inspetor Silva, principalmente diante das fotos e do laudo lacônico que descrevia o incêndio. Era um homem educado e de fala macia e tranquila. Destoava de todo o conceito que Flamarion tinha, até então, do que seria um "tira", um policial.

— O incêndio teria começado na cozinha, pelo botijão de gás. — Eudes não estava concluindo, mas narrando o que dizia, o pouco que dizia, o laudo. Então acrescentou:
— Mas não se sabe o que poderia ter causado o incêndio, que acabou em uma explosão que destruiu tudo, inclusive os indícios da causa do acidente.
— E foi isso que tornou impossível concluir a origem do incêndio... — Silva acrescentou.

– Sim, a causa até aqui é indeterminada. No entanto, se fosse um vazamento de gás, por que não se sentiu cheiro disso na vizinhança? E por que o fogo não começou no quarto, onde o casal fumava, e, sim, na cozinha?

– Por que na cozinha estava o botijão de gás? – arriscou Flamarion.

– Sim. De lá saía o gás. Ocorre que o gás sozinho seria incapaz de ocasionar o fogo ou a explosão. Precisaria de um elemento combustível, no caso, o fogo. Só assim inflama, incendeia, explode.

Silva interrompeu: – O casal estava na cama, onde presumivelmente fumavam. O gás poderia ter chegado lá, obviamente, porque o apartamento era pequeno, e então gerado o incêndio. Mas, aí, ele teria iniciado na sala ou no quarto, e nunca na cozinha, não é isso?

– Exatamente! Sem contar que cigarro aceso é quase impossível de provocar a combustão do gás vazando. – Eudes pareceu animado por ter alguém com o raciocínio tão aguçado quanto o dele. – E o laudo não titubeia, e nesse ponto é coerente em afirmar que a explosão se iniciou na cozinha. A destruição e o impacto vieram de lá. As colunas de fogo, que geraram tatuagens no reboco da parede, também demonstram isso. – E mostrou para Flamarion as marcas de chamuscamento do reboco da parede da cozinha, o que chamava de "tatuagem".

– Você concorda com o laudo? – perguntou-lhe Flamarion.

Eudes preferiu olhar para o chefe, o patrão, o delegado Cupertino, a quem respondeu diretamente: – Não teria elementos para afirmar que foi criminoso, mas certamente também não teria para dizer que foi uma causa natural, que foi um evento infeliz…

– Um acidente – completou Silva, como se tivesse que traduzir a Flamarion o que significava "infortunística". Pela primeira vez, Flamarion sentiu-se irritado com a postura algo paternalista que o inspetor mantinha com ele. Mas passou logo. A importância do raciocínio dedutivo daqueles dois, pela primeira vez, lançava alguma luz sobra a mecânica do crime, trazia provas para onde, até então, havia somente indícios e suposições. Era, na verdade, de se comemorar.

– Dá para refazer o laudo? – A pergunta do delegado Cupertino não era uma pergunta. Pelo tom da voz era uma ordem, e é claro que Eudes acenou que sim imediatamente. – Dessa vez por sua conta e responsabilidade? Vou requisitar o inquérito, vou conversar com a chefia. Uma nova perícia, agora, fica por tua conta, entendeu Eudes?

O jovem perito concordou. Silva interrompeu as ordens dadas pelo velho delegado:

– Podemos presumir que se o fato foi criminoso, o mecanismo utilizado também pereceu durante a explosão e o incêndio? – Era a pergunta que não queria calar na cabeça de Flamarion, e o inspetor a fizera por ele.

– Sem dúvida – respondeu Eudes. – Mas mesmo se a substância ou o mecanismo utilizado estiver destruído, dá para tentar descobrir qual foi, ao menos por exclusão.

– Como assim? – indagou Flamarion.

– Dá para descobrir, por exemplo, que não foi gasolina, que não foi álcool, que não foi bomba caseira, e por aí vai. – Era Silva quem esclarecia. Essa parte ele conhecia, e bem. – Até chegar ao que poderia ser e que não está descartado. Não é isso?

– Exatamente – Eudes sorriu, feliz de trabalhar com o famoso inspetor Silva, de quem tanto ouvira falar na academia de polícia. – Há, por exemplo, um dispositivo que poderia ser utilizado no caso, e que justamente por não deixar qualquer rastro de que foi utilizado, nos daria a certeza de que foi ele o causador da explosão.

– Quer dizer que, não se encontrando vestígio algum, mas sendo a ação criminosa, dá para saber com certeza que tipo de engenhoca o assassino usou? – Era, agora, Cupertino a perguntar, cada vez mais interessado naquele enigma.

– Perfeitamente, senhor. Há uma novidade no mercado. Já vi em laboratório, já ajudei a construir em uma oficina, e conheci na internet. – Eudes parecia se gabar, ainda que momentaneamente, enquanto fazia aquela breve introdução. – É o acelerador de plasma.

– Já ouvi falar dele – Silva acrescentou. Se havia ratos de biblioteca, ele era um rato de internet, ao menos para pesquisas e para acessar enciclopédias eletrônicas. – Ele concentra e expande o calor, de forma a causar a explosão não é?

– Exatamente. Coisa de profissional, de terrorista, mas com o tempo aprenderam a fabricá-lo em casa com baixo custo. Mas continua sendo coisa de profissional. – E para concluir, antes de apanhar o inquérito e sair do local: – Dr. Cupertino, eu quase posso afirmar que a explosão foi provocada, mas é necessária a evidência física.

– Entendo, entendo. – Cupertino apressou-se em esclarecer, dispensando e agradecendo o subordinado. – Vá em frente, rapaz. Tenho confiança de que me trará bons resultados. Seja breve e reporte-se diretamente a mim, ok?

Enquanto Eudes saía esbaforido, trombou com Arrudão, branco e pálido como um muro de cal corroído pelo tempo. Ele queria falar com Silva, era urgente, e não pareceu importar-se em interromper a reunião com o delegado Cupertino, que lançou ao detetive um olhar quase homicida diante daquela interferência inoportuna. Para salvar a situação, Silva pediu licença e saiu com Arrudão, deixando o delegado com Flamarion, que sequer teve tempo de puxar prosa com o homenzarrão. Logo depois, Silva voltou ainda mais carrancudo. Flamarion nunca o vira assim, não com "medo" – era uma palavra pesada –, mas "alarmado".

— A pessoa que colocamos para vigiar os suspeitos sumiu, com o carro, já faz quase duas horas. – Seu tom era lúgubre. Esperava pelo pior.

— Quem era? – perguntou Cupertino.

— Uma conhecida do Arrudão, que ele terceirizou para campanar o viúvo da vítima. – Diante da resposta do inspetor, o delegado Cupertino imediatamente colheu os dados de Sofia e do carro, e acionou com prioridade a polícia militar. Pediu uma busca urgente e uma resposta rápida, para o bem ou para o mal.

* * *

Ao ver Sofia desprotegida dentro do carro, aparentemente sequer armada, Carlos sabia que a mataria. Aquilo não o afetava, eram apenas negócios, e na sua profissão era necessário proteger-se. É claro que em casos assim, quando pegava algum inocente besta na hora errada e no momento errado, fazia o possível para encerrar as coisas logo, sem sofrimentos desnecessários.

Fez, também, o possível para acalmá-la. Ela não poderia dirigir e ler seus lábios ao mesmo tempo, então permanecia sorrindo enquanto a mandava dar a partida e sair da cidade. Foi essa a ordem que deu, com a arma encostando levemente na barriga da mulher. Enquanto ela saía com o carro, tirou dela o cinto de segurança. Embora houvesse o risco de serem parados por um guarda de trânsito, o risco muito maior era ela efetuar uma manobra perigosa e colidir o carro de propósito. Um conhecido seu morrera assim. Foi assaltar um motorista, que enfiou o veículo dentro da guarita do quartel da polícia. Com o motorista não aconteceu nada porque estava com o cinto. Com o assaltante o resultado foi fatal: vazara pelo para-brisa dianteiro do carro e dera com os chifres em um muro de cimento, esmigalhando o crânio. Então era necessário que Sofia soubesse que qualquer gracinha ao volante faria dela a primeira vítima, ainda que ele, Carlos, não tivesse tempo de atirar, o que ele duvidava muito. Era um grande profissional em sua arte, e para ser bom matando, só mesmo perdendo o medo de morrer.

Sofia simplesmente dirigiu até ver a avenida virar estrada, as luzes da cidade virarem faróis de outros carros e a civilização à beira da via de rodagem começar a ficar esparsa. Não sabia o que estava acontecendo e não conhecia o suficiente do mundo para achar que um cidadão que nunca a vira antes e que não parecia em absoluto com um bandido, fosse fazer mal a uma surda que chorava copiosamente. Seria maldade demais, meu Deus, até porque aquilo não tinha objetivo algum: o carro já era dele, ele era muito bem apessoado para querer sexo à força, e ela não lhe havia desfeiteado ou encolerizado jamais, até porque não o conhecia. Esses pensamentos tranquilizaram-na um pouco. Só um pouco.

    Continuou dirigindo até que Carlos cutucou sua barriga com o cano do revólver. Foi quando passavam por uma plantação que parecia milho ou cana, não dava para distinguir de noite. Já tinham saído da cidade havia umas duas horas, mas ela não sabia precisar a distância. Por conta do nervosismo, mal lera as placas de sinalização mais essenciais. Seu celular agora estava desligado e nas mãos de Carlos, que ela percebeu ordenando-lhe, novamente a escandir sílabas, que encostasse tão logo possível. Foi o que ela fez. Encostou o carro, Carlos tirou as chaves da ignição, deu a volta e tirou-a do carro. Isso lhe deu medo, mas quando ele mandou que ela desse a volta e passasse para o banco do carona, sentiu que, afinal de contas, sairia daquela com vida, como havia previsto.

    Ao virar as costas levou um único tiro à queima-roupa na nuca. Tudo escureceu e ela ia caindo quando Carlos deu dois ágeis passos adiante e a escorou. Morte imediata, sem dor, sem a agonia da espera, achando que estava livre. Do jeito que a pobrezinha merecia. E o melhor de tudo, sem risco para ele. As pessoas dão muita importância a barulho de tiros, mas isso é um grave equívoco. Nas grandes cidades, um tiro isolado pode passar despercebido mesmo dentro de um prédio de apartamentos. Pode vir da televisão mais alta do vizinho, do estouro de um pneu ou de um champanhe, ou de um rojão. No asfalto de uma estrada secundária como aquela, quando todos os motoristas passavam com os vidros levantados e os faróis altos, o risco era nenhum. Ou quase nenhum.

    O essencial era sair logo dali com o corpo, que colocou no banco do carona e, aí sim, afivelou com o cinto de segurança para que não desmoronasse em cima dele no resto da viagem. Seu rosto parecia tão angelical quanto o de uma beata de igreja. "Agora ela está no céu. Lá ela deve conseguir falar e ouvir perfeitamente", pensou. No fim, devia ter sido um favor para ela. Fez rapidamente o retorno, dirigindo o carro, e voltou para a cidade. Precisava desovar o corpo. Se a polícia o parasse, da forma como estava, Sofia passaria facilmente por sua namorada bêbada e desmaiada de porre, no banco do carona. Não conseguiria explicar seu cadáver no porta-malas, mas isso era para trouxas. Carlos tinha estilo. E só estava começando a matar.

PARTE 3

CARNIFICINA

13. SERÁ QUE ELA SABE?

O inspetor havia esquecido por um tempo os seus fantasmas, desde quando conhecera Flamarion, auxiliando-o naquele caso. Eram aqueles fantasmas que não o deixavam dormir direito, como são todos os fantasmas. E o pior deles era o homem que havia matado e que o forçara a adiantar sua aposentadoria. Era o seu pior pesadelo, porque Paulo Roberto Silva não gostava de cadáveres pesando-lhe na consciência. Não era um homem religioso, de frequentar cultos, mas teimava em acreditar que não temos o divino direito de ceifar a vida de nossos semelhantes.

Bastou, portanto, a possibilidade de Sofia ter partido desta para melhor para tirar o velho inspetor do sério. Tão logo saiu do escritório de Cupertino com a promessa já quase encaminhada de dar a ordem imediata de localização do veículo da moça, ainda na calçada defronte à delegacia, perguntou a Arrudão os detalhes conhecidos do sumiço e, em seguida, passou-lhe uma descompostura de cinco minutos. Obviamente, a severa advertência referia-se ao fato de ele, Arrudão, ter colocado a amante inocente, ingênua e extremamente amadora naquela jogada, que poderia ficar perigosa. E estava ficando.

– Como se não bastasse confiar tanto nela, colocá-la em um papel tão perigoso, ainda se "esquece" dela sem instruções durante a madrugada... – Silva não gritava. Não precisava gritar. Seu tom de voz, mesmo baixo, era todo decepção, era todo lamento e arrependimento.

Arrudão estava lívido e escutava silenciosamente o longo esporro do chefe. Silva, entretanto, parecia não terminar nunca. Falava um pouco, tomava fôlego. Arrudão pensava em intervir, em tentar defender-se, mas o inspetor arrancava novamente com a mesma arenga, com novas palavras e novos reclamos. Flamarion via a hora em que Arrudão iria vomitar, tão pálido estava, tão visivelmente nauseado e com medo encontrava-se. Aquele homem de quase dois metros de altura estava parecendo uma criança pega pelo bedel cabulando aula.

– Chefe – finalmente falou, quando achou que Silva terminara o sermão –, se eu pudesse voltar no tempo, jamais teria feito isso. – Tentou falar mais, mas a voz embargou e Flamarion acreditou ver, por trás daqueles olhos semicerrados que já haviam visto de tudo, que provavelmente já tinham até presenciado mortes diversas, algumas lágrimas prestes a rolar pela fronte abaixo.

Isso pareceu comover também Silva, que estancou seus impropérios antes do golpe de misericórdia. Olhou fundo nos olhos turvados de Arrudão para, em seguida, dar-lhe um "meio abraço", com uma das mãos batendo-lhe os ombros, omoplata roçando omoplata, e sorrindo, então, como um pai complacente. Era o máximo que ele chegava quando se tratava de protagonizar algum afeto.

– Deixe para lá. Vamos agir, está bem? – falou junto a Arrudão. Flamarion mal conseguiu ouvi-lo. – Ok?

– Certíssimo, chefe. – A voz recuperava alguma autoconfiança. Ao menos aparentemente.

– O que você já fez?

– Coloquei o Nunes para rastrear em volta do prédio, conversar com o porteiro, empregada, vizinhos, e ficar por lá. E estou rezando para que os suspeitos voltem.

Naquele momento já passaram a andar a passos largos, os três homens, até os respectivos veículos, Silva e Flamarion no sedã deste último, Arrudão na viatura policial que levara, com um colega ao volante para dar-lhe apoio. Não parecia com equilíbrio emocional suficiente para dirigir.

– Não acredito nisso. – O inspetor mais monologava, mais pensava alto, do que conversava com Arrudão ou mesmo com Flamarion. – Eles realmente empreenderam fuga. Foi tudo muito inusitado. A noite já passou e eles ainda não voltaram nem deixaram pistas. Eles claramente fugiram.

– O que faremos agora? – Flamarion perguntou. Arrudão lançou-lhe um olhar de extrema gratidão por colocar em palavras aquilo que ele ansiava saber e não tinha coragem de perguntar, demonstrando mais uma vez que estava aturdido, perdido e fora de controle.

– Vamos levantar o nome da amante do Nelson com o Professor Pardal. Afinal de contas, eles conversavam muito ao telefone e não me consta que ela estivesse no apartamento quando fizemos aquela visita, ou mesmo logo após.

– Acha que eles passaram por lá?

– Com certeza, Flamarion. A relação de Nelson com o primo é meio sádica. Não há entre eles qualquer afeto, lembra-se? A única pessoa que Nelson tem no mundo é a amante. Se você fosse dar o fora, sumir do mapa sem deixar traço e sem data de retorno, também iria procurá-la para se despedir, não é mesmo?

E os três fariam isso. Então ligariam para o Professor Pardal naquele instante, para conseguir o mais rápido possível o endereço de Mucama e ir até lá. Se o fizessem, evitariam mais uma tragédia. Só que a sorte (ou o azar) conspirou contra eles. O celular de Silva tocou. O inspetor não ia atender, mas era Cupertino, o homem que estava agora por trás da busca por Sofia. Então atendeu, enquanto seus dois acompanhantes observavam mudos, respiração suspensa. Silva não agradeceu ao desligar. Apenas desligou.

– Encontraram. – Seu olhar era soturno, cravado em Arrudão. – Encontraram o corpo. Ainda dentro do carro e não muito distante do apartamento.

Arrudão escorou no carro para não desmoronar. Estava catatônico, em estado de choque. Flamarion, que não suportou ver isso, colocou a mão em seu ombro para ampará-lo. O efeito foi zero. O homem parecia um zumbi.

– Vá para casa – falou, por fim, o inspetor. – Você está fora até segunda ordem, entendeu? Não quero vingadores trabalhando comigo.

– Eu quero vê-la. – Sua voz era um fiapo, um resmungo infantil.

– Vai vê-la no velório. – Silva manteve o ar professoral. – Nossa profissão é assim e você sabe disso. Não se martirize. O destino já te puniu o suficiente. E fique tranquilo, Arrudão.

– Tranquilo? – Ele se empertigou todo. O velho chefe o despertara. Como, diabos, ficaria tranquilo quando aqueles vagabundos criminosos haviam matado a mulher que amava?

– Fique tranquilo – repetiu o inspetor. – Nós vamos pegá-los. Tem a minha palavra. – Voltou-se para Flamarion: – Vamos até o local. Quero ver o que achamos no carro.

***

Mucama morava com o filho em uma casa de subúrbio, um barracão de fundos alugado pela senhoria, que pouco parava na casa da frente, a principal do terreno. Nelson e Ramón passaram lá rapidamente e Ramón sequer desceu do carro, enquanto via o primo descer e ser recebido pela amante. Lá dentro, e sem que o primo visse, Nelson abraçou Mucama e a criança e debulhou-se em lágrimas sentidas ao mesmo tempo em que a apertava em seus braços e lhe colocava um bolo de dinheiro em uma das mãos.

– Não quero isso se não terei você comigo – foi o que ela disse, aquele sotaque sulista já mineirizado pelo tempo, do qual Nelson jamais se esqueceria.

– É só por um tempo – respondeu, recompondo-se. – Alguns policiais malucos estão criando problemas por conta da morte da minha ex-mulher. Não querem pagar o seguro. Estou indo cuidar do caso, pensar com calma e tirar a polícia do meu pé. Logo venho te buscar.

– É alguma coisa grave? – Aquela mulher forte já havia passado por muita coisa ruim na vida, mas alguma coisa lhe dizia que o pior ainda estava por vir.

— Não se preocupe. Apenas aguarde, me espere e cuide de seu filho. — E também abraçou o "guri", como ela o chamava, e ele também estava aprendendo a dizer. Nelson despediu-se amargurado, não sem antes instrui-la a não confiar em ninguém com nenhum recado e dizer a quem o procurasse por lá não saber do paradeiro do "ex-patrão". Aliás, Mucama disso não sabia, mesmo, e de nada adiantaria perguntar.

Depois que os dois saíram, Ramón cantando pneus ainda imbuído de seu novo papel de "piloto de fugas", Mucama voltou para dentro a fim de fazer o que sempre fazia: arrumar a casa, cuidar do guri e esperar. Sua vida inteira fora essa rotina, que a cansava bastante e a fazia lembrar-se de sua vida de criança, no sul, na pequena gleba de terras em que viera ao mundo nas mãos de uma parteira da vila, conhecida de sua mãe. Às vezes, punha-se a pensar que aquela seria uma vida muito mais fácil se a gente se apegasse às origens e delas não se afastasse para se aventurar por este mundo de merda.

Passaram-se algumas horas, o filho de 3 anos via TV, quando tocou novamente a campainha, que Mucama foi atender distraída. No meio do caminho, no entanto, riu-se do fato de que nunca era visitada por quem quer que fosse, aquela campainha nunca tocava, e justamente naquele dia tocara duas vezes, a primeira por um motivo tão especial, que ainda lhe embargava o espírito. Nem lhe passou pela cabeça ligar o novo incidente ao alerta derradeiro de Nelson, porque passara tão pouco tempo que ainda não digerira o suficiente seu papel de mulher de fugitivo procurado pela polícia. "Meu Deus, parece que estou numa novela!", pensou. E atendeu a porta.

O homem que a esperava tinha um sorriso fixo e frio, de canto de boca, cabelo cortado rente, era alto e corpulento, de idade indiscernível. Na hora observou que ele estava muito rente à porta que ela abrira, de forma a não permitir que de fora se visse o que ocorria dentro da casa, ou mesmo quem atendia a porta. E vice-versa. Ele tapara totalmente a visibilidade de Mucama, para quem, naquele momento, era impossível ver se havia alguém com o sujeito, se ele viera de carro, se havia alguém na rua. O grandalhão tapava-lhe totalmente a visibilidade e, o mais importante, na prática, impedia-a de fechar-lhe a porta na cara.

— Olá — ele falou com uma voz sem sotaque e quase sussurrada. Era educado, não parecia bandido. Quem sabe um policial? Isso a sossegou um pouco. — Preciso falar contigo sobre o Nelson.

— É da polícia? — ela perguntou, inesperadamente. Aliás, inesperadamente e de forma imprudente, típico de uma caipira do interior do Rio Grande do Sul que nunca havia visto o mar. E não iria vê-lo, não nesta encarnação.

— Pode-se dizer que sim. — E foi entrando, com uma naturalidade que a espantou. Impôs sobre ela uma autoridade que, inclusive, fez com que se afastasse da soleira da porta para que o estranho homem entrasse e, já lá dentro, visse seu filho sentado no sofá da diminuta sala. O menino sorriu-lhe.

— Que menino bonito! Qual o seu nome? — Por mais que aquele homem se esforçasse, não conseguia ser natural com crianças.

— Estevão — disse o menino, ressabiado. Comia pipoca, para a qual olhou, sem saber se oferecia ou não ao estranho.

— Estevão. Bonito nome. Antigo. — E foi chegando perto do sofá em que estava o menino. — Deve ser nome de família, de tio ou avô. Você tem tio ou avô chamado Estevão, não tem?

— Avô. — O menino estendeu a mão com uma porção de pipoca para o estranho, que aceitou o regalo da mão tenra do moleque, de onde apanhou suavemente a oferenda.

— Eu sabia! Meu nome é Carlos, mas não é o nome do meu avô. Parece que você ganhou essa, garoto de sorte. — E sentou-se no sofá, virando-se para Mucama: — Precisamos conversar, minha senhora. E é importante.

Era estranho como agora o visitante era quem dava as ordens. Mas o fato é que Mucama atendeu-o prontamente, sentando-se. Carlos brincava com a criança com uma mão, enquanto a outra pendia, estranha e flácida, ao longo do flanco e do jaquetão aberto, de onde se antevia uma arma de fogo acondicionada em um coldre. Era algo para, de estalo, sobressaltá-la, mas logo lembrou-se que, naturalmente, ela estava lidando com um policial, e nada havia de alarmante em um policial andando armado.

Enquanto brincava com o pequeno Estevão, que se aninhara no sofá para bater palmas, Carlos mantinha um sorriso infantil. Foi quando dirigiu-se para a mãe do menino:

— Vim procurar Nelson. Ele e Ramón estiveram aqui, não estiveram?

Mucama olhou para ele, pensando no que responder. Carlos sequer parou de olhar para o garoto, mas ela sentia, percebia, que, na verdade, toda a sua atenção estava voltada para ela. Ele e Estevão brincavam no sofá, diante da televisão, enquanto ela estava sentada em uma poltrona coberta por uma colcha de retalhos que escondia os rasgos no forro de couro. Fora o último presente de Íris em vida, ela, que se utilizava de Mucama para desfazer-se de tudo o que sobrava e estragava em sua casa, como se fosse mais fácil doar-lhe do que jogar fora. E queria que Mucama se sentisse feliz e grata com isso. Ao contrário, ela nutria um nojo extremo pela patroa, principalmente pela forma como ela tratava tão mal um marido tão carinhoso como Nelson, e não vertera uma lágrima sequer quando soube de sua horrível morte.

A resposta demorou, mas Carlos não chegou sequer a encará-la. Não precisava, era como se tivesse olhos na nuca, ele, que, ao menos aparentemente, era todo atenção ao menino. O que Mucama não sabia era que controlar o guri, estar com ele a ponto de poder fazer-lhe mal repentinamente, era a melhor maneira de controlar a mãe. Isso Mucama não intuiu, apenas achou besteira mentir para o suposto policial, afinal de contas, pensou, o que eu sei? Nada! Não sei onde Nelson está, e é isso que vou dizer a ele. E disse:

– Passou aqui com o primo, falou que estava viajando, se despediu e prometeu voltar. Não sei para onde foi.

Finalmente, ele olhou para ela, como um mestre de cerimônias que não se surpreende com o convidado que derramou um copo transbordando de vinho sobre a mesa. Parecia que aquele detalhe, aquela resposta, era esperada pelo assassino.

– Não sabe? Isso veremos. – E sorriu, mas o sorriso não acalmou Mucama. – Como se chama?

– Tereza.

– Também é um nome bonito, Tereza. – Enfiou a mão no bolso e tirou um vidrinho, parecia uma ampola. Mostrou-o para Mucama. – O menino toma leite. Faça o leite dele e coloque isso aqui no meio. Mas só meio frasco, hein? Uma dose inteira o fará acordar lá no céu. Só queremos que ele durma.

– O quê? – Ela surpreendeu-se e indignou-se com isso, afinal, era mãe. Mas Carlos era profissional, sabia tranquilizar suas vítimas. Por mais fracas que fossem, pessoas em desespero viravam heróis, faziam escândalo, davam trabalho. O segredo do trabalho bem feito era a calma e o silêncio.

– Tereza. – E pôs-se a explicar, didático, professoral, praticamente um pediatra receitando um remédio. – Você vai pô-lo para dormir rapidamente com isso. Depois iremos conversar. Nada de mal ocorrerá com ele, eu lhe prometo.

Ela permanecia sem entender nada, e veio-lhe o pânico, junto às lágrimas que, de repente, saltaram-lhe dos olhos. Estevão notou e começou a observá-la, como se tentando entender, dentro de seu universo, o que estava acontecendo. Ela não tinha reação, estava atônita, não conseguiria sequer tranquilizar o filho. Carlos prosseguiu:

– Eu estou armado e, se quisesse, teria matado vocês dois, não acha? Só quero que ponha o menino para dormir. Ele não me interessa. E, se não o fizer, vou machucá-la na frente dele, entendeu? – Seu rosto, o tom de voz, não davam margem para qualquer dúvida. E ela entendeu, mas permaneceu embasbacada e paralisada de pânico.

– Não queremos traumatizar a criança, queremos?

Ela não queria, e levantou-se, trôpega, e foi até a cozinha. Pegou leite, derramou um pouco, pôs na leiteira, queimou o dedo acendendo o fogão. Pegou o achocolatado para misturar, como o filho gostava, talvez intuindo que essa era a última refeição que serviria ao pequenino. Enquanto aguardava, aos prantos, tremendo, o leite ferver, ouviu novamente o chamado de Carlos: "Tereza!". Não era um grito, mas era uma ordem peremptória. Voltou à sala. Agora o menino estava malditamente, desgraçadamente, no colo daquela criatura abominável.

– Você esqueceu o frasco. – E estendeu para ela a única mão livre. A outra envolvia o pescoço do pequenino, que agora pulava em seu colo e brincava de *cowboy*, sorrindo e feliz. Era fácil para aquele homem torcer o pescoço de Estevão. Ele o faria com dois dedos, se quisesse. E não hesitaria, Mucama teve a certeza disso. Apanhou o frasco. – Não se esqueça! Só meia ampola, hein? – E sorriu, continuando a brincar com o menino.

Até onde o desespero nos leva? Apesar do pânico, Mucama pensou em todas as suas alternativas, inclusive aquelas mais tresloucadas: atracar-se com Carlos, correr e berrar por socorro, beber ela própria a ampola inteira e dar logo um fim a todo aquele sofrimento... Mas acabou fazendo o que ele havia lhe mandado. A visão do filho no colo do facínora, sua mão no pescoço do menino, o sorriso doce e inocente da criança, fizeram-lhe colocar seu destino, e o do filho, nas mãos daquele sujeito. Afinal, se era polícia, não iria matá-la nem a Estevão. Só queria fazer perguntas, não é mesmo? Por que não acreditar na melhor hipótese?

O menino dormiu poucos minutos depois de tomar o leite com achocolatado e a poderosa droga que Carlos mandara-lhe misturar. O resto da ampola ficou em cima da TV da sala. O menino dormiu nos braços do assassino, que a certo tempo solfejou baixinho uma velha cantiga de ninar para apressar o longo abraço de Morfeu que fora preparado para o pequenino. Tão logo dormiu, Carlos entregou-o à mãe, que o apanhou no colo.

– Coloque-o no quarto dele, feche a porta e volte. – Havia menos doçura na voz.

Mucama entrou no quartinho do filho, carregando-o no colo. Deitou-o na pequenina cama, que recém-substituíra o berço, e aninhou-o na coberta. Não se conteve e beijou-lhe a face. Nesse momento, teve a mais estranha e absoluta certeza de que estava dando adeus ao menino, e veio-lhe uma angústia absurda, que apertou sua garganta como o punho de mil homens. Ficou tonta de desespero e ia cair, ou achou que ia cair, ali mesmo, no chão do quarto, quando uma mão forte, esta verdadeira, amparou-a pela cintura, de maneira suave, mas resoluta. Era Carlos, que a retirou rapidamente do quarto, fechando a porta atrás de ambos.

Na sala iluminada, pôde vê-lo de perto. Aquele homem não era, definitivamente, um policial, verdade à qual chegou tardiamente. Além de não ter se identificado hora alguma, era resoluto e tranquilo como somente uma ave de rapina prestes a apanhar sua presa poderia ser. Além do mais – e isso tudo Mucama raciocinou em átimos de segundo, com os olhos hipnotizados pelo olhar de Carlos, os corpos de ambos colados no limiar entre a sala e o quarto –, estava sozinho, e essa gente trabalha somente em dupla, como nos filmes. Não, ele não era policial. O que só tornava a coisa cada vez pior.

– Você vai poupar o meu tempo e o seu tempo se me disser para onde foram Nelson e o outro. – Ele não falara em poupar sua vida... Por que será?

Ela balbuciou que não sabia. Quase um resmungo. Mal dava para ouvir.

– Está bem. Então vamos levar isso adiante – disse, e soltou-a. Como sempre, uma estratégia para que ela se sentisse livre, ainda que por poucos instantes. – Tire a roupa.

Ela tentou afastar-se, meneando negativamente a cabeça e começando a chorar convulsivamente. Ele deu-lhe um tapa, quase um soco, que a fez rodopiar e cair semi-inconsciente no chão de linóleo recém-encerado. Bateu com a cabeça no piso, sangrando tanto por ela quanto pelo nariz, no qual a pesada mão de Carlos havia batido sem piedade. No caminho, derrubou uma mesa e terminou de quebrar a poltrona coberta de retalhos que ficava em frente à TV. Perdeu os sentidos. Quando acordou, Carlos havia feito o serviço para ela: estava deitada na cama, nua, como viera ao mundo, mãos amarradas na guarda da cama, pés atados a um cinto apertado, amarrado a um lençol e ao pé da cama. Sua cabeça e seu rosto doíam-lhe horrivelmente quando abriu os olhos, e quando os abriu viu Carlos.

– Antes de ir embora, tenho que ter certeza de que você não sabe, mesmo, do paradeiro do seu amante. – Ele recobrara o tom didático. Ela viu que em uma de suas mãos havia um vidro de álcool de cozinha, no outro um chumaço de pano. Seu pânico não foi maior porque não havia espaço em seu coração para mais medo.

– Meu filho... – falou. Não só estava preocupada com ele. Queria-o junto de si naquela derradeira hora, como se a protegê-la com a santidade do amor maternal. Quando falou, veio-lhe gosto de sangue na boca e algo doeu em sua gengiva, talvez algum dente hesitando em cair por conta do safanão que havia tomado.

– Não se preocupe com seu filho. Eu já lhe disse que ele dorme o sono dos justos, e você só apagou por vinte minutos. – Ele continuava olhando para o corpo nu de Mucama. – Foi o tempo de tirar sua roupa e trazê-la para cá, Tereza! Que corpo bonito você tem.

Largou o frasco de álcool em um canto e alisou-lhe a coxa branca, de uma brancura de mármore. Passou-lhe a mão até quase o sexo, tão louro quanto o seu cabelo. Enquanto o fazia, continuava falando, como se a acalmá-la.

– A maioria das mulheres bonitas que conheço não se ligam a perdedores como o Nelson. – E olhou bem fundo nos olhos dela. Ela perscrutou neles cobiça e luxúria, dois dos pecados capitais, mas aquele monstro já passeara no inferno, tirara férias no purgatório e conhecia todos os males do mundo de cor e salteado.

– Você, no entanto, é uma exceção – ele continuou. – Quero saber se também é uma exceção ao se calar sobre o paradeiro do amante. Noventa por cento das mulheres já teria delatado o macho por conta do filhote. Mas há uns dez por cento que são duronas, resistem, amam mais ao amante do que ao filho, ou acham que me fazem de bobo. Seria você uma dessas?

Ela fez que não com a cabeça. Carlos sequer percebeu. Estava longe, em transe, e naquele momento recitava um monólogo, um monólogo cuja participação de Mucama era totalmente desnecessária.

– Vamos ver se você sabe ou não de alguma coisa. A dor extrema certamente vai nos revelar a verdade. – E tirou a mão das coxas lisas de Mucama, apanhou o trapo de pano e colocou-o com força na boca da mulher, improvisando uma mordaça que apertou sem dó entre os lábios e dentes semicerrados dela, dificultando-lhe a respiração, cortando a carne fina do canto da boca.

Em resposta, ela debateu-se, mas, toda amarrada, seu esforço era inútil. Carlos sentou-se sobre ela, debruçando-se em cima de seu ventre, quase sentando-se ali. Em sua cintura ainda pendia o coldre com a arma dentro, foi o que Mucama observou enquanto tentava respirar pelo nariz e desvencilhar-se daquele leito de morte. Próximo ao coldre, no flanco de sua cintura, viu um cabo de alguma outra coisa, talvez uma faca...

– Bom, a história agora é muito simples. – E apanhou outro trapo de pano, molhou de álcool, devolvendo o litro para o criado-mudo ao lado. Para fazê-lo, esticou-se todo. – Vou te causar tanta dor, tanto sofrimento, que se você souber, falará. Se não falar é porque não sabe mesmo.

E enfiou o trapo de algodão embebido em álcool nas duas narinas de Mucama, dividindo o trapo em dois, enchumaçando-os buraco adentro do nariz, rasgando a fina carne das narinas. Avermelhou-se o rosto de Mucama, que tentava respirar. Em vez de ar, só lhe vinha ardume. Era como um paciente com enfisema pulmonar em seu derradeiro esforço respiratório. Só que quando inspirava ar, vinha fogo. Seus olhos lacrimejaram e os pulmões encheram-se de uma dor horrível. Ela debatia-se, mas a falta de ar tirava-lhe as forças.

Carlos retirou o chumaço do nariz, que voltou a sangrar. A cara toda estava muito vermelha, parte rubor, parte sangue. Os olhos de Mucama, estatelados, miravam Carlos como se, sozinhos, pediam-lhe, pelo amor de Deus, que a matasse logo. Ele falou pausadamente, com uma calma estranha para quem executava tão hedionda tortura:

— Vou tirar a mordaça. Quero saber onde eles estão. Não grite ou minta. — Sua voz ficou mais séria. Seria possível que estivesse se divertindo? — Se mentir, eu saberei, e, então, escalpelo e capo seu filho na sua frente.

Ele retirou a mordaça. Mucama só chorava e puxava o ar. Não conseguia dizer nada. Não tinha cabeça para inventar mais nada. Sua cabeça latejava doidamente, mas seus pulmões lacerados, sua traqueia, seu nariz, doíam tanto que a cabeça tornara-se um detalhe longínquo.

— Onde eles estão? — falou alto e claro, e olhou nos olhos dela. Parecia o lance final de um leilão.

Ela não respondeu, não conseguia responder e não sabia. Carlos entendeu.

— É. Você não sabe mesmo. — Sem sair de cima dela, amordaçou-a novamente, rapidamente, com força. Ela balançava a cabeça e grunhia para que ele não repetisse aquele tormento. Ele a olhou, tranquilamente. — Não tenha medo. Não vou te entupir de álcool de novo.

Ela pareceu relaxar. Era a deixa. Ele, ainda agachado sobre ela, sacou da faca que mantinha à cintura, e em um gesto rápido degolou-a, de orelha a orelha. E foi embora em seguida, enquanto o menino dormia, ressonando, no quarto ao lado.

**

A polícia tinha interditado aquele trecho de quarteirão em frente ao apartamento de Nelson. O carro que Sofia dirigia, um pequeno Ford prata que jamais chamaria a atenção e que se perderia facilmente no caos da imensa frota que trafega diariamente pelas ruas das grandes cidades, tinha sido cuidadosamente estacionado naquela rua. Inclusive, estacionado conforme as leis de trânsito. Estava trancado e, após encontrado, tiveram que o arrombar para encontrar o cadáver da pobre mulher deitado no chão do banco traseiro do veículo.

Agora, além dos policiais militares, Silva e Flamarion rodeavam a cena. A perícia começava a movimentar-se e era impossível mexer no cadáver até que exames prévios fossem realizados e fotos do local do crime tiradas. Mesmo assim, o inspetor abaixou-se próximo do corpo de Sofia, para tanto enfiando o tronco dentro do veículo, e depois, com a autoridade de um velho tira a quem todos respeitam, calçou luvas e entrou na parte da frente do carro, começando a mexer no seu painel.

Flamarion, após ser apresentado a um dos policiais pelo inspetor Silva, também bateu algumas fotos para seu relatório para a seguradora. E enquanto o fazia não parava de pensar em como aquela história, que tinha começado como um sinistro mal resolvido, estava descambando para alguma coisa muito, muito difícil de controlar.

Silva saiu do carro e encontrou-se com o colega. Estava carrancudo como Flamarion jamais o vira. Uma característica do inspetor, que só então vinha à tona, era a de que detestava defuntos. Tinha ojeriza extrema a homicídios e considerava a tomada da vida de um ser humano um erro do destino, um desvio grave de conduta, principalmente quando ocorria durante suas investigações. Aí, então, ele começava a sentir-se culpado por não ter agido rápido o bastante para evitar o jorro de sangue.

– Nada no carro – disse, mais para si próprio do que para Flamarion. – E um tiro só, na nuca, dado por trás. Nenhum sinal de luta. – E aí, sim, prestou atenção no parceiro. – Amigo, esse é o terceiro cara.

Apontou para o veículo, como se apontasse para uma pessoa. E continuou:

– Um verdadeiro profissional. Nelson e Ramón já haviam saído do prédio, em fuga, depois da nossa visita. – E apontou para o alto, para uma das janelas do prédio de Nelson. – A moça estava aqui vigiando, talvez desatenta o suficiente para ser identificada pelo nosso terceiro elemento.

– Ele a viu e entrou no carro. – Flamarion interrompeu e disse.

– Sim. – Silva estreitou os olhos. Uma dor de cabeça começava a insinuar-se, latejante, intermitente e teimosa, daquelas que remédio algum extirpa. – Mas ele não a matou aqui. Não no horário em que provavelmente se deram os fatos.

Eram dez horas da manhã. A última notícia que Arrudão tivera de Sofia fora na noite anterior, por volta das dezenove horas. Rua quarada de gente e carros, naquele bairro central, até pelo menos umas onze da noite. "Não", pensou o inspetor Silva. "Ele a retirou daqui, matou e voltou".

– Se ele a matou longe daqui, por que voltou com o corpo e o cadáver? – A indagação de Flamarion "procedia", como gostava de dizer um amigo do inspetor, promotor de Justiça.

– Flamarion, estamos falando de um assassino profissional. – A essa altura, o velho policial já havia anotado novos dados em seu caderno de notas, que guardou antes de prosseguir. – Não se esqueça do que já levantamos da vida de Ramón. Era um contrabandista e traficante ligado a uma organização forte de bandidos, e essa gente tem pistoleiros de aluguel. Por causa de Nelson, Ramón contatou um desses caras, que é bem mais meticuloso e perigoso do que havíamos pensado.

– Continuo não entendendo por que ele fez isso, por que retornou ao local de origem.

Silva acendeu um Marlboro. Já havia tentado parar de fumar certa vez, logo que se aposentou, mas a nicotina ajudava-o a pensar. Era-lhe impossível ler um livro ou jogar uma partida de xadrez com o pai sem dar umas tragadas. E, agora, mais do que nunca, precisava pensar rápido.

– Nos coloquemos no lugar do assassino. – Olhou diretamente nos olhos de Flamarion, chegando mais para trás e para longe da cena do crime, porque o carro da perícia acabava de chegar. Dois policiais saíram do carro, com idade ainda insuficiente para barbearem-se todos os dias, de tão novos que eram. Silva continuou:

– Você vê que seus comparsas estão sendo vigiados, os vê fugindo, e entra no carro da mulher que os campana. Provavelmente de arma em punho, desde logo a rende. Está me acompanhando?

Flamarion acenou que sim.

– Muito bem. A primeira pergunta que surge é por que o assassino fez isso. E acho que sei a resposta.

– E qual seria?

Silva deu mais uma tragada antes de continuar:

– Não queria que os comparsas fossem seguidos, por isso impediu que Sofia os seguisse. Queria tirar dela informações, procurou um local ermo para fazê-lo, mas percebeu que era surda-muda.

– Coitada... Ela deve ter sofrido maus pedaços... – Flamarion permitiu-se dizer, e Silva parou um minuto, quase como se homenageasse a morta. Seu coração, é fato, era de mármore, era duro, já passara por muitas mortes violentas ao longo da vida, mas lamentava todas profundamente, do fundo de sua alma, principalmente aquela, de uma amadora, de uma inocente, de uma portadora de necessidades especiais, uma deficiente que Arrudão, de maneira atabalhoada, inserira naquela trama infeliz.

– Prossigamos, Flamarion. Foco aqui é muito importante – disse, também para si mesmo. – Por isso ele levou Sofia daqui. Lá, não conseguiu nenhuma informação, porque ela pouco sabia e porque, afinal de contas, não poderia esclarecer as dúvidas que o nosso suspeito queria ver explicadas.

– Por exemplo?

– Quem somos e até onde sabemos, principalmente.

– Ok. E aí ele se dá conta de que Sofia não tem mais utilidade alguma. Por que ele a descarta?

– Exatamente! – Silva estava genuinamente satisfeito com a argúcia do colega de investigações. Ele finalmente acompanhava seu raciocínio. – Essa é a próxima pergunta que temos que nos fazer: por que ele a matou? A resposta é simples: para não ser identificado depois. Não se esqueça, ele é um profissional.

Os peritos imberbes chegavam ao cenário do crime. Um dos policiais apontou para Silva e Flamarion e cochichou no ouvido de um deles, o menos jovem, certamente explicando quem eram. Os recém-chegados não deram muita bola para o velho inspetor e seu acompanhante e prosseguiram com o trabalho, com pressa de terminá-lo logo e ir embora. Nenhum deles era Eudes.

– Para terminar o que sabemos até aqui há mais uma pergunta a ser feita.

Silva terminou o cigarro, jogou a bituca no chão e pisou em cima. Uma velhinha que assistia à movimentação policial ao redor do carro e da moça morta, por trás da faixa de isolamento colocada ao redor, olhou-o com reprovação.

– Como você mesmo disse, por que ele voltou pra cá?

– Essa é mais difícil.

– Perceba que ele supôs com razão que logo, logo, os colegas de Sofia dariam pela falta dela. Sendo, certamente, policiais, colocariam a boca no trombone e dariam o alarme, e o carro em que ela estava seria procurado nas redondezas. Era preciso livrar-se do carro, a única coisa que permitiria à polícia encontrar o assassino.

– Ele bem poderia ter desovado no mato tanto o carro quanto o corpo da pobrezinha…

– Aí ficaria sem condução. – E Silva não perdeu a piada: – Essa gente, meu amigo, não anda de ônibus coletivo, de lotação. Ele teria que roubar um carro. Se já tinha um, voltou para ele…

– Justamente aqui! – E Flamarion surpreendeu-se ao chegar à conclusão que sempre estivera exposta na sua cara, como uma ferida aberta.

– Exatamente. Ele veio de carro até aqui, sequestrou Sofia e depois a matou. Precisou voltar com o cadáver e o carro da vítima para apanhar de volta seu veículo sem despertar suspeitas.

Tudo bem, haviam reconstituído parcialmente os passos do assassino até ali, mas faltava mais. Qual seria o próximo passo daquele matador? Enquanto falavam disso, chegou o rabecão com o pessoal da Medicina Legal, com aquelas lonas em forma de saco de dormir para guardar defuntos, e foram encontrar-se com os peritos que trabalhavam dentro do carro. Em minutos, retirariam de lá o corpo de Sofia, que levariam para a necropsia em alguma sala fria repleta de azulejos brancos e cheiro de formol. Presenciando a cena, Silva e Flamarion pensaram, quase ao mesmo tempo, que era necessário pôr fim aos cadáveres naquela história toda, para que o destino infeliz daquela pobre mulher não se repetisse. Novamente, o passo seguinte ficou a cargo do inspetor:

— Se você fugisse levando a tiracolo o comparsa, não deixaria de passar na casa da amante para se despedir dela. — Não era uma pergunta, era uma conclusão. — Como eu já disse, ele foi procurar a ex-empregada, sua atual amante. Vamos tratar de descobrir onde ela mora.

— Você acha que o Professor Pardal descobre isso fácil?

— Acredito que sim. Eles se falaram muito ao telefone nestes dias. Basta que o Professor Pardal rastreie o celular de Nelson. Hoje, todos têm a localização por satélite. — E ligou, sendo prontamente atendido pelo *hacker nerd* que o assessorava. Trocou duas palavras com ele, disse que era urgente e desligou.

— Ele resolve rápido?

— Deve me ligar em alguns minutos.

Enquanto esperavam, mais gente aglomerava-se ao redor do cordão de isolamento. Rapazes indo para o trabalho, garis que varriam rua, o jornaleiro da esquina, desempregados e, segundo Flamarion discerniu, até mesmo um mendigo. Então um homem corpulento atravessou a multidão, fazendo com que aqueles mórbidos espectadores chegassem para o lado para deixá-lo passar sem sequer a necessidade de empurrá-los, de tão espadaúdo que era. Não foi difícil, portanto, reconhecer o delegado Cupertino quando ele aproximou-se mais e um dos policiais militares retirou para ele o cordão de isolamento. Os peritos e os legistas empertigaram-se, mas Cupertino ignorou-os. Foi ter direto com o inspetor Silva:

— A coisa ficou mais séria, hein? — O tom era de lástima, não de crítica, porque ambos os policiais respeitavam-se mutuamente. — Deveria ter me procurado antes…

— Não acreditávamos que existissem mais suspeitos fora da campana — esclareceu Silva. — Esse terceiro elemento, que até então não tínhamos a certeza se existia, mostrou-se surpreendentemente violento, e Arrudão ainda ajudou a esculhambar tudo colocando uma amante amadora para ajudá-lo na campana.

Cupertino fez um muxoxo de solidariedade e lamento e só então olhou para a cena do crime da qual os legistas, que pararam de aguardar inutilmente por alguma satisfação do delegado recém-chegado, começaram a remover o corpo, já envolto na lona característica, em direção ao rabecão e, de lá, para o necrotério.

– A propósito – prosseguiu Cupertino –, Eudes fez uma análise preliminar e, de posse do relatório do Corpo de Bombeiros, pôde afirmar que o calor gerado pela explosão é incompatível com a explosão de um botijão de gás.

– A hipótese do acelerador de plasma ganha força – arriscou-se Flamarion.

– Exatamente – Silva disse. – Rápido o seu perito, hein?

– Dos melhores. – Cupertino quase não conseguia esconder o orgulho que nutria pelo pupilo.

Nesse instante, o telefone de Silva tocou. Flamarion, de imediato, pensou que não era só o perito Eudes o cara rápido daquela investigação. Eles também tinham o seu ligeirinho, o Professor Pardal. Silva colocou no viva-voz:

– Inspetor, ela mora próximo da estação de trem, Rua Hermeto Paschoal, 212. – A voz anasalada da ligação não escondia alguma estranha apreensão do Professor Pardal, o que não era em absoluto comum nele. Flamarion gelou.

– Copiado – afirmou Silva.

– Ah, inspetor... Há outra coisa com esse endereço. Bem estranha. – Então, Flamarion estava certo quanto ao toque assustado na voz do Professor.

– O quê?

– Cruzei dados e as informações da forma que a pressa permitiu fazer. O endereço da tal mulher, cujo nome é Tereza e o suspeito chama de "Mucama", é esse mesmo. O que achei estranho é que a polícia já está lá...

– Como?

– A polícia já está no local. – O Professor Pardal repetiu, falando pausada e claramente. – Encontraram alguém morto lá.

Silva desligou. Os três homens entreolharam-se antes de entrarem em seus carros e seguirem para o endereço fornecido. A temida sequência de cadáveres estava longe do fim.

14. DESMANCHE

O que Ramón conseguiu com seus contatos no submundo do crime, para que se escondessem, foi aquele ferro-velho abandonado, na verdade, um desmanche de carros, com sucatas e carcaças de veículos apodrecendo em um pátio de terra e barro que circundava um sobradinho de dois andares, com um escritório e um banheiro (mais parecia latrina) no andar de baixo, e um quarto conjugado com cozinha no andar de cima. Um pavimento ligava-se ao outro por uma escada externa de ferro.

Depois que fugiram do apartamento, saíram da cidade e foram parar na garagem de um amigo de Ramón, um sujeito não muito honesto que negociava carros em uma cidadezinha vizinha. Na realidade, o cara escondia-se ali da polícia, fazia seus rolos recebendo e repassando carros de procedência duvidosa, em uma empresa de fachada aparentemente honesta. Era mais fácil não ser percebido pela polícia atuando assim. Pelo menos era o que ele pensava.

Seu nome era Raul e recebeu Ramón e Nelson com um sorriso cortês. Era um cara experiente e quando viu a pressa dos dois não perguntou muita coisa, deu uma olhada no carro novo de Nelson, ofereceu pouco mais da metade do preço, e quando Nelson foi ensaiar uma reclamação, Ramón já fechara negócio. Utilizaram parte do dinheiro para comprar um modelo popular seminovo, com o qual saíram rapidamente do local, deixando para trás o tal Raul com uma risadinha de canto de boca na porta da revenda, imaginando qual seria a merda tão grave que os dois teriam aprontado para fazer um negócio ruim daquele jeito e naquela pressa toda.

— Agora é passar tua grana pro nome da tua namorada — disse o "piloto de fuga" Ramón, ao volante. — Aqui mesmo tem uma pequena agência do seu banco. Você vai lá, fala com o gerente e transfere a grana. Deixa só algum para não despertar suspeita e cobrir os borrachudos.

— Pra conta dela? — Nelson ainda tinha alguma dificuldade de aceitar aquilo tudo, de aceitar a ideia de que estava fugindo. — Não acha que ela é muito próxima de mim? Que a polícia, a seguradora, podem descobrir o dinheiro lá?

— Pouco importa. Não vão conseguir tirar o dinheiro de lá — retrucou Ramón. Sem álcool ele funcionava bem melhor. — A pergunta que você deve se fazer é outra.

— Qual outra?

— Será ela digna da sua confiança? Afinal de contas, vai deixar uma bela bolada de dinheiro na conta dela, incondicionalmente. — E olhou para o primo. — Vai que ela se empolga, conhece um garotão, saca sua grana e some pro Caribe... Seria engraçado, não?

— Ladrão que rouba ladrão... — Lembrou Nelson.

Ramón deu uma sonora gargalhada, quase perdendo o controle do veículo em uma curva. Pareciam dois meninos, e voltavam naquele momento à adolescência, quando vez ou outra saíam juntos para bares ou para o cinema. Nelson não conseguia situar-se bem ao lado do primo: ora o odiava, queria matá-lo, a ponto de dar-lhe uma surra; em outro momento ele era sua âncora, sua boia salva-vidas, dependia dele para entender o que ocorria vertiginosamente à sua volta.

Pararam em um restaurante, comeram alguma coisa, e Ramón deu uns telefonemas. Usou um telefone público, obviamente, porque depois daquela visita estavam ambos cismados, cismados não, certos, de que estavam sendo grampeados. Depois de conversar uma meia hora, foi ao encontro de Nelson.

— Vamos nos encontrar com um sujeito daqui a vinte minutos. Ele vai nos dar a chave de um pulgueiro. Não repare, mas será nosso esconderijo por algum tempo...

— Quem conseguiu isso pra nós?

— Contatos, primo, contatos. Eu sou um homem de negócios, lembra? — E sorriu, virando um copo de cerveja que Nelson havia "liberado" que bebesse. Ramón bebia tanto, afinal de contas, que para ele aquilo era refrigerante.

Passaram-se mais de vinte minutos, os dois haviam terminado de comer e olhavam para o tempo, no restaurante. O dono, atrás da caixa registradora, já começava a olhá-los com alguma suspeita, quando chegou um rapaz de moto, desceu dela e foi até a mesa deles. Tirou o capacete e olhou apenas para Ramón, cumprimentou-o com um rápido aceno e entregou-lhe um molho de chaves, dizendo que uma era do portão, a outra da porta, indo embora em seguida. Nelson olhou para as chaves e reparou que junto havia um papel com um endereço. Ramón embolsou logo tudo, pedindo a conta, obviamente paga por Nelson.

Voltaram um pouco na estrada, em direção à cidade, mas viraram à esquerda em um entroncamento, e de lá a uma região de sítios e uma favela. Logo no começo dela, depois de uns quarenta minutos de viagem, Ramón parou em um bar e perguntou o endereço para um negro que jogava sinuca com um baseado de maconha pendurado nos lábios. Ambos aparentaram uma naturalidade, enquanto conversavam, que assustou Nelson. "Não deveria me assustar", ele pensou. "Afinal, esse é o meio dele, não é mesmo?".

Dali entraram por uma viela, aparentemente saindo da favela. Só que no caminho havia um terreno enorme, com cerca verde. Ali era o local, como Nelson descobriu após destrancarem o portão usando uma das chaves entregues pelo motociclista. Lá dentro, o que a princípio era desolador, mostrou-se seguro para ambos. Ramón trancou a porta e eles subiram para a parte de cima do sobrado, descobrindo que lá havia uma beliche, uma geladeira e um fogão. A geladeira estava vazia, foi a primeira coisa que Ramón descobriu.

– Primo, vamos ter que fazer compras na favela. Já fez compras na favela? – Ele estava alegre, e Nelson não conseguia compreender como um cara podia ser infantil e irresponsável a ponto de sequer se importar com aquela condição hostil em que haviam se colocado, fugindo da polícia, dentro de um desmanche de carros da favela, e ainda assim estar preocupado em se abastecer!

– Tem razão – ironizou Nelson. – Uma cerveja, uma picanha para fazer um churrasquinho... Tem picanha na favela? Afinal, temos que comemorar.

– Primo, primo... – Ramón riu novamente. Agora sozinho. – Olhe o lado bom das coisas. Finalmente, conseguimos despistá-los, cara! Estamos sozinhos, mas estamos bem. E precisamos comer, beber e descansar. Tem alguma coisa de mal em relaxar? Relaxe, homem.

Nelson jogou-se em uma cadeira próxima ao fogão. Não queria acender o cigarro que Ramón oferecia-lhe. Fumara somente na adolescência e detestava cigarros, mas estava voltando a esse hábito horrível durante aqueles dias de tensão. Não sabia bem o motivo, mas o cigarro aceso combinava com aquela cena, com sua nova vida. Aceitou-o, acendeu, tragou e tossiu.

– Desacostumou com fumaça, né? – Ramón olhou bondosamente para Nelson, como se olhasse para um irmão mais novo. – Lembra-se que fui eu que te ensinei a fumar e a tragar? Só que logo após você parou, pois não suportava a fumaça. Quem sabe agora? Mas não é coisa boa de aprender, Nelson. Aliás, pra ensinar coisa ruim eu sou um mestre, não é mesmo?

– Você é o cara.

– Gostei disso. Só por isso, vou fazer as compras para você. Para nós. Dá o dinheiro que volto logo. Algo em especial?

– Traga maconha.

Ramón soltou outra sonora gargalhada. "Boa, boa". E repetiu, imitando Nelson: "Traga maconha" (Quá-quá-quá). E saiu. Dali a pouco, Nelson ouviu o barulho do motor, o portão abrindo e fechando, e então ficou sozinho naquele quarto e sala, naquela tentativa de quitinete que mais parecia um quarto de prisão com latrina e um fogareiro para cozinhar. Só faltavam as grades, e poderia perfeitamente fingir que estava em uma cadeia. Nunca antes sentira-se tão sozinho na vida.

Olhou em volta, procurando algo para fazer, porque a adrenalina estava alta demais para descansar, para dar um cochilo, e os colchões do beliche não estavam lá muito limpos, não animavam a fazer a sesta. Ligou uma TV pequena e antiga e ficou girando o botão do dial, pegando um ou outro canal muito porcamente, porque aquele aparelho não era da época do satélite, do cabo e do controle remoto. Finalmente, sintonizou em um programa de auditório vespertino e, com o volume baixinho, só para não ficar no mais absoluto silêncio, que o incomodava porque reforçava sua solidão, foi para a janela prosseguir em sua briga com o cigarro aceso.

Lá fora, além das carcaças de carro, viu o muro descascado e seus tijolos à mostra. Do lado de lá dois cachorros brincavam e cheiravam-se na rua, despreocupadamente. Não conseguiu refrear o pensamento: "Aquilo sim é vida", referindo-se aos cachorros e imediatamente atentando-se para o fato de que não era normal, na verdade era catastrófico, um sujeito ter inveja da vida de um cão sarnento, de um vira-lata de rua. Era o fundo do poço, o fim da picada. Não haveria, certamente, situação mais depressiva do que aquela. Com certeza, haveria doentes terminais em UTIs com um pouco mais de esperança do que ele, mais animados ou, ao menos, com menor depressão.

Mas como foi que tudo chegou até aqui?, ele indagou-se, mas não sabia a resposta. O que tinha certeza era da mulher morta, que nos últimos anos atormentara-o, envergonhara-o, traíra-o tanto. Muito. Até a gota d'água. Teve a ideia de matar a esposa como se fosse uma benção, porque resolveria todos os seus problemas de uma só tacada: além de livrar-se da vergonha, resguardava e ainda fortalecia o patrimônio. Só não estava preparado para a pressão *post mortem*: via Íris em todos os lugares, bastava fechar os olhos. E não era bom matar, ainda que não tivesse sujado as mãos de sangue pessoalmente.

Era como se fosse uma inevitabilidade amarga. Não se era o mesmo depois de se tramar ou executar a morte de um semelhante, ainda que ela tenha sido extremamente necessária, ainda que se tenha matado para lavar a honra, mesmo quando se mata para não morrer. É péssimo, e você transforma-se em seu passado, para o resto da vida, um passado sujo de sangue e com fedor de morte. Era assim que se sentia, era assim que era: todas as suas boas ações e intenções tinham sido apagadas, só havia a culpa.

A polícia, na verdade, estava cumprindo seu dever e funcionava, até ali, como uma espécie de algoz dele, de um justiceiro que ameaçava e intuía fazer aquilo que a própria consciência de Nelson gritava e clamava que fosse feito. Ele merecia ser capturado, mas ao mesmo tempo não queria ser descoberto. E sabia, não tinha mais como esconder, que não conseguiria passar o resto da vida falando baixo, sussurrando, escondendo-se, fugindo.

Há pouco tempo, saíra do apartamento para espairecer, para bolar um jeito de ficar livre de toda aquela pressão. Tudo ok. Até ali seu plano fora bem-sucedido. Não o chamaria de "sucesso total", porque esteve na merda, em um apartamento cercado de policiais, e continuava no meio da merda ali, em um pardieiro em uma favela desconhecida. Porém tinha que admitir que o que planejaram havia dado certo, para o bem ou para o mal. Mas e dali em diante? Quanto tempo suportaria naquele ferro-velho abandonado?

Entretanto isso não era o pior. O fato é que não tinha nenhuma ideia na cabeça acerca de seu futuro, e depender de Ramón como um filho pequeno depende de um pai era, em uma só palavra, apavorante.

***

Graças ao bom Deus a dose de tranquilizante que Mucama ministrara em seu filho fora mais do que eficiente. O menino só acordou com a polícia no local já há quase uma hora, com uma assistente social pronta para reconfortá-lo e tirá-lo de lá, o local da morte da mãe devidamente isolado por cavaletes e um biombo. Ele não entendia nada, estava grogue, e isso também foi uma benção divina. Nem mesmo a vizinha, que havia aparecido para pedir açúcar, vira o cadáver e acionara a polícia, percebera-o dormindo profundamente no quarto ao lado.

Já o inspetor Silva estava mais do que atento, estava bestificado com a cena com que se depararam ao chegar, tão ligeiro que deixaram para trás o delegado Cupertino, que dessa vez esperara e fizera-se acompanhar de Eudes. Naquele momento, aquela estranha história ganhara para a polícia a conotação importante que sempre deveria ter tido, talvez por conta dos mortos que estavam empilhando-se ao redor da estranha morte de Íris Alencar. Como depois ficariam sabendo, Cupertino já pedira à sua chefia o caso, o que chamava de "avocar", e estava choramingando ao telefone com o porta-voz da polícia para que continuasse tentando manter a imprensa fora do caso.

Na cama de Mucama o espetáculo de sangue era aviltante. Como era natural em homicídios dessa natureza, com a degola aquela bela e infeliz mulher morrera com os olhos abertos, estatelados, contemplando o teto em um misto de susto e perplexidade. O cheiro de álcool era intenso, o álcool com o qual Carlos afogara a mulher para ter certeza de que ela falava a verdade. Os chumaços de pano ao redor da cama logo foram notados por Eudes, que se inclinou sobre a cama como um cão farejador, tomando cuidado para não contaminar a cena do crime.

— Não consigo entender a conexão entre um crime e outro – disse o perito Eudes, quase para si mesmo. – Essa não é minha atribuição. Mas se eu pudesse dar um palpite, diria que foi tudo obra da mesma pessoa.

Silva sorriu, pois também pensava assim. Embora não gostasse da cena que via, de uma maneira mórbida toda aquela parafernália, a morte tão perto, o crime em chamas e sob investigação, rabecões e policiais fardados, familiares perplexos, tudo isso lhe recordava seus áureos dias de chefatura, de policial em intensa atividade. Era pensar como um urubu que se refestela com a desgraça alheia, mas ele sentia-se intensamente vivo no meio daquela lama toda. E seus fantasmas tinham ido dormir, espantados pelas mortes recentes, que o inspetor abominava. Flamarion interrompeu seu pensamento:

— Por que a certeza de que é o mesmo cara? – cochichou para Silva. Estava perplexo, mas não queria parecer o irmãozinho mais burro no meio daqueles Sherlocks.

Silva entendeu o motivo do balbucio, mas por outro motivo apanhou-o pelo braço e levou-o para a beira do biombo, para que pudessem falar em paz e sem atrapalhar Eudes, que estava mostrando-se um valioso aliado:

— *Modus operandi*. Já ouviu falar disso? – Também falava baixo. Não queria parecer ofensivo. Era sua maneira de refletir, trocando ideias. Quando o fazia, sempre chegava a conclusões que, sozinho, dificilmente viriam.

— Claro. Mas não consigo diferenciar, ou igualar, os dois homicídios. Sou investigador de seguros, lembra-se? Vejo defuntos incendiados, acidentados de carro… Mulheres degoladas ou com os miolos estourados por uma bala não são muito a minha praia.

— Pois muito bem. – Aí, Silva começou a apontar para a cena, como se mostrasse uma equação em um quadro negro. – Ele foi rápido em ambos os casos. Não queria fazê-las sofrer. Tinha duas mulheres, duas belas mulheres, diga-se de passagem, à sua mercê, e não as atacou sexualmente. Está acompanhando?

— Sim, mas aqui não lhe parece que ele aterrorizou a moça antes de passar-lhe a faca?

— Antes. Queria saber alguma coisa. Depois que descobriu… – E fez o velho e conhecido sinal com o indicador passando ríspido pelo pescoço, na altura do pomo-de-adão. – Nada de sofrimentos desnecessários. Já sabe como ele torturou esta aqui?

— Não. – Era inevitável. Flamarion era o irmãozinho caçula bobinho do bando. Era assim que se sentia.

Silva olhou para o perito, que apanhava um chumaço de pano com uma pinça e guardava-o em um saquinho plástico como evidência, e disse:

— E você? — A pergunta foi para Eudes.

— O cheiro de álcool, nela e no ambiente, diz tudo. — Eudes gostou de completar o raciocínio do inspetor Silva. Não era da velha escola, mas já ouvira falar muito dele. Trabalhar ao seu lado estava sendo uma honra, algo que contaria aos netos.

— Exatamente. E o cheiro de álcool é mais forte nas vias aéreas superiores da moça, não é?

— Exato — confirmou o perito. — Ele a sufocou. Queria alguma coisa. Depois cortou sua garganta de fora a fora.

— Presumo que tenha conseguido — continuou Silva. Voltou para perto da cama e de Eudes, com Flamarion logo atrás. Andou pelo local, os olhos perscrutando aqui e ali atrás de novos sinais. — Ele a torturou muitíssimo. Jogar álcool nariz adentro de um ser humano não é nada agradável. Se lhe tapam a boca, você respira fogo.

— E não morre?

— Só se a tortura for prolongada, Flamarion. — E olhou de novo para o cadáver de Mucama, dessa vez com bastante pena dela. Se tinha alguém verdadeiramente inocente naquela história, inocente com todas as letras, inocente com "I" maiúsculo, era ela. E prosseguiu: — Não. Ela não resistiria. Não com o filho dormindo no quarto ao lado. Além da dor, o medo de que o assassino fizesse alguma coisa com o menino. Isso é demais para qualquer mãe. E essa aqui era uma mãe dedicada.

Apontou em volta. A mochila e a lancheira do menino em cima de uma mesinha na cozinha. Suas frutas, em um cesto em um canto. Lá dentro, e movimentou-se até o quarto em que o menino fora pego dormindo e levado pela assistente social, cama arrumada, quarto infantil recendendo a talco, roupas bem dobradas e guardadas no armário. Silva continuou:

— Ela era uma mãe dedicada. Uma mulher normal. Não era bandida nem profissional. Seu único azar foi dormir com Nelson. — E concluiu, para Flamarion: — Não, ela não resistiria. Deu ao nosso assassino a informação que ele queria. Aí ele foi rápido, cortou a goela dela e foi embora.

Cupertino juntou-se a eles, assegurando que havia conseguido blindar o caso, afastando jornalistas xeretas. Como não entendia o que uma vítima tinha com a outra, foi logo olhando súplice para o inspetor Silva, em busca de uma explicação.

— Ainda não sei dizer com precisão — respondeu o inspetor. — Flamarion, pode nos ajudar?

O investigador de seguros olhou ao redor e tentou reconstruir, na mente, toda a sequência de eventos que culminara naquelas duas mortes. Não. Antes disso. Retrocedeu até quarenta dias antes, quando a mulher de Nelson morrera, com o amante, por conta de uma explosão de botijão de gás. E, surpreendentemente, as peças começaram a se encaixar.

– Inspetor, eu acho que sei o que trouxe o nosso suspeito até aqui.

– E o que foi? – Não só Silva, mas também Cupertino prestava atenção. Para a aflição de Flamarion, Eudes e um militar pararam o seu serviço e chegaram mais perto para ouvir-lhe a explicação.

– Bem... – começou, hesitante – A mulher de Nelson morre em circunstâncias estranhas, e supomos que tenha sido assassinada. Nelson procurou o primo, mas não é a praia de nenhum dos dois essa execução. É coisa de profissional. – E apontou para a cama, onde jazia o corpo de Mucama. – Como este crime aqui. E como ocorreu com Sofia.

– O mesmo cara – era Cupertino quem falava. Pegou uma pastilha de hortelã e ofereceu outra para Silva, que, no entanto, nem prestou atenção. Estava concentradíssimo nas reflexões do colega.

– É isso. O mesmo *modus operandi*. Mortes rápidas, profissionais, sem ranço ou ódio. O cara mata como um mercenário. Foi contratado por Nelson e Ramón. Mas por que não está com eles?

– Porque a coisa toda fugiu do controle – esclareceu Silva. – Para eles. A grana do seguro não veio. Deixamo-nos descobrir investigando-os. Eles se desentenderam e fugiram.

– Mas o assassino não está com eles. Está na retaguarda. – Flamarion chegou ao final, exultante. – Por algum motivo, está atrás dos comparsas. E quem encontra pelo caminho ele mata. Estava, provavelmente, de campana na porta do prédio de Nelson, viu Sofia fazendo a mesma coisa e a matou. Descobriu que aqui residia a amante de Nelson, veio aqui e a matou também...

Silva sorriu. Excelente raciocínio. Faltava concluí-lo.

– E por que ele está matando todo mundo que encontra no caminho? – Flamarion não respondeu à pergunta do inspetor. Fez um muxoxo e calou-se.

– Alguma teoria? – Cupertino perguntou a Silva.

– Muito pouco, doutor. Mas vamos chegar lá. – E foi até o quarto do menino. Queria saber qual o motivo do assassino o haver poupado e como o poupara. O quarto estava em perfeita ordem, só a cama bagunçada, naquele desgrenhamento próprio de camas em que pessoas dormiram pesado por algum tempo e que ainda não foram arrumadas.

Estava certo de que não havia ocorrido luta. O matador entrou na casa normalmente, amigavelmente, pela porta, porque nada na casa sequer sinalizava para a resistência da mulher ou de seu filho. Mas, por outro lado, ela seria louca de resistir a um assassino frio, provavelmente armado, com uma criança do lado? O inspetor sabia que não. Mas não era assim que funcionava, não é mesmo? No momento da abordagem sempre há o susto, o momento em que a vítima apavora-se e é preciso contê-la, e é por isso que ladrões tomam vítimas de assalto, de repente, de supetão, berrando e brandindo armas, para calarem-nas e paralisarem-nas de susto. Pelo medo.

– Ele não queria o menino e não havia porque machucá-lo... – murmurou, quase que para si próprio. Ao menos Flamarion, no entanto, escutou.

Silva continuou rondando a casa, e havia uma certa técnica, uma certa ciência nisso. Flamarion sabia porque seu pai dissera certa vez, em um dos inúmeros jantares da numerosa família que compuseram e na qual se podia conversar sobre trabalho à mesa. O velho Rubens Flamarion dizia que havia um jeito todo especial de andar pela cena de um crime sem destruir evidências, provas, sem perturbar o legista ou o perito. Era como se o sujeito pisasse em ovos, acautelando-se para não esbarrar em nada. Foi como seu pai dissera, era como Silva fazia agora.

E o inspetor parou defronte à TV, onde havia uma ampola com um líquido branco pela metade. É claro, o detalhe já chamara a atenção de Eudes, que anotava o nome da substância, propofol. Era leitosa.

– Sabe para que serve? – indagou Silva a Eudes.

– Vou descobrir.

– Sim, vai descobrir que é um sonífero poderoso. – E encarou Cupertino: – O sujeito deu sonífero ao menino. Dopou o coitado para que não assistisse à cena triste de sua mãe torturada e morta.

– Bonzinho ele, hein?

– Doutor Cupertino, ele é um profissional – falou Silva, com uma expressão que quase pareceu a Flamarion de admiração. Quase. – Profissionais não matam de graça nem têm prazer em matar por matar. Seria igual a uma puta tendo orgasmo com um cliente.

– É *vero*. – Cupertino deu uma risadinha triste. – E onde isso nos leva?

– Qual o próximo passo dele? Não sei. Ele... Não, eles. Eles estão à nossa frente, e enquanto estiverem na nossa frente vamos ficar recolhendo cadáveres. Temos que nos antecipar a eles... E eu não sei como.

Dizendo isso, Silva deu mais uma olhadela desoladora para o cadáver de Mucama e saiu da casa para fumar um cigarro. Pelo menos, foi o que permitiu transparecer. Flamarion o seguiu imediatamente. Do lado de fora, o ar fresco daquele início de noite tornou-se uma benção para os dois homens. Dentro da casa fedia a morte e maldade.

– Estamos perdidos, então? – Foi logo perguntando ao inspetor, que efetivamente acendia um Marlboro e dava tragadas profundas, como se estivesse pensando em algo.

– Ele queria uma informação, Flamarion. Dopou o menino e obteve o que queria da mãe. Obviamente, queria saber do paradeiro dos dois porque Sofia não permitiu que os seguisse, ainda que involuntariamente.

– Está certo. Então ele agora sabe onde Nelson e Ramón estão?

– Talvez sim, talvez não. Cupertino vai colocar toda a polícia rastreando os caras. Quando o menino falar, vai nos fornecer um retrato falado do assassino, fotos dos outros dois nós já temos. Vai começar uma caçada humana, mas sem mais dados eu acho que vai ser uma procura inútil. Estamos lidando com dois medrosos que certamente se enfiaram em algum buraco e de lá não sairão tão cedo, e com um assassino frio que sabe muito bem o que está fazendo, que já foi seguido e investigado zilhões de vezes, e que tem sangue frio para virar uma sombra, disfarçar-se e mudar de aparência quantas vezes forem necessárias.

– Pessimista, hein? – Flamarion aceitou o cigarro oferecido pelo amigo. Precisava ligar para a esposa, achava que se atrasaria naquela noite. Mas foi Silva quem pegou o telefone primeiro.

– Professor Pardal? – perguntou, tão logo atenderam do lado de lá.

– Pois não, inspetor. A coisa aí está feia?

– Horrorosa. Mas você é um homem de ciência, não vou incomodá-lo com histórias abjetas. Quero muito encontrar os caras. Você tem como rastrear seus celulares?

Silêncio do lado de lá, por alguns segundos. Os dois homens prenderam a respiração, Silva olhando para o interior da casa, onde Cupertino conversava com Eudes e os outros policiais e dava ordens ao telefone, tudo ao mesmo tempo. Flamarion percebeu que Silva não queria que o delegado ouvisse aquela conversa e acreditava que o inspetor tinha motivos de sobra para guardar alguns trunfos na manga. A polícia, oficialmente, seria lenta para fazer o que precisava ser feito, e seria muito mais difícil encobrir um batalhão de policiais do que dois caras, um agente de seguros e um inspetor aposentado. Era mais discreto que continuassem agindo sozinho.

Finalmente, o Professor respondeu:

— Inspetor, há como rastrear se eles usarem o celular, mas descobrir onde eles se encontram envolve triangular satélites, coisa que vai demorar algumas horas, ou talvez alguns dias.

— Ainda é mais rápido do que pedir uma ordem judicial. Vamos aguardar. É caro?

— Vai ficar uma grana preta, inspetor...

— Não tem problema, a seguradora paga. — E desligou, olhando para Flamarion e sussurrando: — Vamos embora. Despeça-se de Cupertino, diga que vamos conversar com seu patrão e depois descansar. E não o deixe desconfiar de nada. Ele vai ser útil em fechar o cerco, mas agora precisamos de agilidade.

Flamarion olhou-o perplexo. Esconder o quê? Nem mesmo ele sabia... O inspetor percebeu e acrescentou:

— Eu tive uma ideia. Tem um advogado que está nos devendo mais informações. Vamos até ele enquanto aguardamos o Professor Pardal.

* * *

O homem que podia se chamar Carlos, mas que já se chamara Júnior, Lucas e Toni, estava deitado na cama do hotel, fumando compulsivamente. Na mesa de cabeceira, várias bitucas de cigarro jaziam mortas, fenecidas, como haviam sucumbido as duas mulheres que ele acabara de matar em poucas horas. Não. Na verdade, o cálculo era muito, muito, maior. Os cadáveres que se estendiam pela estrada de sua vida já somavam as dezenas e Carlos tinha algum receio de que a contagem não fosse parar tão cedo.

Acabara de dispensar a puta que chamara para o quarto. Antes, havia pedido uma indicação ao recepcionista, que lhe deu um cartão e um sorriso maroto e recebeu de volta uma gorjeta razoável. Poucos minutos depois da ligação, uma morena estonteante bateu na porta do quarto. Mas não conseguiu funcionar direito com ela. Excesso de adrenalina, talvez, e aquilo o deixou meio ressabiado: se estava começando a ficar nervoso ao matar, então estava na hora de mudar de ramo. Mas não deixou a puta notar sua introspecção. Pagou dobrado para que fosse embora logo, disse que não estava na melhor noite e brindou com ela uma dose de *whisky* antes que se fosse.

Carlos era um homem educado. Até para broxar. E mesmo para matar, por que não? Matar era uma necessidade em todo o mundo civilizado, pensava ele. Se pessoas não morressem violentamente vez ou outra, se todos simplesmente morressem de doença, acidente de trânsito ou simplesmente de velhice, os hospitais abarrotariam. Se todo mundo ficasse velho, o governo quebrava. Sua profissão era, sim, necessária. Se todo mundo que precisava matar o fizesse pessoalmente, seria uma bagunça. Gente a mais iria se ferir, inocentes também acabariam no caixão desnecessariamente. Só se mata quando é profundamente necessário, não é mesmo? E para aquilatar essa conveniência, para medir essa necessidade, profissionais como Carlos sempre seriam úteis.

Levantou-se e serviu-se de mais uma generosa dose de *whisky*. Preferia coquetéis mais fraquinhos, com *vodka*, como aquele que Ramón vira-o bebendo na rinha de galo. Não lhe atordoavam tanto, e caras com a sua profissão não podiam distrair-se nunca, tinham que ficar o tempo todo de olhos bem abertos. Mas naquela noite ele precisava "apagar". As imagens das duas mulheres não lhe saíam da cabeça e sua pressão deveria estar bem alta, porque era como se tivesse acabado de sair de uma maratona feita de sangue. Mesmo após tomar banho, beber, fumar, chamar a puta, tentar fazer sexo e, agora, relaxar sozinho no quarto escuro do hotel, mesmo assim a sensação que tinha era a de que acabara de chegar de uma longa e cansativa viagem, e que em minutos teria que se levantar e viajar tudo de novo.

Mas não conseguia relaxar, o que era um efeito novo, um resultado absolutamente estranho para um assassino experiente após um dia profícuo de trabalho. Nunca antes fora assim. Não matava por prazer, só amadores fazem isso por motivos passionais e, obviamente, tinham pesadelos com essas mortes e tremiam igual vara verde antes, durante e depois. Lembravam-se da cena pelo resto da vida. Carlos não. Ele era um profissional que só matava por dinheiro ou por necessidade.

Com as duas mulheres fora por necessidade. Tinha que ajudar aqueles dois otários a fugir da polícia. Da maneira como estava e como ele havia observado o cerco da polícia fechando-se sobre seus empregadores, seria só uma questão de tempo até que se levantasse toda a história. E aqueles caras não iriam aguentar cadeia nem a pressão dos policiais por muito tempo. Abririam logo o bico e Carlos estaria na mira dos tiras, seria o próximo a cair.

Não que nunca tenha sido procurado antes pelos canas. Nem todo serviço seu fora discreto, infelizmente. Era especialista em fazer as coisas parecerem acidente, mas quando trabalhara para Tito, em uma ou outra oportunidade, tinha recebido ordens expressas de providenciar banhos de sangue para intimidar bandos rivais. Naquelas ocasiões, até matava rápido suas presas, mas depois tratava de judiar do cadáver para não deixar dúvidas do recado de seu chefe à concorrência. E, obviamente, quando isso acontecia, os policias começavam a farejar e a xeretar. Provavelmente, pegavam um ou dois funcionários de Tito, do mais baixo escalão, e penduravam no pau de arara até sair o nome dele. Era por isso que mudava de nome, de endereço, de visual. Era por isso que Carlos vivia em mudança constante.

Matara primeiro a mudinha para permitir aos dois a fuga. É certo. Mas e a loura? Bela mulher, boa mãe... Se tivesse coração, esse era um dos serviços em que sentiria remorso, mas não tinha coração. Fazia parte do serviço matar um ou dois que atravessavam inadvertidamente o caminho da gente, e infelizmente aquele fora um desses casos. Queria saber onde os dois tinham ido parar, onde estava o dinheiro, quando voltariam... Nada melhor do que uma amante para saber disso tudo, não é mesmo? Só não esperava que ela de nada soubesse, e mesmo assim fora preciso confirmar que ela, realmente, de nada sabia.

Pelo menos estava com o celular dela. Onde quer que estivessem aqueles dois, logo saberiam ao menos da morte da loura. Tereza, não era mesmo o nome dela? E, aí sim, saberiam que Carlos não era mais, apenas, um aliado perigoso. Agora estava atrás deles para encobrir seus rastros e pegar o máximo de dinheiro que pudesse para sair de circulação incógnito por algum tempo. Teria que parar de prestar serviços por uma temporada, porque aquela história toda tinha soado muito mal e tivera resultados mais escandalosos do que os três, inclusive ele, Carlos, poderiam calcular. Sem dúvida, era melhor sair de cena por um tempo, isso, claro, depois de apagar suas pegadas com mais duas mortes. As duas que faltavam para ele sair daquela história toda pela porta dos fundos, discretamente.

Havia, porém, um problema. Ele não sabia onde os dois estavam, tal qual a polícia. E teria que descobrir antes dos tiras, e também antes que os dois descobrissem as duas mortes. Onde quer que os dois estivessem, haveria televisão, e se aquele último "serviço" seu fosse para a mídia e Ramón ou Nelson assistissem àquele estardalhaço todo, logo saberiam que Carlos não era mais um aliado, mas um predador que ia de encontro às suas presas.

Se Nelson ligasse para a amante, Carlos atenderia e poderia enganá-los, descobrir onde estavam, fingindo-se de comparsa. Era uma boa chance. Ou isso ou falava com seus amigos do submundo: era bem provável que Ramón, para esconder-se e ao primo, tivesse se valido de seus velhos contatos, os mesmos que o vinculavam a Carlos. Alguma coisa precisava acontecer, e acontecer rápido, porque Carlos não queria que a pista dos dois esfriasse. Se isso acontecesse, eles poderiam passar anos fugindo, e ele já havia visto isso acontecer em outras oportunidades. Era preciso agir rápido para encontrá-los rápido. E matá-los também.

15. A SÍNTESE DA SÍNTESE

Silva dormiu poucas horas naquela noite. Seu pai, embora ancião, preocupava-se com o súbito retorno do filho às atividades profissionais. Não tinha mais o melhor e o único companheiro para sua caminhada matutina nem para o jogo de xadrez, que Silva perdia de propósito sempre que jogava com o seu velho. Mas, de certa forma, o Silva pai, na verdade Hermógenes Silva, ao seu dispor, entendia que o filho dependia daquilo para rejuvenescer um pouco, ele, que já nascera velho e era tão diferente do irmão, seu outro filho, que havia constituído família e morava longe.

Para Paulo Roberto Silva sobrara o pai viúvo, a amargura e o dia a dia eternamente cinza e sem brilho que era pajear um idoso, que sabia disso, sabia do encargo que representava, e admirava mais ainda o filho mais velho. E ficava feliz que Silva tivesse a fuga da profissão brilhante, emocionante, que ajudava pessoas e aparecia nos jornais, pois só assim o filho vivia, remoçava, ficava mais cheio de alegrias e sonhos.

Justamente por conta disso, não se importou com a intensa atividade profissional que lhe tirara o filho do convívio diuturno por aqueles dias. Muito antes, pelo contrário, tratou de acordá-lo às seis da manhã, porque viu que o despertador previamente programado pelo inspetor tocara em vão, diante do sono exausto de seu dono. Sacolejou Paulo Roberto como o fazia quando ele tinha 15, 16 anos, e acordava atrasado para a escola.

– Paulo... Está na hora. – Sorriu e foi fazer o café. Ele sabia fazer um café muito bom, que o filho gostava e não cansava de elogiar, e convidar a todos os poucos que o visitavam para tomar.

E só o velho Hermógenes chamava o inspetor Silva de "Paulo". Ninguém mais. Nem mesmo Beth, a única mulher em sua vida com quem dividira lençóis, chamava-o pelo primeiro nome. Aliás, "Silva" era um sobrenome comum, mas forte, que se encaixara nele desde a infância, em uma sala de aula em que havia mais três Paulos Robertos. Depois, na academia de polícia, deram-lhe o nome de guerra de "Silva", que foi costurado em seus uniformes. Então virara "Silva" para sempre, até para Beth, menos para o pai e o irmão caçula, que o chamava de "Paulinho" para irritá-lo porque, apesar de mais novo, era quase dez centímetros mais alto que o inspetor.

Silva levantou-se meio sonâmbulo e foi para o banho, onde finalmente despertou sentindo o aroma do café. Sentiu um enorme remorso por deixar o velho tão sozinho por aquele tempo todo, mas tinha a certeza de que a coisa toda estava perto de terminar. Vira cadáveres a vida toda, mas a rapidez e frieza com a qual estavam empilhando defuntos no meio de sua investigação dava-lhe a impressão de que o tal comparsa de Ramón e Nelson logo vacilaria. Não era possível, dizia-lhe sua experiência, o sujeito ir acumulando homicídios tão escandalosos assim, sempre com sorte e habilidade para sair ileso e sem testemunhas dos locais dos crimes. Ele ia errar, e logo, e então o caso encerrar-se-ia. De volta à aposentadoria, de volta ao seu pai e aos seus pesadelos, porque naquela noite tivera um sono sem sonhos em que não pensara, nem vagamente, no único homem que matou em toda a sua vida. A violência que presenciara era tamanha que suplantava suas lembranças e até a sua imaginação. Precisava pegar aquele cara. Gente assim não para de matar enquanto está solta.

Com esse espírito é que saiu do chuveiro, trocou-se, tomou café com pão requentado ao lado de Seu Hermógenes, que conversava fiado sobre o time de futebol dos dois e as coisas da política, como sempre metendo o pau no governo, só para distrair o filho. Jamais falavam em assuntos policiais entre eles, era assunto proibido entre os dois naquela casa ou na rua. Hermógenes ensinara-o a aprender a descansar, ao menos externamente, quando estivesse em ambiente doméstico, e Silva aprendera aquilo muito bem e desde cedo.

Ao sair de casa, já ligou para Flamarion e marcou com ele na porta do escritório do advogado Honório Dantas, dali a pouco. Pegou seu carro dessa vez e teve que esquentá-lo, porque passara alguns dias desligado, valendo-se Silva das caronas sucessivas de Flamarion no carro da seguradora. Quando o motor pegou, foi imediatamente até Santiago Felipe, que já o esperava na porta da redação do jornal com uma bisnaga de pão debaixo do braço e um copinho plástico com café em uma das mãos. Quando entrou no carro, com aquele corpanzil todo que a idade não encarquilhava e com o cavanhaque sujo de café e pão, ofereceu a Silva a baguete:

– Pegue. Está quentinha. É da única padaria do centro da cidade que ainda faz pão em bisnaga. – E arrancou um pedaço da ponta do pão com a mão, entregando a Silva, que mastigou sem pestanejar e realmente achou bom. Santiago prosseguiu: – Todo mundo fabrica pão francês no Brasil, que é sem graça e sem sabor. Sabia que os franceses ficam putos porque apelidamos nosso pão sem sabor de "francês"?

– Não sabia.

– Pois é. Você deveria conhecer a Europa. Essas informações todas parecem cultura inútil, mas não existe cultura inútil. Essa é a minha opinião pessoal. Toda cultura é útil, útil e boa.

– Já estive uma vez em Portugal, ajudando um tira de lá, mas é uma longa história.

– Que depois você conta. – Santiago procurou ser mais incisivo, porque já estavam chegando ao escritório de Honório Dantas, com quem marcara para aquela hora indecente da manhã um encontro, a pedido do inspetor. – Agora você tem outra história para me contar, não é mesmo? O meu furo de reportagem. Vou ganhar um prêmio de jornalismo com a informação, quente igual a este pão, não vou?

Silva sorriu. Poucos conseguiam refinar seu péssimo humor, e aquela raposa velha do jornalismo era uma dessas pessoas. Mas não havia tempo para entrar em detalhes. Já chegavam ao quarteirão do prédio e Silva diminuiu, para estacionar, próximo de onde Flamarion já o esperava de pé e ansioso.

– Tudo a seu tempo. – Limitou-se a dizer, manobrando o carro. – Vou te contar tudo com detalhes, antes dos outros. Por enquanto, para não ficar boiando na conversa que vou ter com esse advogado de merda amigo seu, basta saber que o assassino que o marido corno contratou está matando todo mundo que chega perto do patrão dele. Que, aliás, sumiu.

Santiago deu uma gargalhada:

– Inspetor, você é a síntese da síntese! Todo jornalista iniciante deveria aprender concisão contigo, conversar contigo por algumas horas. Você conseguiu resumir uma trama intrincada em três ou quatro frases e algumas palavras duras. Fantástico! Já estou a par! Já vai dar manchete! – E sorriu, saindo do carro.

Flamarion já os esperava na calçada e juntos subiram até o andar do escritório de Honório Dantas, passando por um porteiro sonolento que não ousou identificá-los tão logo viu a cara resoluta e de poucos amigos do inspetor Silva. Chegando ao andar correto, viram a porta do conjunto de salas do advogado escancarada, como se a esperá-los, porque na antessala a secretária ainda não havia chegado. Santiago bateu à porta, já a abrindo, botou o rosto na fresta entreaberta, pediu licença e os três homens entraram.

Flamarion recordar-se-ia, depois, que nunca antes havia visto alguém tão visivelmente de ressaca em toda sua vida. Após o telefonema que recebera, Dantas certamente deve ter tomado uma rápida chuveirada e se enfiado dentro do paletó, que amoldava sua forma roliça e flácida de homem que envelhecia mal. E Flamarion poderia apostar que antes do telefonema o advogado dormira no máximo umas duas horas, vindo da esbórnia, se é que dormira. Ainda fedia a álcool, ainda que não se chegasse muito perto dele, e o fato é que ainda não haviam chegado, permaneciam à porta. Ele entreabria os olhos, mantendo a fronte baixa e afundando o queixo no peito à moda daqueles que passam por uma dor de cabeça insuperável, que dez aspirinas não conseguem extirpar.

Não tinha olheiras, tinha verdadeiras máscaras de pelanca preta embaixo dos olhos. E falava baixinho, como se a própria voz o incomodasse:

— Não esperava vê-los mais — disse, apontando duas cadeiras e uma *bergére* que os aguardavam no centro da sala. — Não nesta encarnação, se é que me entendem. Não precisam mais de mim e já conversamos. Tampouco entendi o inusitado da hora.

Parecia claro que a intenção do homem era enxotar logo seus visitantes incômodos e voltar para a cama e curar a ressaca, mas Silva não permitiu. Não se sentou como indicara seu anfitrião. Ao contrário, deu a volta na mesa de Dantas, chegou bem perto dele e atirou em sua escrivaninha um envelope pardo sem falar nada. Flamarion já sabia do que se tratava, mas Santiago e Honório Dantas, não: eram as fotos das duas mulheres mortas no dia anterior, algumas batidas pela perícia e cedidas ao inspetor, outras do próprio Flamarion, para o seu laudo de mediador de sinistros.

— Essas duas mulheres eram jovens, inocentes e não mereciam morrer — falou, friamente, sem pedir licença, enquanto o advogado folheava as fotos com uma cara indiscernível. — Foi por isto que viemos incomodá-lo tão cedo. Aliás, eu incomodo sempre, é bom que se acostume.

Honório Dantas até tentou levantar os olhos para encarar o policial, mas o olhar firme de Silva e a ressaca impediram-no. Voltou-se, então, para as fotos, e Flamarion viu que ficou ainda mais pálido e que suas mãos tremiam. Sentou-se ao lado de Santiago e juntos esperaram enquanto o inspetor toureava a fera.

— Em suma, e para que não se aborreça, viemos aqui porque esse *modus operandi* que está vendo não combina com Ramón, seu ex-cliente, que é um banana. Pelo que sei da hierarquia interna da organização de seu cliente Tito, Ramón era um atravessador, um avião... — E apontou com o dedo nas fotos, chegando a encostá-lo em uma delas. — Mas esse cara não. Esse cara é profissional. Quem é ele, doutor?

Dantas continuou olhando as fotos. Pegou os óculos no bolso da camisa, colocou e olhou de novo, tremendo e suando frio enquanto o fazia. Não tinha saúde para tergiversações, estava assustado e, pela primeira vez desde que aquela história toda tinha chegado até ele, sentiu bem nítida a impressão de que deveria desvencilhar-se rapidamente daqueles caras e de seu envolvimento com aquele caso. Era aquela impressão de que a hora de pular fora era aquela. Depois seria tarde demais. Mesmo com a cabeça ribombando como se atrelada a mil tambores e com o estômago dando reviravoltas, com gosto de bílis na boca e tudo, Honório Dantas sentia que a hora de colaborar e escapulir era aquela. As fotos daquelas mulheres mortas eram um marco delimitador, um cabo das tormentas. Dali para frente o barulho e os danos seriam incontroláveis, como era aquele policial baixinho e narigudo que o atormentava novamente.

– Sente-se – disse, simplesmente, mas num tom que informava a Silva que ele ganhara o jogo. O inspetor obedeceu e aguardou.

Dantas levantou-se e serviu-se da água mineral de um frigobar disposto atrás de sua mesa, sem oferecê-la aos demais. Bebeu sofregamente, fazendo barulho, o pomo-de-adão indo e voltando freneticamente enquanto o fazia. Depois, limpou os lábios com a fralda da camisa, à moda dos guris nos primeiros anos da pré-escola. Respirou fundo e começou a falar:

– Tem razão. Não é coisa do Ramón. – Tirou os óculos, pesaroso. – Eu o conheci como Toni, mas esse nunca foi o nome verdadeiro dele. Aliás, duvido que o próprio Tito soubesse sua identidade com precisão. Importou-o do Rio de Janeiro, onde ele já havia trabalhado para bicheiros e traficantes, e tinha muito orgulho dele, exibia-o para os mais íntimos. Certa vez fui apresentado a ele como sendo "Toni", e também soube que saiu do Rio porque matou o cara errado e a cariocada queria exterminá-lo por lá. Mas não sei seu nome verdadeiro.

Olhou de novo para as fotos, que tocaram um pouco o restinho de humanidade que aquele advogado corrupto ainda tinha. Silva permanecia em silêncio. Sabia que tinha mais sujeira para sair daquela cloaca.

– Tem que ser ele. – Seus olhos continuavam marejados e as olheiras profundas, mas a voz em um tom nitidamente mais tranquilo, como se o aliviasse abrir-se com alguém e soltar o que sabia. – Era um especialista frio em matar. Um assassino profissional. Mexia com explosivos, facas, armas de fogo... E parecia gostar disso, por incrível que pareça! Soube de vários trabalhos dele para o meu cliente, alguns simulando acidentes. Tinha conhecimentos de mecânica o suficiente para afrouxar uma barra de direção, drenar um freio... Fez isso com um policial que pegava no pé do chefe. Mas também sabia dar exemplos, "exemplar", é como eles dizem, essa gentalha, se é que me entende...

Flamarion sentia asco por aquele sujeito, que só aumentava. Dali a pouco seria ele a querer vomitar, e por muito pouco não o faria na cara de Dantas. O sujeito vivia do dinheiro sujo daquela escória, acobertava-os, e admitia aquilo tudo, meu Deus! E o pior, ao menos para Flamarion: rotulava-os como cidadãos do nível mais rasteiro possível, como se ele fosse um missionário vivendo entre os pobres de alma. Mas Silva não deixou a delação terminar em reticências:

– Ele dava exemplos? Ser mais explícito ao matar? – perguntou para o advogado.

– Sim. – Dantas sorriu, um sorriso de quem descobre ao mesmo tempo que ganhou na loteria e adquiriu um câncer incurável. – Ele decepou a cabeça de um concorrente de Tito e a fincou numa estaca. Enfim, essas e outras são as histórias dele que me lembro. O cara é um especialista. Só pode ser ele.

— Veio do Rio de Janeiro para matar por encomenda... Quais suas características físicas? Como era o tal sujeito? — É claro que o inspetor tomava notas mentais para depois passá-las ao seu velho caderno ensebado.

— Olhe, é o ser mais amorfo que puder imaginar. Não dava para perceber nada vendo-o cara a cara. Quase 40 anos, talvez, mas a idade dele tampouco era fácil de se detectar. Se era, hoje deve estar chegando aos 50, mas eu não colocaria todas as minhas fichas nisso. Alto, fala mansa e baixa. Os cabelos eram castanhos, mas eu apostaria que eram pintados constantemente. Certa vez, lembro-me que raspou os cabelos bem rentes.

— Conviveu com ele muito tempo?

— Ele não era de conviver com ninguém, muito menos comigo. — Dantas até então perdera-se em saudosismos, mas, de repente, despertou. Falava mais alto e decididamente, não gostara da insinuação de que tinha intimidades com aquele monstro.

— Mas o senhor e ele trabalharam para o mesmo patrão por algum tempo. — Silva insistiu, porque qualquer informação que pudesse extrair a fórceps daquele canalha seria preciosa e muito bem-vinda.

— Sim, uns dois ou três anos, mas o vi muito pouco durante todo esse tempo. Ele também não era o tipo de sujeito que parava muito em um lugar, trabalhando para o mesmo patrão. Acho que tem a ver com a profissão desses caras. Depois, eu próprio deixei de trabalhar para Tito. Mesmo os advogados com os estômagos mais fortes às vezes se cansam de ver tanto sangue e tanta merda, sabiam?

Então ele levantou-se e pegou mais água, menos trôpego e mais firme. Os olhos dos demais acompanhavam-no. Enquanto o fazia, voltou-se novamente para o inspetor Silva:

— Ele era um assassino perigosíssimo e ainda é. Foi ele quem fez isso, tenha a certeza. Ele era um executor da quadrilha. Um matador. Ele era o verdugo.

Silva levantou-se, acompanhado pelos demais. Não havia mais o que conversar, mais o que saber. Também não cabia ficar agradecendo Dantas por cumprir seu dever, ainda que sua cidadania tivesse sido extraída pela grana paga pela seguradora de Flamarion. Simplesmente viraram-se para ir embora, deixando o advogado sentado e com os olhos parados, como se a rememorar as sujeiras do seu passado, olhando para o vazio.

— Inspetor, não se esqueça. — Ainda ouviram de Dantas antes de saírem. — Ele mata por prazer e por gosto, mas é um profissional. Perigosíssimo. É um carrasco, um verdugo. — E calou-se, baixando os olhos e sentindo uma vergonha inútil e impossível de ser curada.

* * *

Ramón acabou comprando mesmo a maconha que, no entanto, fumou sozinho. Nelson estava preocupado demais com o que fazer dali em diante para se deixar perder em devaneios lisérgicos, mas ele animou-se com os baseados que preparou e consumiu-os rapidamente. Depois foi para a diminuta cozinha do barraco para preparar o que chamou de uma "macarronada da mama", e deixou Nelson deitado em um pequeno sofá vendo televisão. Cantarolava enquanto mexia nas panelas e bebericava uma *vodka* que trouxera de sua pequena incursão à favela. A Nelson ele parecia estranhamente feliz, como se fosse um menino vivendo uma estripulia, uma aventura juvenil.

O noticiário, obviamente, não lhe interessava, e Nelson mudou de canal quando viu as chamadas dos telejornais. Afinal, para que iria querer saber de notícias, ali, onde estava, alheado do mundo? Se por acaso soubesse que sua amante havia acabado de ser assassinada em circunstâncias bárbaras pelo assassino que contratara para matar sua mulher, aí, obviamente, haveria interesse dele em acompanhar as notícias. Mas Nelson, até então, julgava Mucama e o filho dela seguros, bem como ele e o próprio Ramón, que anunciava o término da macarronada e chamava-o para comer a gororoba.

— Vem logo, primo, enquanto está quente. Macarrão tem que ser comido quente! — E esticou um pano enrugado num diminuto balcão da cozinha, que separava os dois ambientes.

Ramón pegou cervejas na acanhada geladeira, e havia comprado azeite, que besuntou sobre o macarrão à bolonhesa recém-preparado, e que estava surpreendentemente bonito. Ou seria a fome de Nelson? Fato é que se sentaram ambos e começaram a comer, e estava bom.

— E aí, passei no teste? — indagou a Nelson, que comia com apetite, mas taciturno. — Dá ou não dá para ter saudades da comida das nossas mães?

— Humm… — Foi a resposta do primo, que preferiu abocanhar mais um pouco de pasta a responder àquele aprendiz de mestre-cuca.

— Vamos lá, cara… — E Ramón insistiu. — Anime-se! Isso é só uma fase de transição. Não é o fim do mundo. Eles não têm nada, repito: nada — e falou mais alto, mesmo, para acentuar o que dizia. — Eles não têm nada contra você, meu amigo. E outra…

— Vamos mudar de assunto, tá legal? — Foi o que se limitou a responder Nelson, dando um gole de cerveja, tentando desconversar, porque Ramón estava maconhado, entusiasmado, e de repente voltara a bancar o "mentor intelectual" daquilo tudo, o que o irritava sobremodo.

— Ouça… — E começou a balançar o garfo encardido de gordura na frente do próprio nariz. — Você está no Brasil, primo. Aqui ninguém vai preso com prova, imagine sem provas. E se descobrirem que o incêndio e a explosão foram provocados? O que leva a você? A nós? Se todo corno matar neste país não sobra ninguém, parceiro…

    Nelson levantou-se de supetão. Seria pior se desse novos tabefes em Ramón, como o fizera em seu apartamento, mas naquele momento bastava-lhe fugir do assunto, que o melindrava muito. Deu as costas ao primo, que ficou resmungando alguma coisa na mesa, referente a teimosia e ingratidão de alguns caras, e continuou comendo a macarronada. Quando Nelson viu que não teria para onde fugir das ideias e reminiscências estúpidas de Ramón naquele diminuto espaço, saiu de lá, escancarando a porta e descendo as escadas até o pátio do ferro-velho. Precisava, urgentemente, de ar fresco. Saíra de um ambiente claustrofóbico em que era vigiado pela polícia e não iria permanecer em outro por nada neste mundo.

    E saindo para espairecer, acendeu um cigarro. Era incrível como todos os vícios voltam quando se está sob pressão. E ele nem mesmo gostava de fumar! Instantes antes, quase fumara um baseado, mas aí ia ser muito chato aguentar Ramón e ele, ambos, doidos, sem contar que Nelson não se drogava desde a faculdade e, pelo que se lembrava, quando se fica muito tempo sem maconha o resultado de um retorno, de um *remember old times*, costumava ser devastador… Não, decididamente, ele precisava de seu raciocínio frio naquele momento, precisava de cabeça fresca para matutar e prever os próximos movimentos daquele inverossímil jogo de xadrez que estava vivendo.

    No exato momento desses pensamentos, bem longe dali e na casa de Mucama, policiais reviravam o local à procura de indícios, enquanto fingiam não ver o cadáver degolado da jovem mulher. Seu filho já estava seguro, custodiado por alguma instituição do Estado, e o inspetor Silva e os outros policiais debruçavam-se sobre o caso, tentando entender aquela carnificina toda e prever o próximo movimento de um assassino psicopata. Mas Nelson não sabia, até então, de nada disso, e somente se preocupava com o porvir, com o que fazer dali em diante.

    Se estava fugindo, parecia-lhe óbvio que estava passando um atestado de culpa para as autoridades. Por outro lado, seu primo maluco tinha alguma razão: não podia continuar em seu apartamento, com telefones grampeados, vigias e espiões, aguardando fazerem prova contra ele. Precisava agir. Procurar o tal Carlos, trocar ideias e colocá-lo no mesmo barco em que estavam, como havia sugerido Ramón. Ou procurar um advogado, fazer dinheiro, voltar de cabeça fresca, e nada disso ele conseguiria naquela pocilga no meio de uma favela desconhecida. De uma hora para outra, até a ideia de dormir ali pareceu-lhe tola, uma perda de tempo homérica. Com esse novo pensamento remoendo seus miolos, subiu as escadas que levavam ao cafofo encardido em que se hospedavam. Ia pegar sua bolsa, as chaves do carro, que, afinal de contas, era seu, e procurar um hotel decente.

Ao chegar à sala, se é que seria possível chamar aquilo de "sala", deparou-se com Ramón sentado no sofá, em frente à televisão, branco como uma folha de papel, sem falar nada, boquiaberto. Ele sintonizara a TV no noticiário, e quando viu Nelson parado à porta, a única coisa que conseguiu fazer foi apontar para a tela do aparelho e balbuciar alguma palavra que jamais conseguiu sair de sua boca, mas que, evidentemente, buscava chamar a atenção do outro para aquilo que o locutor chamava de "mortes misteriosas que intrigavam a polícia".

Nelson ficou gelado, apesar de imaginar algum exagero do primo e já preparando-se para mandá-lo tomar onde o sol não bronzeia, antevendo alguma brincadeira ou viagem "emaconhada" de Ramón. Não era hora para brincadeiras, afinal! No entanto alguma coisa lhe falou, ou melhor, sussurrou-lhe para que se calasse e se sentasse para assistir ao noticiário, e não fora Ramón, mas alguma vozinha interna que todos temos e que alguns apelidam de consciência, outros de anjo da guarda.

E Nelson assistiu. A reportagem já parecia estar na metade, mas dava para ver um repórter na frente de um prédio de apartamentos, o seu prédio, dizendo que a polícia ainda não tinha pistas das duas mortes, das mortes de duas mulheres, apenas sabia que uma delas fora desovada naquele local e que a outra, pouco tempo depois, teria sido torturada e morta em sua residência, na frente do filho menor. Em seguida, apareceu um delegado de polícia. Não era o baixinho de cara fechada que conhecera. Aliás, o tal sujeito não era delegado, não se apresentara como delegado. O que ele era mesmo? Pouco importava a Nelson naquele momento. O delegado, um homem grande, idoso, careca e com cara de cantor de ópera, evitava falar com a imprensa, dizia que a polícia ainda estava descobrindo as linhas de investigação a serem seguidas, e ponto final, foi embora, abandonando a cena do crime e desviando dos microfones da reportagem.

E que cena do crime era aquela agora? Não estavam mais filmando a porta do seu prédio, mas uma casa com um telhadinho marrom e um muro cinza, que Nelson conhecia muito bem e que Ramón imediatamente identificou como o endereço em que haviam estado na noite anterior para que Nelson deixasse instruções, dinheiro e se despedisse de Mucama.

– Meu Deus... – pensou e disse Ramón, quase instantaneamente. – A outra mulher é a sua... A loura... Ela também foi morta.

Nelson permanecia petrificado diante do aparelho de TV, que, de repente, saiu da reportagem para mostrar o apresentador, o âncora, que passou a falar sobre política, chamando uma repórter que iniciava, ao vivo e da Esplanada dos Ministérios em Brasília, o anúncio de novas medidas econômicas. Nelson jamais se esqueceria do aturdimento diante daquelas fisionomias que lhe eram estranhas e que pareciam deslocadas após a notícia, para ele, tão chocante, daquelas mortes recentes relacionadas com a sua fuga, com o seu sumiço. Os repórteres pareciam extraterrestres perdidos no meio daquela barafunda de pensamentos e de dor que se seguiu ao trecho estropiado de reportagem que realmente lhe interessava, e que era ainda mais inquietante porque somente lhe chegara num soslaio, num pequeno trecho que não lhe dissera tudo o que precisava saber, tudo o que precisava desesperadamente saber.

– O que estavam dizendo quando cheguei? – Virou-se desesperado para Ramón. – O que estavam dizendo? O que você ouviu? – Ele quase berrava. Ia cometer um desatino, mas quando viu a cara de Ramón, também consternada de preocupação e susto, Nelson entendeu que não era o único apavorado ali, não era a única presa, a única vítima, daquela armadilha móvel e surpreendente que se chamava vida.

– Eu só prestei atenção quando vi que era da sua casa que o repórter transmitia... – Ramón estava sóbrio de novo, sério e apatetado, portanto confiável, aos olhos de Nelson, que o ouvia ávido. – Falaram de duas mulheres mortas ao mesmo tempo, ou quase ao mesmo tempo, no mesmo dia, e deram a foto de uma, encontrada na porta do seu prédio, pelo que entendi.

– E quem era? Meu Deus, quem era? – Nelson continuava quase gritando. Chegou mesmo a segurar Ramón pelos braços e sacudi-lo um pouco. Ramón nem notou. Estava em transe.

– Mostraram a foto. Era morena. Não conheço. E acho que você também não. Ela não morava ali.

– Então quem era?

Ramón olhou para ele, agora mais contundente e bravo:

– Leia meus lábios, primo: eu não sei, porra! Entendeu agora?

Nelson levantou-se, passando as mãos nos cabelos seguidamente, procurando com o canto do olho a garrafa de *vodka*, com o outro olho procurando a chave do carro, para ir embora, para procurar Mucama. Perguntou:

– E por que mostraram a casa da minha... – Ia falar mulher, mas parou abruptamente. Até porque poderia ser viúvo novamente a essa hora. E Mucama ainda era uma amante, só uma amante.

– Isso é o que não entendi porque não reparei no começo da reportagem. Mas eles falaram de duas mulheres assassinadas e mostraram a casa da sua menina, cara...

Eu também estou agoniado, amigo! Não estou entendendo o que está acontecendo. Morre uma mulher que não conhecemos na porta da sua casa e em seguida aparecem os tiras na casa da sua namorada afirmando que são duas as mortes... Liga para ela, vai!

Foi Ramón falar e Nelson pegou o telefone. Nenhum dos dois preocupou-se naquele momento com o fato de o telefone estar ou não grampeado. Aquela notícia tétrica e repentina afligira de tal forma a ambos que, naquele momento, interessava-lhes apenas e tão somente esclarecer aquele enigma. E, para Nelson, também era importante ouvir a voz de Mucama do outro lado da linha. Só que o telefone tocou e ninguém atendeu. Caiu na caixa postal, que nunca parecera tão inevitavelmente melancólica, injusta e sem esperanças quanto naquele momento. Nelson decidiu-se:

– Vou voltar e buscá-la! – E saiu procurando as chaves do carro. Ramón segurou-o pelo braço, Nelson deu-lhe um safanão, achou a chave do carro e partiu, desatinado, escada abaixo, não sem antes olhar para o primo: – Você não vem?

Ramón olhou para ele. Ele não ouviria ninguém naquele momento. Deixá-lo ir sozinho seria loucura. Fazê-lo ficar, impossível. Ramón apanharia de novo, o homem estava possesso. E se "caísse", como se diz na gíria, se fosse descoberto, Ramón também estaria em maus lençóis. Estavam ambos juntos naquele barco, quisessem ou não, para o bem e para o mal, Nelson lamentavelmente atrelado a um romance que lhe aturdia e atrapalhava seu raciocínio naquele momento. Ele, Ramón, tinha que pensar pelos dois, e tinha que fazer isso ao lado do primo, que não podia abandonar naquele momento. Havia outra coisa que podia fazer: aproveitar a viagem, o trajeto até a casa de Mucama, certamente àquela hora vigiada pela polícia, para pensar e ter uma ideia melhor.

Foi essa ideia derradeira que o animou a pegar sua bolsa, uma espécie de capanga em que guardava tudo, de óculos escuros a camisinhas, de telefone a carteira, passando por pente, escova de dentes e o que mais fosse necessário. Em seguida, acompanhou o primo, que já batia a porta do carro e dava ignição ao motor.

* * *

O problema todo é que estavam sempre correndo atrás do matador. Flamarion não parava de pensar nisso, mesmo enquanto sua esposa servia-lhe a salada durante o almoço. Ela estava muito brava e passara sua reprovação para as filhas que, aprendizes de mulher que eram, também fechavam a cara para o pai, mesmo a mais nova, com um muxoxo até bonitinho de criança que finge que está zangada. Quem, de fato, estava era Cínthia, a esposa, que semicerrava os lábios enquanto praticamente jogava os rabanetes e as ervilhas no prato do marido.

Desde que aquela história de crimes começara, ela perdera Flamarion para um policial aposentado baixinho, carrancudo e misógino que nem sabia direito brincar com suas filhas. Se ela soubesse que iria ser viúva de marido vivo depois de dez anos de casada, ah, a coisa toda seria bem diferente... Ao menos, era isso que vivia dizendo para Aristides Flamarion, que aprendera desde cedo com o pai que a melhor maneira de lidar com mulheres iradas é fingir que nada de novo está acontecendo, dar uma de sonso inocente e tocar o barco, ao menos até a esposa acalmar-se e, claro, supondo que ela algum dia se acalmasse. Ou, naquele específico caso de sua justíssima ira, porque ele sumira havia cinco dias bancando o Sherlock, também serviria para resolver o problema, ou ao menos minimizá-lo, esclarecer logo aquele sinistro e colocar atrás das grades os caras maus. Tinha a certeza de que mistérios não davam em árvores, e outro igual aquele só na próxima encarnação.

Foi quando a campainha tocou e a empregada foi atender. Cínthia revirou os olhos como quem diz "isso são horas..." e Flamarion interrompeu o caminho entre a boca e o garfo, já pressentindo que o incômodo era com ele. E era. A empregada voltou dizendo que um "senhor Silva" queria falar com o patrão. Ninguém falou nada. As meninas já tinham idade suficiente para saber que não era bom tocar em assuntos melindrosos dos pais e já tinham pressentido que a mãe estava irada, desde o dia anterior, quando perdera o marido para uma sucessão de crimes que apareceram na televisão, em todos os canais, embora Cínthia se esforçasse para mudá-los e até mesmo desligar a TV a fim de proteger as filhas das desgraças do mundo.

Mas elas não eram bobas e ouviam muito bem os resmungos da mãe, principalmente falando ao telefone com a avó das crianças e sogra de Flamarion. Era um tal de "Aristides está bancando o policial...", "Aristides não volta mais pra casa...", "Aristides está achando que é o pai...", e "ele até desenterrou um tira aposentado, colega do finado seu Rubens...". Em todas essas oportunidades, as meninas ouviam e iam montando o quebra-cabeças que, pouco a pouco e para efeitos do raciocínio infantil das pobrezinhas, tomava os contornos de um dragão bufando fogo pelas ventas. Porque se há alguém que conhece os destemperos dos pais são os filhos. E elas pressentiram, naquele almoço, que aquela interrupção inadequada ia acabar mal.

Porém, criança ainda não tem toda a percepção e a experiência das mazelas do mundo para saber que, quando a ira alcança um extremo, ou vira homicídio ou vira silêncio. Como Cínthia não tinha tendências psicopatas, preferiu o silêncio, que era um silêncio só de boca. Seus olhos iridescentes lançavam chispas enquanto ela sorvia a água mineral do copo. Sua mão tremia de ódio mudo, num gesto que Flamarion só conhecera certa feita quando conversava com um sujeito que tinha simulado um acidente de carro e que, descoberto, tentava negar aos policiais que tivesse cometido a fraude. A cada negativa dele, Flamarion rebatia com uma nova evidência que descobrira, fazendo com que o tal sujeito se irritasse cada vez mais.

Nenhuma desculpa dele, ou do advogado, convenciam os policiais, e o sujeito ia ficando mais e mais irritado com Flamarion, que era o mais fraco dos algozes do fraudador ali presentes, porque não era policial, não estava armado e não tinha cara de mau. A certa altura, ele pediu um copo d'água, que lhe foi servido. Flamarion prosseguiu em sua cantilena, explicando ao delegado como sua investigação tinha concluído pela falsificação do sinistro, mas não conseguia deixar de prestar atenção, com o canto dos olhos, no seu novo desafeto sentado do outro lado da mesa e cuja mão que segurava o copo tremia, inclusive de vontade de jogar-lhe o conteúdo na cara, o que acabou não fazendo somente por graça divina, porque ninguém mais naquela sala preocupara-se com aquele risco sutil. Era assim que Cínthia estava; pelo menos era assim que ela lhe parecia.

Flamarion pediu desculpas, deu uma garfada na salada, disse que no jantar experimentaria o almoço, beijou as filhas e foi saindo. Pensou em também dar um beijo na esposa mas, de soslaio, viu uma leoa prestes a lhe pôr as garras, tão nervosa que nem falava. Apenas sorriu para ela, pegou a jaqueta e saiu da copa, rezando para voltar logo e tentar contornar as coisas.

Silva já o esperava na porta da rua. Pediu secas desculpas e prosseguiu:

– Te busquei para irmos falar com Tito. Atrapalhei seu almoço, não é? – Enquanto dizia, ia andando, como se a resposta à sua pergunta não lhe importasse a mínima.

– Deixa pra lá. Onde vamos encontrá-lo?

– Na prisão, onde mais? Cupertino me arrumou uma entrevista com ele, sem advogado.

O horário era sem tráfego e chegaram logo ao complexo penitenciário do estado, situado do lado de fora da cidade. Estavam, naquele local, a uns trinta quilômetros do esconderijo de Ramón e Nelson, mas não sabiam disso. O Professor Pardal esforçava-se para rastrear os celulares de Nelson, Ramón e Mucama (que havia sumido), mas ainda não tinha respostas. Os aparelhos possuíam GPS e a polícia certamente pediria ordem judicial para localizar o paradeiro deles, mas aquela burocracia ia demorar. O Professor Pardal fazia tudo clandestinamente e rápido. A chance era de ele passar informações rápidas. Até lá, a intenção de Silva era descobrir o máximo de informações sobre "o inimigo", como ele gostava de dizer.

Chegaram rapidamente ao pátio externo da penitenciária. Observaram que detentos faziam serviços nos jardins ao redor e no interior do complexo, carregando e limpando coisas de um lado para outro. Tinham umas caras de falsos santinhos que desagradou a Flamarion. Era como se estivessem contendo-se, enganando quem os vigiava, para abreviar a pena e voltar ao ambiente externo. É claro que ele também faria isso caso estivesse preso no lugar daqueles detentos. Mas, mesmo assim, a ideia de ver aqueles lobos em pele de cordeiro não o agradava em nada.

Foram recebidos por um homem em trajes civis que se identificou como subdiretor do local, avisou que o Dr. Cupertino já havia ligado e foi breve e seco em levá-los até um parlatório. Na antessala já os esperava Arrudão, para enorme surpresa de Flamarion, que, entretanto, não ousou perguntar nada ao inspetor, muito menos ali, na frente do sujeito. Arrudão estava com olheiras, cara de quem perdera a noite de sono, e um ar melancólico que exprimia ao mesmo tempo desolação e raiva e que contagiava quem estivesse perto daquele homenzarrão.

– Como está? – perguntou-lhe Silva. É claro que a pergunta era meramente retórica.

– Bem. – A resposta foi seca.

– Este policial está com os senhores? – indagou o tal "sub". – O Dr. Cupertino me avisou que ele também viria, por isso ele está aqui.

– Está conosco – tranquilizou Silva.

Arrudão olhou o subdiretor com uma mistura de desprezo e raiva, ultrajado com o fato de sua presença precisar ser autorizada pelo inspetor.

– Ele fica do lado de fora enquanto conversamos com Tito – completou o inspetor.

– Perfeitamente – respondeu o subdiretor e saiu. Parecia homossexual, mas Silva não apostaria todas suas fichas nisso. Hoje em dia os homens estão ficando afeminados, tão suaves no trato que estava cada dia mais difícil descobrir quem era e quem não era hétero.

Foram escoltados por dois agentes penitenciários, passaram pelo vestíbulo, entraram no parlatório, onde Flamarion adivinhou que Tito já se encontrava. Pela janela de aço da porta, viu-os debruçando-se sobre a mesa e algemando alguém que estava sentado, de uniforme, mas não dava para ver mais nada. Em seguida, abriram a porta e mandaram que Silva e Flamarion entrassem. Eles esperariam do lado de fora para o caso de precisarem de algo. Como era de praxe, ficariam assistindo à cena da janelinha, pois o preso não podia ficar longe dos olhos dos agentes hora nenhuma, embora a conversa ali dentro fosse, por lei, particular.

Tito era um homem baixo, quase tão baixo quanto Silva, talvez só uns dois centímetros maior, mas Flamarion não poderia jurar, porque ele sentado estava e sentado permaneceu quando seus dois visitantes chegaram e, sem cumprimentá-lo, sentaram-se de frente a ele. Estava com o cabelo raspado à moda dos condenados, mas suas grossas sobrancelhas e orelhas de abano denotavam algum refinamento. Seus gestos também não eram, exatamente, os de um criminoso, e suas mãos eram lisas como as de um intelectual, desprovidas de calos. Certamente, aquele homem jamais trabalhara pesado em toda a sua vida e destoava da maioria dos traficantes que haviam começado a vida no morro, em humildes barracos de comunidade, brincando na terra até terem idade suficiente para começar a trabalhar ou a traficar, conforme a sorte de cada um.

– Eu conheço os senhores? – Sua voz era clara, sem gírias. Com o longo tempo de cadeia, logo percebeu Silva, pegara o cacoete de chamar a todos de "senhor", que era como se aprendia a duras penas no cárcere.

– Não. Eu nunca o prendi. – Limitou-se a responder Silva, pegando um bloquinho do bolso interno do paletó que usava e uma caneta do bolso da camisa. Começava suas infalíveis anotações, como Flamarion já havia observado e se habituado.

– Então é polícia... – Ele parecia divertir-se, caçoar dos dois. Olhou para Flamarion: – E ele?

– Precisamos de informações e por isso estamos aqui – apenas disse Silva, que sequer prestou atenção na pergunta de Tito.

Houve um silêncio constrangido, sucedido de uma risada franca, quase uma gargalhada, do condenado. Ele parecia deliciado com a visita, pelo menos assim pareceu a Flamarion. Olhava para seus dois visitantes e sorria. Parecia confortável ali. Não era ele quem precisava deles, e nada para aquele bandido era surpresa.

– E por que diabos eu iria ajudar a polícia? – perguntou, alteando a voz tão logo parou de rir. Parecia um pouco irritado, como irritam-se os pais com os filhos traquinas. Sua indisposição com ambos ainda não chegara à raiva, estava longe disso, mas ele insistia em demonstrar a hostilidade natural existente mesmo nas conversas mais amenas entre mocinhos e bandidos. Tal qual nos filmes americanos, pensou consigo Flamarion. Silva permanecia com uma fisionomia carregada que não trespassava nada de seus sentimentos, o que jogadores costumam chamar de *poker face*, cara de jogador de *poker*. Uma fisionomia com conteúdo inexpugnável. Dela, nada se percebe do que pensa seu dono.

Silva olhou para ele, novamente fingiu não ouvi-lo, pigarreou e prosseguiu:

– Há dois caras que trabalham para você. Um já cumpriu pena, o outro é perseguido pela polícia até hoje e tem vários nomes. Sabemos que um deles quer matar o outro e queremos que você nos ajude na localização de ambos.

– Só isso? – Tito voltou ao deboche franco. Estaria gesticulando como um ator de teatro remedando alguém caso não estivesse algemado. – Por que não me falou antes? Ora, é muito simples te ajudar... Claro, você quer o nome e a localização dos dois, não é isso?

Silva limitou-se a olhar nos olhos de Tito. Não lhe daria o prazer da resposta. Sabia o que viria em seguida e estava se contendo para não enfiar o pé da mesa no rabo daquele criminoso idiota. Perigoso, sem dúvida, mas idiota.

– E que diabos eu ganho com isso? – continuou, mais ríspido do que nunca. – Eu já estou condenado. Minha sentença não muda. Vou passar aqui pelo menos mais uns cinco anos, o babaca do meu advogado já me falou. E vim parar aqui dentro por causa dos colegas de vocês. – E fez um esgar, olhando com certa repugnância para os dois homens à sua frente. – Então eu quero mesmo é que vocês vão pro diabo que os carregue. Vocês e as informações que querem de mim.

Parecia satisfeito, ao final, como se estivesse travado e segurando aquele desabafo fazia algum tempo, contendo-se para não desacatar seus guardiões, para não ofender às leis do cárcere. Finalmente podia ser ele mesmo, e seu olhar era triunfante. Tinha, afinal de contas, tirado um peso dos ombros, tinha ido à forra.

– Era só isso? – perguntou, alto.

Na janelinha da porta de aço um dos agentes mexeu-se, inclinou o corpo e meneou a cabeça, como se ensaiando entrar no local para conter os ânimos do preso, mas ficou quieto. Era como um juiz de luta livre aguardando o lutador que perdia tomar mais um soco, para, aí sim, parar o combate no lance exato. Tito continuou:

– Pois se era só isso, podem ir embora. Eu os prejudicaria, se pudesse. Ajudá-los, nunca.

– Um deles se chama Ramón Rodrigues de Morais. Era sua mula, ia muito para o Paraguai para a sua organização. – Silva prosseguiu, em tom monocórdio. Nada daquele rompante ouvido parecia afetar-lhe. Parecia um locutor de rádio dando um anúncio fúnebre. Com sobriedade, sem emoções. – O outro não tem nome conhecido. Uns o chamam de Carlos, outros de Toni. Tem vários nomes, todos falsos. Era seu assassino de confiança.

Tito calou-se. Um silêncio eloquente. Silva logo entendeu que o nome dos dois, dito por ele, não surpreendia o traficante. O que o deixara meio boquiaberto fora saber subitamente o quanto Silva já sabia. Aquilo quase assustava Tito, que não tinha a mesma cara de jogador de *poker* do seu interlocutor. Silva prosseguiu:

– Os dois fizeram um negócio juntos. Ramón contratou seu ex-assassino para matar alguém. A coisa não foi sutil como deveria, a tramoia começou a ser descoberta.

O assassino já desconfiou que Ramón tem língua de trapo e que vai contar para a polícia, mais cedo ou mais tarde, todos os detalhes do caso. Está procurando por ele para queimar o arquivo. E eu quero os dois.

Dessa vez Tito gargalhou. Uma gargalhada longa. Flamarion teve receio de que o inspetor Silva lhe desse um sopapo, mas o velho policial ficou quieto, sempre impassível. Do lado de fora, agora os dois agentes olhavam para dentro, atentos a qualquer incidente. Tito continuou durão:

— Você quer os dois? Ora, que interessante... — Parecia agora no limite do ódio. Queria retribuir sua pena. Aquele baixinho na sua frente não era só um policial, para ele representava o carcereiro, o promotor, o juiz que o condenara. Enfim, era o Estado que acabara com sua vida. Queria revanche. — E sabe o que eu quero? Quero que você procure os dois muito bem procurado, mas procure bem no meio do seu rabo, entendeu? Bem no meio do seu rabo. E vá você, com seu colega aí do lado, os dois mais quem você procura, todos para a puta que os pariu, entendeu? Para a puta que os...

— Carlos já matou mais duas pessoas enquanto persegue Ramón. — Silva o interrompeu, consultando dados em seu caderninho. Para ele, tanto fazia que Tito estivesse ofendendo-o ou recitando um salmo bíblico. — Uma era a namorada de um tira, a outra a amante do primo de Ramón. Todo mundo que chega perto de sua presa ou se interpõe em seu caminho, ele mata. Você deve ter ouvido algo nos jornais ou na TV. Aqui você tem jornal e TV, não tem?

— Eu só leio histórias em quadrinhos e assisto futebol, sua besta. Acha que vou perder meu tempo com notícia policial? Jornalista vende o que a polícia diz, e vocês todos mentem. — Deu de ombros. Se pudesse levantar-se, se não estivesse algemado à mesa, já o teria feito. — Não entendeu o que eu disse? Quer que eu soletre? Ou que eu desenhe? É retardado? Você está perdendo seu tempo, cara...

Silva olhou para ele agora mais detidamente. Mais incisivo. E arrematou:

— O policial que era namorado de uma das mulheres que seu capanga matou está aí fora.

Isso gelou duas pessoas no parlatório: Tito, por motivos óbvios, e Flamarion, que finalmente entendeu o motivo de Arrudão, na antessala. A um só tempo, admirou a perspicácia do inspetor Silva, mas também teve medo dele, porque intuiu no quê e como ia acabar aquela história se Tito não melhorasse o tom de suas respostas. Mas Tito não falou nada, permaneceu ouvindo. Finalmente estava atento, era todo ouvidos. Foi Silva quem continuou:

— Eu disse a ele que você saberia de tudo e saberia informar onde os dois estão. Ele ficou decepcionado, queria participar do interrogatório, a direção do presídio parece que não gosta de você e autorizou ele a entrar. Eu que não deixei, achei que não precisava. Fiquei com receio dos métodos dele de interrogatório já que ele está meio... – E Silva fingiu procurar palavras no espaço. Estava sério, mostrando para Tito que não eram meras brincadeiras aquelas suas palavras: – Ele está meio envolvido emocionalmente, entendeu? Fiquei com receio de ele apelar contigo, perder as estribeiras. E eu acredito muito, muito em direitos humanos, sabia disso?

Tito continuava quieto. Um pouco branco e começando a se apavorar, mas quieto. Silva prosseguiu:

– Sou um daqueles policiais modernos que acreditam em polícia científica. Você não? Eu acredito. E não gosto de violência, tortura, abuso de autoridade, essas coisas, não é? – Procurou Flamarion para um alento, no que surpreendeu até mesmo a ele, que só conseguiu acenar a cabeça e esboçar um sorriso. E Silva prosseguiu: – Mas nem todos seguem meus métodos modernos. Meu colega lá fora é um deles. Eu garanti que você cooperaria numa boa. Só por isso ele ficou aguardando. Não sabia que você ia preferir falar com ele. Se quiser posso chamá-lo...

– Você está blefando... – Tito disse.

– Não. Sabe por que não nos conhecemos? Ou, ao menos, não ainda?

– Mas o que tem uma coisa com outra...

– Eu investigo homicídios. Traficantes nunca foram minha praia. Somente converso com vocês quando alguém morreu e alguém matou, e preciso de informações. Não tenho nada de pessoal contra você, Tito. Quero que saiba disso.

– E...?

– Mas preciso da informação e você vai me fornecer o que sabe. Ou pra mim ou pro meu amigo. Já te disse que não é pessoal, não sou seu inimigo, não te pus na cadeia. Para mim você é indiferente. – Agora o velho inspetor estava bancando o paizão. Flamarion observou que ele próprio fazia os dois papéis, do tira bom e do tira ruim, e assombrou-se com essa habilidade do parceiro, que até então não conhecia.

– E se eu não te falar o que você quer ouvir seu amigo vai me bater? É isso?

Silva, novamente, não ligou para a pergunta. Fez um muxoxo, arrastou a cadeira e preparou para bater em retirada. Antes, deu sua última cartada:

– Ninguém está sabendo da nossa conversa. Ninguém vai saber. Você não deve lealdade a esses caras, um já era, saiu do ramo. O outro ficou louco e está matando todo mundo. É péssimo para seus negócios. Você devia querer que a polícia os parasse. Você deveria colaborar.

– E se não colaborar?

Dessa vez o inspetor levantou-se. Flamarion imitou-o. Silva guardou o caderninho de notas no bolso interno do paletó e deu as costas para Tito lentamente. Os agentes abriram as portas. Tito permanecia imóvel, olhando para os dois se afastando, como se estivesse assistindo ao final de um filme inacreditável. Flamarion sentia-se mal, não sabia o motivo, ou sabia, mas achava melhor não pensar nisso. Na saída, toparam com Arrudão, sentado em uma poltrona, distraído. Silva pegou um gravador e passou para ele.

– Grave tudo que ele falar, quando ele falar. – E afastou-se, enquanto Arrudão assentia e Flamarion seguia os passos do inspetor, não sem antes notar um certo ar de satisfação na expressão austera e quase abobalhada de Arrudão. Era como se seu chefe tivesse, enfim, dado autorização para que ele saísse do ostracismo e agisse à sua maneira.

Desceram as escadas em direção à saída do presídio. Silva nada dizia, carrancudo. Flamarion preparava-se para interpelá-lo, querendo saber o que fariam daí em diante, se esperariam para ver se Arrudão teria algum sucesso, ou não. Mas considerou melhor manter o silêncio, diante do visível mau humor do chefe. Enquanto seguiam em direção ao carro, um agente apareceu correndo e gritando o nome do inspetor. Ambos olharam para trás.

– Seu colega mandou chamar – o agente disse, esbaforido. – Mandou dizer que o homem resolveu contar tudo.

Voltaram. Silva não parecia surpreso nem teve pressa. Quando chegaram ao parlatório, Tito fumava e alguém lhe servira cafezinho e água. Estava desalgemado. Arrudão permanecia em pé, encostado na parede oposta à mesa em que o condenado encontrava-se. Havia alguma frustração em seu rosto e bastante impaciência. Ele justificou-se quando o inspetor regressou:

– Foi o senhor sair e ele resolveu falar. – Parecia desculpar-se por não ter posto as mãos nele. Flamarion não deixou de notar que ele permanecia ignorando-o por completo, de propósito. Para Arrudão, somente estava ali o inspetor Silva.

Tito sorriu em retorno, mas agora o sorriso não tinha uma ironia agressiva. Era como se estivesse satisfeito em poder conversar, ou em escapar das garras de Arrudão.

– E então? – Ainda sem se sentar, o inspetor perguntou.

– O senhor e o seu amigo são muito convincentes. – E dava tragadas diáfanas no cigarro. Silva desconfiou que aquela era uma mercadoria de luxo naquele presídio. – De qualquer modo, eu não devo nada àqueles dois filhos da puta. Se não me ajuda, pelo menos não atrapalha, não é mesmo?

– Sempre ajuda. – Silva, então, sentou-se. – Ajuda a lavar sua consciência. Ajuda a evitar mortes.

Tito fez que abriria a boca para contar uma piada, mas Silva encarou-o, e Arrudão, em segundo plano, impacientou-se visivelmente. Isso o fez mudar de ideia. Trocou a brincadeira por uma pergunta:

– Me falou que ele matou duas mulheres, não foi isso?

– Sim.

– Então ele está mesmo descontrolado. – Tito pareceu constatar friamente. Não havia qualquer remorso ou vergonha em sua voz. Nunca havia. – O outro não, é um bundão. Ramón era um bom motorista e contava boas piadas. Era um puxa-saco que era bom ter por perto, mas nunca foi perigoso. Pelo contrário. Acho que estou aqui porque ele falou demais quando os tiras o colocaram pra suar no pau. – A alusão à tortura não pareceu incomodar nenhum dos presentes, a não ser Flamarion, para quem aquela história toda, se era interessante, também incomodava. E queria sair daquele complexo penitenciário o mais rápido possível. O clima ali era terrível, parecia cercado de dor e mágoa demais, que impregnava as paredes e o piso daqueles cômodos e viciava em tragédia e podridão quem estava ali dentro – agentes, funcionários, visitantes e presos.

– Mas o bundão contratou o outro. Aí os dois ficaram perigosos – Silva completou a frase.

– E há um terceiro, não há? – Agora era Tito quem perguntava. – Meu pessoal falou que há, não se incomode em confirmar. Não precisa. O cara era um bom soldado, eficiente, só agia profissionalmente, não tinha essa agressividade, essa raiva toda. Agora está tendo. É, ele está fora de controle.

– E onde ele está? Seu pessoal também lhe disse?

– Ele, eu não sei – respondeu o marginal, e com a resposta era visível a decepção imediata dos três homens que o ouviam. – Mas Ramón andou pedindo ajuda aos seus antigos companheiros de organização. E foi ajudado. Isso me informaram. Sei onde ele está.

– Onde?

Tito apagou o cigarro após uma tragada funda. Tomou água antes de prosseguir:

– Posso conseguir algum benefício com isso?

– Pode. – O tom de Silva era baixo e inflexível. – Você fala e meu amigo não te enfia um cabo de vassoura no traseiro. É o trato. Ah! Havia esquecido: você faz uma boa ação e amealha créditos para tentar evitar o inferno quando morrer. Você acredita no capeta, não acredita?

O sorriso de Tito congelou de novo. Ele havia encontrado alguém duro como um *iceberg*, muito pior do que ele. Sabia que estava vencido, que não havia negócio, e que o que importava agora era dar o que aquele sujeito queria para ele ir embora o mais rápido possível.

– Ele pediu guarida a um dos meus olheiros – disse, olhando para o chão. Um capo como ele, um comandante de organização criminosa, não gostava de delatar ninguém, nem quem considerava desprezível. Eles aprendem desde cedo que o único e verdadeiro inimigo é a polícia. Mesmo membros de quadrilhas rivais mereciam mais respeito do que tiras. Colaborar com eles, para Tito, era algo de embrulhar o estômago.

– Você o está acoitando?

– Não necessariamente. Não sabia até então o que ele tinha feito. Sei que alguém que se esconde fez merda. E sabia que ele deveria ter feito merda, mas não sabia que merda era, pensou, antes de prosseguir. Ele estava com outro cara que não conheço, não é do ramo. Eles pareciam bem próximos.

– E...

– Meu gerente emprestou para eles as chaves de um local que temos, um ferro--velho abandonado... – E deu o endereço, que Silva anotou. – Isso tem um dia, que eu soube. Eles ainda devem estar lá.

– E o seu pistoleiro? Nem ideia? – Silva perguntou. Arrudão aguardava, também ansioso.

– Nem ideia. Ele nunca foi de parar em canto algum. Eu sequer sei o nome dele. Quer dizer, o nome de verdade...

– É, ninguém sabe. – E pediu que os agentes entrassem. Quando entraram, acrescentou: – Muito obrigado. Ele nos deu uma informação, vamos conferi-la. Enquanto não descobrimos se é verdade, gostaria que o mantivessem isolado dos outros detentos.

Tanto os agentes quanto Tito olharam incrédulos para o inspetor Silva, não pareciam acreditar no que ouviam. O agente que parecia ser mais graduado respondeu:

– O diretor mandou que fizéssemos o possível para colaborar. Falou que tem muito sangue e confusão envolvidas. Vamos isolar o cara até vocês darem o comando. Pode ficar tranquilo.

Silva levantou-se, com seus dois colegas seguindo logo atrás. Deixaram Tito fumando mais um cigarro, olhando para eles com alguma mágoa, nostalgia, vontade de segui-los e ser livre, ou isso, ou a mistura disso tudo. E ódio. Ódio quando foi novamente algemado e regressou à cela.

16. NADA É COMO NUM FILME AMERICANO

Ramón demorou pouquíssimo tempo para conseguir convencer Nelson a voltar para a cidade. Bastou que parassem em um *cyber café* de beira de estrada, muito mais um botequim com *lan house* agregada que qualquer outra coisa, e dessem uma zapeada nas últimas notícias via internet, para que conseguisse demover o primo da loucura de voltar à casa de Mucama para chorar a defunta.

— No mínimo, eles vão achar que fomos nós que fizemos isso — cochichou por trás dos ombros de Nelson que, sentado em frente à tela do computador, clicava nas imagens para ampliá-las enquanto lia nas legendas as notícias sobre aquele duplo homicídio que até ali a imprensa não conseguira associar.

— E se a mulher dentro do carro não tiver nada com o que ocorreu com Mucama? — Nelson perguntou alto e o local estava lotado. Um ou dois rapazes sentados em computadores ao lado olharam para ele, que estava transido, parecendo uma criança assustada.

— Pode ser que não tenha nada um caso com o outro. — Ramón tentou tranquilizá-lo. — Mas é algo pra lá de estranho, não acha?

Nelson fechou a tela, pagou o tempo gasto com a conexão no caixa e saiu pensativo. Do lado de fora, uma brisa fresca tornava a noite bastante agradável. Um homem parecia aguardá-los, empoleirado no capô do carro recém-adquirido por Nelson. O local era bem barra pesada, vizinhança de favela, e por um momento Nelson achou que iriam ser assaltados. "Um *grand finale* excelente. Dois assassinos assassinados em uma favela", pensou e riu. Mas o homem esperava Ramón. Era um negro alto, cabeça raspada, uns vinte e poucos anos. Iguais a ele havia dezenas naquelas redondezas.

Ramón olhou-o nos olhos. Reconheceu-o como um dos olheiros de Tito. O sujeito não sorriu e fez um movimento lento com uma das mãos que estava dentro do bolso, por debaixo da camisa. Por um momento pareceu que sacaria uma arma. Mas era um celular.

— E aí? — Foi só o que perguntou Ramón, a voz um pouco embargada pelo susto. Pareceu a ele que o homem do celular divertia-se um pouco com o susto que pregara, porque viu em seu rosto uma sombra, muito tênue, de uma risota de deboche.

— Telefone pra ti. — E apertou uma tecla, certamente, a de redial. Enquanto a ligação completava, reclamou: — Difícil achar vocês, hein? Deixamos vocês em um lugar e encontro vocês em outro... Assim fica difícil ajudar.

A ligação completou. O cara levantou do capô do carro, tirou o celular do ouvido e o repassou a Ramón. Distanciou-se uns passos, como se a dar alguma privacidade ao seu contato, que pegou o celular já sabendo qual era a voz que iria ouvir do outro lado.

— Difícil falar com vocês, hein? — Mesmo assim Ramón gelou a espinha. Era incrível como sabia que era Carlos, e mesmo assim ficava assustado. Nelson olhava-o nos olhos, e também começava a adivinhar, pelo olhar de pavor do primo, que se tratava do assassino que haviam contratado.

— É. — Ramón não conseguia soar natural. Fazer o quê? Ele era um criminoso, mas nunca antes tinha virado alvo de um assassino serial. Respirou fundo para tentar responder e não gaguejar, antes de prosseguir: — Tivemos que fugir diante das novidades.

— Você viu aquilo? Mataram a amante do seu amigo. E eu acho que sei quem foi. — Carlos soava estranhamente tranquilo, quase amigo. É impressionante como as pessoas conseguem se iludir com a ideia mais simpática aos seus interesses. Como não queriam um maluco rondando por perto para matá-los, quando o tal sujeito aparenta ser bonzinho, todos os indícios de que se trata de um lunático homicida dissipam-se como em um passe de mágica. Mesmo assim, Ramón ficou com um pé atrás. Naquele momento, Nelson estava quase agarrado a ele, querendo entrar telefone adentro para saber o que ocorria. A distância deixava Nelson corajoso. Já para Ramón, mais experiente, aquela distância era ilusória. Carlos já sabia onde eles estavam. O negão em cima do capô do seu carro, instantes antes, era prova viva disso.

— Ainda está aí? — De repente, alguma ansiedade na voz de Carlos, mas não era muito maior do que a de um namorado querendo marcar um encontro.

— Sim, estamos. — Ramón recuperou o controle. A voz amena do outro lado da linha lhe dava mais segurança, mas não o suficiente para abrir a mala de segredos. — E soubemos da morte da moça. E também da outra mulher.

— Aquele outro caso acho que foi coincidência. A cidade está muito violenta e desovam defuntos por todo canto. Mas fala pro teu amigo que eu descobri quem foi que apagou a loirinha dele.

Nelson bufava de ansiedade e seus olhos encaravam de maneira desesperada o primo, que agora mantinha um ar inexpugnável, que não permitia a quem o visse ali, naquela rua escura em uma noite de aragem fresca em uma calçada de favela, o que transcorria entre ele e o outro lado da linha. E como Nelson ansiava por saber novidades!

— E quem foi?

— Te digo pessoalmente. — Era como se Carlos estivesse simplesmente avisando que iria apanhar cigarros. Em nada parecia um tubarão prestes a abocanhar a presa.

Ramón chegava à conclusão de que Carlos ou estava sendo sincero, ou era o melhor ator do mundo, digno de um Oscar.

— Nós achamos até que era você, querendo saber notícias...

Carlos riu. Não uma gargalhada, pareceria forçada demais. Mesmo que a suspeita fosse inusitada, o assunto era sério demais para uma gargalhada. Mas foi uma risada de surpresa, daquelas que seu pai dá quando você ainda moleque confunde uma palavra ou diz uma besteira. Tudo naquela conversa era orquestrado para transmitir aconchego, tranquilidade, e Carlos prosseguiu: "E eu iria matar minha galinha dos ovos de ouro? Ou os seus pintinhos? Eu preciso do meu ouro, meu chapa. Sua saúde é importantíssima para mim. Mais ainda do seu parceiro, que é o dono do cofre".

Tinha lógica. Se o sujeito queria receber não teria porque matá-los. Eles tecnicamente não o estavam caloteando. Estavam fugindo da polícia e tentando receber da seguradora para poder pagá-lo, mas nunca fora intenção, ao menos de Ramón, enfurecer Carlos a ponto de ganhar um inimigo. Nelson, nem se fala. Se ele pudesse pagar triplicado para sumir com os dois, Carlos e o primo, de sua vida, fá-lo-ia sem pestanejar. Mas, então, quem liquidara Mucama? E foi a pergunta que fez ao assassino.

— Já falei que te digo pessoalmente. Por enquanto, basta saber que o amante da mulher do tal Nelson era filho de um cara bravo do interior do estado. Bravo e rico. E que está enfiando dinheiro no cu da polícia para se vingar.

— Como descobriu isso? — Agora Nelson tinha parado de respirar e simplesmente aguardava o final da conversa para dar outra porrada em Ramón, matar-se ou sair cacarejando. Pouco lhe importava. Queria descobrir o que se passava.

— Já te disse que te falo pessoalmente. Vocês ainda estão no ferro-velho?

— Sim.

— Aquele que o pessoal do Tito indicou?

— É isso aí.

— Não voltem para lá. Não é seguro. Alguém pode abrir o bico. — E, de repente, Ramón estava de novo subserviente àquele homem. Além de sua natural vocação para ser sempre o escudeiro e a escada dos outros, algo que Nelson já havia descoberto, ali também havia uma natural prevalência do poder de persuasão de Carlos sobre Ramón, que não era nada difícil de ser dominado.

— Acredito que não tenhamos outro lugar. Não por agora. E os tiras podem estar nos procurando.

Nesse momento, Nelson já colara corpo-a-corpo no primo e tentava ouvir o que Carlos falava do outro lado. Seus olhos, arregalados, eram só ansiedade. Se não explicassem logo o que ocorria, ele seria capaz de enfiar-se celular adentro e, via satélite, ir ter com o pistoleiro onde quer que ele estivesse. Mucama, para Nelson, já era uma preocupação secundária. A ele importava a sobrevivência. E aquele telefonema era de vital importância para descobrir quais seriam suas chances, dali em diante, de passar o resto da vida na cadeia ou ser morto.

– Eu tenho um lugar. – E Carlos fez um silêncio significativo e previamente estudado. Do outro lado, ouvia a respiração pesada de Ramón. – Mas vocês vão ter que confiar em mim.

– Eu confio. Meu parceiro é quem está preocupado, sem saber o que fazer, em quem confiar. – E olhou para Nelson, que agora queria dar mesmo, muito, outra porrada no primo.

– Ele tem razão. Eu no lugar dele também estaria. Mas estamos no mesmo barco. Fale com ele. Fale com ele e anote o endereço que vou dar...

E Ramón anotou.

***

Do outro lado da linha, em um hotel sebento de centro imundo de cidade grande, perto das bocas de fumo e das putas, Carlos desligou o telefone tão logo terminou de dar as coordenadas para aqueles dois idiotas. Ria-se, agora, porque fora ainda mais fácil recuperar a confiança que havia perdido matando as duas mulheres. Pessoas apavoradas tendem a se abraçar a quem quer que lhes transmita força, era uma lição que havia aprendido ainda moleque: sempre procurou por gente forte em sua vida, desde sua adolescência e até hoje. Tinha horror aos fracos. Ao lidar com eles, você fica igualzinho, também fica fraco. Homem só deve mexer com quem é igual ou melhor. Só assim se desenvolve, ganha músculos, garra e cabeça para seguir a vida.

Depois que desligou foi até a janela e olhou a paisagem cinza de prédios velhos com paredes fuliginosas, naquele tom gótico característico das cidades grandes de quarenta anos atrás, quando ainda não havia a baboseira de preocupação com verde e com ecologia. Havia a cidade, e na cidade havia asfalto. Planta era para o mato. Aquela região do centro estava parada no tempo, era velha e desvalorizada, a prefeitura havia se esquecido de repaginá-la, e hoje tornara-se um pequeno exemplar de tudo de pior que o submundo pode oferecer, em poucos quarteirões que se defraudavam diante seus olhos.

Sua preocupação de que tivessem medo dele havia se dissipado por completo. Na verdade, estava lentamente chegando à conclusão de que fora pessimista demais ao acreditar que aqueles dois patetas lerdos fariam de pronto a ligação entre a morte da policial (Carlos achava que Sofia era policial) e a loura e ele. Não havia motivo algum para querer matá-los, não aos olhos deles. Então, por que acreditar que estariam sendo traídos? Ramón o procurara aquele dia, na rinha de briga de galos, e Carlos tranquilizara-o, dissera que estava tudo ok, que esperaria pelo dinheiro. Ele não havia cobrado e não demonstrara preocupação. Ramón ou o amigo dele não tinham porque descobrir que o cara por trás das mortes era ele.

Voltou para a cama e ligou a TV. Colocou-a sem som e foi zapeando. Realmente, dois ou três canais de notícia divulgavam o duplo homicídio, das mais de setenta almas que aquele assassino encomendara ao inferno. E a ele não importava. Queria terminar aquilo o mais rápido possível e sumir de novo. Talvez nem voltasse por bastante tempo para perto de seus familiares, afinal, mulher tem em todo lugar e filhos ele fazia outros a hora que quisesse.

Era importante a rapidez: eliminar os dois, primeiro o gordinho, que era seu contato, depois o dono da chave do cofre, que ele não conhecia pessoalmente e que só vira à distância. Divertir-se-ia com ele até obter dinheiro, cartões, senhas de banco. Para recuperar o prejuízo. Não era nem o preço do serviço, que ainda não estava pago, mas era pouco mais do que já havia sido adiantado. Por causa daqueles dois, ele teria que ficar parado por um bom tempo, fugir de sua clientela e rearranjar sua vida. Precisaria de dinheiro para isso. Era dinheiro que queria de Nelson antes de matá-lo. E, depois, seguiria em frente e aproveitaria um pouquinho a vida.

Durante a conversa que acabara de encerrar havia insinuado a Ramón que os tiras e os parentes do amante de Íris estavam no encalço dos três. E Ramón aceitara essa versão como plausível quase que instantaneamente. Era mais possível, menos inverossímil, crer naquilo do que no fato de que havia um psicótico assassino, ele, Carlos, na cola dos dois, para matá-los, sem maiores motivos do que conseguir dinheiro e desaparecer com as pistas de seu rastro. Era a versão mais evidente, mas como Ramón pouco conhecia dele, não conseguia enxergar o óbvio.

Indicara a casa de campo de um milionário que certa vez precisara de seus serviços e cujo caseiro lhe devia diversos favores. E os cobrara naquela noite. Ligou para o caseiro, pediu que colocasse a chave da casa escondida próxima ao portão, desligasse seus alarmes, trancasse os cachorros no canil e fosse passear por um dia ou dois. Era tempo suficiente para terminar o serviço com aqueles dois caras. Primeiro Ramón, que não tinha segredos para lhe contar, cuja existência não trazia a Carlos benefício algum. Depois, e mais lentamente, Nelson.

Havia dito para que fossem para o tal local e não se importassem com sua ausência. Não os esperaria lá. Deixaria que ficassem por lá por algum tempo, até ganharem mais confiança ainda que aquele local seria algo semelhante a um porto seguro e que ali estavam, sãos e salvos, graças ao seu protetor, seu leão de chácara, seu segurança pessoal: ele, Carlos.

Depois, e só depois, ele chegaria ao local. Seria fácil e rápido. Eles o receberiam para que os protegesse, mas ele iria fazer apenas aquilo que sabia fazer de melhor: matar. Sem saberem disso, os dois patetas estariam esperando a raposa que tomaria conta do galinheiro.

***

Ainda no meio da noite, Silva e Flamarion chegaram ao ferro-velho da favela. Flamarion passara grande parte do percurso fingindo que ouvia Silva resmungar, enquanto tentava ligar para sua mulher que, de tão irada, parara de atender suas ligações ou, quem sabe, saíra de casa com as filhas, talvez em visita à mãe, talvez para um hotel, enquanto preparava a petição de divórcio, sabe-se lá. Ela estava irada, como há muito tempo ele não via, e não queria saber de qualquer argumento em sua defesa. Mulheres…

— Ele matou as duas mulheres e agora está atrás dos caras que o recrutaram. – Silva falou, serpenteando com o carro pela rodovia, àquela hora quase deserta, desviando de buracos e, finalmente, entrando em uma estrada marginal.

— Será que já se encontrou com eles? – Limitou-se a dizer Flamarion, tentando novamente ligar para Cínthia, em vão. "Que merda! Até parece que arrumei uma amante ou que bato nela. Isso é só trabalho, porra! É meu ganha-pão", pensou.

— Estamos o tempo todo atrás deles. Esse é o problema. – E jogou a bituca do cigarro que fumava pela janela do carro enquanto diminuía a velocidade à procura do endereço. – Se conseguirmos nos adiantar a eles, prendemos todo mundo e resolvemos o caso. Por enquanto, infelizmente, não conseguimos alcançá-los. Eles estão muito rápidos.

Descobriram o local exato do esconderijo de seus foragidos, não porque tivessem achado o número do sobrado, tal como Tito fornecera, mas porque no portão já estavam várias viaturas da polícia, um tira arrebentando um cadeado com um turquesa enorme, e o delegado Cupertino em pé, no meio da rua, com uma cara mais acabrunhada e feia do que Flamarion jamais tinha visto.

— Ele está bravo porque não o informamos de nada desde o encontro com Tito. – disse o inspetor, saindo do carro e indo ao encontro do velho delegado.

— Se vamos brincar de gato e rato, Silva, é bom que me avise. Eu preciso me preparar. – Cupertino esboçou um sorriso que não combinava com ele. Nada de alegre combinava com aquele sujeito. – Por enquanto, o combinado era procurar um homicida em série. Caçar tiras aposentados que te passam para trás não estava no *script*.

Silva sorriu. E pediu desculpas: era a pressa. Limitaram-se a isso e logo se entenderam, entrando no local, novamente sem prestar atenção à presença de Flamarion com eles. Isso irritava o agente de seguros, era como se fosse apenas a cereja do bolo, dispensável e irrelevante, e o mais chato é que estava acostumando-se com aquela indiferença toda.

Eudes já estava lá com uma equipe forense de peritos. Vasculharam o pátio repleto de sucatas e destroços de carros, o que Flamarion conhecia bem. Já participara de investigações de seguros envolvendo remarcações de chassis de carros, clonagem e toda a sorte de malandragens que diversas quadrilhas especializadas teimavam em realizar para lesar as seguradoras. Lembrava-se de pelo menos umas duas vezes em que visitara um desmanche daqueles à procura dos restos mortais de veículos segurados e recordava-se de pelo menos uma vez em que, no meio do que restava de um carro, encontrara um pedaço de dedo de mulher, ainda com um anel dourado, preso e retorcido nas ferragens de um carro que acabara de chegar rebocado de um acidente. Ali não houvera fraude, pensou, na época.

Enquanto se cumprimentavam, subiram as escadas do sobradinho, que ficava no meio do terreno, Eudes achando estranho a inexistência de cachorros num ambiente daquele, Silva respondendo que provavelmente era porque há muito tempo aquele lugar não devia funcionar para desmanche de carros ou para qualquer coisa.

— Por que diz isso? – perguntou-lhe Eudes.

— Nenhuma ferramenta, nenhum resto de tinta – respondeu o inspetor. – Desmanches e ferros-velhos não vivem e não produzem sem esse tipo de material.

Subiram para o segundo andar do sobradinho, onde viram todos os sinais deixados no local por Nelson e Ramón. A cozinha minúscula acoplada à sala ainda estava quente, com restos de macarrão nas panelas e nos pratos, colocados sobre a pia. Algumas das compras que Ramón levara ainda não haviam sido guardadas e permaneciam dentro das sacolas plásticas deixadas descuidadamente em cima do balcão e na pia. Havia copos e uma garrafa de *vodka* aberta, e vestígios de que um deles estava deitado no sofá enquanto o outro cozinhava. Tudo isso mais a TV desligada faziam parecer que eles tinham saído do local de modo abrupto e sem sobreaviso algum.

— Eles saíram muito rápido – concluiu Eudes. – A comida ainda está quente. A televisão é daquelas antigas, de válvula, vai notar que ainda está com o "motor" morno. Estavam assistindo à TV quando resolveram ir embora.

— Alguma coisa os alarmou – falou Cupertino.

— O noticiário – Silva falou enquanto, de cócoras, examinava o chão da cozinha, e Flamarion não conseguia descobrir o motivo. – Eles viram a notícia das mortes das mulheres. Pelo menos uma delas, a loura, era intimamente ligada a Nelson. Eles viram, acharam que era um recado ou um preparativo para eles, e deram no pé. Até aqui não está difícil de descobrir.

– Difícil mesmo é descobrir por que está engatinhando no chão da cozinha. – Cupertino esforçava-se por não dizer que considerava aquele gesto de Silva meio ridículo. Mas não precisava dizer. Seu olhar arrevesado de constrangimento era o bastante.

– Procuro vestígios de sangue, mas não há. – E levantou-se, para alívio de Cupertino.

– Por que procura vestígios de sangue na cozinha? – Eudes chegara até eles, e ao ouvir a rápida explicação do inspetor interessou-se por aquilo, que tinha intensos laços com o seu *metier* de perito.

– Se eu estivesse ferido, ou com alguém ferido, era onde iria lavar a ferida e estancar o sangue. – E apontou para a pia imunda de vasilhas e restos de comida. – O banheiro é muito pequeno, duas pessoas não caberiam nele, e sempre há instrumentos domésticos que podem ser utilizados nos primeiros socorros e que a gente só encontra na cozinha de um lugar como esse.

– Achou que algum deles estivesse ferido? – Agora era Flamarion que indagava, fazendo enorme força para que o notassem, ao menos pela pergunta que julgava inteligente, e até então não esclarecida.

– Ou os dois. Ou um acudindo o outro – disse Silva, enquanto saía da cozinha em direção à sala contígua. – Talvez já tenham se encontrado com o tal matador, que sempre parece estar alguns passos à nossa frente. Talvez não. Como não há sangue por aqui, acredito que ainda não se avistaram. Aliás, como saíram rapidamente logo após ligarem a TV, é muito possível que a perseguição entre eles esteja agora mais franca e óbvia porque abandonaram o local não faz muito tempo, e saíram às pressas.

E haviam saído mesmo. Um policial subira o lance de escadas até ali e noticiava que havia encontrado rastros frescos de pneu de carro saindo do pátio do ferro-velho sem qualquer vestígio de retorno.

– Muito bem. – Silva agora rastreava a sala daquele muquifo, e enquanto olhava para todos os cantos, continuava didático. – Eles saíram após ver a TV. O aparelho é daqueles antigos, de válvula... – Colocou a mão atrás do aparelho para averiguar, e continuou: – E ainda está quente. Estavam assistindo televisão, provavelmente enquanto comiam...

Eudes, da cozinha, avisou que era uma macarronada. Flamarion, que interrompera sua refeição para acompanhar o "mestre", sentiu seu estômago roncar. Silva continuou esquadrinhando cada canto e, então, chegou à janela, viu os policiais lá embaixo, próximos de onde o carro de Nelson estivera estacionado. Voltou-se para Flamarion:

– Viram o noticiário. Pelo horário, é o do começo da noite que assistiram. Deve ter visto a história das duas mulheres assassinadas. A namorada do Arrudão eles não conheciam. Não teriam como se assustar. Mas Nelson se surpreendeu e se assustou com o homicídio da amante. Isso deve tê-lo transtornado.

– Ele deve ter achado, no mínimo, uma bruta coincidência. – Flamarion tentava acompanhar o raciocínio do inspetor, mas aquele baixinho estava quilômetros à frente de seus neurônios.

– Desesperado e fugido da polícia ele já estava. – O inspetor prosseguiu. – Aí, vê a notícia da morte da amante pela TV. O que ele pensa? Será que ele associa os fatos? Ou será que volta para casa, ou para a casa da finada, para saber o que ocorreu?

No entanto todos sabiam, eles não haviam retornado à cidade. Cupertino deixara policiais à paisana nos dois locais e até ali não houvera ocorrido qualquer visita inesperada de nenhum deles.

– Por mais que os dois estivessem preocupados com a morte das moças, ou ao menos de uma delas, acho que eles estão mais preocupados em fugir da polícia – salientou o delegado Cupertino.

Flamarion e Eudes concordaram com ele. Silva calou-se, olhou novamente pela janela envidraçada de basculantes, lá para baixo. Encostou o queixo no vidro e ficou matutando enquanto procurava um Marlboro no bolso do paletó.

Então saíram do sobrado e foram para o pátio de terra, em que várias carcaças de carros formavam um estranho cemitério de ferragens retorcidas e metal enferrujado. Alguns chassis, ainda com grades e faróis, pareciam caveiras cheias de dentes sorrindo de maneira macabra para aqueles estranhos visitantes que faziam tanta balbúrdia àquela hora da noite. Dois policiais estavam com lanternas, cujos fachos dirigiam-se para o rastro fresco de pneus de carro que acabavam no portão de folha de lata de latão de lixo, tão comum em subúrbios e no interior, em residências humildes. Parecia estranho, hoje em dia, confiar o fechamento e a segurança de um local repleto de coisas de valor, quinquilharias e ferro-velho, mas de valor, a um portão que se abriria com um pontapé. Aliás, quebrar-se-ia em dois.

– Eles saíram de carro, por aqui, não há dúvida – Eudes falou o óbvio, mas os olhares dos demais acompanharam seu dedo apontando para as marcas e para o portão.

O inspetor, no entanto, olhava em volta, para a montoeira de restos de veículos, para as carcaças todas. Seu pensamento ia longe, nada queria dizer naquele momento, mas olhou de soslaio para o delegado Cupertino, que ainda ruminava alguma raiva por seus passos desconhecidos e seus silêncios e mistérios, olhando-lhe feio. Sem dúvida, se Silva queria manter o apoio daquele velho colega de polícia tinha que lhe dar algo, uma informação nova que lhe fizesse reparar sua ausência de cortesia ao tratar com Tito sem nada avisar à polícia.

– E aí? – Era Cupertino. E não era uma pergunta. Era como uma reclamação ou um pedido. Era como uma dona de casa querendo saber o próximo capítulo da novela, ou uma criança perguntando ao pai quando iriam brincar no parquinho.

– Estranho lugar, este – Silva continuou, apontando em volta, dando uma tragada no Marlboro. Intimamente, estava achando muito bom voltar à ativa. Por mais que as desgraças e os cadáveres estivessem amontoando-se, era como voltar a estar vivo, voltar aos 30 anos de idade.

– Como assim? – O delegado Cupertino estava com sono, tinha perdido o resto de paciência que ainda tinha. Já estava na hora de voltar para a casa, tomar a sopa que a senhora Cupertino deixara no micro-ondas, como fazia todas as noites, e deitar-se logo após. Brincar de Sherlock no meio da favela não era um programa que o delegado particularmente gostasse.

– Pouca segurança para um ferro-velho, mesmo que seja um desmanche – esclareceu Silva. – Pela localização, deveria ao menos ter olheiros, porque, afinal de contas, estamos no meio de uma favela. Mas não há nada. E o local não está tão abandonado assim. Só acho que não é usado mais para guardar sucatas de carros.

– Então seria usado para o quê? Boca de fumo? – Quis saber Flamarion.

– Você não viu drogas aqui. E se fosse um ponto de venda de drogas não estaria à disposição de dois meliantes meia-bomba como os nossos perseguidos – respondeu Silva. – É usado sim, mas como um depósito, uma desova ou um esconderijo. Significa que a organização de Tito patrulha este lugar, tem o domínio do local, porque sem isso Nelson e o primo não teriam como se esconder aqui.

Flamarion matutou que as deduções de Silva tinham mesmo razão de ser. Ramón conseguira aquele local para se esconder graças ao contato com Tito. Aliás, justamente por conta desse contato é que o inspetor e ele tinham chegado ao mesmo local, tudo porque Ramón já fora motorista de Tito. Então eles estavam escondidos ali, relativamente seguros, embora o pessoal da organização soubesse de seu paradeiro naquele local.

Mas Silva interrompeu o raciocínio do amigo, prosseguindo em seus esclarecimentos a Cupertino, que bocejava e sentia frio e já enrolara um cachecol em volta do pescoço sensível de idoso. Silva prosseguiu:

– Eles se esconderam aqui porque Ramón pediu ao pessoal de Tito um local. Eles se esconderam, relaxaram, tomaram uma bebidinha… – Aí o inspetor apontou para o sobradinho e, de lá, para o portão, prosseguindo: – Ligaram a TV e Nelson descobriu a morte da segunda mulher dele em pouco mais de um mês. É para traumatizar qualquer um, não é mesmo? Mas, então, por que não voltou correndo, procurou a polícia, entregou-se, cuidou do funeral e das exéquias da amante?

– Não fez isso porque não voltou para a casa dela – Eudes respondeu. – Se tivesse voltado nossos colegas de campana já teriam nos dito.

– Então saíram do esconderijo, mas não para voltar para casa. – Silva concluiu. – Saíram daqui, de onde se sentiam seguros, com medo de também morrer, ou em busca de vingança, porque associaram a morte da mulher à perseguição que sofriam.

– Estão com medo de quem? De nós? – indagou Cupertino.

– Não. Pediriam arrego e se entregariam se seu temor fosse a polícia. E também saberiam que não iríamos matar uma inocente só para descobrir dois assassinos de meia-pataca...

Silva ia concluir, mas Flamarion interrompeu-o:

– Eles também não teriam porque nos temer em um esconderijo fornecido pelo bando de Tito. Se estivessem com medo da polícia, não sairiam daqui.

– Então por que saíram? – Cupertino, finalmente, enxergava em Flamarion um ser pensante, o que era um alívio para o investigador de seguros que, até então, era apresentado aos policiais como o "filho de Rubens Flamarion"; os tiras antigos lembravam-se de seu pai e elogiavam o finado, os novos permaneciam estáticos com aquele ar de "e daí?" no cenho. De qualquer forma, desagradável, muito desagradável.

– Não sei – respondeu Flamarion. – Talvez tenham tido receio de que o cara que matou a loura fosse o terceiro cara.

– Terceiro cara?

– Sim – dessa vez quem respondeu foi Silva. – O assassino de Tito. O sujeito que eles contrataram para matar a esposa de Nelson. E que, agora, voltou-se contra eles.

Depois de ruminado daquela maneira, Cupertino entendeu a confusão em que haviam se metido. Lamentou-se, resmungando, e determinou que o perito Eudes fizesse seu serviço, recolhendo digitais e batendo fotos. Segundo o velho delegado, por enquanto nada mais havia para se fazer ali, a decisão mais agradável que tomara naquela noite. Isso, na verdade, era visível a todos, inclusive aos subordinados dele.

Enquanto se embrulhava em um capote e metia-se dentro de uma viatura, fez questão de avisar o inspetor Silva de que estaria a postos a partir do dia seguinte para o que fosse necessário, e que deveriam intercambiar informações todo o tempo. Quanto a esse pormenor, ele balançou o dedo indicador na frente do próprio nariz, quase que de maneira paternal, insistindo para que o inspetor não se colocasse na frente da polícia e que avisasse de seus passos naquela investigação. Silva respondeu de maneira indulgente que o manteria o tempo todo a par do que soubesse, e essa promessa superficial pareceu agradar seu velho colega de trabalho. Satisfeito, o delegado Cupertino fechou a porta e escondeu-se dentro do agradável calor da viatura policial, que em instantes manobrou e saiu portão afora, sumindo na noite.

– Ele envelheceu. – Silva pareceu justificar o antigo chefe a Flamarion enquanto o carro sumia de vista. – Mas continua um grande policial. Honesto, pelo menos, e idealista.

– E nós? Também vamos embora? – Flamarion descobriu que também tinha pressa, assim como também tinha família e sono. Ah, e uma mulher brava, isso era bom não se esquecer de jeito nenhum.

– Daqui? Vamos embora sim.

E foram. O bom de não estar mais na ativa era não ter que seguir ordens, e certamente pensando assim o inspetor liderou-os na volta para casa, que fizeram, a princípio, em silêncio, Flamarion, de carona, investigava as ligações de seu celular e as últimas notícias de internet, que em nada se referiam ao caso deles. E Silva dirigia pelas vielas sinuosas daquela periferia e até o asfalto, onde rapidamente atingiram uma rodovia de volta para casa. O que passou a incomodar mais ainda foi o estômago, a fome, tanto que Silva não precisou perguntar ao parceiro se queria fazer uma boquinha. Simplesmente parou no primeiro posto de combustíveis com uma lanchonete decente que viu pelo caminho.

Desceram do carro e foram ao banheiro, como é praxe em paradas rodoviárias. Tudo sem dizer nada, Silva naquele ar normalmente taciturno que sempre tinha quando procurava ideias e perscrutava provas, Flamarion sentindo uma inexplicável mistura de excitamento com perplexidade, mas ainda incomodado com seu problema conjugal. Sentaram-se em uma mesa de canto, como também era costume do velho policial, que não gostava de ser incomodado ou reparado em locais públicos e acreditava que isso era o básico e o indispensável na atividade de polícia investigativa. Cara de mau e rompantes de justiceiro faziam os policiais fardados. Caras como ele atuavam na surdina. Isso foi tão condicionante na vida do inspetor que ele continuou a viver assim mesmo depois de aposentado.

Pediram um prato do dia, cada um deles, Flamarion partindo para um litro de Coca, enquanto Silva pediu uma cerveja preta, que gostava muito durante as refeições. Esperar a comida em silêncio tornou-se quase insuportável, era inevitável quebrá-lo. Mas Silva permanecia quieto, olhando em volta sem qualquer interesse em especial. Coube a Flamarion uma tímida iniciativa de conversa:

– Então... Parece que estamos em um novo dilema. Outra encruzilhada, não é mesmo?

O inspetor olhou para o novo amigo como se estivesse vendo um ET. Não respondeu. Tirou um palito de dentes e passou a mordê-lo, já que dentro daquele estabelecimento era impossível fumar. Então mudou o rumo da conversa, ao menos aparentemente:

– Sabe... – começou, algo nostálgico. – As pessoas não conhecem o nosso trabalho direito e pensam que conhecem. Veem livros e assistem filmes, e acham que a atividade policial de investigação está limitada a descobrir quem matou. Essa, talvez, seja a pergunta mais fácil de responder em um caso. Muito mais intrigante é descobrir como matou ou por que matou. Mas o que mais me intriga, sempre, é a eterna pergunta: por que o homem mata?

Flamarion, é claro, não tinha resposta alguma para aquela pergunta meramente retórica. O inspetor prosseguiu:

– Muitos inquéritos em que atuei pareciam claros desde o princípio, até porque se tratavam de crimes grosseiros. Fulano matava beltrano porque este lhe devia dinheiro, ou o marido traído matava o Ricardão por causa dos chifres. Ainda antes de chegar ao local do crime, já se desconfiava do autor do homicídio, não havia qualquer ciência em apurar esses crimes. Mas mesmo nos delitos mais claros, menos enigmáticos, o que sempre se mostra interessante de investigar é o caminho do criminoso até o crime. Como um cidadão aparentemente pacato e, até então, com um passado limpo, chegou ao ápice da maldade, ou da insanidade, que é matar.

– E já chegou a uma resposta a esse respeito?

– Nunca. Várias suposições, nenhuma certeza.

A garçonete chegou com os pratos, serviu-os e foi embora sem um sorriso. Trabalhar de madrugada na beira da estrada causava isso na maioria dos seres humanos, tornava-os amorfos, sem sorriso e sem carisma. "Talvez apurar crimes também", pensou Flamarion, mas não disse.

Interromperam a conversa para comer, e comeram bem, descobriram que estavam com bastante fome. Depois de terminarem e pagarem a conta, já voltando para o carro e para a segunda parte da viagem de volta, o inspetor prosseguiu:

– E então me aparece um caso estranho desse, depois de aposentado, justamente depois de aposentado.

– Estranho?

– Um sujeito que mata por prazer, esporte, dinheiro, e tudo isso junto. E que está querendo matar seus comparsas para pegar mais dinheiro e desaparecer sem deixar pistas.

– Chegou a essa conclusão?

Silva olhou Flamarion, novamente com aquele olhar de um professor altaneiro surpreso com um aluno que erra uma equação matemática de relativa facilidade. E explicou:

– Só pode ser isso. Quem mais mataria as duas mulheres? Por que Nelson e Ramón fugiriam do abrigo que Tito lhes deu? Não por medo da polícia, que não imaginariam saber do local. Esse movimento nosso, essa providência de descobri-los e ao ex-patrão de Ramón, eles não teriam como prever. Não, senhor. Eles fogem do assassino, o tal Carlos, ou Toni. E o cara está no encalço deles. Deve querer o dinheiro do seguro. O dinheiro do seguro que sua empresa não pagou.

– Então está resolvido o mistério.

Silva riu, um riso bondoso, novamente de um professor de matemática camarada. Não havia dúvida de que voltar à ativa estava revigorando aquele homem, remoçava-o:

– Não é tão simples assim. Eu já disse: isso aqui não é literatura policial ou filme americano. A coisa não termina com o detetive descobrindo o mistério. O mais importante é pegar os criminosos, até para que eles parem de matar. – E, dizendo isso, entrou no carro e deu a partida. Como Flamarion continuava olhando, acrescentou, para amenizar a inquietação do parceiro, ao menos para lhe dar uma boa noite de sono, ou o que restou dela: – Vamos torcer para que amanhã o Professor Pardal tenha conseguido rastrear o celular de algum dos envolvidos. Mesmo que em silêncio, os aparelhos têm GPS. Acredito que vamos ter boas notícias.

E seguiram pela noite escura.

17. UM PORRE DOS INFERNOS

Ramón e Nelson haviam passado o primeiro dia daquele exílio às turras. Ramón tentando explicar ao primo porque o perigoso Carlos de repente tornara-se o mocinho que os salvaria dos tiras, Nelson resmungando e recordando-se de advogados que conhecia e que deveria e poderia ligar e consultar, buscando outra maneira menos perigosa de escapar de seus perseguidores. Os dois simplesmente haviam chegado, deixado suas malas cada qual em um quarto (eram, curiosamente, três quartos na sede do sítio), e dormido por muitas horas.

Quando acordaram, Nelson ligou a TV e começou a fumar cigarros que comprara no caminho, e fumava como um desembestado, igual nunca fumara antes, enquanto Ramón "descobria" o bar da casa, com alguns bons *whiskies* e *vodkas*, e tirava os cubinhos de gelo das formas que estavam no *freezer* da ampla cozinha. Depois, arrumou limão no pequeno pomar em frente à casa e começou a fazer *drinks* e, evidentemente, a bebê-los compulsivamente. Um depois do outro. Nelson fez-lhe companhia no começo, mas viu que a firme intenção do primo era ficar bêbado e esquecer-se de sua enorme crise. Como não queria (não podia) parar de se preocupar, abandonou Ramón na segunda dose e começou a ruminar, dando voltas pela casa.

Até aí, os dois estavam "reconhecendo o terreno" e não deixava de haver certo alívio com a troca do esconderijo. Haviam saído de um ferro-velho em ruínas no meio de uma favela para um sítio em um bairro chique na periferia de uma cidade média, a duas centenas de quilômetros da capital. Isso os revigorara de algum modo, e Nelson aprumou um pouco o corpo, voltando a seu habitat de luxo e conforto. Quanto a Ramón, porque passara metade da vida adulta correndo da polícia e imiscuído em bocas de fumo e desmanches de carros, aquilo ali começava a parecer com umas merecidas férias, isso sim.

E Ramón estava se divertindo. Ligou o som, achou alguns discos, tinha outros, e, já de porre, sentou-se para acender um baseado, mais ou menos na hora em que Nelson voltava de seu passeio nos arredores, com uma intensa vontade de ligar para algum conhecido e procurar isoladamente uma solução diferente do plano dos dois, que até ali era aguardar Carlos para, então, decidirem em conjunto. Nelson foi chegando e deparando-se com o primo de cueca, bêbado e doidão, na varanda da casa, ouvindo rock antigo, que ribombava das caixas de som do estéreo que havia na casa. E ficou bastante puto com isso.

– Ei! – gritou.

Ramón, de óculos escuros e em transe, rebolava grotescamente ao som de jambalaya.

– Ei! Acorda, idiota! Estão vindo pegar a gente, seu merda!!!

Ramón, então, ouviu-o. Tirou os óculos e diminuiu o som. "Que bom, ainda com alguma sobriedade", pensou Nelson, que, passado o alívio inicial com a mudança de paragens, começava a achar absurdo qualquer relaxamento durante o auge daquela caçada humana que vivenciavam.

– Algum problema, primo? – Foi a resposta de Ramón. Nelson ia responder, mas preferiu sair furibundo da varanda e ir para a sala de TV, procurando notícias do assassinato de Mucama ou qualquer outra que se referisse, ainda que vagamente, aos dois.

Sentou-se e começou a zapear com o controle remoto nas mãos. Ia de noticiário em noticiário, acendendo mais um cigarro e pensando que uma dose de *whisky* até que lhe cairia bem. Isso e ligar para um ou dois conhecidos, como quem não quer nada, sondando-os para aferir se saberiam de algo, de alguma suspeita sobre sua pessoa que eventualmente tivesse atingido o grande público. Não o "graaaaande público", porque se assim o fosse ele já estaria na TV, e até agora nenhum jornal tinha associado Íris à Mucama, ou ambas ao Nelson. Mas, ao menos, o pequeno grupo de conhecidos de Nelson, ou aqueles que gravitavam ao redor de sua crise conjugal ou do problema do pagamento do seguro.

Foi quando Ramón entrou na sala e sentou-se ao lado dele. Seu sorriso de canto de lábios era bastante irritante e Nelson começou a pensar em dar outra surra no primo. Ao invés disso, preferiu desprezá-lo. Mas Ramón não se dava facilmente por vencido:

– Você não acha que deveria aproveitar um pouco? – E exibiu o copo de bebida em uma das mãos, a bituca de maconha na outra. – Afinal, vamos esperar o Carlos e não vamos fazer nada enquanto ele não vem. Não há porque ficar queimando a cabeça, já que estamos somente na espera.

– Fale por você. – Nelson não ia responder. De repente, no entanto, passou a ser uma necessidade falar com alguém, ainda que fosse seu comparsa idiota. – Não estou vendo nenhuma lógica em esperar um assassino para nos dar conselhos e nos ajudar a ficar livres da polícia e de quem quer que seja que tenha matado Mucama...

– Primo! – E Ramón agarrou fraternalmente um dos ombros de Nelson, dando-lhe um certo asco. – Pense, primo! Você sempre foi o intelectual entre os netos da vovó Zulmira! Pense!

– Neto da vovó... Ora, isso faz séculos. – E riu de escárnio. – Não seja ridículo, não somos mais crianças. E pensar no quê? Na merda que fizemos?

– O cara depende da gente pra receber o restante. – Ramón, de súbito, parecia ser o mais sóbrio dentre os dois, embora aquela equação estivesse biologicamente invertida. – Nós somos o "seguro" dele, Nelson. Ele tem que nos ajudar.

Havia algum fundamento de verdade ali, Nelson intimamente admitia, mas não queria dar o braço a torcer tão facilmente. O tal Carlos poderia estar interessado em ajudá-los por vários motivos. Para receber, porque os três guardavam aquele segredo criminoso... Mas também era um assassino que ganhava a vida matando... Não era um cara normal e nem sempre se pode esperar de gente assim respostas e ações normais.

– Eu simplesmente não consigo pensar nem deixar de me preocupar quando não vejo luz no fim do túnel. Entendeu? – E levantou-se furioso.

Foi caminhar de novo, precisava suar. Assim, conheceu os arredores, viu que havia uma fazendinha ali perto e conversou com um ou dois matutos que consertavam uma cerca nos limites entre aquelas terras e um pequeno lago. Ali, ficou vendo passarinhos e pequenos peixes pulando na água. Pensou que seria boa uma pescaria, que talvez o fizesse relaxar um pouco, e, então, voltou ao sítio em busca de alguma tralha de pesca que deveria ali existir.

Passou por um pequeno caminho, uma picada, que ligava a mata até os fundos do sítio e que descobrira naquela manhã. Chegou a um portãozinho de madeira meio secreto, meio escondido, que dava para os fundos da casa, e entrou. Foi à casa procurar vara, molinete, iscas, essas coisas que a gente só se preocupa quando vê os peixes pulando da água e pedindo para serem pescados. Lembrou-se, não sem os olhos começarem a encharcar de lágrimas, que costumava ir pescar com o pai, em sua vidinha no interior que acabou logo, quando o pai morreu de câncer. Fora, então, que sua mãe o enviara para fora para estudar, e que sua juventude, de certo modo, acabara. Tem muita coisa errada em um mundo em que pais morrem de câncer quando a gente ainda é jovem, pensou, enquanto tentava conter suas emoções e vasculhava a casa.

Passou pela sala e ouviu roncos vindo do quarto, e olhe que os quartos eram distantes, porque a casa do sítio era grande e boa. Mesmo assim ouviu os roncos e foi conferir, e chegou até a porta do quarto ocupado por Ramón há poucas horas e que, claro, já estava uma pocilga, porque seu primo tinha o dom de emporcalhar tudo e todos por onde passava: seu quarto, sua casa, a casa dos outros, sua vida. E roncava de boca aberta e babando, de cueca, e o inevitável copo de *whisky* beirando uma mesinha de cabeceira ao lado da cama de solteiro em que ele se instalara, no pequeno quarto.

De cueca e daquele jeito, de repente ele lembrou a Nelson um imenso, um enorme bebê, porque era gordinho e sempre fora homem de poucos pelos.

"Deve ter sofrido muito na cadeia, esse bosta. Deve ter sido a mocinha do xerife da cela", pensou, e voltou a procurar os apetrechos de pesca. Mas não estava mais com vontade de pescar e também foi deitar-se, no quarto ao lado, bem mais arrumado, até porque Nelson não desfizera sua bagagem. Tudo aquilo, em sua cabeça, não podia deixar de ser provisório, bem provisório. Ele não tinha porque fugir, não queria fugir, e só a muito custo (e graças à morte de Mucama) deixara-se levar por Ramón para aquela situação absurda.

Acabou adormecendo um sono sem sonhos, enquanto brincava com o aparelho celular, primeiro pensando em ligar para alguém, depois se lembrando que simplesmente não tinha para quem ligar. Seu mundo durante o seu casamento concentrara-se em rodear a mulher como um satélite e cercar-se de colegas de serviço. Quando Íris deixara de ser sua esposa para se metamorfosear em uma piranha ninfomaníaca, levara junto não somente a vida conjugal dos dois para o atoleiro. Levara também todos os contatos sociais de Nelson, que gravitavam em torno de seu casamento até então bem-sucedido e numa carreira que, de certa forma, precisava do casamento para permanecer próspera.

Desistiu de usar o telefone, colocou-o de lado, e foi assim que adormeceu. Dormiu muito, o resto da tardinha, e também a noite. Só acordou no fim da madrugada porque a bexiga estava quase estourando e porque estava com fome. Além disso, como dormira de bermuda por cima das cobertas, o frio da madrugada naquele meio de mato acabou gelando até seus ossos, fazendo-o primeiro pular da cama e pegar um blusão de moletom na bolsa de roupas que levara, depois uma meia para os pés gélidos. Só então foi ao banheiro aliviar-se. Quando acabou, pensou em ir à cozinha para pegar algo para comer.

– E aí? Dormiu bem? – Era Ramón, da varanda, ouvindo música baixinho, talvez em homenagem ao seu sono recém-interrompido. Trocara a cueca por um agasalho de moletom e uma bermuda surrada. E, é claro, mais *whisky*, e um charuto que deve ter achado em algum canto da casa.

– O que você acha? – E saiu de perto, ainda mal-humorado e amargurado.

Se aquele cara fosse um bom amigo e parente, teria me demovido da ideia de matar Íris, teria me dado um porre, apresentado-me uma puta sensacional que eu tiraria da zona e com quem me casaria. Sei lá. Ele me daria alguma sugestão, alguma válvula de escape que não fosse me transformar em um assassino. Era assim que pensava o nosso Nelson.

Mas acabou surgindo-lhe uma ideia inevitável. E essa ideia passou a atormentá-lo justo ali, na cozinha da casa, enquanto preparava sucrilhos e leite que havia encontrado na despensa. Foi quando começou a pensar se Ramón teria conseguido mesmo evitar que ele desse cabo da mulher. Lembrou-se da raiva na descoberta da traição. Porém a traição não era o pior. Dormir com seu chefe mais nojento e que desde antes dos chifres já o humilhava no escritório, isso tinha sido o *coupe de grace*, como dizem os franceses. Tinha sido um *tour de force*, para novamente bajular os franceses. Tinha sido muita perversidade. Ela fizera por merecer o *grand finale* (êta francesada chata, sô!).

Não. Ele passara a odiá-la muito. Doidamente. Se Ramón não lhe tivesse dado ouvidos, ou tivesse pulado fora do barco, ele teria procurado outra pessoa, ou a teria matado pessoalmente, com as próprias mãos. Da descoberta da traição em diante é que ela morrera, e não com o assassinato. Passaram meses duros daquela tarde em diante, quando a vira saindo do apartamento de Juarez. Ela deve ter adivinhado, com seus olhares e silêncios e com sua frieza, que ele sabia de alguma coisa. Então, como toda canalha, como toda vagabunda, para não ter peso na consciência em traí-lo, ela passara a espezinhá-lo, a humilhá-lo, a tratar dele como se trata a um cão. Queria retribuição, queria pancada, queria um boletim de ocorrência para surgir no dia seguinte de olho roxo e avisando aos amigos e inimigos que estava se separando e que o culpado era ele, Nelson, e que ele era um monstro que a espancava.

Entretanto Nelson não lhe deu nada disso. Agiu como um menino magoado que, em silêncio, chora e planeja vingança. E planejou. E vingou-se. Só que, agora, quem ria por último era o destino, porque sua vida estava muito ruim, e alguma coisa silenciosa, pegajosa e fúnebre, uma vozinha sobrenatural, que de vez em quando sopra de leve em nossos ouvidos, dizia que ainda ia piorar, e piorar assustadoramente.

Agora, não adiantava resmungar. A merda estava feita. Gostaria imensamente de saber qual era o motivo de ficarem ali em *stand by*, esperando um matador de aluguel que ele não conhecia, fornecer-lhe uma solução para o seu problema. Aquele escape era ridículo, mas descobriu, enquanto procurava sucrilhos, leite e água para o café na cozinha da casa, que não havia outra saída até ali. Procurar um advogado para quê? Para receber o seguro já acionara o seu, e até agora a coisa emperrava. Não havia aquilo que eles chamam na TV de "acusação formal", para que tivesse que acionar um advogado, não é mesmo? E, por outro lado, advogado algum iria salvá-lo se estivessem mesmo querendo sua morte, algum vingador imbecil do amante de sua esposa, que era o que Ramón havia insinuado. Para salvá-lo desse perigo, talvez, sem dúvida, o assassino servisse. Seu primo, afinal de contas, tinha alguma razão...

Mas foi só por volta da hora do almoço daquele dia que Carlos chegou, trazendo mantimentos para um churrasco e cerveja, e, finalmente, os três estavam juntos. Ramón surpreendeu-se com o fato de ele ter novamente modificado o corte de cabelo, deixando-o mais grisalho, e raspado o bigode. "Coisas de sua profissão, certamente", pensou, enquanto o cumprimentava entusiasticamente, devolvendo um sorriso cativante que o matador até então não demonstrara possuir.

Era estranho, de certa maneira, confiarem tanto nele, mas ao telefone ele mostrara-se um amigo leal naquela hora estranha da vida de todos, e se havia algo que eles precisavam naquele momento era de alguém experiente em fugas e perseguições. Este, sem dúvida, era Carlos, que foi saindo do carro que conduzia, uma chevy velha, mas conservada, descendo as compras, sorrindo e entrando na cozinha com um engradado de cerveja, como se a casa fosse dele. E, de fato, parecia dele, porque a primeira coisa que perguntou para Ramón foi se ele e o primo estavam bem, se tinham passado bem o dia anterior naquele sítio do seu amigo.

– Espero que tenham tomado umas e outras por mim. – Sorriu e disse, com a sua voz indizível, que tanto podia declarar amor quanto ódio mantendo a mesma entonação. – Então, esse é o famoso Nelson?

Ele e Nelson tiveram uma empatia absurda, logo de cara, porque Nelson queria, àquela altura do campeonato, alguém maduro para abrir-lhe os olhos e mostrar-lhe o caminho, e Ramón era justamente a antítese de um guia seguro. Carlos, ao contrário, parecia alegre e disposto a cumprir aquele papel prontamente.

– Em carne e osso – respondeu Nelson, esforçando-se por soltar um sorriso, ao menos a sombra do que sobrara de um sorriso. – E ainda vivo. Por enquanto.

Carlos sorriu. Se os dois o conhecessem, se o conhecessem mesmo, saberiam que o sorriso era falso. Mas Carlos era um bom ator.

– O que é isso, meu patrão? – O "patrão" conquistou Nelson mais ainda. Ao mesmo tempo demonstrava subserviência e intimidade, na medida exata. – Você vai viver muito tempo. Essas coisas acontecem. Vamos sentar e conversar. Eu já estava ficando aflito pra te conhecer pessoalmente.

E sentaram-se. A prosa de Carlos era boa. A prosa de todo malandro é boa, diria o inspetor Silva, se estivesse assistindo à cena. Começaram a comer e a beber a cerveja que ele levara, ainda quente. Ramón, é claro, não largava o escocês doze anos por nada neste mundo, mas sentara-se com os dois e não perdia um milésimo de segundo da prosa. Enquanto ia falando, Carlos ia preparando um churrasco em cima da mesa da cozinha, cortando carne com uma perícia que Nelson estranharia se não se lembrasse, logo em seguida, qual era a profissão de seu anfitrião.

– Agora estamos unidos e estamos bem. – E ia destrinchando o contrafilé com uma faca enorme. – Mandei minha família para longe daqui para podermos, juntos, resolver essa embrulhada toda. – Sorriu. Falar e pensar na família tornava-o mais humano aos olhos dos dois "patos" que tinha diante de si. Ele sabia disso.

– Eu disse pro Nelson ficar tranquilo, que ele estava em mãos profissionais, mas sozinho não consegui convencê-lo. – Ramón disse com um irritante ar de professor, como se dissesse: "Eu não te disse?". Nelson arquivou isso mentalmente para se vingar dele depois.

– Quer dizer, é claro que a situação é preocupante. – Carlos agora temperava a carne, lentamente, quase como se fosse um cirurgião preparando o paciente. – Afinal de contas, a polícia e a seguradora, para não dizer a família do rapazola morto, estão achando que aquelas mortes foram criminosas e que estamos por trás daquilo.

– O que por si só é trágico. É um problemão enorme. É o fim do mundo. – Nelson interrompeu as divagações de Carlos. Queria pôr o preto no branco logo. Não queria passar outra noite em claro. – E como é que não dá para achar um buraco terrível a confusão em que nos metemos? Uma tremenda fria? Afinal, as alternativas são cadeia ou cemitério para nós, não é mesmo? Ou será que esqueci alguma coisa?

Nelson começou a falar com uma entonação e terminou com outra. No início estava desabafando, mas no final parecia um menino rude despeitando um pai ou um professor. A impressão era nítida e pairou pela sala por intermináveis instantes. Carlos olhou para ele. Olhou bem para ele, encarando-o de uma maneira fria, com aqueles olhos de boneca, olhos de tubarão. Um olhar sem vida, daqueles que gelavam o sangue de Ramón. Aliás, ele estava gelado nessa hora. Mas Carlos interrompeu o mal-estar causado por Nelson com uma sonora gargalhada que lhe desanuviou o cenho, quase contagiando aos demais com aquele súbito ataque de bom humor.

– Claro! Estamos fodidos, caros amigos! – E riu, riu muito. – Não há salvação para nós. Estamos na merda. Vamos nos entregar? Ou bolar um suicídio coletivo? Você começa Ramón... – E enfiou a mão dentro da camisa, de onde, quase que por passe de mágica, como se fosse um truque de ilusionismo, surgiu uma arma. Um revólver cromado, todo preto, de cano longo. – Tome. Pegue a arma. – E insistiu, oferecendo a arma a Ramón.

– Como assim? – Ramón ficou inquieto com aquela arma nas mãos de um pistoleiro, ainda que a arma não estivesse apontada para ele. – Quer que eu fique com a arma?

– Claro. Você me mata, depois mata Nelson e se mata. E todos ficaremos livres. – Apontou em volta, abrangendo os três. Nelson, estupefato, ainda não percebera que aquilo era uma figura de linguagem. Parecia aguardar explicações. Ou parecia estar assistindo a um filme russo sem legendas.

– Ou... – prosseguiu o pistoleiro – Você dá a arma para o Nelson e, então, ele faz o serviço sujo, e depois dá adeus pra vida de uma maneira mais suave. Tomando veneno, talvez?

– Você não pode estar falando sério... – Agora era Nelson quem o interrompia.

– É claro que não estou falando sério, gente! – E riu novamente, enquanto colocava a carne na churrasqueira, depois de habilidosamente acomodada em um espeto. – Não adianta se desesperar. Escute...

Carlos parou de se preocupar com a carne tão logo a levara ao fogo, no espeto. Enxugou as mãos sujas de gordura e sangue da carne em um pequeno pano de cozinha que jazia ao lado do fogão. Agora prestava atenção em Nelson, só nele. Era o mais apavorado. Era preciso acalmá-lo. Em meia hora ele já percebera que Ramón, ali, era um zero à esquerda. E prosseguiu:

– Já passei por situações piores, muito piores do que essa. – Acendeu um cigarro e sentou-se à mesa com os outros dois, ficando de costas para a churrasqueira. A arma tinha ficado incomodamente em cima da mesa, e toda hora Nelson e Ramón olhavam para ela. – Já tive toda a polícia do estado do Rio no meu encalço. Já mataram meu cachorro e deixaram-no, sem cabeça, na minha cama. Já cortaram os freios do meu carro, já levei tiros... – Levantou-se de onde estava e começou a mostrar as cicatrizes no dorso, que ficou nu após abrir sua camisa. Havia diversas marcas ali. Nelson podia imaginar que aquelas marcas eram tiros. Elas impressionavam, e havia buracos de entrada e de saída de balas.

– E estou aqui, não estou? – E empinou o peito, como um pombo, em triunfo. Era importante dar-lhes confiança, Carlos sabia disso. E era o que estava fazendo.

– Você é profissional, cara. E Ramón é... digamos, um quase profissional. Já eu, eu tenho a minha vidinha. Ou, pelo menos, tinha. Tinha um endereço, tinha uma mulher, depois uma namorada, e as duas estão mortas...

– Veja bem, Nelson – Carlos recomeçou. – Você vai ter que mudar de vida, mas isso não será necessariamente uma perda se você aprender a lidar com isso. Se lamuriando, sem pensar, você vai acabar mesmo como previu: na cadeia ou no cemitério. Se me ouvir, no entanto, vai descobrir uma baita luz no fim do túnel.

Nelson calou-se. A proposta era irrecusável. Ele nada tinha a perder. E Carlos, que atingira o ponto nevrálgico de seu cliente, lançou a isca:

– E então? Que tal me dar uma chance? Que tal nos dar uma chance?

Ramón estava orgulhoso de Carlos. Era como se estivesse apresentando um amigo para outro amigo, ou levando a cura para um doente. Sentia-se responsável por Nelson, que, finalmente, assentia ao pedido do pistoleiro, esquecia-se do pessimismo e abria bem os ouvidos e a cabeça para ouvir o que tinham para lhe propor.

– Pois bem... – Carlos levantou-se e foi cutucar a carne. Pegou uma cerveja, abriu a garrafa e deu um longo gole, saboreando cada instante daquele líquido. – Pra começar, o que eles têm contra nós? Suspeitas. Não têm prova nenhuma. Sua mulher o traía, estava desgraçando sua vida e foi providencial pra você a morte dela. Ficou livre de um estorvo e ainda pôs a mão em um baita seguro. Portanto, para você, a morte dela foi muito boa, o que não quer dizer que seja o culpado dessa morte. Ou, ao menos, não há provas disso.

Os dois concordaram, bebericaram seus *drinks*. O show agora era todo de Carlos, que continuou:

– Portanto a polícia não tem como provar nada. Só tem suspeitas e mais nada. Qualquer juiz entenderia assim e não daria ouvidos aos seus acusadores. Já quanto a nós dois... – E apontou para ele próprio e para Ramón. – A situação é ainda melhor. Eu, hoje, não existo nos arquivos da polícia. Tenho dezenas de identidades e caras diferente e já me cansei de me mudar de um canto para outro sempre que as investigações da polícia chegam perto demais. E você, gordinho...

– Eu nem existo pra eles – concluiu Ramón, o "gordinho". – Sou apenas o seu primo beberrão.

– Beberrão e com antecedentes desabonadores, como os tiras gostam de dizer.

Ramón gostou disso. Levantou o copo de *whisky* e sentenciou, solene:

– Um brinde aos antecedentes desabonadores!

Os três brindaram. Para Nelson aquilo era incrível, mas começava a sentir-se parte de um time, jogando não com a camisa 10, mas com uma cooperativa camisa 5, e não se podia dizer que gostasse do jogo, mas passava tão a ter ganas de virar o placar adverso e a achar que isso era plenamente possível. Carlos estava dando-lhes essa esperança.

– E quanto à seguradora... – Carlos prosseguiu após o brinde. – Podem no máximo segurar sua grana... Nossa grana, se me permite, até as investigações se concluírem. Não põem medo em ninguém.

– É bom ter falado disso, Carlos. Eu realmente lhe devo bastante e...

– Tranquilo, Nelson. Tranquilo. – E Carlos vendia paz com seu sorriso e suas palavras de bondoso anfitrião. – Não vim aqui te cobrar. Se viesse, você já saberia, certo?

Ramón engoliu em seco. Ele tinha ouvido falar de Carlos bravo. Algum dos capangas de Tito tinha contado a história do assassino avançando em um *rottweiller* que alguém deixara solto por engano e que tentou avançar em Carlos, rosnando. Os dois rosnaram, na verdade. O sujeito que lhe contara a história afirmou ter presenciado o verdugo avançando de mãos nuas no pescoço do animal, que começou a torcer até que o bicho ganiu como um filhotinho recém-parido. Foi quando o jogou para o lado, como um saco de ossos sem vida. Assim lhe tinham contado, e Ramón não tinha até ali motivos para duvidar dessa história. O presente, ali, à sua frente, mostrava-lhe que a história era verdadeira.

– Eu sei que você precisa receber primeiro para depois pagar. Isso seu primo deixou bem claro desde o princípio – falou Carlos – Ramón ainda grunhiu em confirmação, e Nelson satisfez-se com a resposta. Era a teoria de Carlos concretizando-se: pessoas em situações extremas tendem a acreditar naquilo que lhes apavora menos, naquilo que lhes dá tranquilidade, por mais esdrúxula e inverossímil que seja a alternativa colocada. E crer que um assassino frio como ele estaria dando uma de bom samaritano para dois bundões daquela espécie era, sem dúvida, bastante inverossímil. Era um verdadeiro conto da carochinha.

Tinham sobrado as duas mortes, de Mucama e da muda. Carlos pareceu ler essa inquietação, essa lacuna, nas mentes dos dois. Então acrescentou: – Quem matou sua amante não foi a polícia, muito menos a seguradora. Policial não mata para apurar homicídio. Pelo contrário, eles mandam tiras refinados com métodos científicos para resolver isso porque, geralmente, dá manchete de jornal. Tira só bate para descobrir boca de fumo, ou quando pega estuprador, ou quando vagabundo parou de molhar a mão deles, entenderam?

Os dois haviam entendido.

– Então sobra a vingança, porque é muito estranha a morte da sua namorada na sua esteira, na cola de sua fuga, e justamente no meio dela. Não acha?

– O que te leva a concluir que foi gente do amante da minha ex-mulher o autor daquela barbaridade? – perguntou Nelson.

– Quem mais? – Sem dúvida, o raciocínio de Carlos tinha toda a lógica do mundo. – Eu pessoalmente rastreei vocês e vi, de longe, a polícia na casa de sua moça. Eles, os policiais, também acham isso. Coloquei alguns homens de Tito para verificar esses caras. Sei que o pai do finado Ricardão era fazendeiro e essa gente adora contratar colegas meus. Eu mesmo já trabalhei para uns dois fazendeiros endinheirados que, bem... Lá estou indo eu em divagações de novo. Vocês não devem estar interessados nisso agora, não é mesmo? Então vamos comer.

E começou a servir o churrasco. Estava mal passado. A carne sangrava.

***

Com a folga de um dia que o inspetor lhe dera, Flamarion aproveitou para tentar ajustar seus problemas com a esposa, mas Cínthia estava irremovível em sua intenção de mostrar ao marido quem é que mandava na casa. Colocara-o para dormir no sofá por um par de noites, e quando a coluna vertebral de Flamarion começou a sentir a diferença entre ser bem casado e ser mal casado, passou a ver bilhetinhos dela espalhados pela casa, dando-lhe recados domésticos no estilo "compre o pão" e "não esqueça de pagar o colégio das meninas". Isso significava que a crise era realmente séria, porque nem conversa podia entabular com a mãe de suas filhas.

Resolveu, então, ter uma conversa séria e, depois dela, chamá-la para sair e para uma noite romântica, com jantar à luz de velas e um final bem erótico em uma suíte presidencial de um bom motel, com direito a brinquedinhos eróticos, que iria rapidamente providenciar. Passou no escritório para atender os recados mais urgentes, deixando inúmeras incumbências para a secretária, que ficou aparvalhada em anotar tudo da maneira rápida, como ele ditava, no mísero par de horas que passou lá.

Depois, Flamarion foi até a seguradora para dar satisfações sobre as investigações do "Caso Íris", como seus clientes estavam começando a chamar o caso. Ficou frente a frente com um novo interventor que haviam chamado para examinar o caso, um analista de sinistros de nome dificílimo, cara de gringo, jeitão de menino criado pela avó soltando pipa no ventilador de teto do apartamento. E o cara estava cismado, achando que a investigação estava ficando cara, os indícios de crime não eram tão veementes assim, e que logo teriam problemas legais se não pagassem o seguro para Nelson.

— Posso assegurar – disse Flamarion ao novo cliente – que há evidências firmes que indicam que houve homicídio, e que se pagarmos a apólice não somente vamos gastar dinheiro à toa, mas também estaremos dando um bilhete premiado e uma passagem só de ida como bônus para o assassino sumir do país e passar o resto da vida no estrangeiro, em um país sem tratado de extradição com o Brasil.

— E que evidências são essas? – O poltrão estava impaciente. Não considerava Flamarion o seu principal compromisso do dia. Ele representava um empecilho a ser rapidamente eliminado para que pudesse partir para outro item de sua pauta sobrecarregada.

— Não posso dizer. – E olhou com seu melhor olhar para o novo chefe, impávido, atrás da mesa. – Não ainda. Estragaria as investigações. Mas posso adiantar que contratamos o melhor homem...

– Estamos gastando uma nota com gente que eu nem conheço, um deles, um policial aposentado que nem recibo pode dar de seus honorários porque não existe nome para o que ele está fazendo.

– Ele é um consultor.

– Consultor de quê? – E alteou a voz, só um pouquinho, mas o suficiente para gerar em Flamarion um início de vontade de esmurrá-lo; por enquanto algo ainda sutil, mas em vias de crescer. – Para fazer trabalho de polícia nós temos a polícia! Para investigar em particular, nós temos você. Não precisamos de um meio-termo...

– Posso lhe pedir só mais uns dias? – Era sua chance, era pegar ou largar. Ou isso, ou adeus investigação, adeus cliente. E, talvez, uma ocorrência policial por ter esmurrado aquele filhinho de papai mimado.

O homem hesitou. Parecia mais velho do que os quase 40 que possuía, e ficava ainda mais maduro com o cenho franzido. E parecia ser o tipo que gostava de fazer cara de mau, mas Flamarion achava que agia certo em pedir-lhe só um pouquinho mais de tempo. Era a forma mais fácil de se verem reciprocamente livres daquela conversa que entojava a ambos.

– Vinte e quatro horas? – foi a contraposta.

Flamarion preparava-se para pedir o dobro quando o telefone tocou. Era Silva.

– Está onde?

– No meio de uma reunião. – E olhou amarelo para o pedaço de merda com terno e gravata que o olhava com olhos reprovadores do outro lado da mesa. – Posso te ligar mais tarde?

– Não precisa. Estou te pegando agora. O Professor Pardal achou a trilha. Onde está?

Em menos de meia hora rumavam, ambos no carro de Silva, em direção ao sítio do Professor Pardal. Naturalmente, os planos de Flamarion de terminar o dia romanticamente ao lado de Cínthia tinham ido por água abaixo, e o recado que deixara na caixa postal do telefone da esposa era extremamente pesaroso, algo que soava como um "infelizmente o dever me chama...", mas que, ele tinha a certeza, não surtiria maior efeito do que um coaxar de sapo no pântano.

– Problemas? – Silva pressentiu algo no silêncio macambúzio do amigo.

– A seguradora não quer mais pagar pra ver. Estão com medo de injustiças e processos.

– Se pagarem o cara, ele some, e teremos mais um criminoso impune. – E o inspetor acelerou mais um pouquinho, fazendo uma curva fechada. – Mais um. Fora os de Brasília.

— Eu sei. — Flamarion segurou-se mais no banco do carona, quando já chegavam ao destino e ele já divisava ao longe a agradável casa do assistente *nerd* do inspetor. — Eles me deram alguns dias. Foi tudo o que consegui.

— É o bastante. Está acabando. Posso sentir isso nos ossos.

Foram recebidos com aquele sorriso de menino brincalhão que o Professor Pardal geralmente ostentava. Havia por toda a sua casa um cheiro de marijuana que o inspetor Silva preferiu ignorar, no que foi solenemente seguido por Flamarion. Estavam ambos com pressa. Foi apenas o tempo de tomarem um suco de laranja que o Professor Pardal serviu-lhes de bom coração e foram os três postar-se diante de uma enorme tela de cristal líquido com umas cinquenta polegadas, ladeada por outras duas menores, alguns *notebooks* e toda uma parafernália de fios e caixas que os visitantes sequer tentaram entender como funcionava ou para que servia aquilo tudo.

— Eu demorei um tempão para descobrir as chaves certas. — Ele começou a explicar. — É inacreditável como as grandes empresas acham que estão seguras com suas informações, depositando-as em bancos de dados da internet, guardadas por senhas que podem facilmente ser decodificadas.

— Do que ele está falando? — Flamarion cochichou no ouvido do inspetor, que nada respondeu. Naquele momento prestava absoluta atenção em seu colaborador.

O Professor abriu a tela principal e mostrou o que parecia um enorme mapa visto de cima, com entroncamentos e ruas e prédios, como se rastreados todos por um satélite intrujão. Havia especial destaque para umas torres com luzinhas vermelhas no topo e que se espalhavam aleatoriamente por todo o cenário do mapa.

— Faz alguns meses, descobri alguns atalhos seguros que me permitiram acessar algumas senhas, e, então, descobri que podia entrar no banco de dados de algumas empresas de telefonia celular. — Ele parecia orgulhoso. — Algo inocente. Nada de fuxicar conversas dos outros, não posso interferir no funcionamento de nada, se é que me entendem.

— Entendemos — tranquilizou-o Silva.

— Mas posso monitorar o funcionamento dessas empresas. Os chips vendidos, as conexões, onde estavam, os pagamentos, as despesas, o pessoal... Enfim, tudo. Informações que valem ouro, amigos. — E pareceu lembrar-se, olhando diretamente para Flamarion: — Por falar nisso, o que descobri para o seu caso não vai sair barato para a sua companhia de seguros. Pode avisar seus patrões disso.

— O Professor Pardal é careiro. — Silva interrompeu, em socorro do cobrador. — Mas vale cada centavo. Pague o que ele quer.

– Deixa que depois eu mando a conta. – Limitou-se a dizer aquele sujeito com cara de *hacker* lunático. E, em seguida, seu sorriso de bom moço retornou ao semblante: – O que interessa é que eu passei a acompanhar o funcionamento não somente das empresas, mas dos telefones vendidos por elas. E alguns podem não ter GPS, mas dá para verificar por onde andaram seus usuários pela posição dos aparelhos portados por eles em relação às antenas. – E apontou de novo para o enorme mapa na tela de monitor maior.

– O que estamos vendo? – indagou Flamarion. – São antenas?

– Sim. Antenas de celulares espalhadas por todo o globo, principalmente nos locais em que essa companhia telefônica que invadi atua. – Parecia perdido em meio a cliques e botões, abriu mais duas telas, virtualmente, clicando em pequenos ícones no canto da tela física. – Já sabíamos de antemão quais as empresas de telefonia que prestavam serviços para os seus… Como é que o inspetor chama os caras?

– Suspeitos – esclareceu Silva.

– Isso. – E o Professor ampliou a imagem, agora com ruas e avenidas e placas para situá-los. Parecia que estavam nos arredores da cidade, daquela cidade. – Portanto fui fuxicando e invadindo até descobrir os celulares dos suspeitos, pelo imei deles. O imei é uma espécie de assinatura eletrônica que todo celular possui. Você pode trocar o chip, a operadora, mas enquanto estiver usando aquele celular, ele vai deixar um rastro por onde passar.

– E é esse rastro que você está captando – Silva concluiu.

– Exato. E só mais um minutinho… – Dessa vez o Professor Pardal ligou outra tela e acessou outro computador, ao lado do primeiro. A máquina era ainda mais rápida e ao cabo de uns trinta segundos estavam diante de uma tela com a logomarca da empresa de telefonia.

Silva e Flamarion puderam observar que no canto superior da nova tela havia alguns números isolados, em frente aos nomes dos titulares das linhas. O nome de Nelson era o primeiro, seguido de perto pelo de Ramón. O nome "Tereza" rapidamente foi identificado por ambos como sendo o da amante assassinada de Nelson. Então o Professor Pardal clicou no nome de Nelson e todos passaram a ver uma série de algoritmos sucedendo-se com vertiginosa rapidez à esquerda do número do telefone. Em seguida, a informação deslocou-se para a tela maior, onde havia o mapa com as torres de celular. Nela, houve um rápido rastreamento, como se um sensor vasculhasse cada meandro do mapa, e, por fim, algumas das antenas iluminaram-se e, entre elas, um traçado em linha pontilhada acendeu.

– Esse é o primeiro dos números que rastreei. Seu titular se chama Nelson, confere? – Os dois assentiram. O Professor continuou: – O celular saiu, presumivelmente com seu dono, do apartamento que consta como dele nos registros da empresa. Em seguida, deslocou-se até o endereço da terceira titular, Tereza, na periferia da cidade, onde ficou por pouco tempo...

Ele ia apontando para as torres acesas e o traçado pontilhado, que ia acendendo à medida que o Professor ia movendo o cursor. Ao lado, em uma espécie de "linha da vida", mostrava-se o dia e o horário de cada movimentação do aparelho entre as antenas.

– Depois de se encontrar com a terceira titular, o celular de Nelson seguiu para o segundo local, este aqui. – E apontou com o cursor para o que parecia ser um terreno baldio. Havia gente, ruas de terra, carros e movimento em tempo real ao redor do terreno. Então o Professor moveu o zoom da máquina, e Flamarion reconheceu o local, o ferro-velho que haviam visitado dois dias antes.

– Aí consta que ele permaneceu no local por quanto tempo? – indagou o inspetor Silva.

– O nosso primeiro alvo? Deixe-me ver... – E o Professor aproximou-se da tela e clicou no horário da "linha da vida" antes de responder: – Cerca de vinte e quatro horas, depois seguiu viagem até...

O mapa continuou sendo aberto na tela, sendo desbravado pelas torres de celular. Flamarion imaginou como fariam sem aquela tecnologia toda, e como o inspetor Silva virava-se para descobrir isso nos "bons tempos", quando eram necessários alguns safanões e tiros para tirar a verdade dos suspeitos. Quanto a ele, permanecia mudo e com os olhos atentos por cima dos ombros do Professor Pardal, que, finalmente, ampliou uma imensa área de estradas rodoviárias bem pavimentadas com asfalto, por onde o tracejado passava, seguido de perto pela linha da vida, enquanto ao largo uma ou outra antena mais esparsa acendia-se e ia ditando o ritmo e o caminho de sua perseguição.

– Ele parou aqui – vaticinou o Professor, e, agora, o que eles viam era muito mato cercado por algumas casas isoladas. Logo, o Professor acionou o zoom e eles viram uma casa enorme e moderna, cercada de plantas, um pequeno bosque e um córrego.

Silva perguntou pelos demais alvos. O Professor Pardal repetiu todas as fases da sua pesquisa para seguir o segundo alvo, que era Ramón. Segundo o tracejado dos radares das torres, ele saía junto com o primeiro alvo, Nelson, do apartamento deste. De lá, também passavam por Tereza e acabava no ferro-velho, o que mostrava que os dois suspeitos permaneciam juntos todo o tempo. Por fim, seguindo a mesma tendência, o tracejado ia acabar no mesmo sítio em que Nelson se encontrava.

– Já o terceiro alvo fez uma rota distinta – disse o Professor, novamente iniciando a pesquisa, mostrando o tracejado, que ficava na casa rapidamente visitada por Nelson e Ramón, com a diferença de que a linha de tempo ao lado do mapa registrava que o celular dela ficara ali por mais tempo, desde várias horas antes da visita dos dois primeiros, até várias horas depois da visita. Era esse último o período de tempo em que ela estava sendo visitada por seu assassino, o que não deixou de consternar um pouco a Flamarion.

Em seguida, várias horas depois da visita de Nelson, o tracejado saía da casa de Mucama e voltava para o centro da cidade, em um horário incompatível com a vida da proprietária do telefone, que já então havia morrido.

– Agora já é o matador que está com o aparelho – Silva esclareceu desnecessariamente, porque Flamarion já havia entendido. – Ele pega o aparelho e volta para a cidade, onde se esconde até prosseguir em sua caçada aos dois homens que o contrataram.

Como num passe de mágica, o pontilhado saiu do centro da cidade, de um hotel em que Carlos havia permanecido por várias horas, segundo a marcação da antena, até o sítio fora da cidade, sem passar pelo ferro-velho. Agora, estavam os três pontinhos luminosos no mesmo local, fora da cidade, e brilhavam no meio do denso matagal em volta da casa fielmente retratada na tela do computador do Professor Pardal.

– Eles agora estão juntos – Flamarion disse o que os três já haviam percebido. Praticamente, verbalizou o que já era pensado por todos.

– Então nosso assassino já se encontrou com seus mandantes – Silva concluiu. – Agora não vai demorar muito. Dessa reunião dos três sairão mais cadáveres.

– Não há a possibilidade de eles se unirem, juntarem forças? Enfim, um acordo? – perguntou Flamarion. – Afinal, é só o dinheiro que os une.

– Duvido muito. O tal Carlos os perseguia para fazê-los calar e apagar seu rastro. Agora que conseguiu, ele não vai mudar de ideia. – E olhou para o *nerd* à sua frente. – Professor, pode nos dar o endereço exato do local em que os três se encontram?

O Professor Pardal, agora quieto depois daquela espécie de recital de suas habilidades, pegou uma caneta e, consultando a tela, escreveu no papel a informação solicitada pelo inspetor. Era estranho ver aquele especialista em informática, na frente daquela parafernália digital de última geração, utilizando atávicos e antiquados papel e caneta para anotar uma informação. Mas ele o fez, e repassou o bilhete para o inspetor Silva.

– Vamos, que ainda quero fazer uma coisa antes de pegarmos a estrada – disse, praticamente levantando Flamarion da cadeira enquanto se despedia do Professor com um ligeiro e quase imperceptível aceno. – No caminho avisamos a polícia. Se o fizermos agora perderemos tempo, e o tempo nunca esteve a nosso favor nessa história toda.

***

Os três já haviam bebido bastante quando Carlos finalmente resolveu iniciar a matança. Nelson parecia o mais bêbado e, em mais uma hora ou duas sequer seria necessário dopá-lo para tirá-lo de circulação, porque a mistura de caipirinhas cada vez mais fortes e *whisky* estavam dando conta de nocauteá-lo de maneira cada vez mais rápida.

Ramón estava entusiasmado com as ideias de Carlos, aplaudia e enaltecia tudo que ele falava, tratando-o como um colega mais experiente e a ele próprio como um intermediário entre o *expert* que os recebia e o jejuno novato no mundo do crime que era Nelson. De qualquer modo, Ramón também estava com os reflexos comprometidos e com o discernimento mais comprometido ainda, isso pelos cálculos de Carlos, que fingia beber e encher a cara enquanto incentivava a bebedeira de suas duas presas.

Em sua profissão, aprendera logo a fingir que bebia, quando necessário, e mesmo quando não era, porque um profissional como ele precisava dos sentidos prontos e à disposição vinte quatro horas por dia. Perdera as contas das vezes em que parava em algum bar para espairecer, com ou sem alguma puta, e logo percebia que um ou outro indivíduo cochichava, olhava de banda, e logo aparecia a polícia. Ou isso, ou aparecia algum inimigo de uma facção rival, e a coisa descambava ou para tiroteio ou para uma fuga precipitada. Não, sem sombra de dúvidas, um cara como ele não podia dar-se ao luxo de encher a cara nunca.

Mas essa exigência não era comum aos dois homens que ele logo mataria. Ao menos, os dois não tinham a menor ciência disso. Ramón aumentou o som e foi pegar mais carne para o churrasco. Nelson, macambúzio, olhava para o copo de caipirinha, que ainda virava sofregamente, enquanto permanecia ouvindo Carlos, que lhe dedicava uma especial atenção, quase de forma honorífica.

– Então, se acha que não tem como chegar até a gente, como vamos voltar? – O final da frase de Nelson saiu mais ou menos "vamosss voltarrr", com erres e esses embargados. Carlos achou graça disso, internamente.

– Tenho uns contatos. Vamos achar os pistoleiros que a família do rapaz morto encomendou. Gente do Tito, o Ramón conhece... – E apontou para o colega gorducho, que voltava com a faca, um espeto, a carne e um copo de *whisky*, tudo perigosamente equilibrado em suas mãos de bêbado trôpego.

– Isso mesmo! O Tito! – Ramón agora berrava. Se estivessem em um apartamento, mesmo Nelson teria pressentido o perigo de serem ouvidos por vizinhos e, mesmo bêbado, teria mandado o primo calar-se ou falar mais baixo. – O Tito é foda! Não é não, Carlão?

Carlos riu. Ramón era o tipo de sujeito que se soltava como uma criança quando bebia, e ia criando intimidades e referências que até então não possuía. Isso poderia lhe ser útil no além-túmulo, pensou, se houvesse além-túmulo, mas ele pressentia que depois da morte a gente virava comida para vermes mesmo, sem aquela história de alma, céu e luz branca.

– É isso aí – limitou-se a responder Carlos. – O Tito nos deve favores, e além de dever, sempre ajuda os antigos soldados. Sabe por quê?

Nelson não sabia. Não respondeu. Apenas olhou para o copo e virou mais um pouco de caipirinha. Seu mundo rodava. Já não entendia mais o que Carlos falava, mas sabia que era bom, tranquilizava-o e dava-lhe forças para prosseguir naquela aventura maluca e sanguinária, e por isso gostava de ouvir o que o verdugo falava.

– Porque ele vai sair da cadeia um dia – respondeu, fazendo menção de apanhar mais cachaça e limão e preparar outra caipirinha para Nelson. – E quando ele sair vai precisar de nós todos, fortes e saudáveis, e longe da cadeia. A única maneira de garantir isso é cuidar da gente, não é mesmo, colega?

Ramón arriou a carga que transportava na churrasqueira e ergueu o copo de *whisky* em um brinde a Carlos, que imitou o gesto. Na volta, colocou limão, gelo e Rivotril em pó no copo que preparava para Nelson. Precisava capotá-lo rápido. Enquanto ele dormia, mataria Ramón. Era esse o plano.

– Você é bom de caipirinha. – Nelson ergueu os olhos, embaralhados, enquanto seu estômago remoía. Parecia que triturava pedras. – Não é uma habilidade estranha para um assassino?

Houve um súbito silêncio. Mesmo Carlos, que era àquelas horas tão somente um ator ludibriando seu público, saiu um pouco de seu papel. Olhares atentos – e sóbrios – teriam notado que o sorriso em seu rosto permaneceu armado, mas tornara-se frio e parado no tempo, e que seus olhos não sorriam com os lábios que, de súbito, fecharam-se num esgar. Mas Carlos não ia deixar a farsa acabar dessa forma, não agora, que estava próximo de encerrar sua missão.

– Eu não diria que sou um assassino, Nelson. – A voz fria e sem entonação aumentou o mal-estar. Agora, até Ramón parou de beber e lançou para Nelson um olhar de reprovação, temendo que o clima bacana entre os três acabasse por conta daquele comentário idiota de seu primo, que teimou em prosseguir, como um menino traquinas e respondão:

– Carlos, você mata gente. É contratado para isso, não é? – Não havia dúvida de que Nelson perdera o juízo. O juízo e o medo. E estava a um passo da queda, já com a caipirinha batizada com Rivotril nas mãos.

– Não, Nelson. A morte é só uma etapa do meu trabalho. – E pegou também seu copo, para incentivar Nelson a beber. Deu certo. De um só gole os dois viraram seus copos, só que o do pistoleiro tinha suco de limão com uma réstia irrisória de pinga. O de Nelson tinha um poderoso sonífero misturado.

– Só uma etapa... – Ramón intrometeu-se, sacudiu a barriga e entrou no meio dos dois. Procurava uma cadeira. E não conseguiu fazer nenhuma dessas plúrimas tarefas de maneira competente.

– É, só uma etapa. – Carlos bebeu o resto do *drink*, mais ou menos quando Nelson tentava levantar-se. Queria ir ao banheiro, mas não conseguiu dizer. – Na verdade, eu resolvo problemas para as pessoas, ou melhor, eu evito problemas para as pessoas, ou ao menos evito que eles piorem... Entendeu?

Ramón riu e Nelson acompanhou-o.

– É um resolvedor de problemas! – disse, agitado, o gorducho, e Nelson aquiesceu:

– Um resolvedor definitivo de problema! – E riu mais um pouco.

A carne de churrasco esfriava em um canto da mesa. O revólver de Carlos já havia sido convenientemente guardado pelo próprio, que agora esperava Nelson apagar de vez. O Rivotril não demoraria muito para fazer efeito e, quando ele acordasse, certamente na manhã seguinte, Ramón já teria sido eliminado, como o problema desagradável que era, o intermediário sem dinheiro que não tinha serventia alguma para o verdugo. Aliás, Carlos costumava gabar-se de conhecer as pessoas logo após uma boa conversa, e sentia que o problema de Ramón era justamente este: ele nunca fora necessário para ninguém ao longo de sua miserável vida, que estava para se encerrar naquela noite.

Foi, então, que Nelson começou a passar mal. Todo ébrio sabe quando muda da fase do macaco para a fase do porco. Quando deixa de fazer micagens, de brincar e rir e cantar alto, para começar a sentir engulhos, a vomitar e a se debulhar em dejetos e sujeira. Ele não era um *expert* em álcool, nunca fora. Desde a faculdade desempenhava bem aquela função de sujeito que bebe um pouquinho em festas somente até encontrar uma parceira para a noite, a bebida mais como uma desculpa para molhar a conversa, tirar a vergonha e auxiliar na conquista. Arrebatada a fêmea, esquecia-se por completo do álcool que, para ele, era só um meio de conseguir companhia para esquentá-lo à noite.

É fato que um ou outro porre a gente não tem como deixar de amarrar nesta vida. Despedidas de solteiro, Natais, formaturas. Mas Nelson não encheria os dedos das mãos se contasse as vezes em que realmente se embriagara, e aquela era uma delas, e se não fosse até o banheiro e de lá para a cama, vomitaria ali mesmo, faria feio para o seu salvador, o seu resolvedor de problemas, que estava tão solícito em ajudá-los.

– Acho que vou dar uma subidinha... – E levantou-se sem sentir as pernas. Sentiu foi a língua pastosa, que a droga inserida por Carlos ainda não tivera o condão de anestesiar. Vômito veio-lhe à goela, mas ele conseguiu travar o jorro de bile heroicamente. Mas não teria uma segunda chance, pensou rapidamente. Alguma sobriedade lhe voltara à mente ao mesmo tempo em que o estômago embrulhava de maneira notável. Ou ia para o banheiro ou ia vomitar ali mesmo, na frente dos amigos.

– Isso, vai lá e volta. – Era Ramón, virando uma bebida que agora nem mesmo Carlos conseguiria precisar o que fosse. Alguma mistura de restos de doses mixadas em um conteúdo escuro e medonho. A rigor, até molho shoyo perigava Ramón ter colocado naquela merda, e pouco se importava com aquilo.

– Está tudo bem? – Carlos, novamente paternal, perguntou, aquele sorriso de hiena estampado no rosto. – Se está cansado, vá repousar e volte. A noite é uma criança, não é mesmo, Ramón?

– Uma criança! Uma criança! – Ramón virou a mistura indizível, dando um arroto nojento em seguida. Certamente, a fase do porco já chegara para ele, mas ainda era um porco meio macaco, ainda se divertia e ria e sequer suspeitava de sua morte próxima.

Nelson subiu o pequeno lance de escadas da casa, até os dormitórios, que ficavam no segundo pavimento. Da varanda coberta onde estavam, enquanto Ramón gargalhava alto recomendando melhoras ao primo, Carlos vigiava-o subir trôpego até a suíte que ocupava, e fechar a porta. Viu que estava pálido e combalido, e aquilo fez o experiente assassino ter a certeza de que a droga ministrada já fazia seu efeito. Em minutos, Nelson estaria nos reinos de Morfeu. Mais uma fase de seu plano estava concluída, e bem concluída.

A segunda fase estava, porém, bem à sua frente: Ramón, que agora dançava uma daquelas músicas perdidas dos anos 1970, a geração do disco que ele não vivera porque, na época, era um menino de calças curtas perdido em uma cidadezinha do interior de Minas. Ele bebia a estranha mistura que fizera em seu copo e dançava melifluamente ao ritmo de um daqueles gogós negros guturais que eram moda várias décadas atrás. Enquanto o fazia, seu primo, no andar de cima, abraçava o vaso sanitário e borrifava todo o conteúdo de seu estômago em um urro atroz. Todo o conteúdo, inclusive a droga que lhe dera Carlos, e permanecia ali, contemplando os dejetos que saíam de seu corpo, enquanto chorava de alívio ao pôr pra fora aquilo que lhe fazia mal.

Para Carlos, no entanto, Nelson já estava dopado, desmaiado, dormindo. Valeu-se disso para se aproveitar do transe bêbado de Ramón, que agora, de olhos fechados, solfejava Bee Gees e seus embalos de sábado à noite. O assassino considerou todos os pormenores daquele quadro ridículo, como era de praxe, antes de atacar sua nova vítima. Em segundos, viu a varanda coalhada de garrafas e copos que poderiam ser quebrados e cortar, duas facas de churrasco em cima de um balcão, a churrasqueira com carvão ainda fumegante mais adiante, e Nelson (que poderia socorrer o primo) no andar de cima, quase em coma. Ao menos, era como pensava. Ele viu que teria que acuar Ramón em um dos cantos da sala.

O peso de seu revólver no coldre escondido pela blusa leve não lhe serviu de apoio, porque não poderia usar a arma, não ali. Primeiro, porque não seria necessário: Ramón sóbrio não seria páreo para ele, e estava torto de bêbado. Também havia a remotíssima hipótese de Nelson acordar com o estampido do tiro, ou algum sitiante próximo, ou algum idiota que estivesse caminhando na estrada de acesso ao sítio, e nada disso podia ocorrer tão cedo. Ele precisaria de tempo para trabalhar Nelson.

Portanto a arma de fogo estava descartada, até porque não teria graça ou diversão alguma matar um bêbado indefeso com um tiro na cabeça. Não. Para Carlos, aquilo era uma arte. E enquanto Nelson levantava-se da privada ainda babando bílis e ia até o espelho do banheiro dar uma olhada no que restara de sua dignidade perdida, contemplando suas fundas olheiras de ressaca e sua aparência doentia, no andar de baixo Carlos, que nem sonhava que sua outra vítima estava acordada, tirou de um dos bolsos da jaqueta uma corda trançada e dura, com uma empunhadura em uma das pontas e um laço aberto para uma coleira em círculo na outra. Era um torniquete.

Levantou-se de costas para Ramón e abriu o nó de uma das extremidades, para que pudesse desde logo enganchá-la em seu pescoço gorducho. Quem não queria um tiro, tampouco queria um grito, queria? Não, claro que não. Carlos cercou Ramón silenciosamente, pisando em veludo, como aprendera a fazer em aulas de artes marciais. Chegou bem próximo e ia enfiar-lhe o colar da morte quando Ramón, bêbado, deu um volteio, uma galeada repentina para a frente, de um átimo encarando seu assassino. Seus olhos esgazeados pelo torpor demoraram a processar a imagem de Carlos com um torniquete nas mãos, quase o abraçando enquanto lhe colocava aquilo no pescoço.

Ramón não entendeu o que ocorria com a urgência necessária. Quando finalmente seu cérebro processou a informação, o torniquete já era colocado em seu pescoço com um gesto ágil, por mãos profissionais de um homem que agora olhava para ele como um cirurgião olharia para um tumor prestes a ser extraído. Ramón ainda não chegara ao momento de entender o que ocorria e de sentir pânico, por enquanto era ainda estupor puro. Nelson, no banheiro, após lavar a boca percebeu que tinha mais carga para jogar fora e retornou ao vaso sanitário, agachando-se em um urro enquanto um novo chafariz de vômito jorrava-lhe da boca e do nariz. E Carlos, olhos nos olhos de um gordo bêbado e indefeso, começava a apertar o torniquete.

O verdugo já havia utilizado aquele instrumento outras vezes. Em uma ou duas não matara. Precisava de informações para seus clientes, e começava a apertar até que o sujeito na outra ponta daquele instrumento de tortura resfolegava ou babava sangue. Era, então, o momento de afrouxar o aperto e fazer o canarinho cantar, dar as informações. Teve um turco que devia dinheiro a um agiota, tinha o dinheiro e não pagava. Cobrada a dívida, veio com história de chamar a polícia. E o agiota chamou Carlos para receber o dinheiro e apagar o caloteiro para sempre. Carlos fizera as duas coisas, mas não com o torniquete. Fizera-o falar da grana e, é claro, implorar um pouco por sua vida, o que fizera em uma língua estranha que o verdugo não conhecia. Depois, matou-o de maneira tradicional: um tiro básico, abafado por um travesseiro.

Em outras vezes matou mesmo, porque tinha que ser em silêncio. E em todas essas oportunidades soube que impingira bastante sofrimento às suas vítimas. Algumas cagavam-se e era esse o detalhe sórdido que mais o incomodava: sujar-se. Algum sangue sempre saía, e ele estava acostumado com isso. Sangue não era excremento. Merda era. Mas continuava um método divertido, silencioso, seguro. Nem um brutamontes conseguia sair do torniquete depois que ele estava apertado. Por mais forte que fosse o cara, o aperto ia tirando-lhe o oxigênio, cortando seu pescoço na altura da carótida, ele ia perdendo a consciência, embora não a perdesse completamente porque a dor era intensa e não deixa o sujeito desmaiar. Era como desmaiar enquanto lhe enfiavam um maçarico aceso goela abaixo. E Carlos já havia usado um maçarico aceso em alguém… Bem, essa era outra história. Concentremo-nos em Ramón.

Parece que em algum momento depois que o nó fechou-se ao redor de seu pescoço e Carlos deu-lhe uma guinada de corpo para colocá-lo, novamente, de costas para ele, Ramón finalmente notou o que estava acontecendo. Sua primeira reação foi largar o copo de bebida, provando ser lenda aquela história de que bêbado protege a bebida mais do que a própria vida. Besteira. É puro reflexo, o que agora fazia com que Ramón, instintivamente, passasse a preocupar-se com alguma coisa que lhe apertava o pescoço sobre a glote e o pomo-de-adão, e que lhe impedia de falar.

A traqueia ardia e quando foi berrar, surpreendeu-se em notar que o que saiu de sua boca foi um bafejo de ar, uma correntezinha de vento que seu pulmão soltou. Carlos fizera o torniquete. Geralmente usam metal, cobre trançado, mas uma boa corda é mais eficiente porque não corta a mão do carrasco. Claro, se sua mão for dura e calejada, como era a mão dele, porque é necessário apertar com bastante força, o tempo todo e até o final, e há caras que duram dois, três minutos.

Por essas e outras, Carlos não conseguia entender suicidas que se enforcavam. A agonia, quando o nó era bem feito, era extrema. Só enforcados em execuções públicas, em patíbulos, morriam com a coluna quebrada, porque o alçapão que se abria usava a gravidade para dar a pancada na cervical do enforcado. Os suicidas, sabia ele, quando se enforcavam, faziam-no de maneira mais artesanal e a corda arrostava-lhes o pescoço em um "V" que mais cortava do que apertava. Só depois é que vinha o aperto, a asfixia. Ele, por sua vez, apertava reto, que era para terminar mais rápido o serviço.

Ramón merecia aquilo. Não era um homem ruim. Era só um imprestável. Agora, um imprestável que começava a rabear desesperadamente, levantando os braços e tentando alcançar por cima dos ombros a mão que lhe apertava o torniquete, a mão de Carlos.

Lá em cima, Nelson finalmente acabara de vomitar. Lavou de novo a boca, jogou bastante água na cara, pegou pasta de dente, e como não viu sua escova usou o dedo mesmo para espalhar o dentifrício na boca. Precisava acabar com aquele cheiro, aquele bafo insuportável de vômito e álcool. Agora que a bebedeira descera privada abaixo, queria purificar-se. Ajeitou os cabelos e pensou se valia a pena dar uma deitada, dormir um pouco, ou voltar para os dois colegas. Foi quando deu vontade de urinar. Olhou para a privada ainda com seus "restos mortais", e deu descarga para mandar esgoto abaixo o vômito nojento.

Se Carlos, lá de baixo, tivesse ouvido a descarga, saberia que Nelson não estava desmaiado, como previra, e prestes a se tornar um enorme problema. Porém Carlos vacilara nisso. Superestimara a capacidade alcoólica de Nelson, tinha achado que ele era melhor copo do que realmente era. Ou misturara o Rivotril em sua bebida tarde demais. Ou os dois, pouco importa. O que importava para Carlos naquele momento era terminar de matar Ramón, que nos estertores finais mostrou-se um adversário de valor.

Ele era um tipo gordo, sem ser forte, e não deveria ser um problema para morrer logo, com o assassino apertando o torniquete com mãos de ferro, mas ele lutava desesperadamente pela vida, não queria morrer. Havia revolta naquilo, Carlos sabia, já tinha matado um maricas que tinha lutado como um leão pela vida. Fora necessário quase estripá-lo para que, enfim, cessasse o esperneio e entendesse que ia morrer. Só então o cara relaxou. Mas indivíduos assim morriam com aquela cara de "Eu não merecia isso...". Ou, pior, morriam com aquela cara de "Mundo ingrato. Por que eu?". Mas, antes, eles esperneavam, e como.

Ramón fazia pior, rebolava. Em um momento, só por um ou dois segundos, chegou a representar um perigo direto para Carlos. Foi quando jogou os dois pés contra o balcão ao lado da churrasqueira e deu um tranco de costas em seu algoz. Quase caíram ambos em cima da mesa repleta de facas, garrafas, talheres. Isso seria problemático. Forçaria Carlos a trabalhar com mais barulho e mais sangue. Talvez tivesse até que usar o revólver e desistir do torniquete. Porém a tentativa de Ramón acabou não sendo bem-sucedida, porque ele não suportou o próprio peso e, ao invés de jogar Carlos para trás, caiu em cima de si mesmo, com Carlos girando-o para jogá-lo de bruços no chão, onde terminou o serviço.

O gorducho ainda chutou o ar com as pernas, mas agora havia um homem de noventa quilos sobre ele, e apertando um nó górdio que lhe esmigalhava os ossos ao redor da faringe e da traqueia. Morreu agonicamente, com os olhos estatelados. Cagou-se todo durante os esforços finais, mas Carlos não se importou. Dos males o menor. Ele, que achava que o gordinho ia ser presa fácil, chegou a ter algum receio no final. Limpar a sujeira, para aquele assassino experiente, era uma tarefa irrisória.

Problema mais sério, bem mais sério, o verdugo notou que teria quando se levantou de cima do corpo de Ramón e olhou para o topo da escada. Lá em cima, Nelson, recém-saído do banheiro, onde renascera para a vida e pusera toda a droga e o álcool para fora de seu corpo, contemplava-os, em pânico. O primo morto após um ritual de crueldade que só acompanhara nos instantes finais, e seu carrasco contemplando-o com um olhar frio que perdera todo o calor, todo o humor de momentos antes.

Foi quando Nelson começou a correr.

18. REDENÇÃO

Esqueça tudo que já lhe falaram sobre o medo. O medo agudo. Não é aquele medo de ser assaltado. Durante o assalto você sabe que existe a possibilidade nada remota de o bandido só tomar seus pertences e te deixar seguir a vida. Acidentes de automóvel, que além de matar também mutilam e aleijam, não valem, porque são inesperados, assim como os acidentes aéreos. Então o medo de que venham a ocorrer é um medo aleatório, do que pode ou não acontecer, e não é desse medo que estou falando. Você também pode ter medo de pegar uma doença grave, mortal, mas ainda assim o bicho homem é daqueles que não perdem nunca a esperança na cura, ainda que por meio de um milagre. E, afinal de contas, o doente terminal pode perfeitamente viajar dopado para a clareira no fim do caminho, sem sofrimentos, sem traumas... e sem medo.

Não. Estou falando daquele medo físico, autêntico, que te faz lamentar ter nascido. O medo que te torna fera, que faz o intelectual, o estudioso, o homem refinado virar um troglodita, um homem das cavernas. É aquele sentimento de perda inexorável, acompanhado de uma dor sem limites que está para chegar, mas nunca chega. É o receio pelo desconhecido que está por vir, e que é escuro e asqueroso. É como se aquele instante em que o boticão do dentista prepara-se para extrair seu dente, fosse congelado no tempo por horas e que você, sem anestesia, ficasse à mercê dessa espera interminável, amarrado à cadeira e sem voz ou forças para gritar ou romper as amarras e sair correndo. A melhor palavra que me vem à cabeça para definir esse medo é: congelante. Pois foi esse o medo que Nelson sentiu.

Quando viu Carlos sacudindo Ramón pelo pescoço como um lavrador faria com um saco de estopa cheio de esterco, depois emborcando com ele para o chão, Nelson finalmente viu como acabaria aquela história toda. Viu que acabaria com o primo embaixo da terra, e que embaixo da terra era o fim. E apesar do som alto e do barulho de empurra-empurra de cadeiras e mesas enquanto o verdugo fazia mais uma vítima, ainda assim Nelson conseguiu ouvir o derradeiro gorgolejar do primo, alguma coisa que era para ser um uivo de despedida, mas que ficou interrompido na garganta àquela altura dilacerada pelo torniquete. Logo depois, o silêncio.

Isso tudo o congelou, e ele ficou olhando pasmo para a cena, sem entender nada, mas ao mesmo tempo entendendo que aquele seu receio absurdo de que o assassino que contratara tinha se voltado contra ele e começado a matar por conta própria, afinal de contas, por absurdo que fosse, era verdade. Quando viu Carlos levantar-se e fitá-lo nos olhos, no que foi correspondido, suas dúvidas mais remotas foram para o espaço. Estava, realmente, diante de um assassino compulsivo e frio, cujo olhar perdera todo o brilho, cujo sorriso sumira do rosto, dando lugar a um olhar de boneca, a um olhar de tubarão, sem emoção. Um olhar de predador que calcula deliberadamente cada gesto, que mensura o ambiente em que acua sua presa.

Eles ficaram olhando-se por instantes, que facilmente poderiam se passar por meses, quando contada a cena depois, à beira de uma fogueira ou para os colegas de cárcere, se ele sobrevivesse. Porque, durante aqueles poucos instantes, tomos e mais tomos de poesia lida e não lida, milhares de quilômetros de viagens não realizadas, arengas de conselhos maternos e paternos, de experiências sexuais, os instantes sublimes do primeiro beijo e da primeira desilusão amorosa, a primeira vitória profissional, o filho que a gente não teve e os que a gente teve, tudo, tudo passa pela cabeça de um indivíduo. E passou pela mente de Nelson.

Quanto a Carlos, cujo único sentimento ao matar era o de triunfo, pensou no erro de ter superestimado a bebedeira de sua última vítima, a quem pretendia torturar para obter dinheiro, porque precisaria de calma e de tempo para alcançar seu objetivo. E não teria mais nem um, nem outro, graças à sua estupidez. Confiara demais em suas habilidades e menos em sua presa. E nunca se subestima o inimigo – não era isso que aprendera naquele livrinho chinês que lhe recomendaram? *A arte da guerra*? Nunca subestime o inimigo! E ele o fizera, desgraçadamente o fizera.

Foi, então, que Nelson saiu correndo. Em algum momento teria que correr. A praticidade e a luta contra o perecimento teriam que suplantar, em algum ponto, o medo atávico que lhe corroía as entranhas. E ele simplesmente virou-se e correu para o interior da casa, sem pensar naquele momento que estava acuando a si próprio, como um rato, naquele andar em que só havia quartos com janelas que davam para um quintal distante vários metros de altura. Altura suficiente para quebrar seu pescoço.

Mas isso veio depois. Primeiro, deu às costas para a cena macabra que havia acabado de presenciar e rumou em direção ao corredor escuro que dava para os quartos. Era, sem dúvida alguma, um rato precisando entocar-se, e não havia arma alguma que tivesse levado ou que Ramón mantivesse guardada em sua mala, que lhe pudesse ser útil naquele momento derradeiro e, por que não dizer, final. Ele apenas sumiu com a rapidez possível na penumbra que, àquela hora, pareceu-lhe acolhedora, porque atrás de si sabia que o que vinha era a morte.

Carlos já tinha visto esse filme antes e era por isso que não se perdoava. Qualquer homem acuado vira fera e dá muito mais trabalho de dominar e matar do que qualquer outro. Já vira muito *playboy*, muito menino de apartamento, muito contador de meia-idade no melhor estilo "quase-vovô" virando leão para não ser devorado. É claro que não adianta nada. Nunca adianta. Profissional é profissional e pronto. No fundo, é a mesma coisa que um time de futebol de primeira divisão e campeão enfrentando um esforçado time amador de casados e solteiros de bairro. Podem dar trabalho, podem suar e fazer um ou dois golzinhos, mas, no final, sempre prevalece a lógica, a experiência e a categoria.

Mas a beleza do serviço acaba conspurcada. Aquele serviço que era para ser serviço de profissional, tranquilo e sem pistas, acaba virando uma lambança quase digna de amadores. Não é para isso que o cliente paga. Ele paga porque quer um serviço profissional e, a menos que seja um detalhe pedido pelo contratante, a sujeira e a dor não devem fazer parte da execução do plano. Agora, posta a merda no ventilador, não havia outro jeito de lidar com a situação. Carlos teria que abrir mão de sua precisão cirúrgica para desentocar Nelson, tirar dele o que precisava e eliminá-lo o mais rapidamente que pudesse.

E ia fazer barulho. Agora, tinha a impressão de que haveria bastante barulho. Poderia estar mais uma vez enganado, mas a sutileza abandonara por completo a cena e dera lugar ao desespero. Ainda que Nelson estivesse desarmado, que não fosse páreo para Carlos, ainda assim ele iria, no mínimo, berrar. E com o barulho viria a polícia. Portanto era preciso ser rápido.

Correu atrás dele pelo lance de escadas à sua moda de judoca, quase flanando, quase arrastando os pés pelos degraus para não fazer barulho, e nisso seus mocassins fora de moda ajudavam. Logo estava no segundo andar, de arma em punho, destravada, com bala na agulha. Só a usaria em um último caso, mas não poderia embainhá-la novamente, porque da penumbra poderia surgir Nelson de posse de algum objeto para atingi-lo. Sabia que eles não tinham arma de fogo, que não haviam levado nenhuma. Fizera o teste mais cedo, mostrando a sua. Bobocas e amadores como aqueles teriam, na hora, mostrado que também estavam armados, que também eram poderosos e que sabiam se defender...

Enfim, fizera de propósito e ficara satisfeito em saber que a confiança dos dois nele, até ali, era integral. E até ali o plano fora um sucesso. A falha fora dele, e era mesmo o momento de se penitenciar, porque só estava suando a camisa porque não jogara o remédio na bebida daquele idiota meia hora antes, quando ele ainda estava sóbrio o suficiente para dormir sem vomitar o sonífero – o que era o que Carlos presumia que ocorrera. Só podia ter acontecido isso, aliás, porque a dose ministrada fora cavalar, teria matado alguém mais leve, e seria o suficiente para colocar Nelson em coma por algumas horas.

E, àquela altura dos acontecimentos, Nelson havia se escondido no quarto do meio, que lhe parecera o maior e que não era aquele em que estava alojado, porque se tivesse ido para ele teria sido melhor entregar-se logo e pedir ao menos uma morte misericordiosa. Lá, encontrou um nicho de alvenaria ao lado de um armário e agachou-se atrás de um cabideiro de roupas, apalpando em volta para tentar encontrar alguma coisa que o ajudasse a se defender. Alguns casacos e camisas pendurados no cabide serviam-lhe como uma camuflagem momentânea. Tateou um baú, mas estava trancado e era pesado demais para ser levantado do chão ou brandido como arma.

Se havia um sentido recôndito para a palavra "encurralado", era aquele, mas ao menos ele ganhara fôlego para pensar em alguma coisa, alguma saída desesperada, enquanto a escuridão lhe dava algum abrigo. Era, aliás, engraçado que pensasse assim, porque aquela "escuridão" que o hospedava, tranquilizava-o e ajudava-o a esconder-se dependia, para se manter acolhedora, apenas de um apertar de interruptor. A casa era bem abastecida de energia elétrica por toda a parte e por toda a parte havia lâmpadas. Mas, se ia morrer, Nelson precisava daqueles segundos para ao menos pensar em uma saída.

Por falar em lâmpadas, Carlos tinha diante de si três portas, que davam para três quartos, todos com as luzes apagadas. Ele sempre detestara esse tipo de jogos enigmáticos, que lhe lembravam odiosas gincanas de escola de uma infância miserável da qual não queria lembrar-se. Em qual dos quartos entrar? "Que merda, esse cara vai me dar trabalho!", pensou. Maldita hora em que postergara dopá-lo. Ele poderia errar o quarto, dar as costas para Nelson, que, então, teria o caminho aberto para romper escada abaixo e alcançar a saída da casa, para a garagem, onde estavam os carros. E ele estaria sóbrio o suficiente, com medo o suficiente, para pensar nisso.

– Nelson? – A voz do verdugo rasgou a escuridão e a quietude do local. Ao longe, ainda se ouvia o som ligado, agora em uma versão sinfônica do Queen, que Ramón teria gostado se ainda estivesse vivo.

Quem sabe ainda era possível barganhar com ele? Afinal, a morte estava clara, mas há várias formas de morte, não há? E ele já se deixara enganar antes, e facilmente. Nada o impedia de errar de novo e confiar em seu carrasco mais uma vez. E, o principal de tudo, não custava tentar. Ali, Carlos era o franco atirador. Se desentocasse o bicho sem sustos, bom para ele. Se não, o bicho estava entocado mesmo, era só botar fogo ou meter bala. Era fácil, tinha um explosivo caseiro, mais um explosivo caseiro, no carro. Era só o tempo de ir buscá-lo.

– Nelson? – E aguardou a resposta que, obviamente, não veio. Nem aquele sujeito era tão estúpido assim para responder e denunciar sua localização. – Escute. Preciso te explicar o que ocorreu. Se você ouvir verá que não há a menor necessidade de essa brincadeira continuar. Só peço que escute, está certo?

Enquanto falava, com seus passos de judoca que ninguém ouve, rondou a porta do primeiro quarto, o menor, que era aquele em que se hospedara Ramón. Da meia-luz que entrava pelo corredor discernia-se uma cama de solteiro, uma cômoda com gavetas e um espelho. Havia uma mala aberta ao pé da cama e alguns itens de higiene em cima da cômoda. Itens que não seriam mais usados por seu proprietário. E, é claro, uma cortina na janela ao fundo, mas Carlos viu que era muito fina e pequena para abrigar um homem ali atrás.

"Quarto descartado", pensou. Mas não falou. Falou outra coisa:

– Ramón me chantageava e queria que eu o matasse, Nelson, para ficar com a sua parte da grana. – "Mentira deslavada, sem pé nem cabeça". Pouco importava. Era apenas o suficiente para distraí-lo, não para convencê-lo. – Eu não gosto de gente assim, Nelson. E ele ficou agressivo. Você conhece seu primo, não conhece?

Deslocou-se silenciosamente até o centro do corredor, retrocedendo nos próprios rastros. Seu objetivo era a porta do quarto do meio. Com mais duas passadas chegou ao limiar do corredor em que podia olhar para o vão da porta sem ser visto, tomando cuidado para não bloquear a luz do corredor, denunciando sua aproximação. Acender luzes agora seria dar um tiro no pé, porque também mostraria sua localização. O escuro ainda era o ideal. Ainda. Prosseguiu:

– Você viu que eu estava armado. – E olhou para o interior do quarto, de esguelha. O que dava para ver dali era uma cama. – Matá-lo, e a você, seria fácil com a minha arma, não seria? Mas eu não queria matar. Eu só mato profissionalmente. Ele é que se impacientou, achou ruim eu não querer trair meu patrão, que é você, e não ele. Ele sentiu ciúmes e veio para cima de mim. Ele sempre teve inveja de você, não é?

Dentro do quarto, Nelson já havia acostumado sua visão à penumbra e olhava em volta, como uma cobaia dentro de uma gaiola, prestes a ser dissecada. Não conseguia pensar em mais nada, só em voltar a ver o ar livre, e veio-lhe um novo temor, algo claustrofóbico, de morrer ali, sem ver de novo o céu e as estrelas. A voz de Carlos servia como um indicador de sua aproximação, e parou de se preocupar com o que ele dizia, porque sabia que era para embromá-lo, ludibriá-lo. Não importava a eloquência daquele assassino, não depois que vira o seu olhar frio de máquina enquanto estrangulava Ramón. Palavra alguma superaria aquele olhar. E não queria morrer ali, entocado, sem ar puro. Foi quando pensou na janela, olhou em volta e viu do lado oposto do quarto uma cortina e, atrás dela, uma janela delineada à luz pálida e indireta das estrelas lá fora. Era saber se estava aberta ou não, e disso dependeria sua vida.

– Se você não sair vamos estar em uma situação perigosa. – Carlos deu um passo à frente, bem cauteloso, e ainda não o suficiente para entrar no facho de luz indireta do corredor que iluminava a entrada do quarto. – Você sabe que estou armado e se vier para cima de mim vou ter que atirar. É instintivo. Mas não quero fazê-lo. Apenas saia para podermos conversar, ok? Se é pra se sentir mais seguro, até te entrego a arma...

Era o ator em seu melhor momento novamente. Talvez até tivesse convencido Nelson, mas ele agora só tinha em mente a janela do outro lado do quarto. Percebeu de esguelha um vulto já se sobressaindo na entrada da porta. Ele tinha poucos segundos até ser descoberto, porque qualquer um que entrasse, mesmo sem acender a luz, veria-o agachado naquele armário de roupas de alvenaria, sem portas, tão típico de casas de campo e praia. Bastava dar uns três passos quarto adentro e ele já seria um alvo fácil, indefeso.

Nelson já não respirava mais e tentava ver melhor, além da cortina, torcendo para a janela estar aberta, ou ao menos entreaberta, o suficiente para que se jogasse de lá e caísse do lado de fora. Pelo que se lembrava, as janelas eram de compensado, imitando madeira, e não eram resistentes. Ele conseguiria jogar-se janela abaixo mesmo com ela fechada, porque estava pesando uns noventa quilos e aqueles encaixes velhos dos alisares da janela não suportariam seu peso. Ao menos era o que rezava para acontecer, porque seria muito ridículo bater na janela, ricochetear e cair de volta no meio do quarto, como um Papai Noel caindo da chaminé, entregue *delivery* para aquele assassino cruel.

– Nelson... – Agora o verdugo deu efetivamente um passo à frente, o que era simbólico: estava mesmo entrando no quarto. De esguelha não perdia de vista a entrada ao lado, do terceiro quarto, onde Nelson também poderia estar, mas tinha que verificar aquele primeiro. – Eu estou falando com você numa boa, amigo. Vou te mostrar a arma, está bem?

Agora Nelson tinha um segundo ou dois. Gastou-os para tentar lembrar-se da altura das janelas do segundo andar daquela casa. Não era coisa muito alta, não a ponto de dar vertigem ou aquela sensação de altura que te faz não olhar para baixo, mas isso do ponto de vista de um visitante, de um hóspede. Já do ponto de vista de alguém que tem que se jogar pela janela em um voo cego, no meio da noite, a altura era considerável, e a possibilidade de morrer estatelado lá embaixo não era algo distante de ocorrer, principalmente se caísse de cabeça e quebrasse o pescoço. Economizaria o trabalho daquele sujeito, que então aparecia de corpo inteiro na soleira da porta.

O facho de luz jogava toda sua silhueta para dentro do quarto, diminuindo a luminosidade já precária daquele aposento. A réstia de luz que sobrava varava o quarto ao meio e ficava justamente no meio do caminho entre o nicho em que Nelson se escondia e a parede oposta, em que ficava a janela que poderia ser a sua salvação ou seu caminho mais rápido para o túmulo.

– Está vendo a arma? – Carlos fez o revólver pender de seu pulso, à frente de seu braço esticado. Era um sinal de paz que ele poderia reverter com um giro de mão. – Vamos sentar e conversar, está bem?

Nelson não lhe deu tempo. Sabia que iria morrer de qualquer modo. Queria sentir a brisa fresca dos campos pela última vez; aquele encurralamento sufocava-o de maneira inexprimível. De um salto estava no meio do quarto, a pouco mais de dois metros de seu algoz, que imediatamente aprumou o corpo e a arma no pulso. Carlos não era homem de tomar sustos e isso acabou com a sua paciência. Bastava de joguinhos e teatrinhos. Mas Nelson deu o segundo pulo, e quando o carrasco achou que sua vítima partiria em direção à porta e em direção a ele, apertou o gatilho.

Nelson teria morrido se tivesse tentado atacar Carlos, mas nunca fora essa sua intenção. Seu alvo era a janela junto à parede contrária, que alcançou de um átimo, saindo da trajetória do tiro, que pipocou na parede oposta um instante atrasado. E enquanto a bala furava a parede, o corpo de Nelson batia no batente da janela com um estrondo atordoante, que deixou atônito, ao menos por um segundo, seu perseguidor. Houve um instante em que Nelson pensou que seu peso não seria capaz de vencer a armação da janela, de venezianas e batentes de compensado, mas esse instante foi rápido. No momento seguinte, Nelson mergulhava rumo à escuridão com uma dor aguda na altura do ombro e em meio a lascas de madeira, que caíram com ele em direção ao breu completo e ao vazio que preenchia a distância entre a janela e o gramado lá embaixo.

O verdugo atirou de novo, em direção à janela arrombada. A cortina tinha sido arrancada e parecia um ridículo véu de noiva pairando no ar, ao sabor do vento e nos calcanhares de seu fugitivo, que foi engolido pela escuridão. Carlos atirou e correu para o umbral da janela destruída no mesmo instante em que Nelson esborrachava-se na grama, rolando como um saco de batatas, um peso morto. Não havia obstáculos duros que o pudessem matar na queda, mas a simples queda fora o suficiente para arrebentar alguns dos músculos de sua perna direita, que usou instintivamente para amortecer o impacto. E, com os músculos, o joelho. A perna esquerda também sentiu, mas menos. O baque surdo foi sucedido por uma dor absurda, que se espalhou por toda a sua espinha, porém o barulho do tiro no interior do quarto o fez lembrar que havia um maluco atrás dele com uma arma carregada e sede de sangue.

Ele deu um novo salto e foi em direção ao mato, que era o que estava à sua frente. Sua perna doía para andar, mas preferia morrer de dor e longe daquele monstro do que nas mãos dele. Deu sorte e deu azar. Se tivesse rodeado a casa teria tido acesso aos carros estacionados e, com as chaves, conseguido fugir. Mas não pensou nisso e não estava com as chaves de nenhum dos dois carros. Então não conseguiria fugir. Estava cercado e esse era o azar. A sorte é que, ao pular no mato, conseguira escapulir do segundo tiro de Carlos, um atirador que perdera na memória o último disparo errado que dera em sua vida, principalmente em sua especialidade, que eram alvos vivos e em movimento.

– Filho da puta – disse, mais do que gritou. Estava puto com o tiro errado, já o segundo. Puto por ter presumido que aquele janota efeminado seria presa fácil. Puto porque com aquela baderna toda teria que matar rápido e ir embora correndo, e adeus dinheiro e adeus viola. Puto, finalmente, porque se não matasse aquele merda a polícia chegaria a ele e, a partir daquele ordinário, Carlos tornar-se-ia de novo um fugitivo. A única coisa que o verdugo não pensou foi que também poderia morrer, pois, de frente para a escuridão e o vazio, vendo seu alvo fugir no meio do mato, não hesitou ao pular da janela.

Como pulou de frente, preparado para a distância e com bem mais destreza que seu "coelho", atingiu o solo com menos dor e já de pé, ainda com a arma em punho. Seus olhos não funcionariam para localizar Nelson na escuridão. Por isso fez uso do velho truque que aprendera com um índio boliviano. Agachou-se, fechou os olhos e simplesmente pôs-se a ouvir. Era importante, e o ser humano, sempre ligado à visão, dá muito pouca importância aos outros sentidos. Ali, só a audição ajudá-lo-ia a achar seu coelhinho fujão.

Ele já tivera outras oportunidades de testar o truque do índio boliviano e nunca falhava, principalmente em perseguições na floresta. Uma vez, o caçado era ele, e para saber para onde correr tinha que descobrir a posição de seus inimigos, os policiais que o rastreavam, todos embrenhados na mata da Tijuca, ainda em seus tempos de Rio de Janeiro. Agachara-se ouvindo um farfalhar aqui, um impropério acolá, um rádio comunicador ligado mais além, e com isso havia conseguido safar-se de seus perseguidores.

Agora, o caçador era ele, e já durante o pulo conseguira ver que Nelson mancava, o que lhe tornava ainda mais lento. Não muito, porque o medo, Carlos sabia, põe asas na gente. Mas o suficiente para que ele soubesse que o tempo que perderia tentando escutá-lo poderia ser ganho mais adiante, até porque aquele sítio ficava em um terreno grande, mas murado. Então se agachou. O primeiro passo era controlar a respiração, um pouco ofegante pelo susto, pelo pulo e pela adrenalina daquela coisa toda. Depois, passou a ouvir com atenção, e os passos dele finalmente lhe pareceram claros, manquitolando mais adiante, em direção a um córrego que beirava o muro mais aos fundos da propriedade. Descobrir a direção do som era mais difícil, quiçá impossível para ouvidos menos treinados. Era uma dificuldade natural para quem não conhecia o local, mas Carlos conhecia, e reparou que o som trôpego de sua presa vinha da mesma direção do ruído de água corrente do córrego lá represado. E foi para lá que se dirigiu, como uma bala.

Nesse meio tempo, Nelson corria sentindo dores por todo o corpo, ofegante e sem se preocupar com o barulho que fazia. Corria por sua vida. Tropeçou em alguma coisa, que não viu o que era, e caiu. A dor piorou e pareceu-lhe uma coisa horrenda, invencível. Caiu de cara na terra e a primeira coisa que pensou é que não conseguiria mais se levantar. Logo em seguida, rezou aos deuses que conhecia e que não conhecia para que não tivesse quebrado a perna. Com dor, conseguiria continuar. Com uma, ou as duas pernas quebradas, não. Testou-as. Pareciam apêndices em chamas de sua existência, pareciam chagas abertas por espinhos pontiagudos, mas as pernas ainda estavam lá, e não estavam quebradas. Levantou-se e correu, abusando da perna esquerda enquanto arrastava a outra, que não conseguia mais dobrar. Ocorrera alguma coisa na altura do joelho, que ele não queria saber o que era. Também o ombro parecia envolto em uma camada de punhais envenenados que lhe rasgavam a carne até os ossos, mas seu medo era maior.

Em algum momento de seu pânico lembrou-se da pequena trilha que havia feito durante a caminhada do dia anterior. O tempo não tinha mais nenhuma importância e parecia que a caminhada dera-se não em outro dia, mas em outra existência, em outra encarnação. Não tinha sido ele, tinha sido outro cara, mais esperançoso de um dia sobreviver àquela carnificina que ele mesmo deflagrara. E que passeara impaciente por ali, passando por uma picada nos fundos da chácara, que acabava em um portãozinho destrancado que dava para o exterior, para um bosque, de onde se avistava um vale. Lembrou-se do portão enquanto corria até a picada, forçando-se para lembrar do caminho que ficava, graças a Deus, pela lembrança, depois do córrego.

Porém Nelson ouvia barulho atrás de si, do assassino que o perseguia e que, como se por milagre, conseguia refazer seus passos. O que via no meio da penumbra eram vultos de árvores entremeados de clarões das estrelas onde, aqui e acolá, a vegetação era menos densa e as copas das árvores menores e menos cerradas. Ali ele era praticamente um alvo fixo para Carlos, que vivia de atirar nos outros. Quase instantaneamente, começou a evitar as áreas mais claras da floresta. Seguiu o leito do rio pelos fundos e teve que escolher entre uma margem seca e iluminada e o emaranhado de mato escuro mais distante. Optou por embrenhar-se em um cipoal de arbustos e matos que novamente o esconderam, dificultando ser visto por seu perseguidor. Teria tido sucesso se seu caçador estivesse guiando-se pelo que via, mas Nelson fazia mais barulho do que uma banda de música naquela mata silenciosa e já distante da casa em que o aparelho de som seguia ligado.

Carlos conseguia seguir seus passos acompanhando seu pisoteio, o amassar de plantas e gravetos e o farfalhar de seu corpo manco pelas grotas do terreno acidentado. Por um momento ou dois, chegou a ter quase a certeza de que teria Nelson na mira, e àquela distância não erraria, mas jurou a si mesmo, durante aquela perseguição, que não confiaria na sorte e não perderia mais tiros. Mais tiros significavam mais barulho, e o resto de sua munição estava agora em um alforje dentro do seu carro. Seu revólver de cano longo tinha capacidade para oito tiros e já dera dois. Queria matar e não praticar tiro ao alvo, e aquele imbecil já lhe fizera passar raiva demais para permitir que escapasse. Ao contrário, queria pegá-lo primeiro, sem tiros. Agora queria divertir-se. Agora era pessoal.

O final do caminho até o muro divisório da propriedade era ainda mais acidentado e Nelson caiu de novo. Dessa vez sentiu que tropeçou em uma raiz de árvore enorme que brotava do terreno em declive. Deu um urro gutural, que não virou berro porque a dor era tamanha que perdera as forças para gritar. Caiu com o ombro por baixo, o ombro já machucado, e, de repente, todo o seu corpo virara uma arena de agonia. Ainda bem que não conseguiu gritar, porque aí seria o mesmo que gritar um "Ei, estou aqui!" para Carlos. Pior. Seria parar, acenar para ele e ainda lhe emprestar um GPS e um mapa para que chegasse mais rápido ao encontro fatal. Quando caiu, olhou para frente ainda caído e viu o muro e, no muro, o portão. Arrastou-se até lá, com uma velocidade assustadora, porque, arrastando-se, estava livre do manquejar.

Simplesmente não acreditou quando alcançou o portão. Ajoelhou-se para, em seguida, pôr-se em pé e testar a maçaneta. A mão que ia fazê-lo, no entanto, foi interrompida por uma pancada brutal, bem medida, na altura do cotovelo, que não queria somente impedi-lo de abrir o portão, mas também inutilizá-lo, ao menos temporariamente. Fora um chute de Carlos, certeiro e calculado, ele, que fizera uma rota paralela tão logo ouviu Nelson caindo e viu por onde ele pretendia fugir. Foi, então, que se lembrou daquela portinhola, deu a volta por trás de uma brenha de mato, cercou Nelson e acertou-o pelo lado que ele não esperava.

Dessa vez ele berrou, e bem. Foi à forra de tanta dor física acumulada desde o salto pela janela e a queda. Caiu ao chão segurando um braço com a outra mão. "Finalmente, a primeira quebra", pensou. E era, miseravelmente, o braço direito. Braço direito, perna direita, ombro. Ele estava sendo destruído aos poucos. Lembrou-se de Íris. Lembrou-se de que a matara. Ficou feliz com o sofrimento físico que lhe era imposto, porque ele merecia. Pela primeira vez em muitos dias sentia sua culpa aplacada. Então ele levou um soco, daqueles "bem dados", de cinema, no meio da cara. Teria tido o condão de desmaiá-lo, mas Nelson estava anestesiado pela agonia e pela adrenalina. Nem se caísse de um arranha-céu ou lhe pusessem fogo, desmaiaria. Estava para além do limiar da dor. Carlos debruçou-se sobre ele, já com o revólver guardado. Perdera a pressa. Até ali, tinha roído o osso. Agora vinha o filé mignon.

– Tentando fugir de mim? – E o levantou pelo colarinho. Seus olhos vítreos fitavam Nelson com a cara lambuzada de sangue. Seu nariz fora espatifado pelo soco. – Quem você acha que é para conseguir fugir de mim?

Nelson abriu a boca para responder, para pedir socorro, para uma última oração. Ao fazê-lo, tomou outro soco, ainda mais forte que o primeiro. Voaram-lhe dois dentes da boca e sentiu alguma coisa se quebrando no maxilar, próximo ao queixo. Caiu de novo. Não ia mais se levantar. Sabia que não conseguia mais se levantar. Íris. Mucama. Ramón. A mulher desconhecida. De certa maneira, matara a todos. Merecia pagar. Em breve encontrar-se-ia com eles, no inferno ou no céu. Mas aquela loucura estava acabando. Olhou para cima e viu o rosto do verdugo, impávido, indiscernível, seu olhar cruel perscrutando-o, como se analisando onde conseguiria lhe criar mais dor. De certo modo, era bom. Era uma dor redentora. Seria uma morte redentora, uma boa morte. Fechou os olhos para ela. Foi quando ouviu um estampido de tiro. Estremeceu e seu corpo, até então educado, cedeu. Urinou-se todo. E não fez pior porque não tinha bosta preparada, como se diz na roça. Preparou-se para rumar para o lado de lá, mas a dor que sentia, continuou sentindo, e era a mesma. Era estranho.

Abriu os olhos. Carlos continuava sobre ele, mas agora seus olhos gélidos estavam estatelados e tinham um ar de surpresa. Também estava mais encurvado e seu semblante exalava um descontentamento estranho. Uma das mãos trazia no peito, como se a segurar algo. A outra buscava a linha da cintura, buscava sua arma ali guardada, quando veio um segundo disparo. Esse tiro Nelson viu atingindo seu alvo, a cabeça de

Carlos, abrindo-lhe um buraco, e aqueles olhos surpresos do carrasco eram agora olhos mortos, olhos sem vida. Em seguida, seu corpo tombou para o lado, tremelicando até cessar de vez qualquer movimento. Ele estava morto.

O tempo parou para ele. Parou até mesmo de sentir dor, esgotado e em choque. Acreditou que era o fim. Quando voltou a si, estava sendo levantado. Um sujeito grande e feio, com o rosto bexiguento, sustentava-o pelos ombros. Suas mãos, como manoplas, seguravam-no pelos antebraços. À sua frente, um baixinho de casaco, que ele logo lembraria ser aquele policial que o visitara em seu apartamento, fitava-o, preocupado.

– Senhor Nelson, o senhor está bem? – indagou-lhe o inspetor Silva, verdadeiramente preocupado. Ao seu lado, Flamarion tremia e olhava ora para Nelson, ora para o cadáver de Carlos, aos seus pés. Nunca tinha visto alguém morrer daquele jeito.

Nelson não conseguiu responder. Sorriu, aliviado. Fosse o que fosse que o destino havia reservado para ele, estava acabado.

– Precisamos que esteja bem – prosseguiu o inspetor Silva. – Você tem que ter saúde suficiente para contar a história toda, detalhe por detalhe. Agora, você vai para o hospital, a polícia está chegando para levá-lo. Depois, você vai para a prisão, pelo homicídio de sua esposa Íris Alencar. Entendeu isso?

Nelson sorriu de novo. Silva desistiu dele. Pediu que Arrudão o amparasse, não sem antes parabenizá-lo pelos dois belos tiros que dera, satisfeito, vingando a amante assassinada. Segurou Flamarion pelo braço, tirando-o de perto, levando-o até a parte mais iluminada daquele bosque fechado.

– Vamos embora. Cupertino logo estará aqui com os tiras dele e não quero dar explicações. Não hoje. Vamos tomar um *drink*.

Silva parecia satisfeito, quase como um menino que termina um ano letivo na escola, o que surpreendeu Flamarion. Satisfeito e falante, o inspetor prosseguiu:

– Sabe, ainda bem que os tiros foram do Arrudão. Teremos menos histórias para contar e ele vingou sua defunta. Não é agradável matar, sabia?

Flamarion olhou para trás, para o cadáver de Carlos. Ele, agora, sabia.

– Eu já matei uma vez – continuou o inspetor. – Seu pai não lhe contou? O negócio foi o seguinte…

E prosseguiram caminhando rumo à claridade.

Araxá, agosto de 2012.

grupo novo século

Compartilhando propósitos e conectando pessoas
Visite nosso site e fique por dentro dos nossos lançamentos:
www.gruponovoseculo.com.br

‹ns

- facebook/novoseculoeditora
- @novoseculoeditora
- @NovoSeculo
- novo século editora

gruponovoseculo.com.br

Edição: 1.ª edição
Fonte: Adobe Garamond Pro